国家出版基金项目
NATIONAL PUBLICATION FOUNDATION

国家出版基金项目
“十二五”国家重点图书出版规划项目

中國京劇流派劇目集成

启功题签

《中国京剧流派剧目集成》编委会　编

第　贰拾叁　集

學苑出版社

图书在版编目（CIP）数据

中国京剧流派剧目集成．第23集／《中国京剧流派剧目集成》编委会编．—北京：学苑出版社，2014.6

ISBN 978-7-5077-4550-4

Ⅰ．①中…　Ⅱ．①中…　Ⅲ．①京剧－剧本－作品集－中国　Ⅳ．①I232

中国版本图书馆CIP数据核字(2014)第140094号

出 版 人：孟　白
责任编辑：潘占伟
装帧设计：徐道会
出版发行：学苑出版社
社　　址：北京市丰台区南方庄2号院1号楼
邮政编码：100079
网　　址：www.book001.com
电子信箱：xueyuan@public.bta.net.cn
销售电话：010-67675512　67678944　67601101（邮购）
经　　销：新华书店
印 刷 厂：北京信彩瑞禾印刷有限公司
开本尺寸：889×1194　1/16
印　　张：15.75
字　　数：383千字
版　　次：2014年7月第1版
印　　次：2014年7月第1次印刷
定　　价：220.00元（精装）

《中国京剧流派剧目集成》学术顾问

郭汉城　　刘曾复　　朱家溍

吴小如　　王金璐　　迟金声

钮　骠　　刘连群　　陈绍武

《中国京剧流派剧目集成》编委会

主　编

黄　克

副主编

常立胜　　吴春礼　　赵晓东

蔡景凤　　杨凌云

序言

◎黄克

京剧向称国粹艺术，内容博大精深，剧目十分丰富，人们常以“汉唐三千宋明八百”形容其浩瀚。其中流派剧目又以演员表演的鲜明个性使剧目显得更为多彩多姿，充满魅力，既被专业人员钻研承继，也为广大戏迷喜闻乐见，遂成为京剧舞台上一大亮点。

流派

举凡表演艺术，原本就无不带有表演者的个人色彩。京剧表演艺术因其唱念做打诸多方面功夫的综合性和繁难性，表演的个性化尤为突出；加以行当的粗分、剧目的雷同，于大致相同的条件下尽显各自的千姿百态、千变万化；一招一式、一腔一韵之中可以体现不同的特色，同样一出戏，甚至同样一个戏中人物也完全可以演出不同的风采，这种充满个性化的表演，遂成为京剧竞技场上最是为人乐道而又情趣无穷的审美内涵。倘若这种富于个性化的表演为受众所认可，且代有传人，形为规范，即可自成一家，成为迥异于他人的艺术流派。以“四大名旦”（梅兰芳、程砚秋、荀慧生、尚小云）为例，虽皆工旦行，却又各有千秋。京剧大师王瑶卿就曾这样分析这四位后起之秀的独到之处：“梅兰芳的样儿，程砚秋的唱儿，尚小云的棒儿，荀慧生的浪儿。”所谓“样儿”，指梅的艺术造诣全面，要什么有什么；所谓“唱儿”，指程以行腔之新颖动听为能；所谓“棒儿”，指尚的刀马功底深厚；所谓“浪儿”，指荀的柔媚多姿、风情万种。寸长尺短，一语道破各有专擅的各家流派特点。如此成就固然来自自己的勤学苦练、苦心孤诣，更少不了观众的知音捧场、鼓励有加。因此，一个艺术流派的形成，对于创始人来说，无疑是开拓了审美追求的新境界；对于受众戏迷来讲，则更是得到了多样化审美需求的新满足。梨园行有云：唱戏的是疯子——指其追求的执着，听戏的是傻子——指其享受的痴迷。二者相得益彰、相映成趣，或许正道出京剧流派形成之三昧。

流派剧目

在京剧传承的一二百年间，随着历史的变迁、社会的发展，以及新人辈出、师承转换，荡涤旧物、崇尚新声，传统剧目中的绝大部分早已绝迹于舞台，然而，其精华部分（包括剧目中表现出来的唱念做打等程式体系）还是被完好地保存了下来，并得到长足的发展。其间，流派创始人于剧目的推陈出新做出了不可磨灭的贡献。基于对剧目乃至剧中人物的理解和认识，以及更便于发挥自己技艺特长的需要，流派创始人对浩如烟海的传统剧目进行了严格的筛选，经过了整理加工再创作，使之又焕发出崭新的韵味和光彩；随着这样剧目的增多，最终形成了自己流派所特有的剧目系列。而另外的流派又在另外的剧目系列中发挥着自己的优势，即或剧目相同，不同流派依然可以于演出中表现出自己的独特风格。总之，在其演出的剧目中，无不打上自己表演风格的鲜明烙印。京剧舞台上一度出现的这种百花齐放、争芳斗艳的盛况，实由自丰富多彩的流派剧目，这在京剧发展史上已是不争的事实。

但也应看到，如今京剧流派剧目相对于京剧的鼎盛时期，已是光景不再。个中原因很复杂，就客观因素而言，新兴的艺术形式的多种多样，人们的欣赏习惯和娱乐方式已经有了更广泛的选择余地，因而完全可以去旁骛；此外，就京剧本身而言，演出剧目之贫乏不能不说是观众锐减的重要原因之一。本来演出场所和演出场次就不多，翻来覆去又只是那几出骨子老戏，怎么能吸引观众，特别是年轻观众呢？——连那些老戏迷们也都听腻歪了。

回过头来看，今日演出剧目的贫乏和流派创始人晚年艺术景况也不无关系。他们在艺术的巅峰期——集中在上个世纪二三十年代，创作或改编了一出出新戏，直令观众赏心悦目，目不暇接。当其时，除了富连成科班或游动的散班演出些大路戏外，北京的京剧舞台几乎就是流派剧目的天下。据1932年商务印书馆出版的《五十年来北平戏剧史材》的记载，自民国十二年（1923）至十八年（1929）这六七年间，以梅派剧目为例，只“初演”的剧目——也就是自家独创的新戏或整理改编的传统戏，就有前后本《西施》、《洛神》、《廉锦风》、头二三四本《太真外传》、《俊袭人》、全本《宇宙锋》、《凤还巢》、《春灯谜》等12出戏（其中前后四本《太真外传》这四出戏是在一年多时间里陆续完成的）；同一时间段，马派“初演”的剧目也有《化外奇缘》、全本《玉镯记》、《秋灯泪》、《战宛城》、全本《火牛阵》、《鸿门宴》、全部《临江馆（“馆”应作“关”）》、全部《浣纱溪》、《范仲禹》、全本《清风亭》、头二三四本《大红袍》、全本《天启传》、《许田射鹿》、全本《十道本》等15出戏（其中《大红袍》分头二和三四本两次演出），当然，其中还不包括“初演”以外的经常性的大量的传统戏演出。试问，这些曾经轰动一时的流派创始人编创的新剧目于今又有多少出传承下来了呢？个中主要原因就在于流派创始人到了晚年一些唱做吃重的剧目已难胜任，只有将其已臻于炉火纯青的技艺凝炼到少数剧目之中，或演出或教习也只拘囿于这少数几个剧目了。而其传人也就将这几出戏奉为圭臬，全不知其鼎盛时期的所谓“文武双全”、所谓“昆乱不挡”为何事，致使一些当年的热门戏几近失传，这不能不说是梨园一件憾事。记得梅兰芳先生曾撰文论述学艺过程中的“少、多、少”，大意是初学时会的戏（包括技艺）自然是少的。随着所学剧目的增多，技艺的增长，激发起拓宽其艺术驰骋领域的热情，兼收并蓄，从而极大地丰富了自己。进而又随着审美取向的定型，艺术见识的提高，势必要对自己所学所用下一番去芜存精的工夫，扬长避短，使自己的独特技艺集中在少数几个代表剧目之中。表面看来演出的剧目是少了，但炉火纯青，在艺术创新上却达到了新境界。从少到多，从多而少，贯穿着的是继承与发展的艺术成熟的过程，也闯出了一条攀升艺术高峰的必由之路。后学者以为，学会了几出流派代表剧目便可以薪尽火传，得到了真经，孰不料缺少广博的根基，既影响个人的发展，也造成了剧目越传越少的现实。这难道不是应该汲取的教训吗？

有道是“礼失求诸野”。由于流派剧目的独特韵味及其所富有的艺术魅力，由于京剧作为自娱自乐的审美取向已深入人心，更由于迷恋传统演唱艺术者的大有人在，京剧传统剧目——包括一些已经消失于舞台的流派剧目，至今仍在京剧爱好者中间传唱不息。我们不妨到公园里看一看那一圈圈围着的戏迷，他们来自四面八方，或许彼此并不相识，只凭一把胡琴就将大家凝聚在一起，有滋有味地互相欣赏着一段段流派唱腔。更不用说那遍布全国各地乃至国外华人聚居区的票房，他们还时不时地粉墨登场，过一把戏瘾呢！这种自拉自唱、自娱自乐的红火场面，充分显示了京剧流派剧目的深厚群众基础和顽强的生命力，对于相对落寞的京剧舞台不啻一种发人深省的挑战。然而，这又何尝不是对京剧振兴的潜在的呼唤和有力的支持呢！

流派剧目集成

正鉴于其强大的生命力和深厚的群众基础，“振兴京剧”作为文化建设的国策的提出可谓正得其时。而振兴之务，首要的是挖掘和继承优秀传统剧目，以之作为发展和创新的基础和借鉴。我们编纂《中国京剧流派剧目集成》的初衷正在于此：将流派剧目演出的精彩瞬间记录于永恒，将构成流派剧目的诸多元素一一记录在案。诸如每剧的剧情本事、创始人表演特点的提要，剧中人物行当归属、服装扮相，剧本曲文、唱腔谱、伴奏谱、锣鼓经，以及身段谱等得以再现流派表演风格的内容，都力图完整地记录整理出来，为流派艺术的教学和研究提供文字的基础资料。持此，内行自可作为表演的参考，京剧爱好者也可以作为演习的蓝本。

这一工作，对于京剧剧目的基本建设虽然可谓之善举，但具体做起来却困难多多。首当其冲的就是剧目的选定。京剧剧目虽称汗牛充栋，但保存下来的资料却十分有限。京剧形成初期，以“老生三杰”又称“前三鼎甲”的程长庚、余三胜、张二奎为代表的一代固然没有留下什么音像文字资料；即或以“老生新三杰”又称“后三鼎甲”的谭鑫培、孙菊仙、汪桂芬为代表的一代除了少量的唱片外也没有完整的剧目传下来，所以我们的剧目整理工作只能从民国初年以降的“四大须生”、“四大名旦”开始。他们受熏陶于前辈艺术家，可谓传统的集大成而又能创新的一代，整理剧目以他们为重点自然最合适不过。遗憾的是这些艺术大师大都已经作古，得到他们指点和首肯已不可能，为此，我们只能通过其亲传或再传弟子来进行流派剧目的整理工作。从中我们更深地体会到抢救要及时，当初未能抢救下来现在也不要嫌晚而不为，抢救一点是一点，否则能够保存下来的精华越来越少，越加难向历史向后人交代了。

更难的则是遴选整理者。剧目的全面整理需要全面的人才。我们在组织稿件的过程中却发现这样的人手颇不易得。如果流派创始人或其传人曾在戏校任教，且有较为完整的教案保存下来，今日稍加整理即可选用，自然不是难事。不过这样的情况并不多，大量的剧目尚需要对当年的演出本进行追忆记录，加工整理。曾经受业于流派创始人或其传人的京剧工作者虽然是整理演出本的合适人选，但是他们大都是单位的骨干，忙于演出，忙于剧务，或居于领导职位，很难分出身来。即或肯于应承下一两出戏，也常有如下的情况：能演不能说，能说不能写，能写又不能打谱。因此，完成一个剧目经常需由记录者、整理者和打谱人联袂而行，倘再加上剧目的传授者和提要的撰写人，则非四五人鼎力不可。《中国京剧流派剧目集成》收入二百多出戏，每出戏即使平均两三人参加，也要组织四五百人次。其繁难可以想见，其壮观亦可以想见。当然，这还仅就整理者的数量而言，更为难能可贵的还在于参与者的无私奉献。试想，跟演一出戏或教一出戏相比，以文字整理出一出戏，不仅费时而且费力，无疑是一桩一般人不肯为也不屑为的苦差事，而我们的整理者却能甘之如饴，乐此不疲，没有为京剧事业的传承而不计个人得失的宝贵情操，是难有这种积极性的。不仅如此，随着岁月流逝，整理流派剧日益困难，更需要求助一些老专家，他们或是资深艺员、教师，或是资深票友、戏迷，而今已是硕果仅存的京剧艺术的专家、流派历史的见证人。在他们身上洋溢着一种传承京剧流派的使命感，和对振兴京剧的期待。他们热情地参加到这项工作中来，或亲自动手，为我们整理剧目；或答惑解疑，给我们工作以指导。使我们在受教于他们的同时，油然而生一种深深的敬意。

克服了上述困难，《中国京剧流派剧目集成》终于呈现在读者面前。书中，除了囊括主要流派的主要代表剧目，试图反映京剧鼎盛时期的大致面貌而外，尚有可说道者。

首先是挖掘整理出一批流派剧目，其中不乏已近失传的流派艺术精品。其中共收流派五十余家、剧目二百多出，不仅是从装扮到曲谱俱全，而且半数以上不曾整理出版过，可算是京剧剧目建设的一个不小的工程。下列剧目可为佐证。如王（瑶卿）派名剧《南天门》（今能见到的只剩下王和老谭合拍的剧照）、余（叔岩）派名剧《太平桥》（据说是老谭给余说的开蒙戏）、马派名剧《白蟒台》（写王莽被俘后向旧臣一一乞命事，老生扮演反面人物堪称奇特）、麒派名剧《斩经堂》（其中吴汉的悲剧性格曾引起过热烈争论）、荀派名剧《鱼藻宫》（写吕后残害戚姬事，乃荀派悲剧剧目之一），以及汪（笑侬）派名剧《哭祖庙》、龚（云甫）派名剧《徐母骂曹》、徐（碧云）派名剧《绿珠坠楼》、裘（盛戎）派名剧《打銮驾》等，都是难得一见的流派剧目之珍品。而以“关外唐”名世的唐（韵笙）派名剧经其家人和传人的努力竟整理出其代表作《驱车战将》、《闹朝击犬》、《好鹤失政》、《绝龙岭》、《未央宫斩韩信》、《刀劈三关》等七出之多，堪称流派剧目建设的新收获。除此之外，《中国京剧流派剧目集成》还特别着力于武戏的挖掘整理。较之文戏，武戏更难整理，需要将演员在台上的动作招式一一准确地反映出来，没有深入的钻研领会、亲身体验，很难下笔。众所周知，杨小楼作为一代武生宗师，其“武戏文唱”乃武生的不二法门，也是令人神往的一种表演境界，在武戏剧目整理中理应得到体现。资深票友朱家溍先生得其真传，整理了杨派名剧《麒麟阁》，并详细记述了前后六次观剧的心得，惜乎不及将其用工尺谱记下的昆曲吹腔翻为简谱便溘然而逝了。另一出杨派名剧《镇潭州》则是根据京剧耆儒刘曾复先生的讲授整理出来的，其中杨再兴上场的“蝴蝶霸”、和岳飞对打的“枪架子”，皆独得杨派之秘，给人以再闻《广陵散》般的惊喜。此外，高盛麟的《长坂坡》、《走麦城》，王金璐的《落马湖》、《八蜡庙》也都走的杨派的路子，有的就是直接跟杨宗师学的。南派大武生盖叫天武功盖世，他的剧目身后却乏人整理，多亏移居上海的原中国戏校武功教师赵雅枫先生以耄耋之年勉力整出《一箭仇》，也算保存了盖派一脉。还值得一提的是收获了一批武丑戏。叶盛章当年是以武丑戏挂头牌演大轴的第一人，勇于创新，能戏甚伙，现将其创作的名剧《酒丐》、《祥梅寺》、《打瓜园》、《徐良出世》、《三盗九龙杯》、《铜网阵》等七出代表作一并推出，既再现了叶氏当年神勇，也为乏人承继的武丑行当提供一些演习之本。尤为可喜的是我们也挖掘整理出富连成科班总教习、文丑“萧派”创始人萧长华老先生的《选元戎》、《荡湖船》、《变羊记》等已近绝迹舞台的拿手剧目。凡此，整理者挖掘流派剧目的辛勤劳作成果，均为我们编纂“集成”增添了光彩。

为了方便读者翻检使用，本书采取四五出戏合编一册的形式，这样全书约有五十册之多，并拟分三批推出。第一批为老生行的余派，以及号称“南麒、北马、关外唐”的三派，和武丑行的叶（盛章）派，计五家八册。第二批则以旦行“梅、尚、程、荀”为代表，包括老旦、刀马旦等流派。第三批是老生、小生、武生、净、丑等其他流派。

预期一两年内出齐。倘若其中有重要疏漏，又得人整理，亦可考虑编辑出版“集外集”，以满足读者的需求，也使这部“集成”更为名副其实。

当然，《中国京剧流派剧目集成》的编纂，其目的只在提供流派剧目作为研究家和后学者的参考借鉴。而流派、流派，意重在“流”。所谓流，指流行和流变。流派艺术正是在流行、流变中最终形成的，即或在最终形成之后，也还是靠流行、流变而发展的，倘若泥古不化，抱残守缺，就会失掉其鲜活的生命力，艺苑奇葩也会枯萎，这已为京剧发展史所证明。不过，流派艺术发展也需要有个前提，那就是首先要掌握渗透在表演程式唱念做打、手眼身发步中的艺术个性，而流派剧目就是其艺术个性展现的载体。继承流派艺术，不能只满足于模拟外在的“体”，更要在剧目演练中去体味其艺术个性的“魂”，这样才能促使京剧流派艺术从剧目建设到表演个性都得到发扬光大。此乃传承流派剧目的题内之义，自毋庸赘言。

目录

姜妙香

监酒令（根据钱江演出录像整理） 1
玉门关（根据钱江演出录像整理） 21
辕门射戟（姜妙香演出本） 51
白门楼（姜妙香演出本） 91
罗成小显（根据姜妙香授课及录音资料综合整理） 139

叶盛兰

吕布与貂蝉（根据叶盛兰、杜近芳1958年录音整理） 161
罗成叫关（叶盛兰演出本） 213

李　舒　整理　　吴文疆　记谱

监酒令

根据钱江演出录像整理

《监酒令》描述汉高祖刘邦死后，吕后篡位，以及继而所发生的刘、吕之间的权势之争。前辈小生擅演此剧者，首推徐小香，其后有德珺如、朱素云、程继先、姜妙香、叶盛兰等。姜妙香一生演出此剧百余场，一般只演“定计”、“夜巡”两场，极少演全部。与程继先合演时，姜演《夜巡》，侧重唱工；程演《未央宫》，展示身段。叶盛兰之《监酒令》，情节是在马连良《十老安刘》的中间，以连贯全剧故事。叶氏将小生的〔二黄慢板〕改唱〔唢呐二黄〕，另辟一格。

据何时希撰写的《小生旧闻录》所记：“《监酒令》的场子，应以姜妙香先生的演出本为准。”兹抄录于下：

第一场“金殿”：吕后命吕禄、吕产封诸吕为王。

第二场“定计”：陈平等四老臣定计讽劝刘章。

第三场“夜巡”：刘章夜巡。陈平、王陵、周勃、灌婴来激励刘章，共同扶汉除吕。

第四场“未央宫”：吕后赐筵诸吕，宗亲大会。刘章入贺，借军令监酒，诛吕廉、吕耻。

第五场“午门”：陈平等四老臣在午门候信，刘章出宫告以未央宫诛吕事。闻报吕禄、吕产围困宫门，鼓动禁军造反尽皆左袒。刘章命周勃、灌婴领兵敌诸吕。

第六场“吕反”：诸吕起兵。（过场）

第七场《诛吕》：灌、周与禄、产开打，刘章尽杀诸吕（此场武打甚简捷，刘章“砍萝卜头子”杀吕氏孝、悌、忠、信、礼、义六人，禄、产复上亦为刘所杀）。剧终。

钱江亦只演“定计”、“夜巡”，故此本也只记录了这两场戏。

《监酒令》的唱词工整、典雅，当属上乘佳作。由于唱念做打经过了几代小生的传承创制，更由于姜妙香的精心雕饰，使这出《监酒令》升华到了“经典”的品位。唱词好，唱腔更妙，情景交融，动听感人。姜妙香对于小生唱腔的创造性的发展，逾越前人，成就显著。德珺如有一张《监酒令》〔西皮原板〕的唱片，嗓音细弱，口劲轻柔，鲜有英雄气概。如果这张唱片反映了真实状态，即可略窥德珺如唱念表演风貌之一斑。再听听姜妙香的《监酒令》，那种清刚、峭拔、浑厚、沉雄的唱工及白口，看看他那直率、潇洒、稳健、古朴的身段与表演，风韵与德珺如全然不同。（现在只能从影片资料中，看他《洛神》的曹植、《宇宙锋》的秦二世等，不过这两个人物的唱念做舞则又有许多儒雅、跳脱的意味。）一言以蔽之，他的艺术风格与表演技术，都进入了“现代化”的时代。（应当把姜列为以梅兰芳、杨小楼、余叔岩等为代表的，把京剧艺术变革、发展到“现代化”水平的演员群体之一。）据说前辈小生的原始型，是用大嗓唱高调门的娃娃腔，高亢、激昂，而由旦行改小生的自然是用小嗓，纤细、柔媚。德珺如即如是，姜妙香亦由旦改小生，但他能脱旦行的胎，换小生的骨，独树高标。姜妙香的声音造型及演唱方法，俨然是小生的，亦即男性的，而又不同于老生或武生的，其形容风骨，可以装饰“风流儒雅”，亦能表状“矫健英武”。换句话说就是他的演唱，能表现、刻画“官衣”、“扇子”、“穷生”、“雉尾”、“靠把”等各类型的人物形象。他的法门窍奥，简括地说，就是把旦角的唱腔改造成小生的，用老生（大嗓唱法）的劲头，饰以昆曲的咬字、行腔的吞吐收放技法（如《监酒令》〔二黄〕“微风起，露沾衣，铜壶漏响，披残星戴斜月巡察宫墙。站立在金水桥用目观望，又只见紫雾腾云绕建章……”，〔西皮〕“忧国家只觉得神魂飘荡，细思量又添了无限惆怅……”等句），唱出来是姜妙香自己的韵味、风格。

李 舒

人物行当

刘 章	小生	**灌 婴**	丑
王 陵	净	**二军士**	杂
陈 平	老生	**八大铠**	杂
周 勃	净		

服装扮相

刘 章 俊扮。紫金冠、红风帽、红斗篷，红龙箭衣、大带，红彩裤，厚底靴。（亦可穿红蟒、斗篷，戴紫金冠、风帽）

王 陵 勾老三块瓦脸。侯帽、白满，紫蟒，红彩裤，厚底靴。

陈 平 俊扮。相貂、白三，白蟒，黑彩裤，厚底靴。

周 勃 勾红三块瓦脸。八面威、黪满，蓝蟒，红彩裤，厚底靴。

灌 婴 勾豆腐块白粉脸。狮子盔、白扎，绿蟒，红彩裤，厚底靴。

二军士 俊扮。黄兵服，薄底靴。

八大铠 红大铠服，红彩裤，薄底靴。

道具

宝 剑	一口	**荷包枪**	八枝
红风纱灯笼	两个		

第 一 场

「【一锤锣】王陵、陈平、周勃、灌婴上。整冠、理髯，至台口站“横一字”。

王 陵 太后摄政乱朝纲，

陈 平 吕氏宗亲尽封王。（台 台）

周 勃 高皇遗训全不讲，

灌 婴 汉室江山付汪洋。【半归位】

王 陵 某，【撕边一锣】左丞相王陵。

陈 平 右丞相陈平。

周 勃 太尉周勃。

灌 婴 绛侯灌婴。【住头】

王 陵 列位大人请了。

众 请了。

王 陵 当初高皇帝留有约章：“非刘氏宗亲，不得封王。”如今太后不遵先皇遗训，大封吕氏宗亲为王，危害社稷，紊乱朝纲，只恐汉室江山不保。

陈 平 太后有旨，明日要在未央宫中为吕氏封王赐宴。太后旨意既出，就是你我陈奏，也是无益，只恐反受其祸，不如听其所行，然后再作主意。

周 勃 事已至此，只可缓而图之。不过诸吕封王，势大权重，日久有变，如何是好？

灌 婴 列位大人，灌婴不才有一计在此。

众 有何妙计，快些讲来。

灌 婴 明日太后在未央宫中大宴诸吕，我等何不选一精明强干之人，闯席而入，席前将那吕氏宗亲，乘机斩杀一二，以儆群奸，让他们不敢轻举妄动。

众 此计甚好。

王 陵 但不知选何人前往？

周 勃 列位大人，以我看来，选朱虚侯刘章定能斩杀诸吕，以儆群奸。

众 刘章？【撕边一锣】（相视首肯）

周 勃 朱虚侯刘章乃是高皇帝之嫡孙，甚得太后信用，现在统领禁军，护卫宫廷。此人年轻气壮，素怀忠义，必能当此重任。

王 陵 刘章乃是吕太后之外孙婿，岂能斩杀诸吕？

陈 平 这倒不难，只待今晚他来巡察宫禁之时，我等前去将些言语激动于他；他乃年轻气盛之人，必然发怒；怒，则必杀诸吕。

王 陵 此计甚妙。我等今晚去会朱虚侯便了！

〔二黄散板〕

【快纽丝】（过门略）サ 2 2 3 2（5̣ 6̣1 2 - ）
炎 汉 家

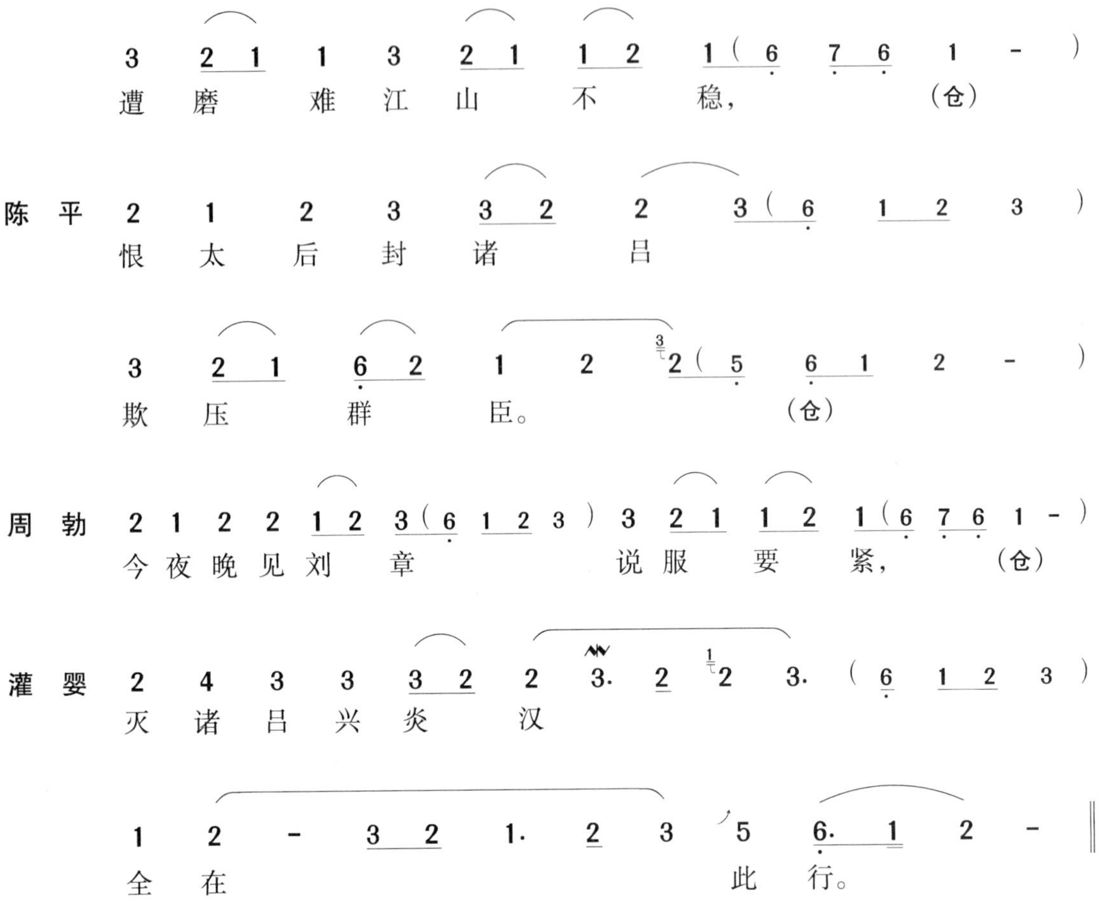

〔【一锤锣】众人相互拱手，双排依次“下场门”下。

第 二 场

〔【撤锣】住，起堂鼓交〔三更〕
〔刘章内唱。

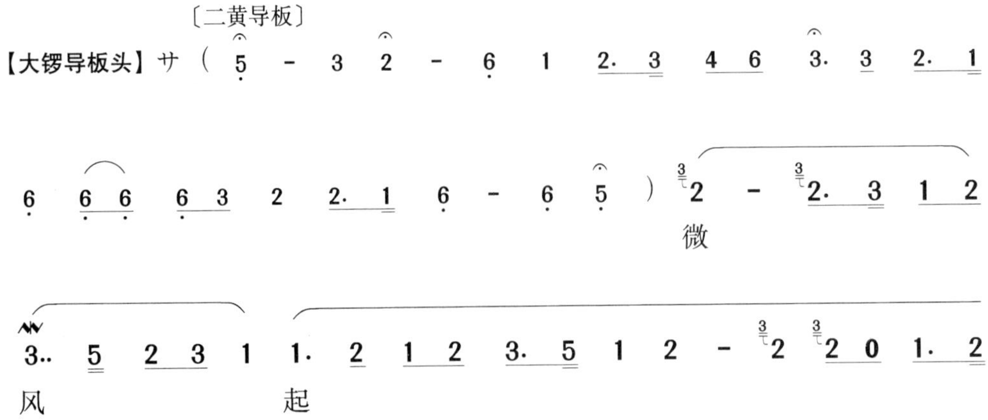

监 酒 令

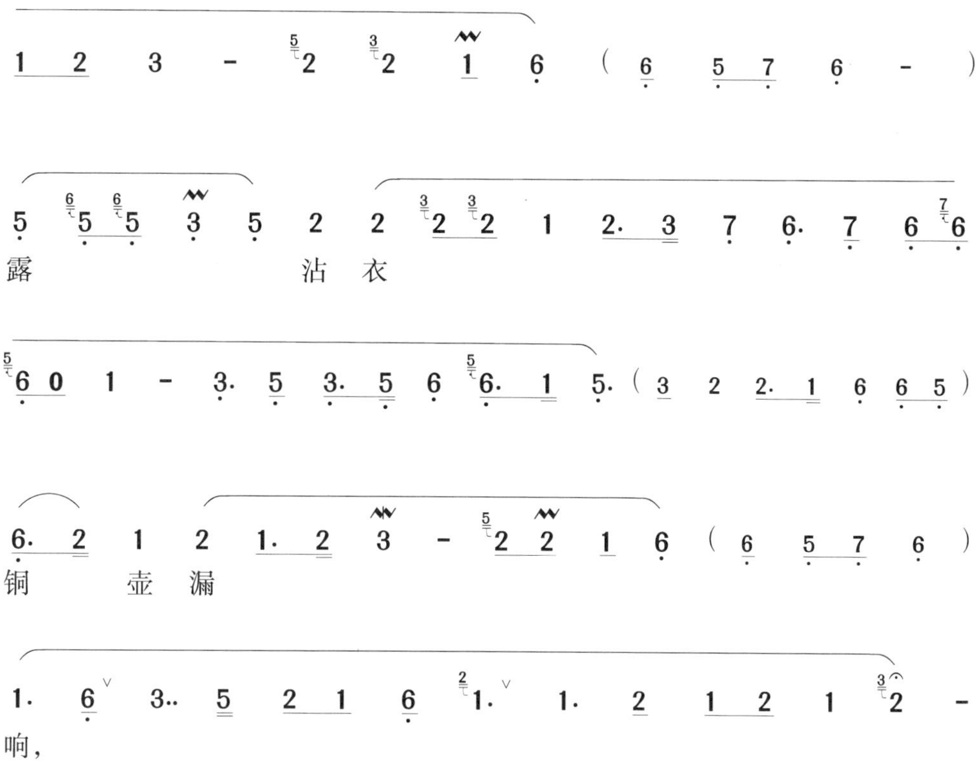

〔【一锤锣】【原场】八大铠上，站“斜胡同”，二军士提大红纱灯上，站前排。
〔【回头加撕边】刘章上，【原场】至“九龙口”停步。

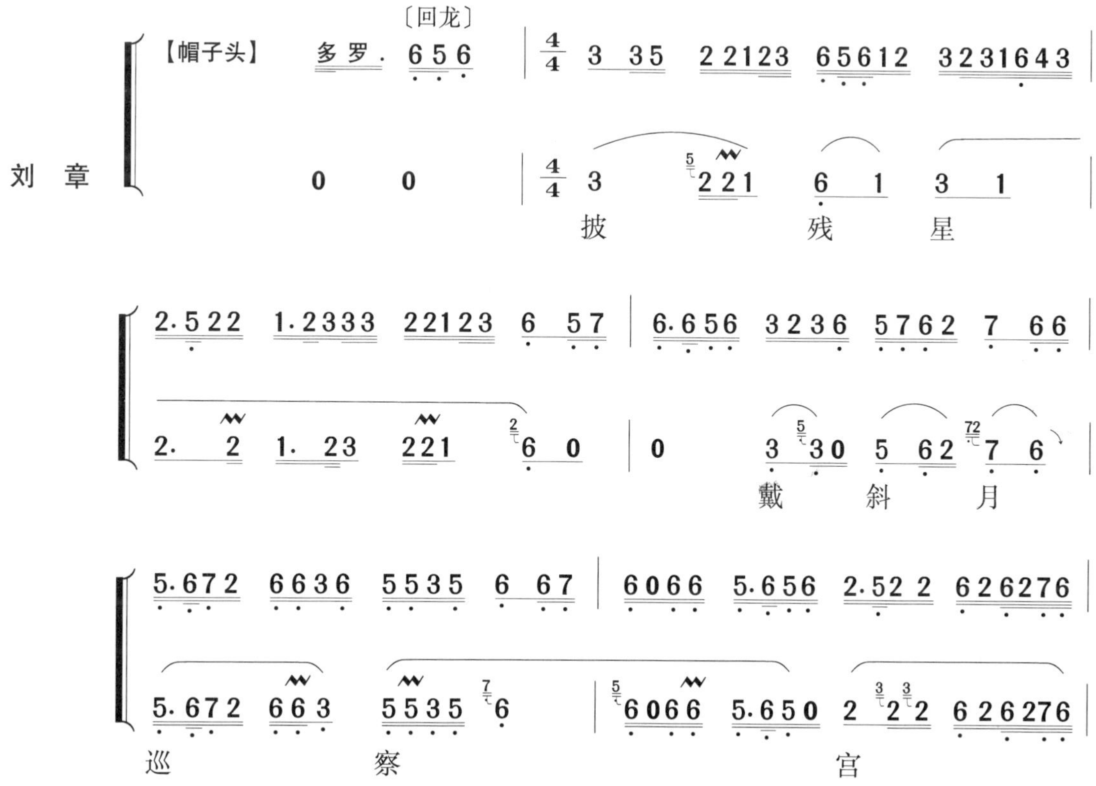

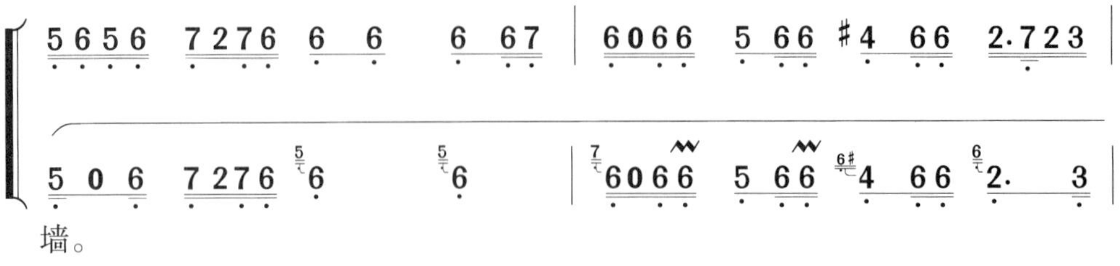

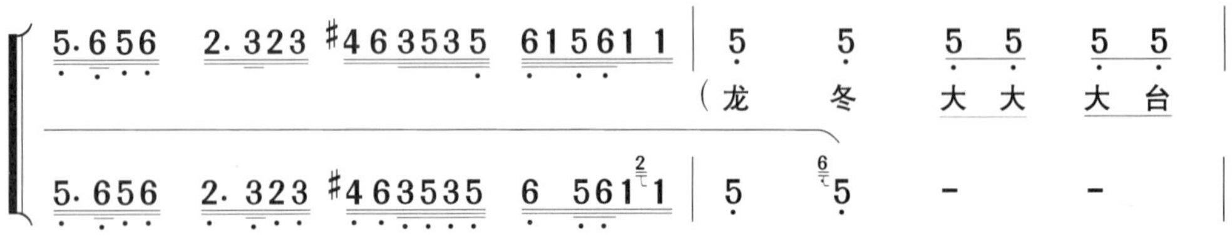

〔二黄慢板〕

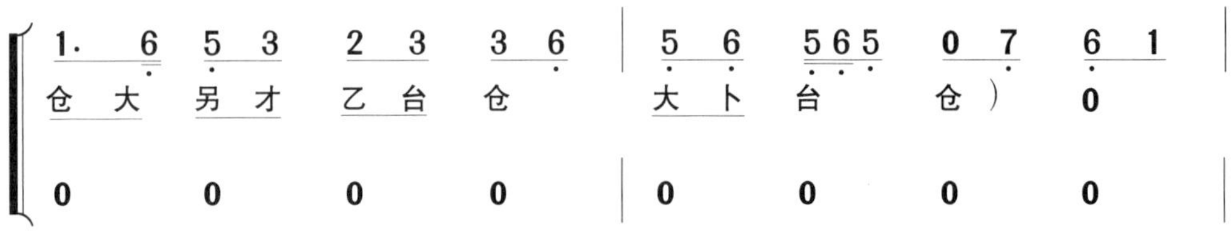

（八大铠、二军士上步扯正分站左右；同时，刘章上步至台口）

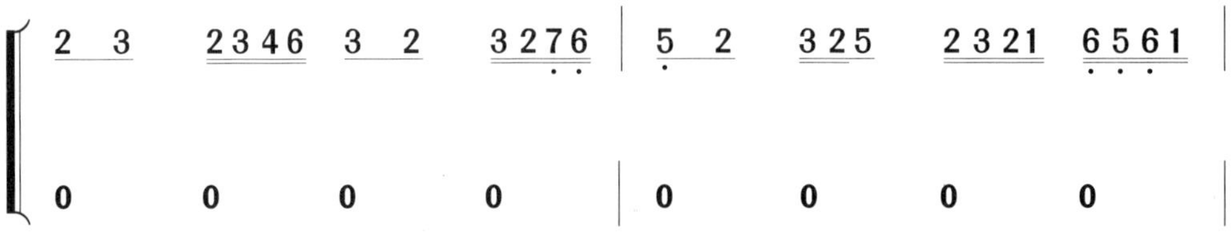

（“大边”军士上步至台中，站弓箭步，举灯亮住，刘章左手扶军士肩，右手

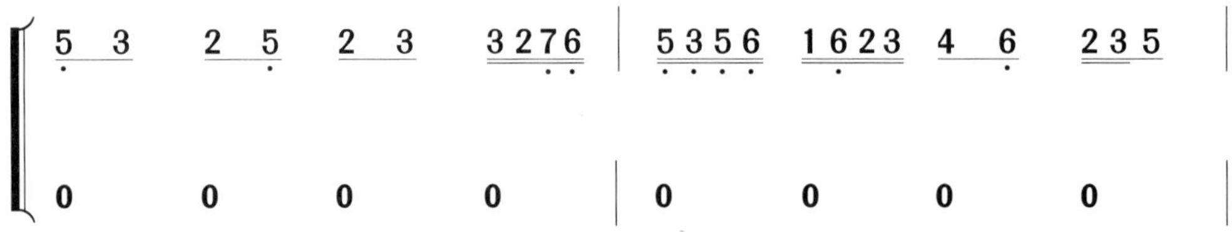

捋盔穗，眺望；“小边”军士同时右转身站在刘章身后右侧，举灯亮住）

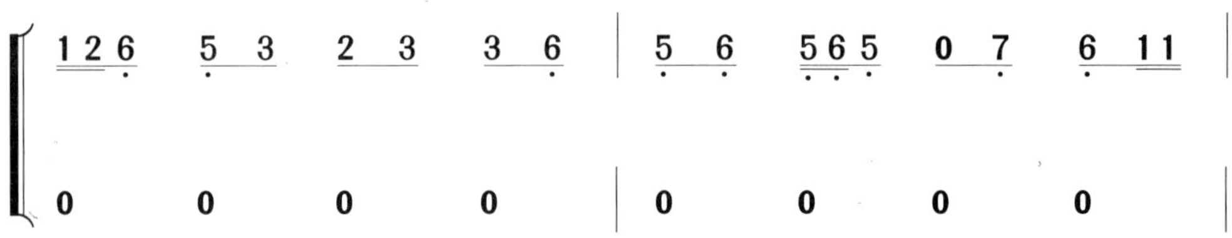

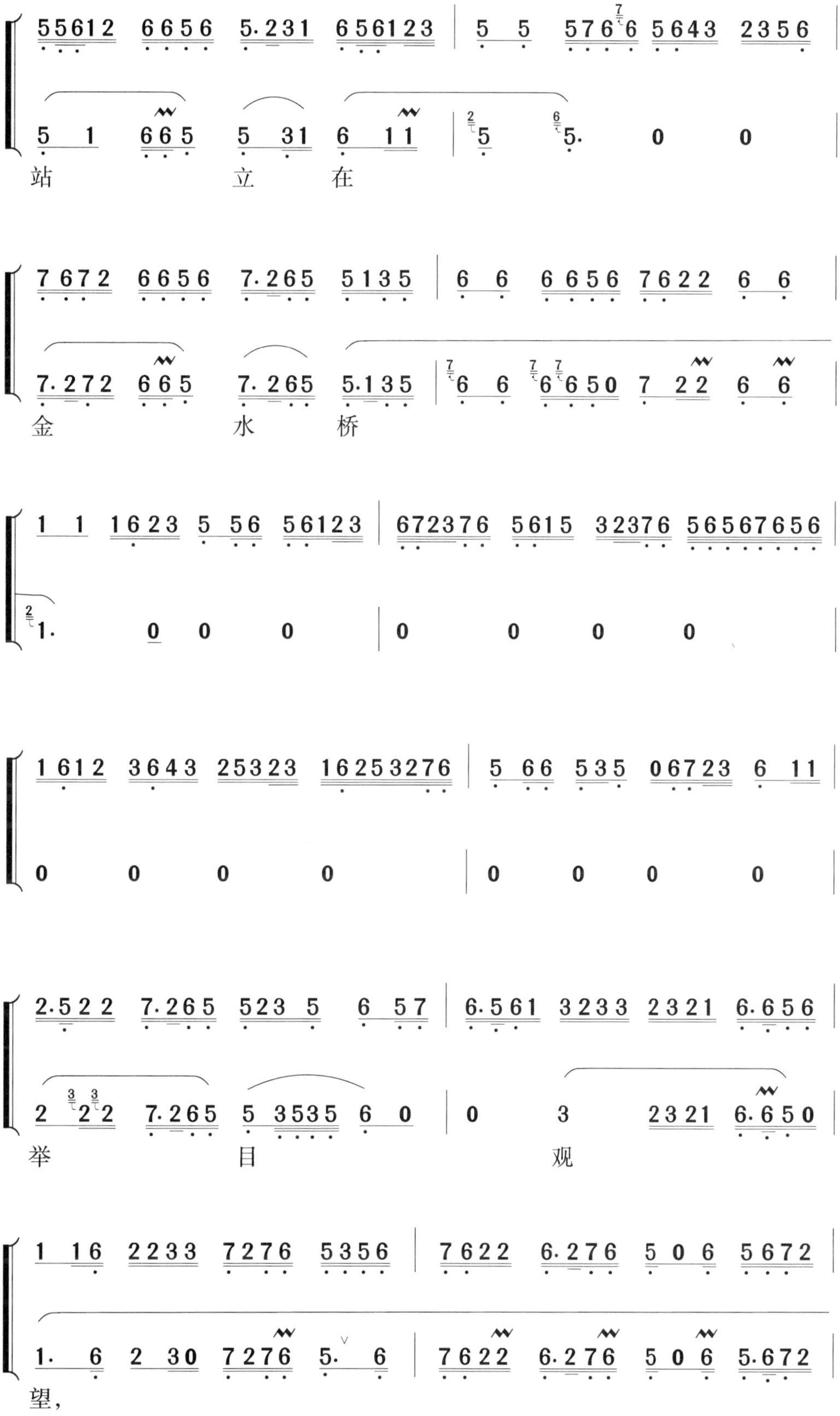
站
立
在
金
水
桥
举
目
观
望，

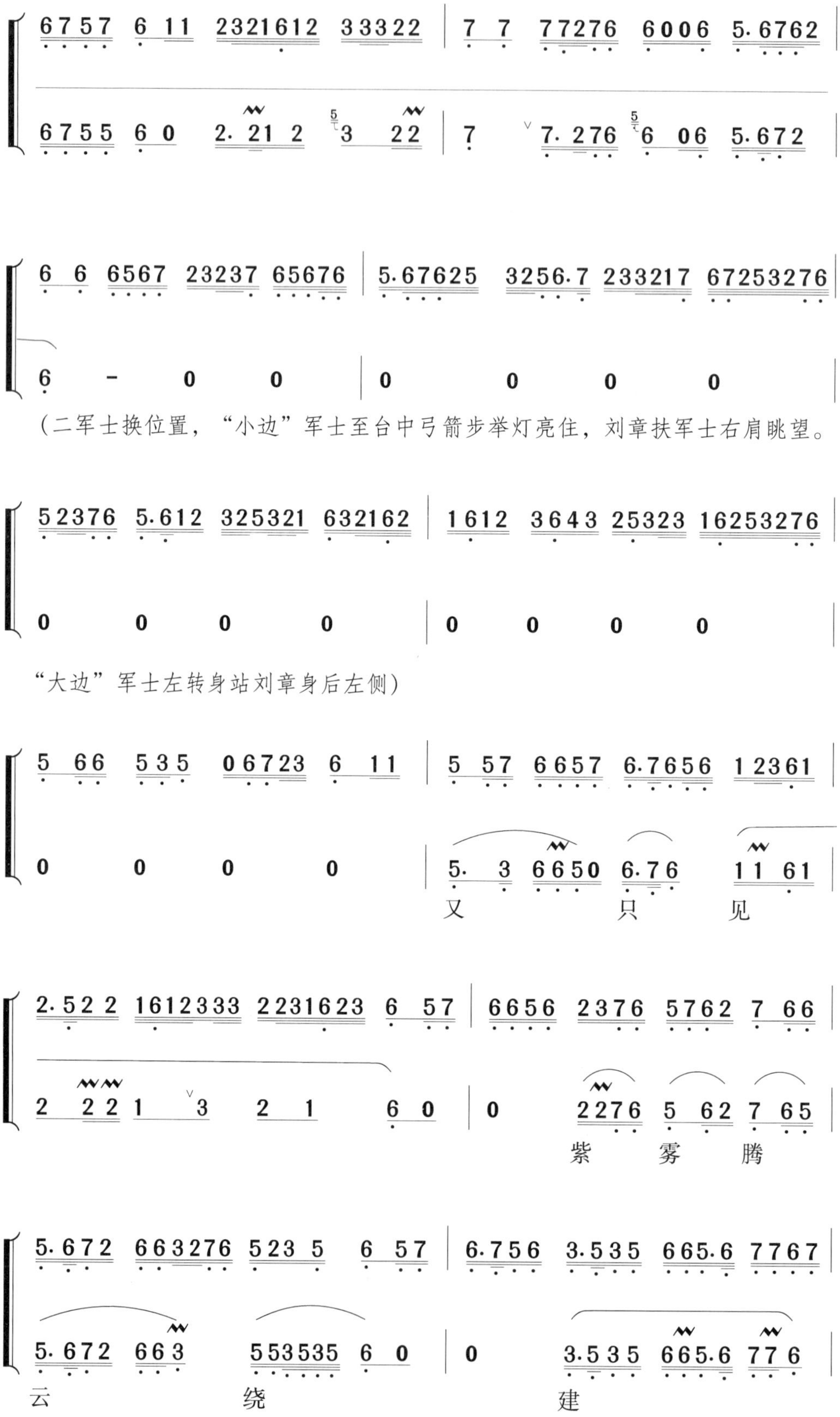
（二军士换位置，“小边”军士至台中弓箭步举灯亮住，刘章扶军士右肩眺望。
“大边”军士左转身站刘章身后左侧）
又 只 见
紫 雾 腾
云 绕
建

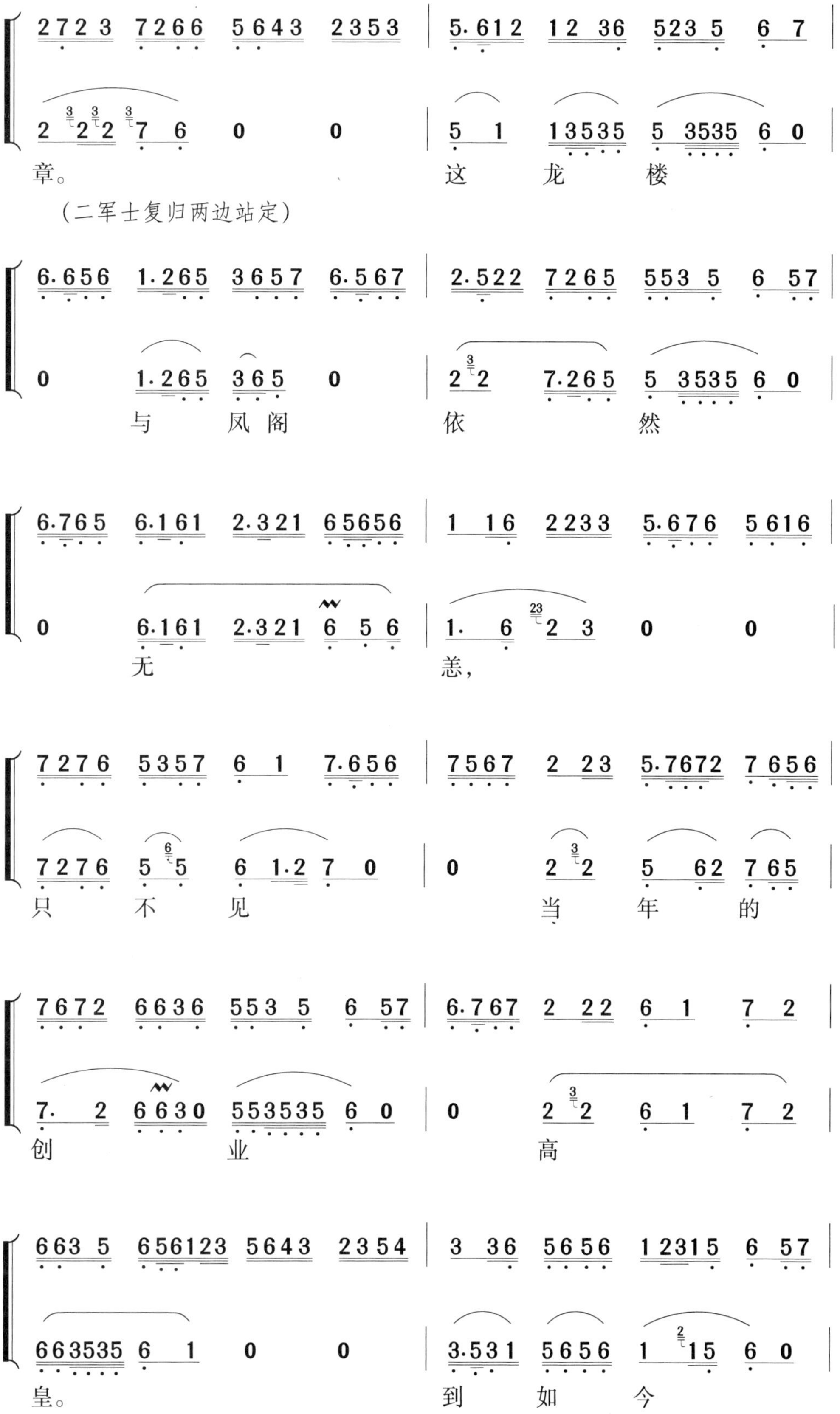
章。 这 龙 楼
（二军士复归两边站定）
与 凤 阁 依 然
无 恙，
只 不 见 当 年 的
创 业 高
皇。 到 如 今

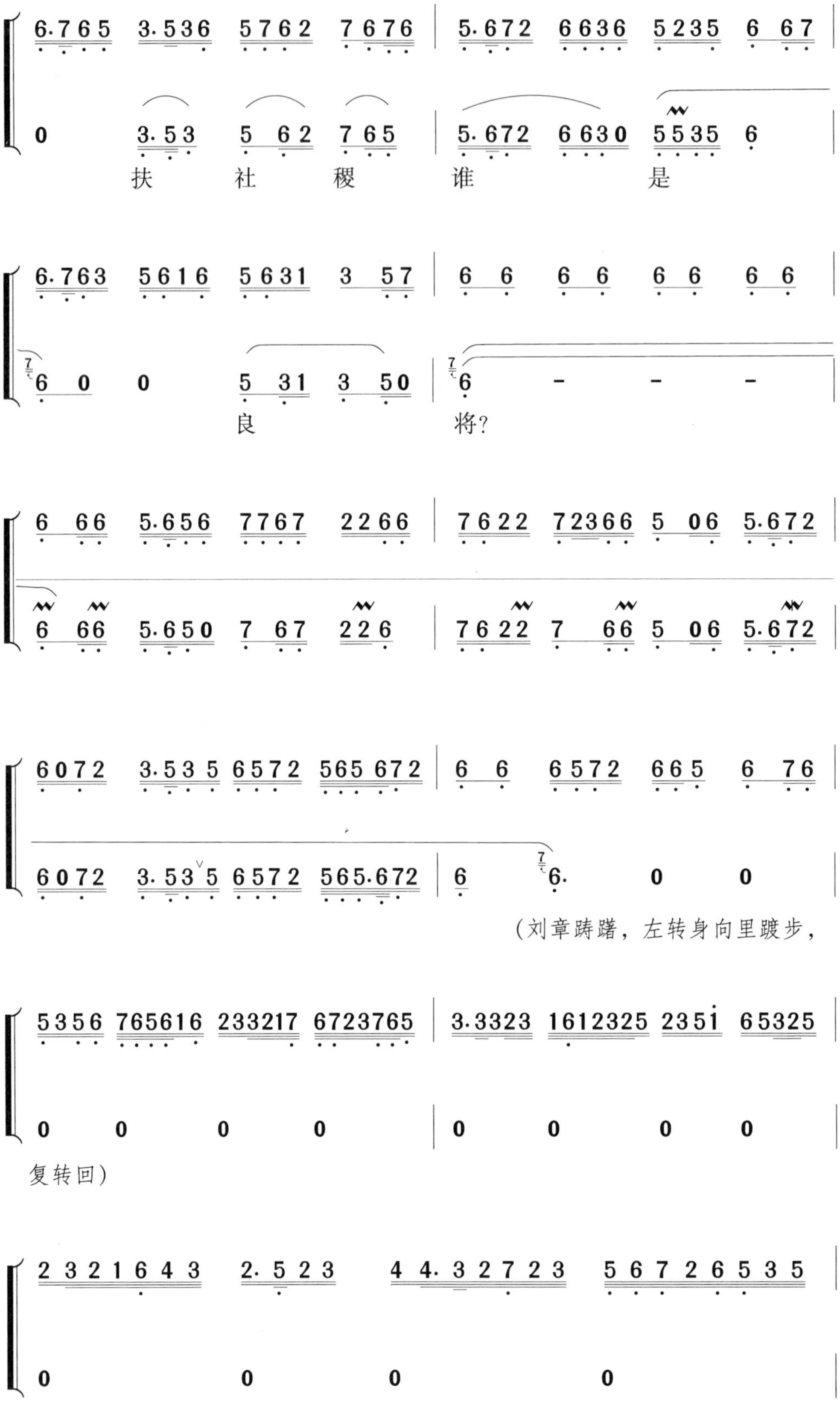
扶 社 稷 谁 是
良 将?
（刘章踌躇，左转身向里踱步，
复转回）

监 酒 令

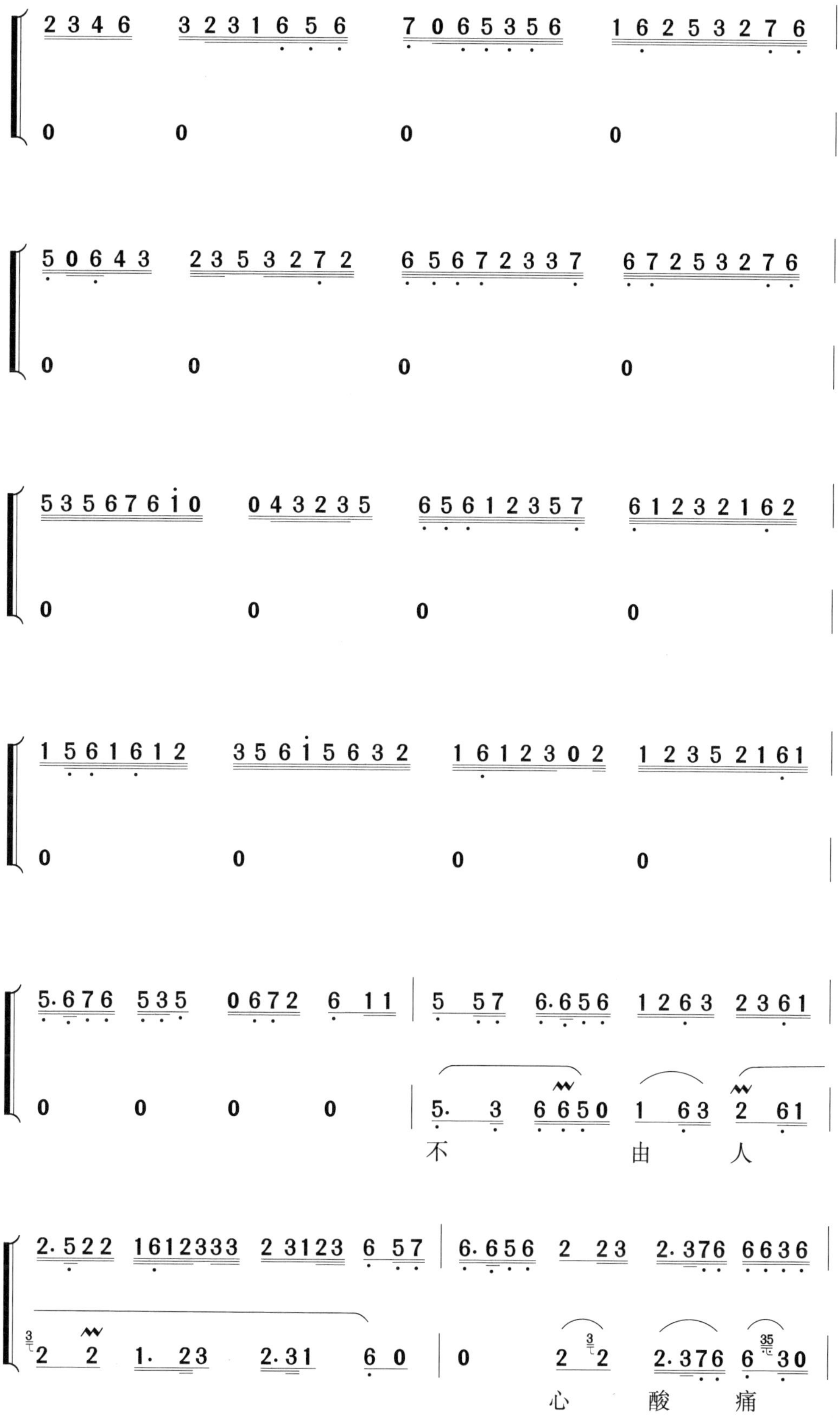

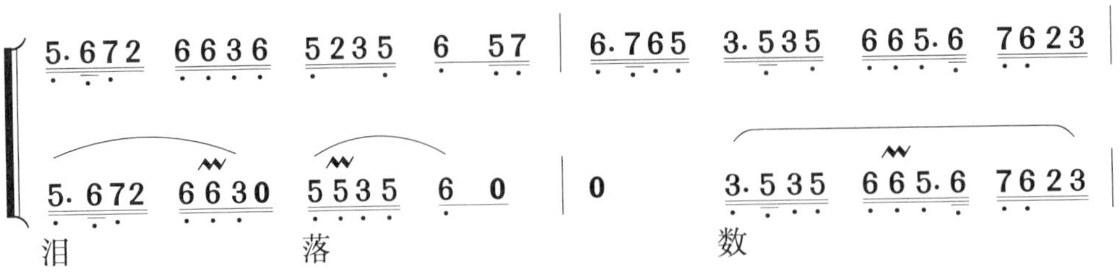

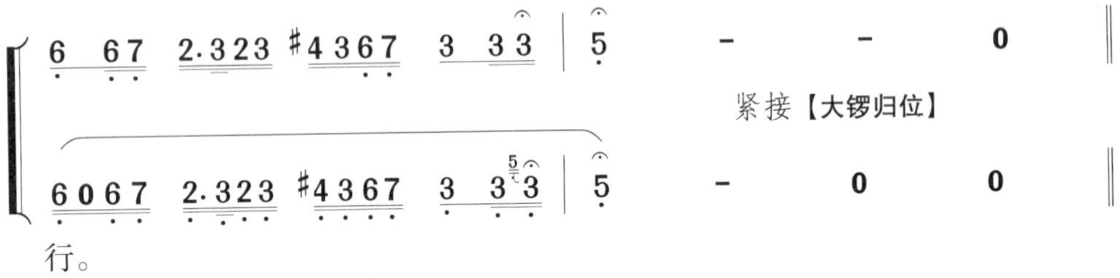

〔【大锣归位】刘章站正台口。

刘　章　（念）少封侯爵志不同，

当知子孝与臣忠。【小锣二击】

古来多少英雄恨，

化作凌霄百丈虹。【大锣归位】

本爵，（嘟~~~~仓）朱虚侯刘章（仓　台 0）。汉室宗亲，国家柱石。惠帝开遐，太后摄政，命俺统领禁军，护卫宫廷。咳！想近日吕氏专权作乱，只恐炎汉有国移家忧之祸。思想至此，好不伤感人也！（哭泣，拭泪）

〔【慢长锤】刘章转身归里台中，复转身面向前。四大铠归正场站“一字”，二军士归正场站前排，分左右。刘章上步。

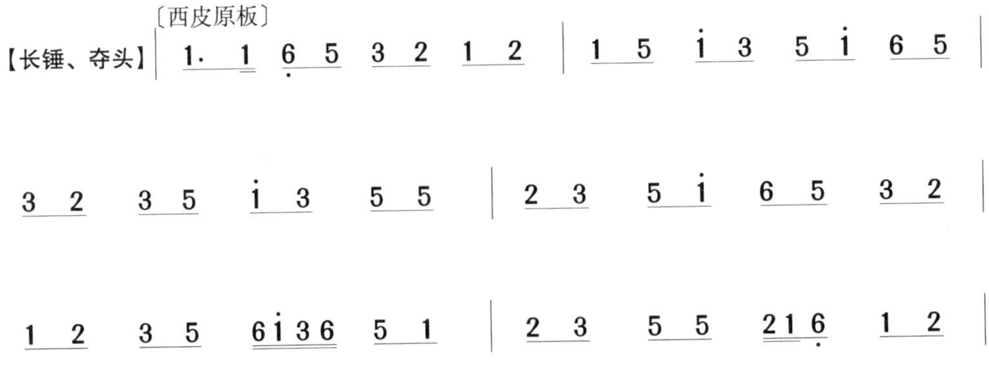

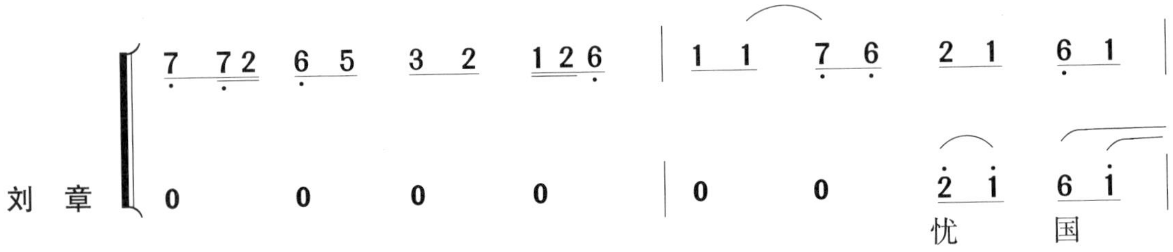

监 酒 令

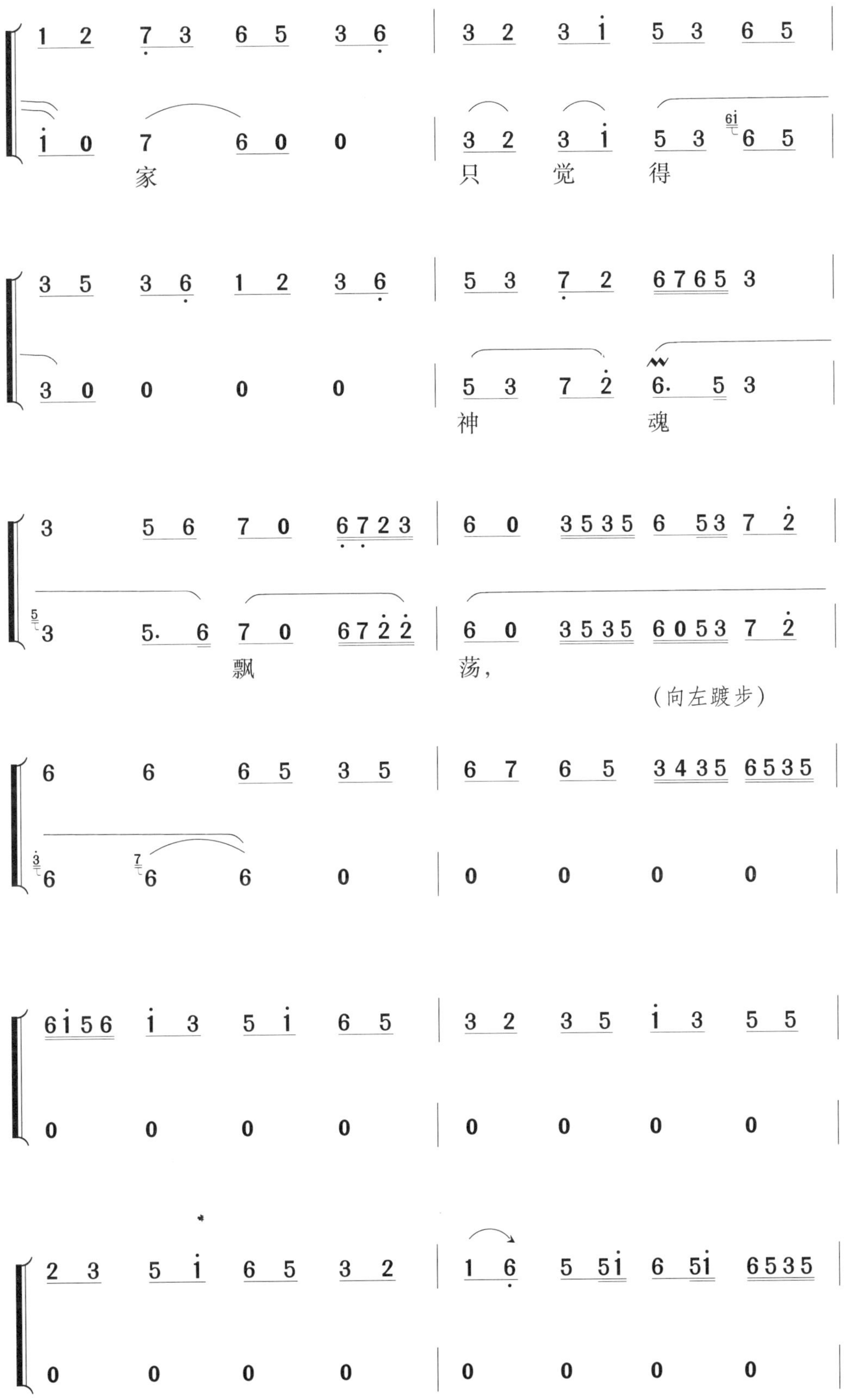

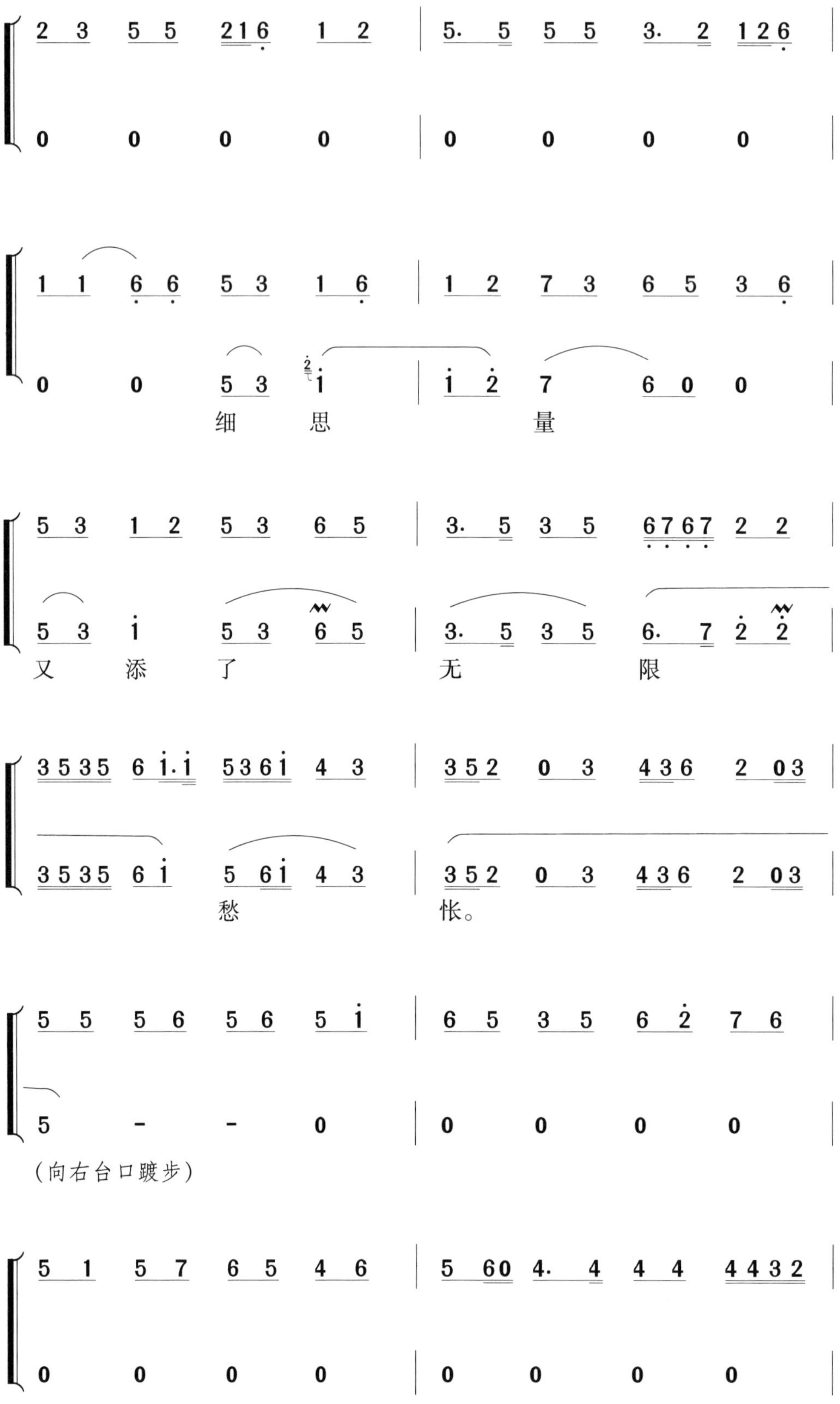
细 思 量
又 添 了 无 限
愁 怅。
（向右台口踱步）

监酒令

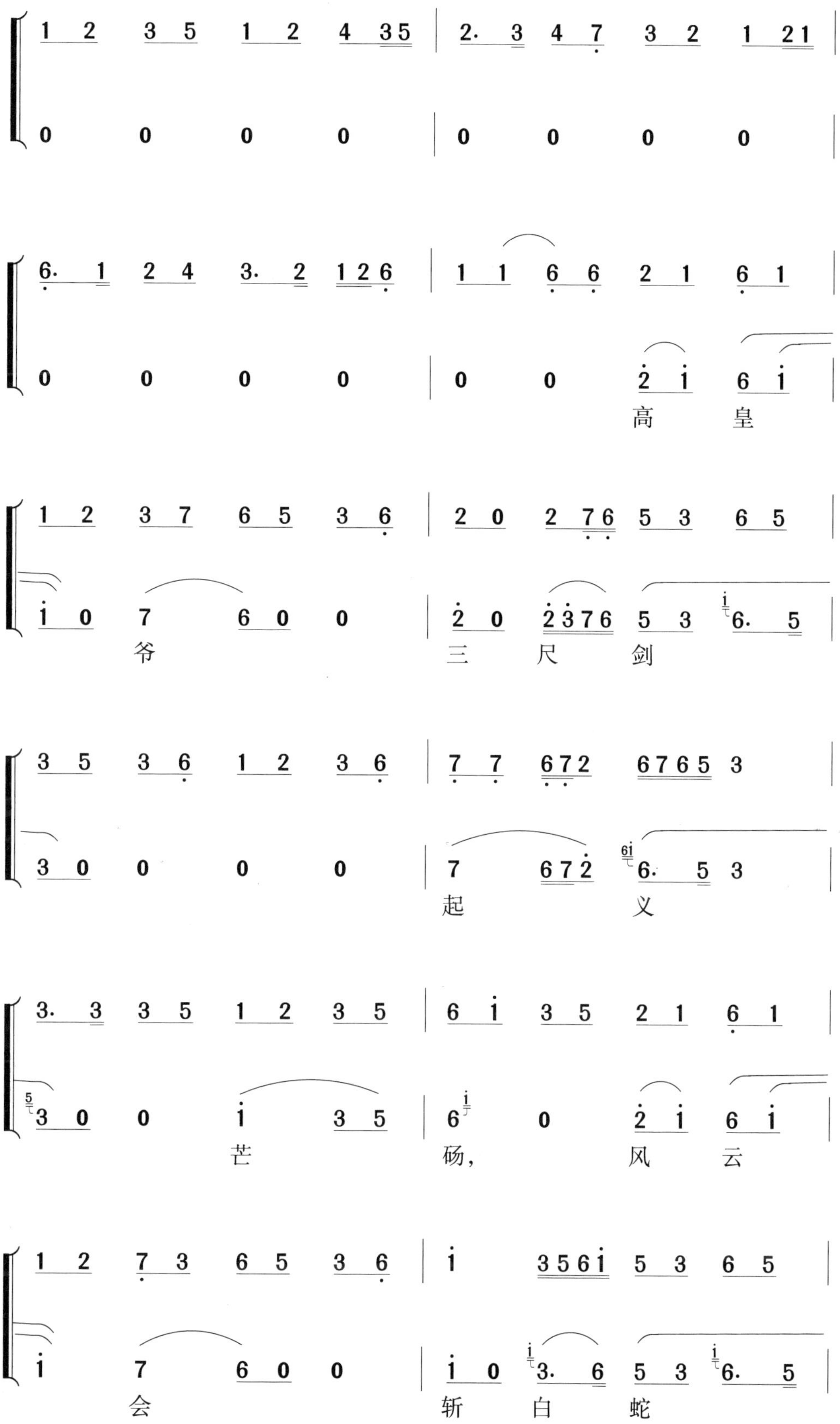

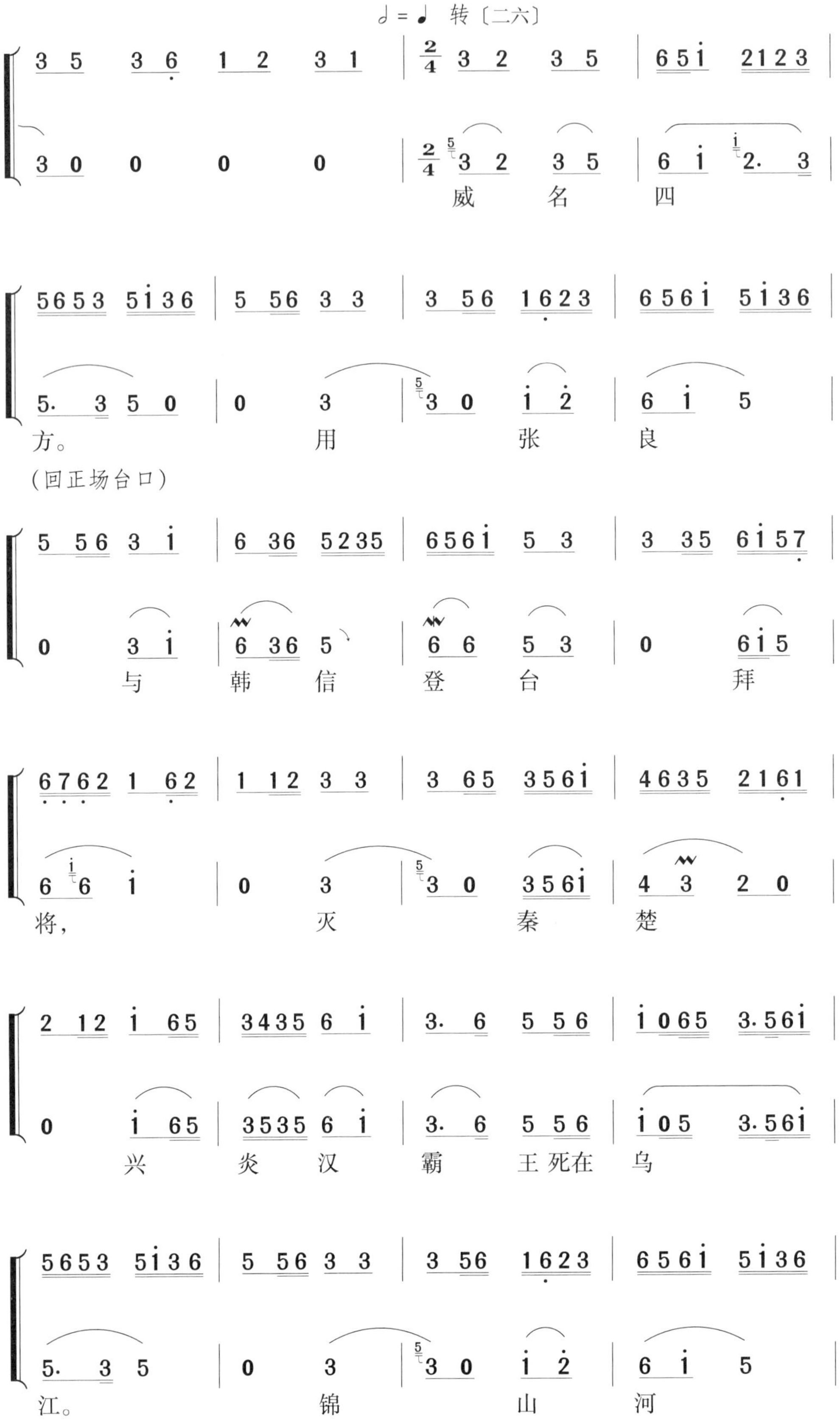
转〔二六〕
威 名 四
方。 用 张 良
（回正场台口）
与 韩 信 登 台 拜
将， 灭 秦 楚
兴 炎 汉 霸 王 死在 乌
江。 锦 山 河

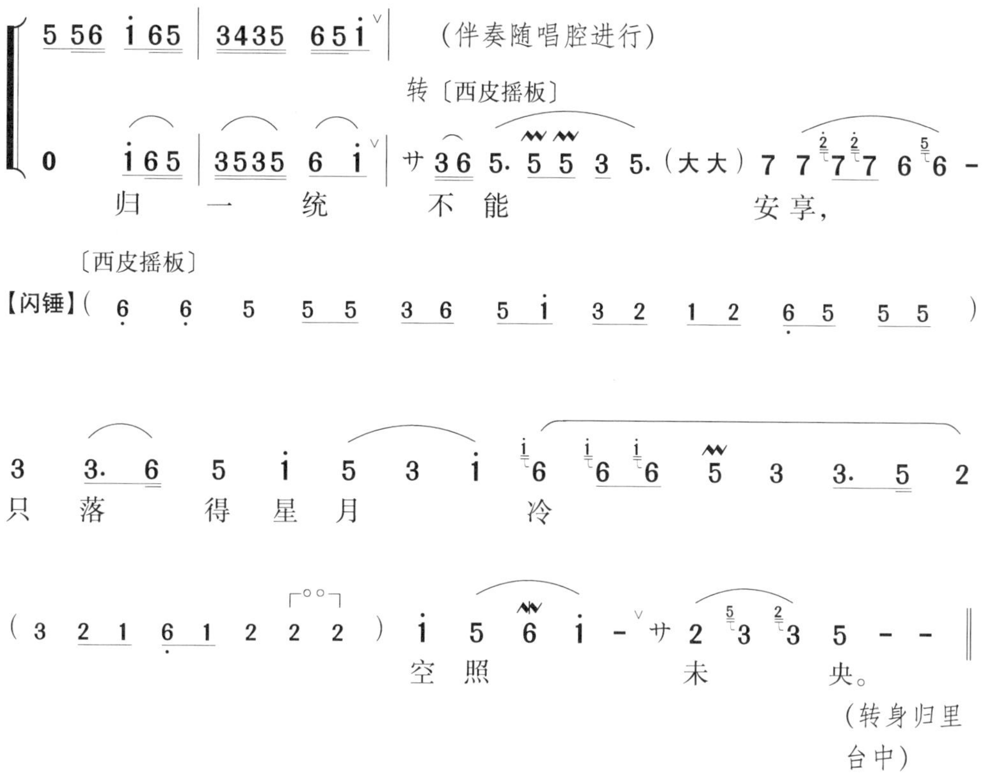

〔【冲头】[①]王陵、陈平、周勃、灌婴分两边上。至台口拱手，归里边，站“八字”。

众 啊，君侯。

刘 章 啊！【撕边一锣】夜已三鼓，列公齐集宫门，所为何事？

王 陵 君侯！太后有旨，大封吕氏宗族为王。君侯可曾知晓？

刘 章 此事闻之矣。

陈 平 明日未央宫中，大宴吕氏宗亲，君侯知否？

刘 章 明日未央宫中大宴吕氏宗亲，亦闻之矣。

王 陵
陈 平 想高皇曾有遗言，非刘氏不得为王。如今吕后大封吕氏宗亲为王，是何意也？

刘 章 列公岂不知：“天下安，宰相调和；天下危，将帅用命。”如今只要列公将相和睦，天下纵有变乱，何足忧也。列公何不思之。

陈 平 虽然我等将相和睦，怎奈吕禄掌握兵权，君侯若不急速救之，炎汉社稷岂不断送吕氏之手？

刘 章 依列公怎生计较？

王 陵 明日太后大宴诸吕，君侯何不闯席而入，将那狂妄之人斩杀一二。知刘氏有人，吕氏不敢篡夺。计，便是好计，不知君侯敢与不敢？

刘 章 【撕边一锣】（捋盔穗两边看群臣，点头允诺）只要列公助我一臂之力，有何不敢，看天色将明，列公可在午门候信便了！

---

① 此处原为【闪锤】王陵等上场唱〔西皮散板〕：“恨吕后图社稷阴谋妄想，特地来与刘章共作商量。”为紧凑而改为【冲头】上，念白。

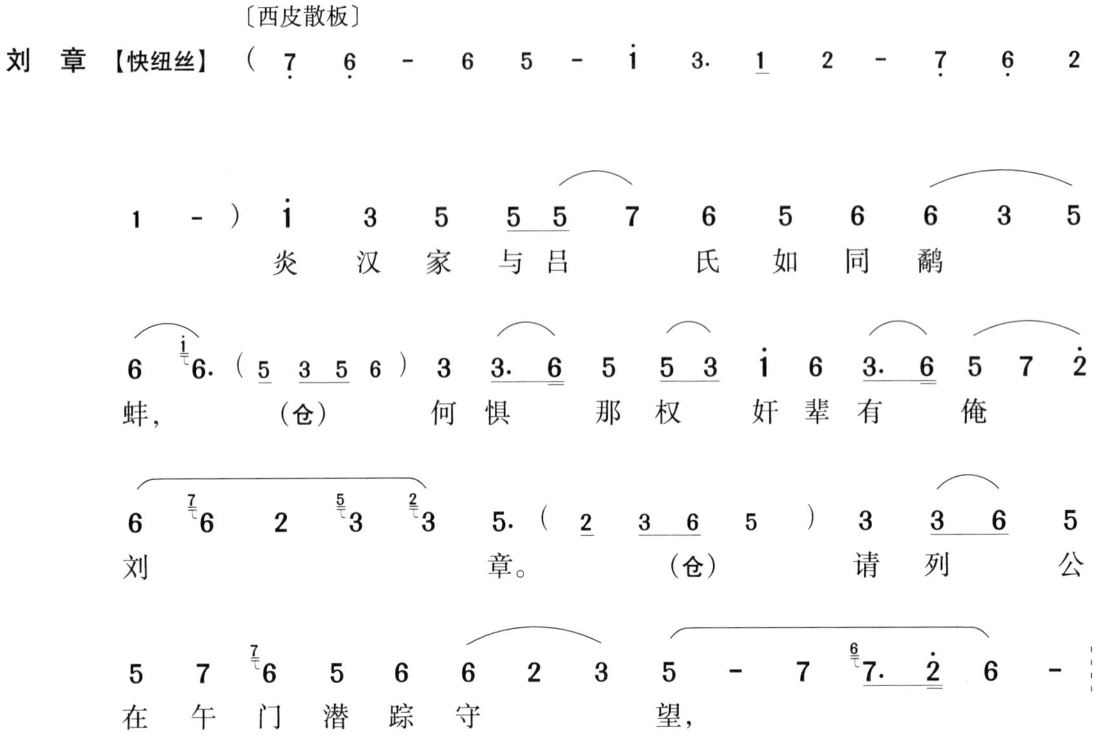

〔【快纽丝】[①]刘章与陈平、王陵等四老臣拱手，四老臣“插门”下。

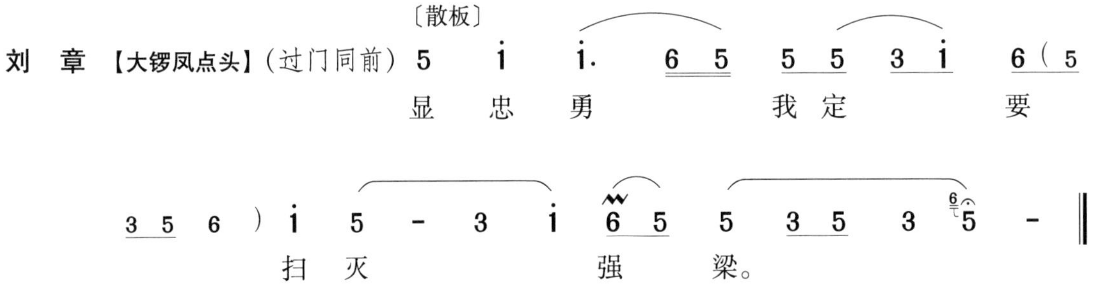

〔刘章站台中亮相。唢呐奏<尾声>。

—— 剧 终

① 此处原为：八大铠、二军士“插门”下，刘章至“下场门”；陈平等四老臣归“上场门”站“一条鞭”，刘章转身唱末一句〔散板〕“……扫灭强梁”下；陈平再唱两句〔西皮散板〕“快传禁军扎营帐，午门埋伏莫声张”，众同下。

李舒 整理　　吴文疆 记谱

玉门关

根据钱江演出录像整理

京剧《玉门关》源于《后汉书 · 班超传》，剧本与史载情节基本一致。前辈小生龙德云、张宝昆、朱素云等均擅演此剧，至姜妙香所演《玉门关》始称完备。据何时希著《小生旧闻录》所记，姜妙香《玉门关》演出本场次为：

第一场“出关”。四将起霸，分念〔粉蝶儿〕。班超念引子、诗、白毕，吩咐起马，唱〔西皮导板〕、〔慢板〕，【急急风】“倒脱靴”下。

第二场“操兵”。匈奴王〔点绛唇〕上，高台念诗、白，唱〔西皮原板〕，兵将操演。报班超往鄯善国。匈奴王唱〔摇板〕，吩咐大将乌来代起兵往鄯善。

第三场“会羌”。鄯善王唱〔西皮导板〕、〔流水〕上，班超“吹打”上，相见，被请至宾馆。班超下，乌来代上，向鄯善王示威，欲围杀班超。

第四场“识破”。四将上，班超上唱〔西皮二六〕，识鄯善王供奉有缺，命四将巡查。班超焦虑不安，唱〔二黄慢板〕。继威吓侍胡，得匈奴到之讯，遂定火攻之计，唱〔快二六〕转〔快板〕。

第五场“诛番”。开打，杀乌来代。

第六场“降羌”。鄯善王恐惧愿降。

姜妙香 1963 年在中国唱片社录制的《玉门关》，经与其弟子黄定对剧本稍加删润，去掉匈奴王场次，只上乌来代发兵。现在记录的钱江演出本即黄定提供的这个录音剧本。黄定又把乌来代发兵放在第一场，增加了第三场的乌来代过场。因钱江不擅长武功，免演“诛番”、“降羌”两场，故未做记录。黄定嘱我执排、设计身段，因之如是记录。记谱者吴文疆与钱江合作多年，素谙姜派声腔，又由黄大江（黄定之子）提供了姜妙香的录音，以为准绳，使得此本曲谱翔实准确，参用无误。

根据史书、小说的原材料编排情节，按习用的格式（如引子、诗、白、唱词，分场连属故事）写成京剧剧本，滥觞如是，垂范久远。其生命力，或说艺术价值，不在于这种简单的情节与形式套路（其实这种被讥为陈旧的、死板的形式，是由写意形的、尤其是程式化的表演特性所决定的），而在于演员利用这种形式的载体，施展了唱念做打的精湛技艺。上面的何时希文“至姜妙香所演《玉门关》始称完备”，所谓“完备”者，是说对剧本词句的修润，使之情通理顺，辞藻华美，并适应念白的字调、唱腔工尺的字调需求；对剧本场子进行调理，以使结构严谨，节奏顺畅，并有利于唱念做打的技术布局。最重要的是展现演员个人的才艺。姜妙香的艺术强项是对唱腔方面的创造。经过姜妙香所“完备”的小生戏，除《玉门关》最为著名外，尚有《监酒令》、《孝感天》、《白门楼》、《罗成叫关》、《小显》、《辕门射戟》、《探母》（杨宗保）、《洛神》（曹子建）、《玉堂春》（王金龙）等戏。这些小生戏里都闪烁着姜派艺术的光华，成为姜派代表作。

姜妙香先生于 1890 年出生，在 1963 年录制《玉门关》时，虽已年逾古稀，但并无艺术衰退的暮年之叹，由于其努力不懈的研究，经验愈加丰厚，鉴赏品位更渐升华，技巧亦臻精进，故能处于一种自得的状态。那次留下来的《玉门关》录音，可以视为他演唱艺术水平的高峰。

黄定跟随姜妙香先生多年，对姜先生的唱法、念白下过功夫，音质、大小嗓掺用的成分酷似，大嗓的沉厚、小嗓的劲利、依四声字调来应用原则，均能领悟、体现。黄定把传播姜派小生艺术视为己任，不遗余力，而且不索取报酬。钱江先生称呼黄定先生为老师，其实二人年纪差不多，教与学都极为认真用心。钱江的演唱舒朗、流畅，没有矫揉造作、哗众取宠的毛病，是一位颇有修养的姜派小生票友，在姜派艺术后继乏人的今天，受到赞扬，理所当然。

李 舒

人物行当

班　超	小生	四小太监	杂
鄯善王	老生	四番将	杂
乌来代	净	四番兵	杂
四　将	生、净	小　番	丑
八马童	杂		
大太监	杂		

服装扮相

班　超　俊扮。班超盔（即倒缨盔，姜妙香当初是扎巾、大额子）、斗篷，白蟒、玉带，白龙箭衣、大带，红彩裤，厚底靴。

鄯善王　俊扮。草王盔、翎子、狐尾、白三，红蟒、玉带，红彩裤，厚底靴。

乌来代　勾黑花三块瓦脸。蓬头、额子、翎尾、黑扎，黑硬靠，黑彩裤，厚底靴。

四　将　二俊扮，一俊扮、黑三,一勾白三块瓦脸、黑满。均戴虎头壳，或戴荷叶盔、扎巾盔等，穿各色软靠，红彩裤，厚底靴。

八马童　俊扮。黄色兵服，薄底靴。

大太监　俊扮。太监盔，太监衣，红彩裤，厚底靴。

四小太监　俊扮。太监服，红彩裤，薄底靴。

四番将　揉脸。番将衣帽，黑彩裤，薄底靴。

四番兵　俊扮。番兵衣帽，黑彩裤，薄底靴。

小　番　勾豆腐块彩脸。大板巾，素箭衣、黑马褂、大带，黑彩裤，朝方靴。

道具

堂　桌	一张	双　刀	四对
椅　子	二把	枪	四枝
红色大帐	一份	桌纱灯	一个
马　鞭	五枝	云　帚	一个
单　刀	八把	桌围椅披	一份
大　刀	一把	文房四宝	一份

第 一 场

起 衅

〔唢呐曲牌<风入松>前两段，四番兵、四番将“站门”，乌来代执大刀上。

乌来代 某，【大锣一击】匈奴国大将军乌来代。【住头】是俺保定可汗威镇番邦，每日操演人马，意欲夺取汉室天下。如今兵强马壮，正好兴兵，我不免先到天山一带，征讨西域各国军粮战马。嘚，巴图鲁。

众 啊！【大锣一击】

乌来代 催军！

众 啊！

〔<风入松·合头>众“插门”下，乌来代横刀、捋髯亮相。【一锤锣】下。

第 二 场

出 关

〔设大帐，摆堂桌、印盒、文房、“大座”。

〔【急急风】郭恂、李邑、徐干、田虑手提下甲分两边上，至台口一亮，双进门【四击头】“云手”、踢腿、“山膀”，横排“一字”亮相。唢呐曲牌<大开门>四将继续“一整两整”系胸扣。互相拱手分两边下；八马童“站门”上。曲牌止。

〔班超【四击头·回头】上。至“九龙口”抖袖整冠。【原场】至台口。【归位】

班 超 （引子）志气凌云，

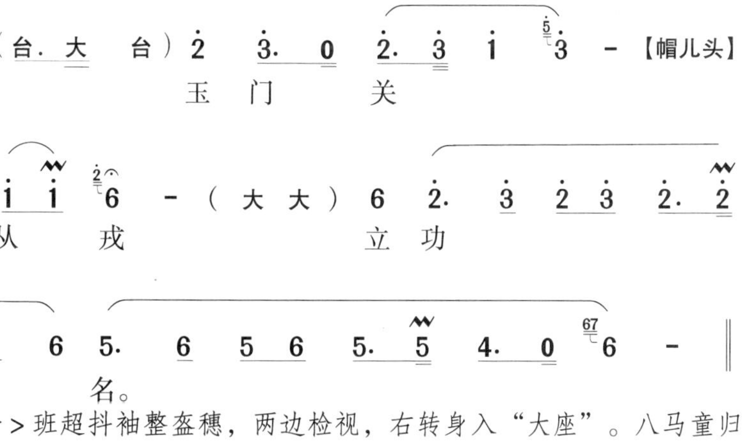

〔唢呐曲牌<水龙吟>班超抖袖整盔穗，两边检视，右转身入“大座”。八马童归里边站“八字”。四将分两边上，进帐。曲牌止。

四 将 参见司马。

班 超 列位将军少礼。

〔四将分站两旁。【归位】

班 超 （念）投笔从戎羡虎头，

男儿谈笑觅封侯。【小锣二击】

玉门关外三千里。

建立功名贯九州。【大锣归位】

某，【大锣一击】汉室班超。【住头】扶风平陵人也。幼读诗书，胸怀韬略。可恨匈奴，屡犯边境，致使生灵涂炭，血染长城。【住头】是某立志发愤，投笔从军，蒙大将军窦固保荐，官封假司马，带领三十六人去往西域各国，聘问通好，断匈奴之右臂，以固边防。列位将军！

四　将　司马。

班　超　人马可齐？

四　将　俱已齐备。

班　超　就此起马。

〔【冲头】班超出位，与众出帐，上马，往里转身，抱马鞭亮相。四将上马转身“横一字”站班超身后，八马童归最后横排“一字”。拉二幕撤大帐、桌椅。

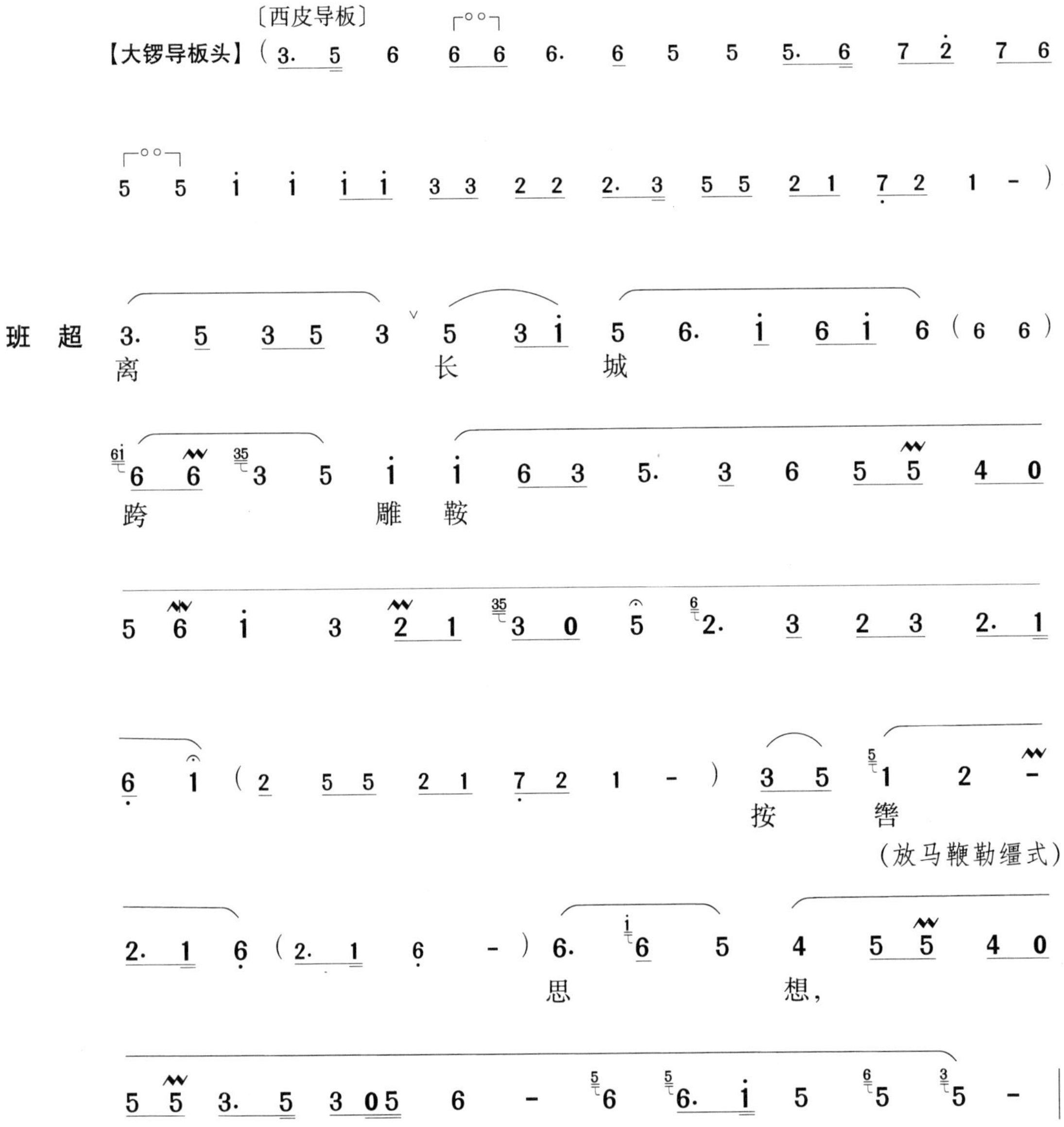

玉门关

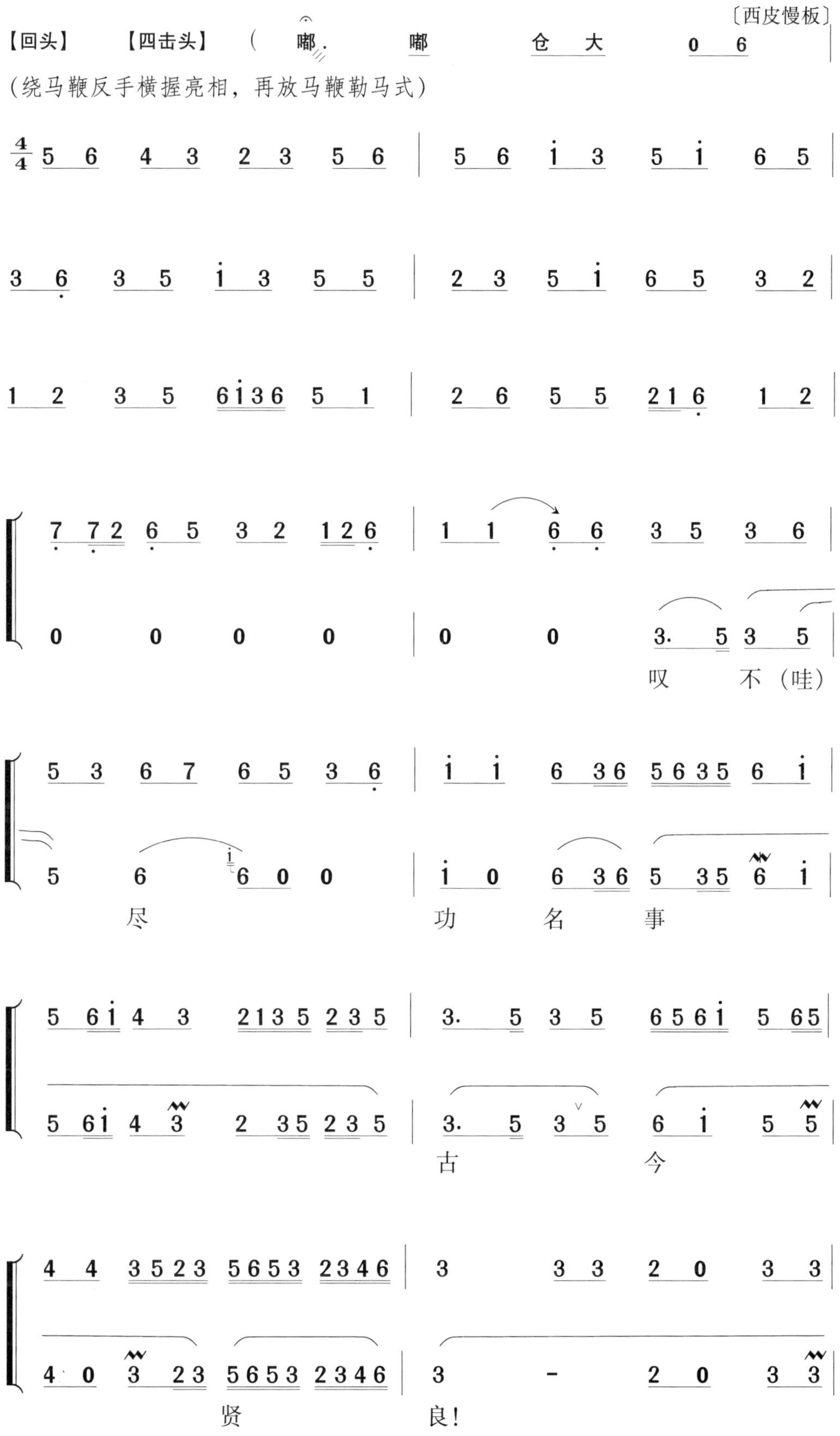

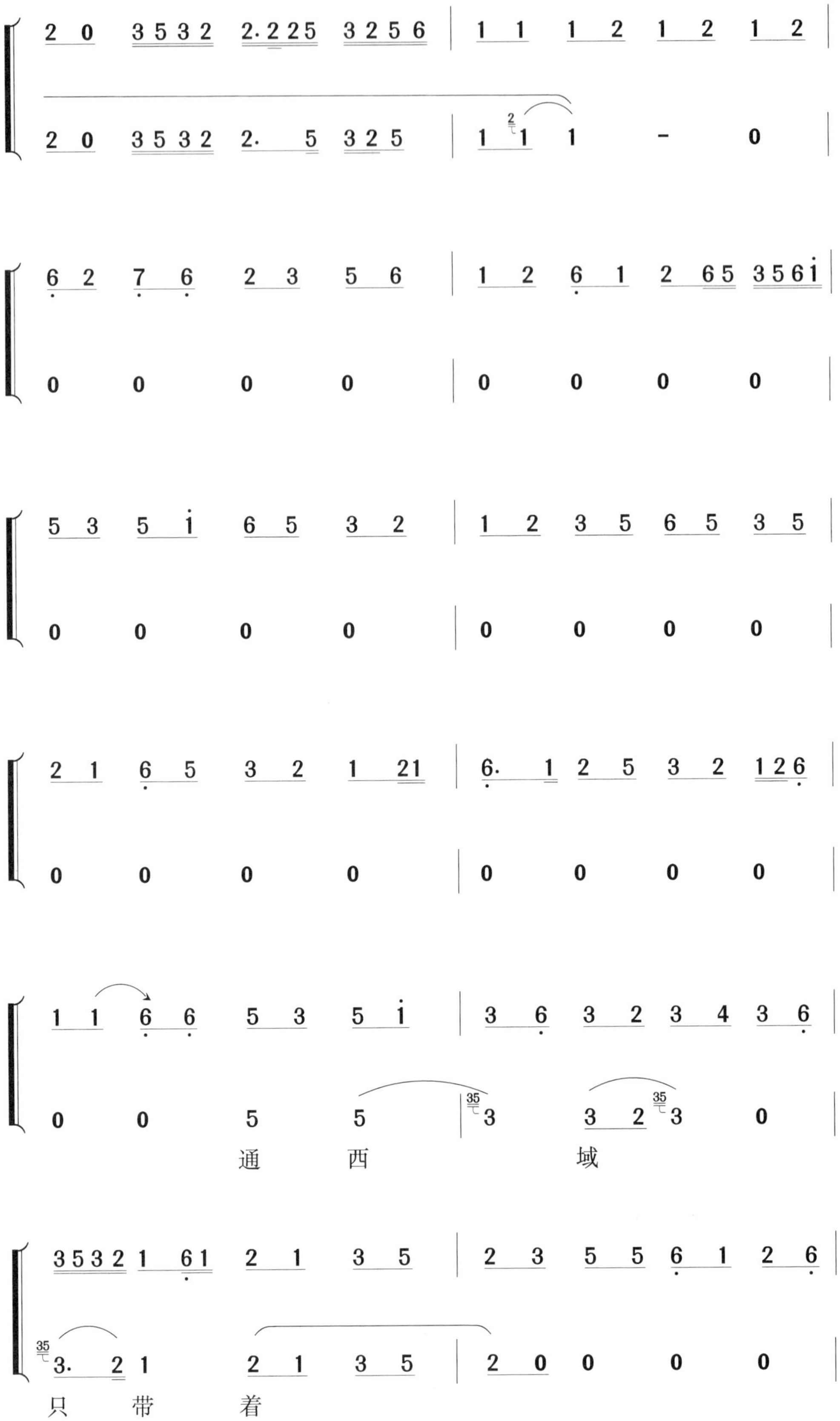
通 西 域
只 带 着

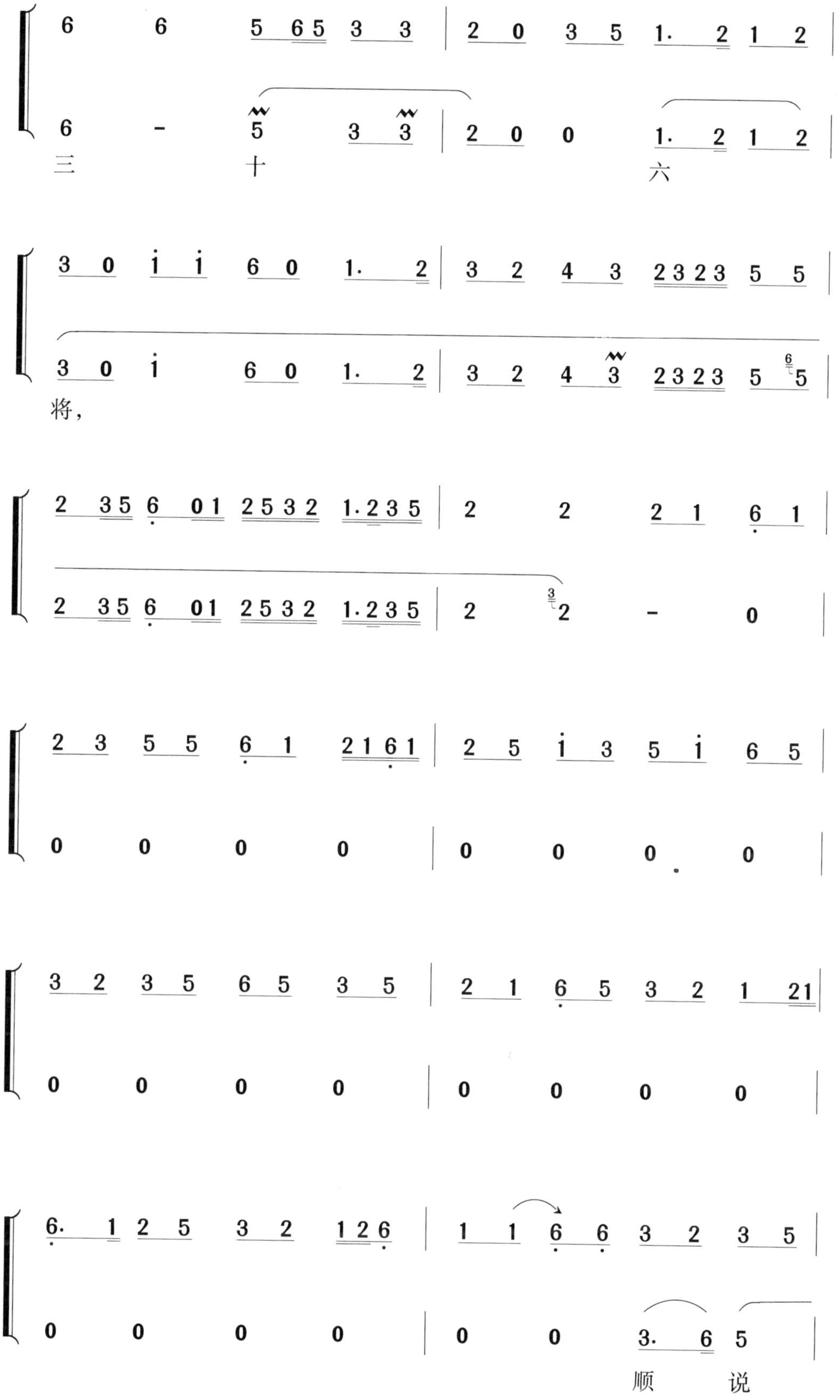
三 十 六
将，
顺 说

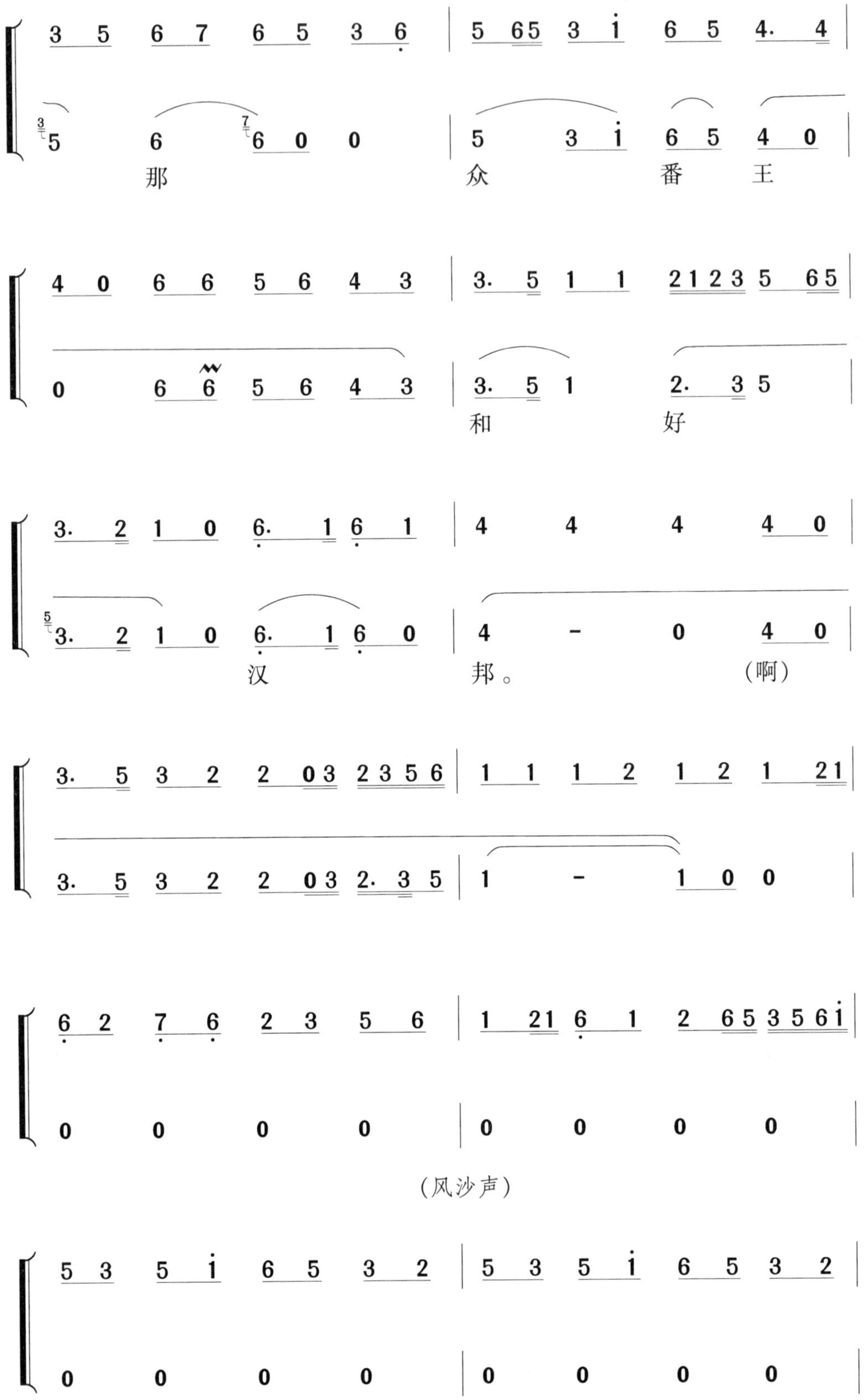
那
众 番 王
和 好
汉
邦。 (啊)
(风沙声)

玉门关

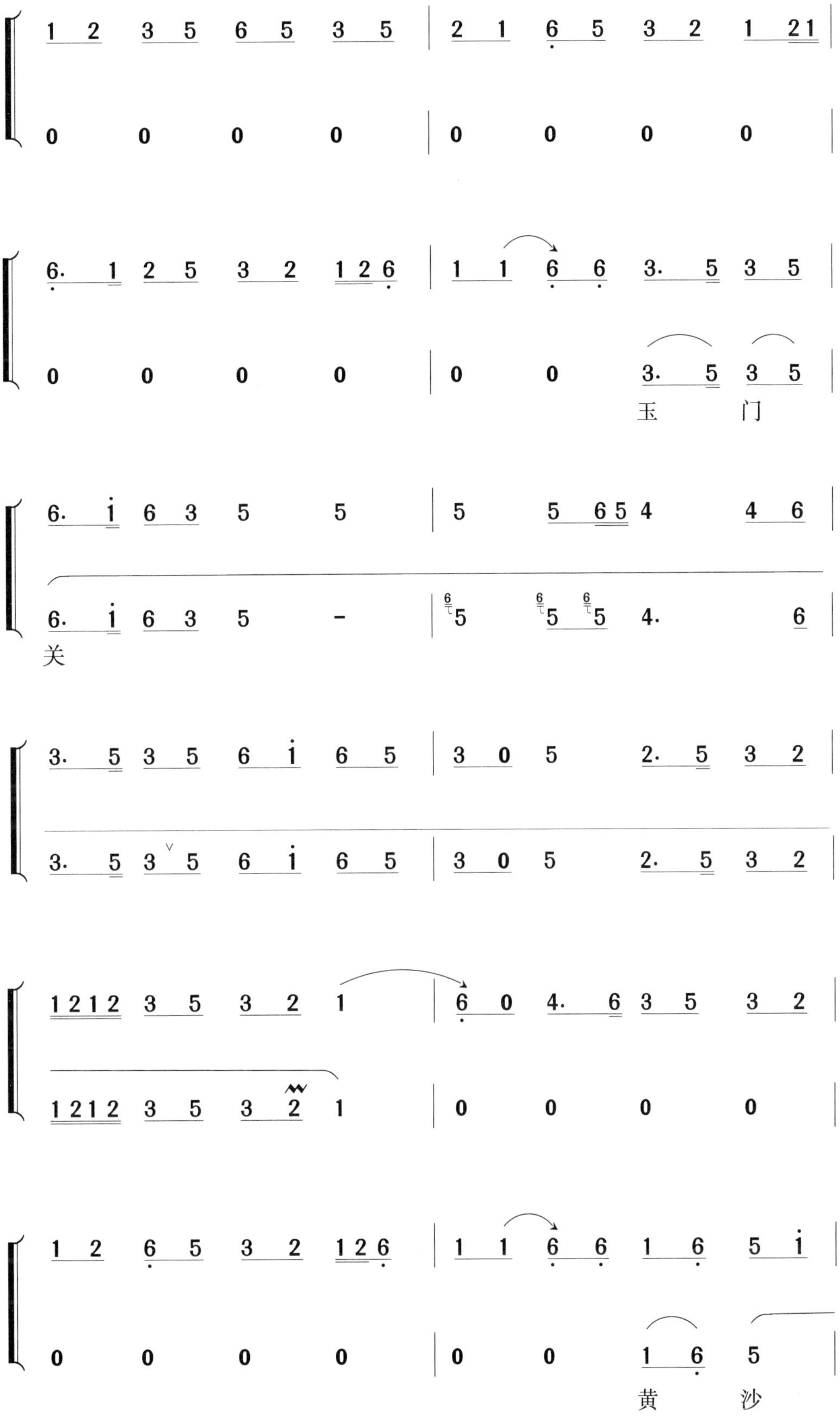

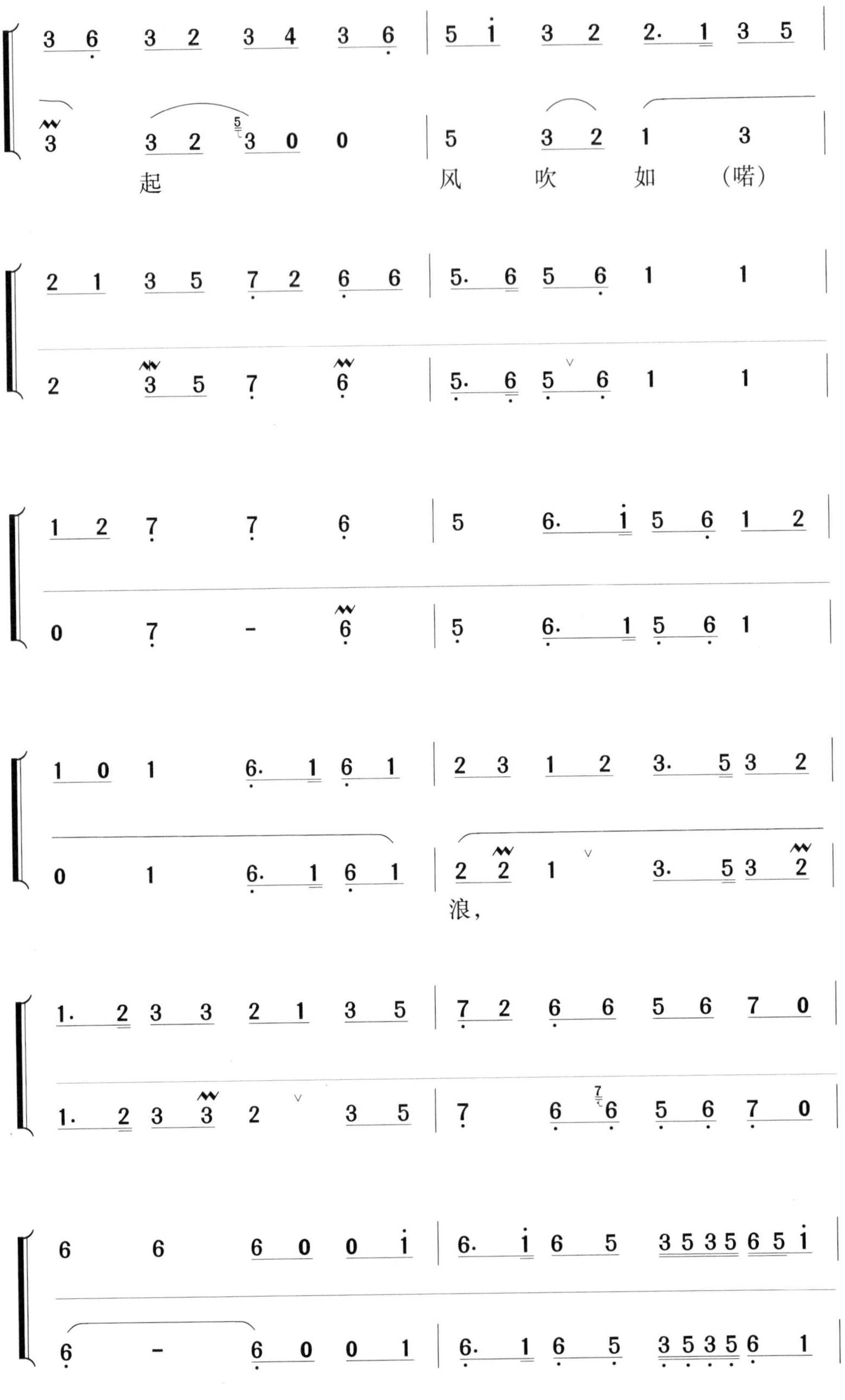
起
风 吹 如 （喏）
浪，

玉门关

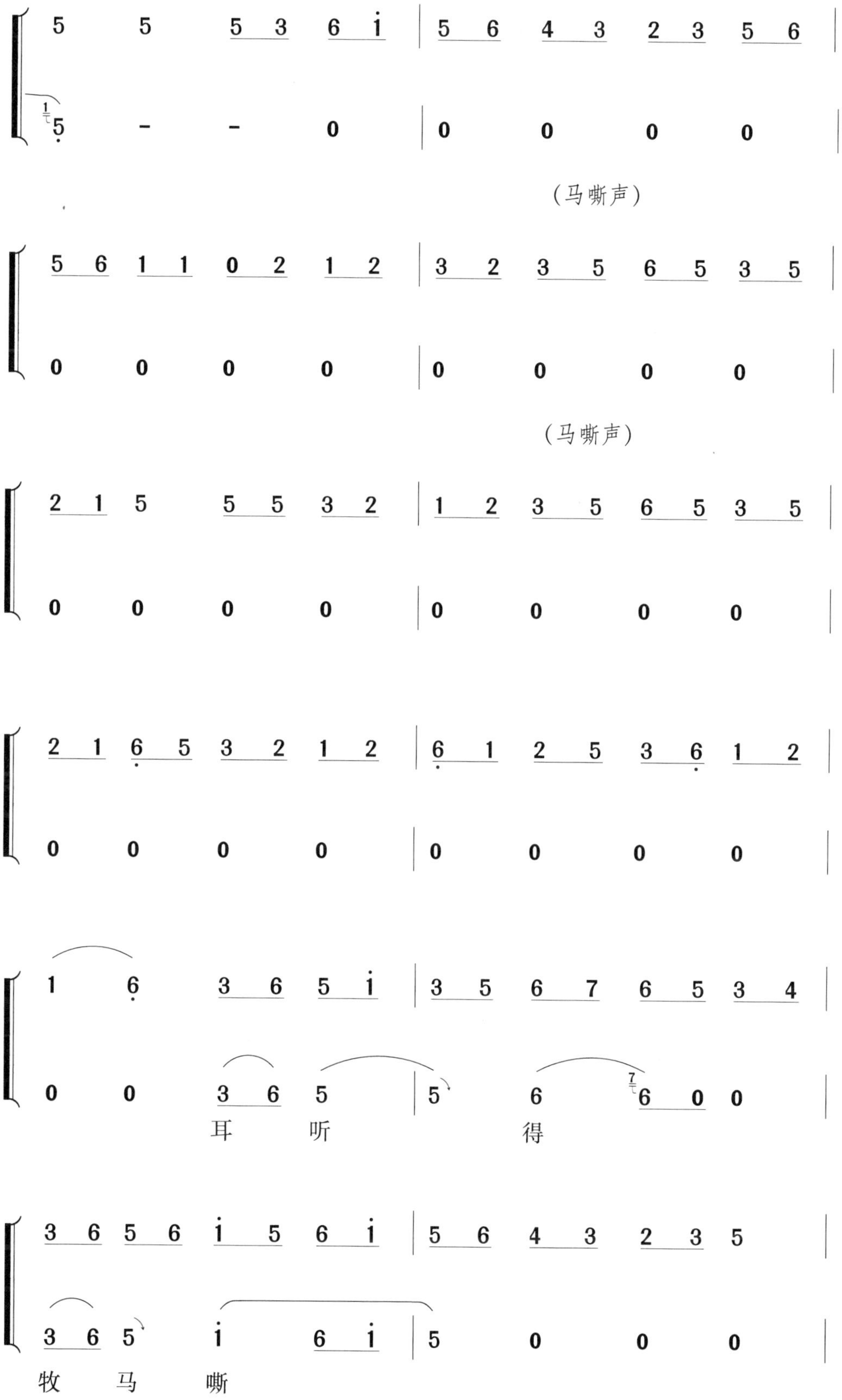

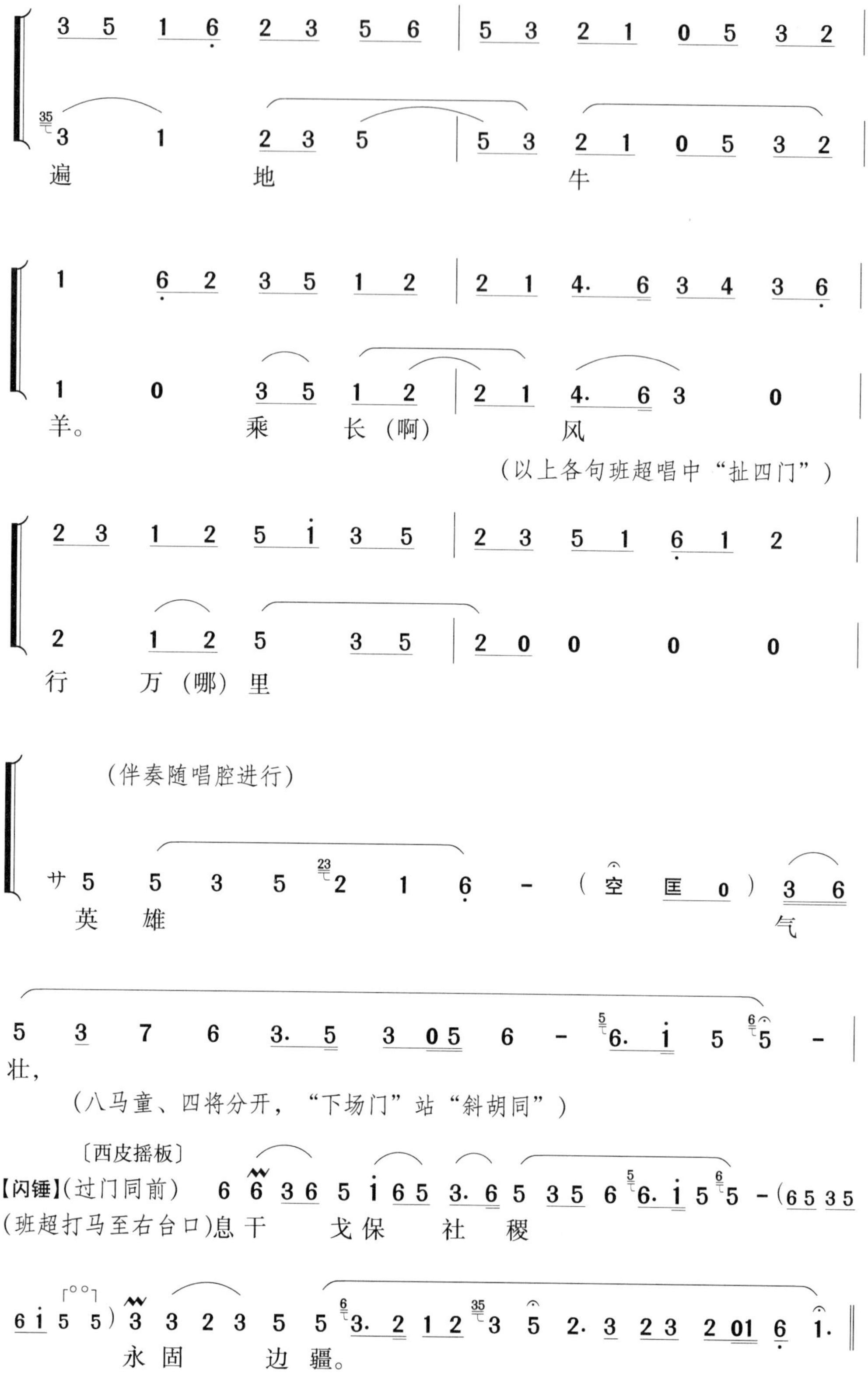

〔（八大仓）班超打马朝里亮相。众喝道：“哦——”【急急风】班超下，四将打马跟下，八马童下。

第三场

逼近

〔【急急风】四番兵、四番将“站门”，乌来代上，至台口亮相，挥手示意进兵。四番兵、四番将“插门”下。乌来代耍“小下场”，刀花，【四击头】掏翎亮相，接【急急风】下。

第四场

会羌

〔设“正场堂桌”，“小座”。

〔【慢长锤】四小太监“站门”，鄯善王上，至“九龙口”。

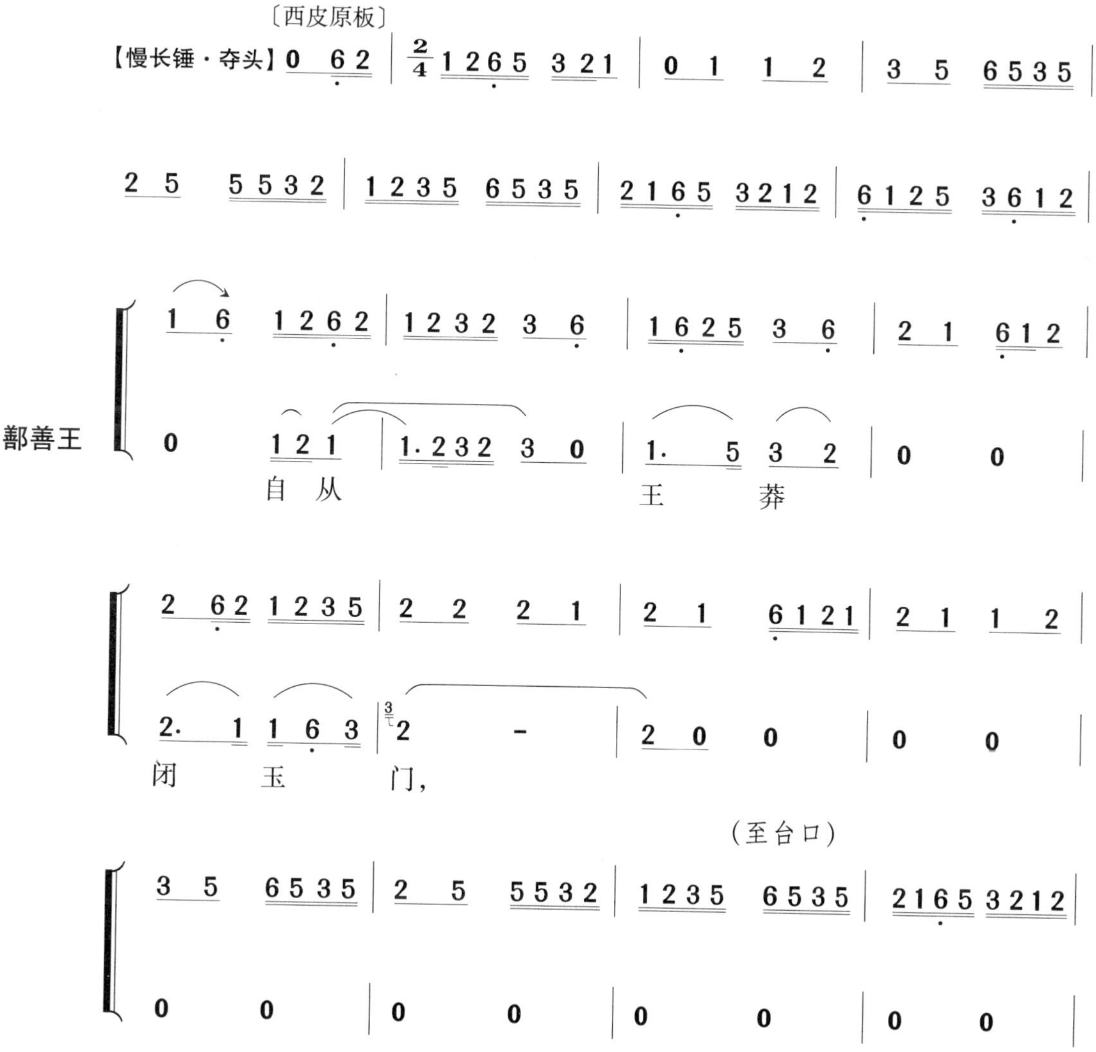

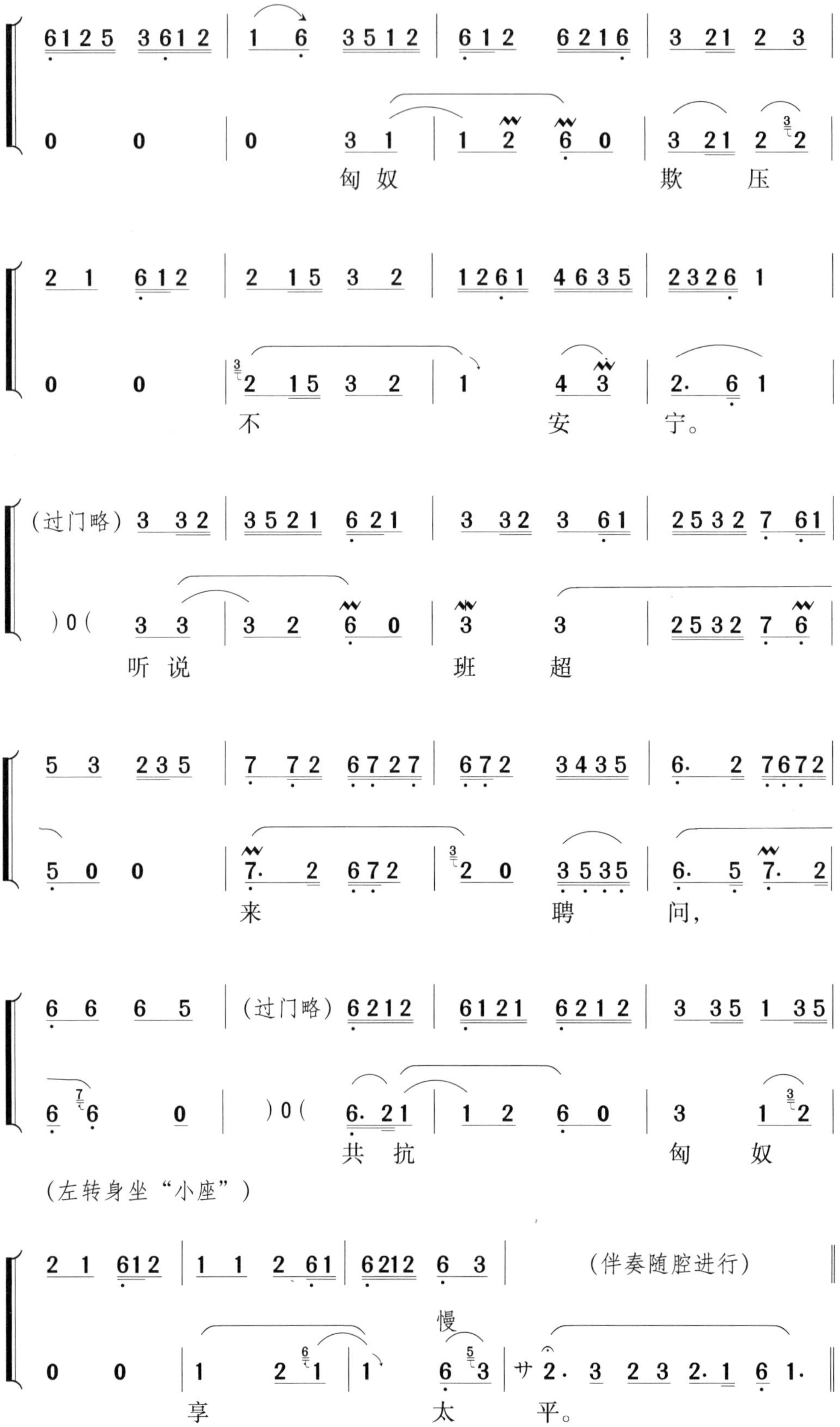
匈奴 欺 压
不 安 宁。
(过门略)
听说 班 超
来 聘 问,
(过门略)
共抗 匈 奴
(左转身坐“小座”)
(伴奏随腔进行)
慢
享 太 平。

孤，鄯善王广。【住头】只因匈奴称霸西域，强征暴敛，民不聊生。闻得汉天子命司马班超，聘问西域，我想班超此来，若能灭却匈奴，天下可享太平也。

〔大太监内“报”上，【冲头】进门。

大太监 启奏大王，大汉司马班超，带领三十六人前来通好。

鄯善王 有请。

大太监 有请。（下）

〔唢呐曲牌 <小傍妆台> 鄯善王出迎。八马童、四将、班超上。

班　超 （至台口勒马）老大王。

鄯善王 司马。

〔班超与四将下马，众“挖门”分两边站“八字”。

鄯善王 请坐。

班　超 有座。

〔曲牌止。班超坐“大边”鄯善王坐“小边”。

鄯善王 不知司马驾到，未曾远迎，望乞恕罪。

班　超 岂敢。某家来得鲁莽，老大王海涵。

鄯善王 岂敢。司马驾到必有所为。

班　超 班超奉汉天子之命，特来贵邦，聘问通好，联结西域各国，共抗匈奴。

鄯善王 多谢司马美意，孤若能与汉室修好，真乃万幸也。司马请至宾馆安歇。这回聘之事么……（见班超所带兵将甚少，顿生忧虑）容后再诉。

班　超 告辞了！

鄯善王 奉送。

班　超 带马。

〔唢呐曲牌 <小傍妆台> 四将、班超上马，众“插门”下，班超至“下场门”口回身，【撕边】（崩登仓）鄯善王出门相送。

班　超 请。

〔班超下。曲牌止。鄯善王进门【冲头】接【叫头】

鄯善王 且住。班超此来，联结西域各国，共抗匈奴，甚合孤意。怎奈兵少将寡，倘若匈奴人马到来，如何是好……

〔大太监内喊：“报！”【冲头】上。

大太监 启奏大王，匈奴大将军乌来代到。

鄯善王 （一惊【大锣一击】）有请。

大太监 有请。（下）

〔【急急风】四番兵、四番将、乌来代上。鄯善王出迎。乌来代至台口怒视鄯善王。下马。众“挖门”。乌来代挖至“大边”掏翎子左右两望（嘟儿仓嘟儿仓）接【四击头】向“大边”椅跨腿、踢腿、转身登椅子亮相，（嘟八大空匡）甩翎子、坐下。

鄯善王 大将军驾到，不知有何见谕？

乌来代 我且问你，适才何人到此？

鄯善王 这……

乌来代 啊！【大锣一击】你这样吞吞吐吐是何道理？

鄯善王 哎呀将军哪，【大锣五击头】汉室班超前来通好。

乌来代 唔，班超！

鄯善王 正是。

乌来代 你是怎样回复？

鄯善王 不曾应允。

乌来代 鄯善王，**【五锤】**命你将班超暗中监视起来，若有差错小心尔的老命！

鄯善王 哦，是是是。

乌来代 巴图鲁，安营去者！

众 啊！

〔四番兵、四番将**【急急风】**下。乌来代上马**【四击头】**至“下场门”台口，抱马鞭四望。鄯善王出门相送。

鄯善王 送将军。

乌来代 免！

〔乌来代打马（**八大仓**）接**【急急风】**下。鄯善王进门，撩袖起**【叫头】**

鄯善王 哎呀不好。看匈奴人多势众，班超等定遭杀害，汉家前来问罪，又便如何是好？这、这、这…… （**【乱锤】**转身摇头苦想）**【叫头】**有了。我不免命小番前往宾馆，窥探动静，也好做一准备。唉，这是哪里说起呀！①

〔**【一锤锣】**鄯善王下。四小太监分下。

第 五 场

夜 警

〔设“正场堂桌”、“外场椅”、纱灯。

〔**【慢长锤】**八马童、四将“站门”上。班超上，至台口。

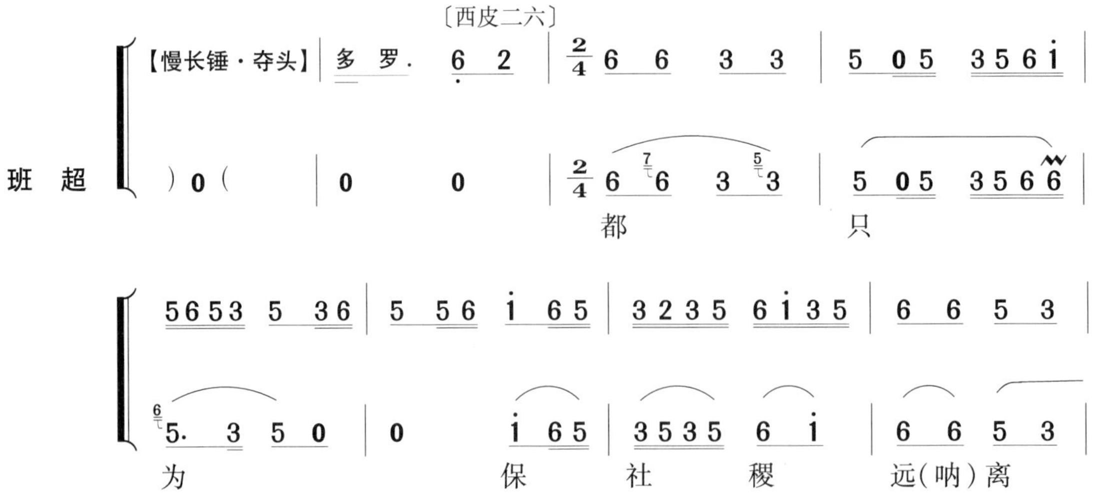

① 此处可作另一处理：（念）“……也好做一准备也！”**【紧锤】**（唱〔快板〕）“虽然班超有胆略，三十六人力单薄。匈奴残忍嗜杀戮，焉能通好息干戈。鄯善难免临头祸，利害去从怎奈何？且看二虎相争分强弱，（接〔散板〕）于中取势再定夺。”**【一锤锣】**打下。

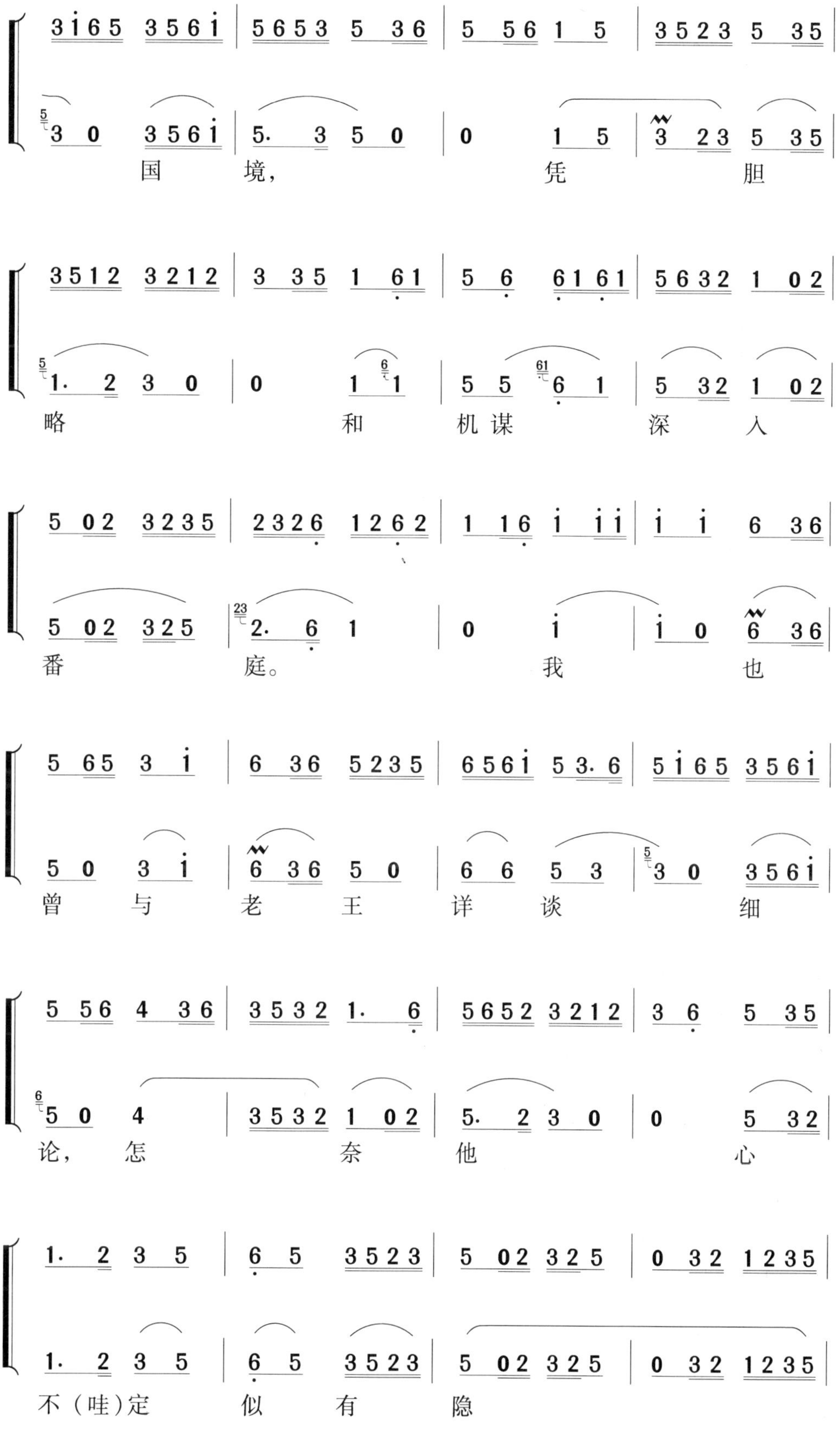
国 境， 凭 胆
略 和 机 谋 深 入
番 庭。 我 也
曾 与 老 王 详 谈 细
论， 怎 奈 他 心
不（哇）定 似 有 隐

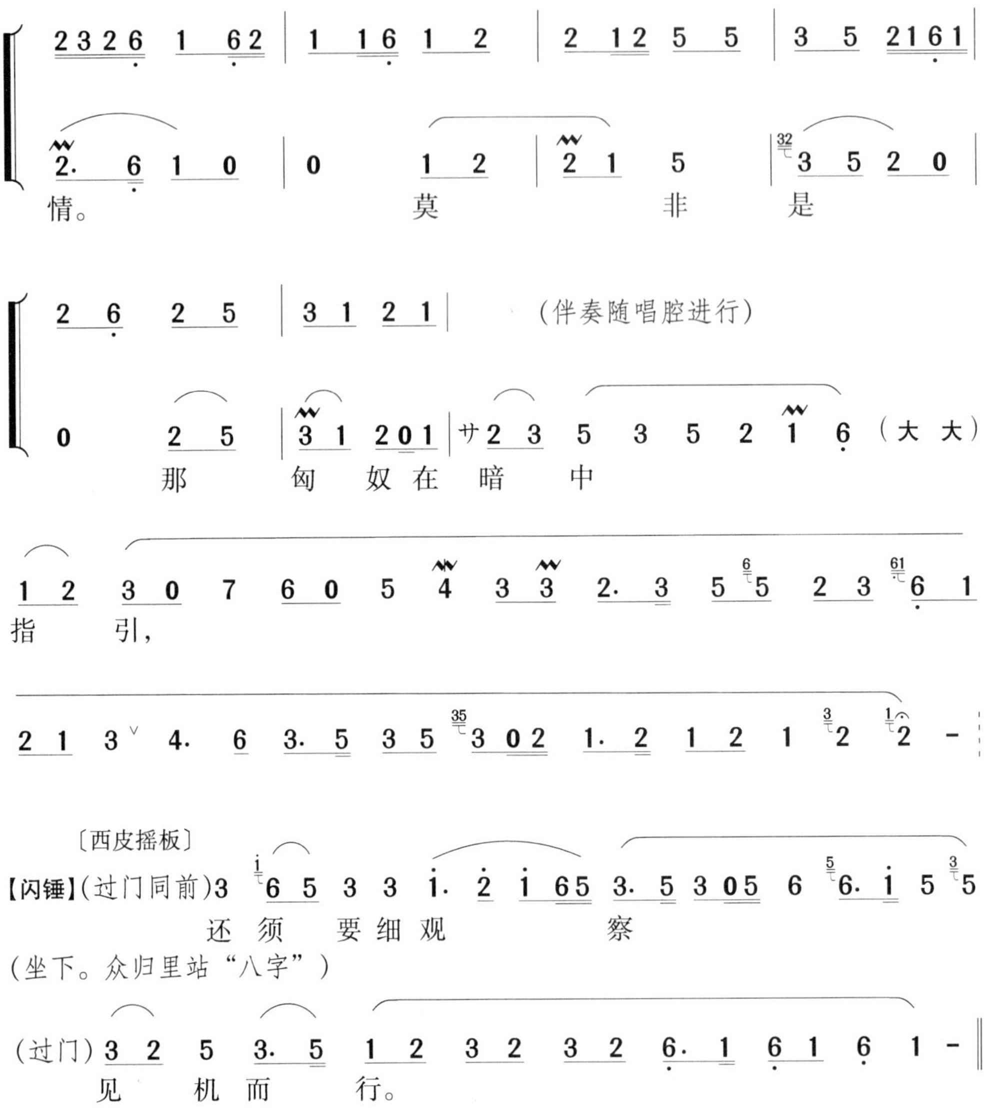

班　超　列位将军。

四　将　司马。

班　超　我等到此数日，老大王相待甚厚。今日酒筵为何忽然简慢起来？

郭　恂　司马虑得极是，其中必有缘故。

班　超　嗯。闻听匈奴兵将到此。酒筵今又简慢，两事相连，定有变端，吾曾身入绝域，岂可不做准备。列位将军！

四　将　司马。

班　超　去至宾馆四周巡查，若有可疑之事速报我知。

四　将　遵命。

〔【冲头】四将出帐下。八马童分下。

〔起更鼓。班超左手持灯，右手执剑，两“望门”，进门，放灯，剑入鞘站定。起更【冬匡】接风声。

班　超　唉！（大　大　大　大　乙　仓）想俺班超奉主之命，千里闯关，深入虎穴。怎奈鄯善老王，犹豫不定，如今又有疏慢之意，唉，不知何日才得成功也。

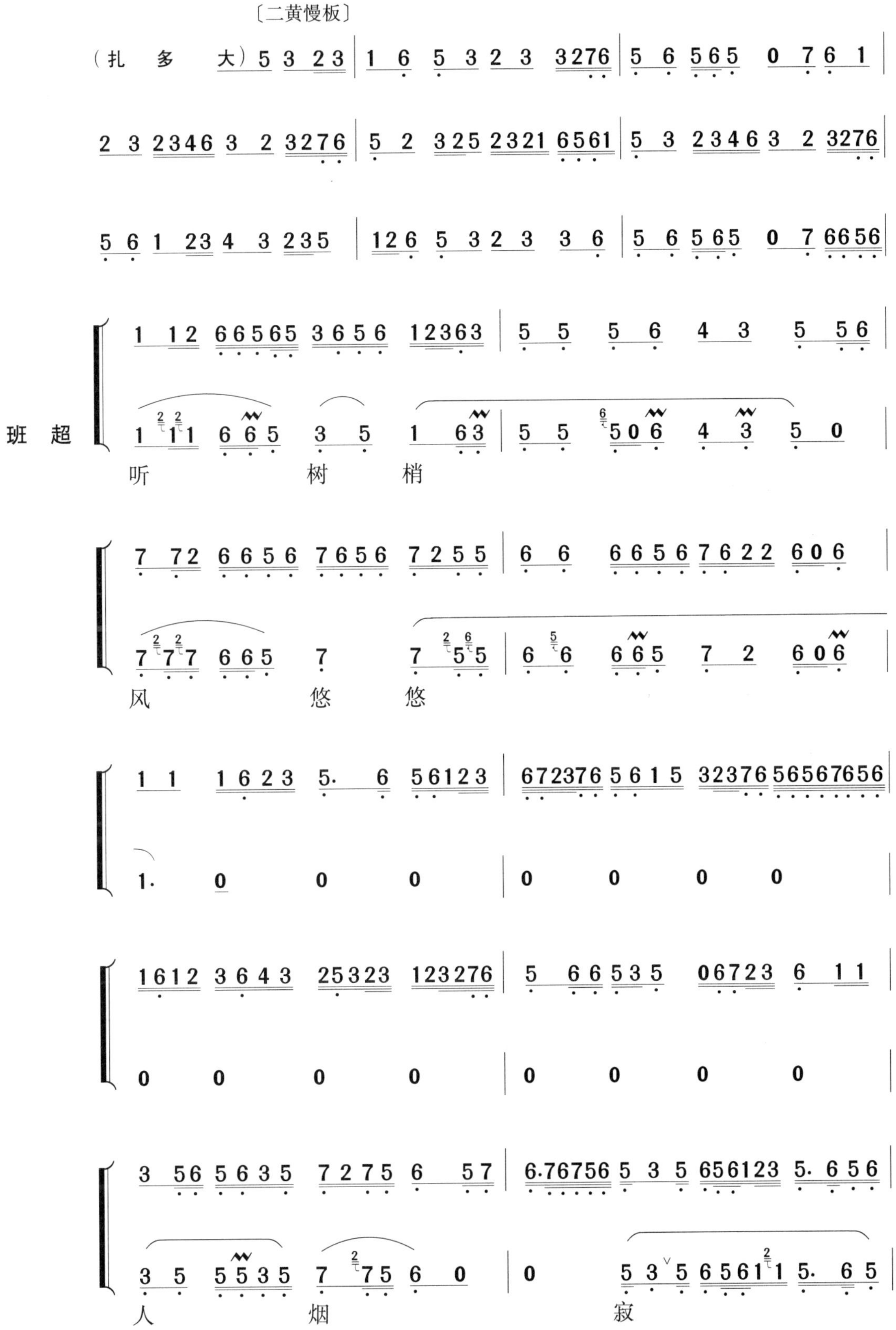

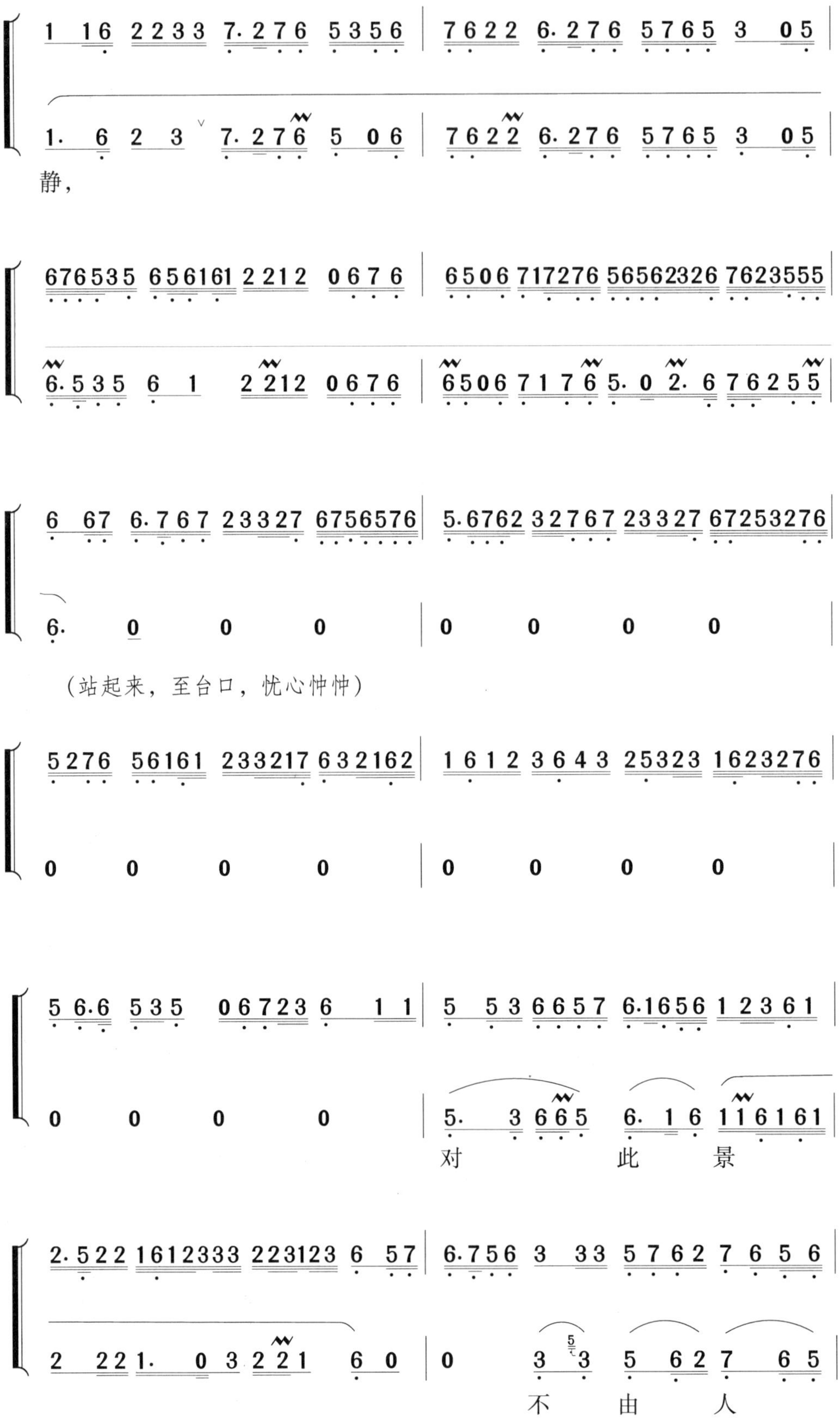
静，
（站起来，至台口，忧心忡忡）
对 此 景
不 由 人

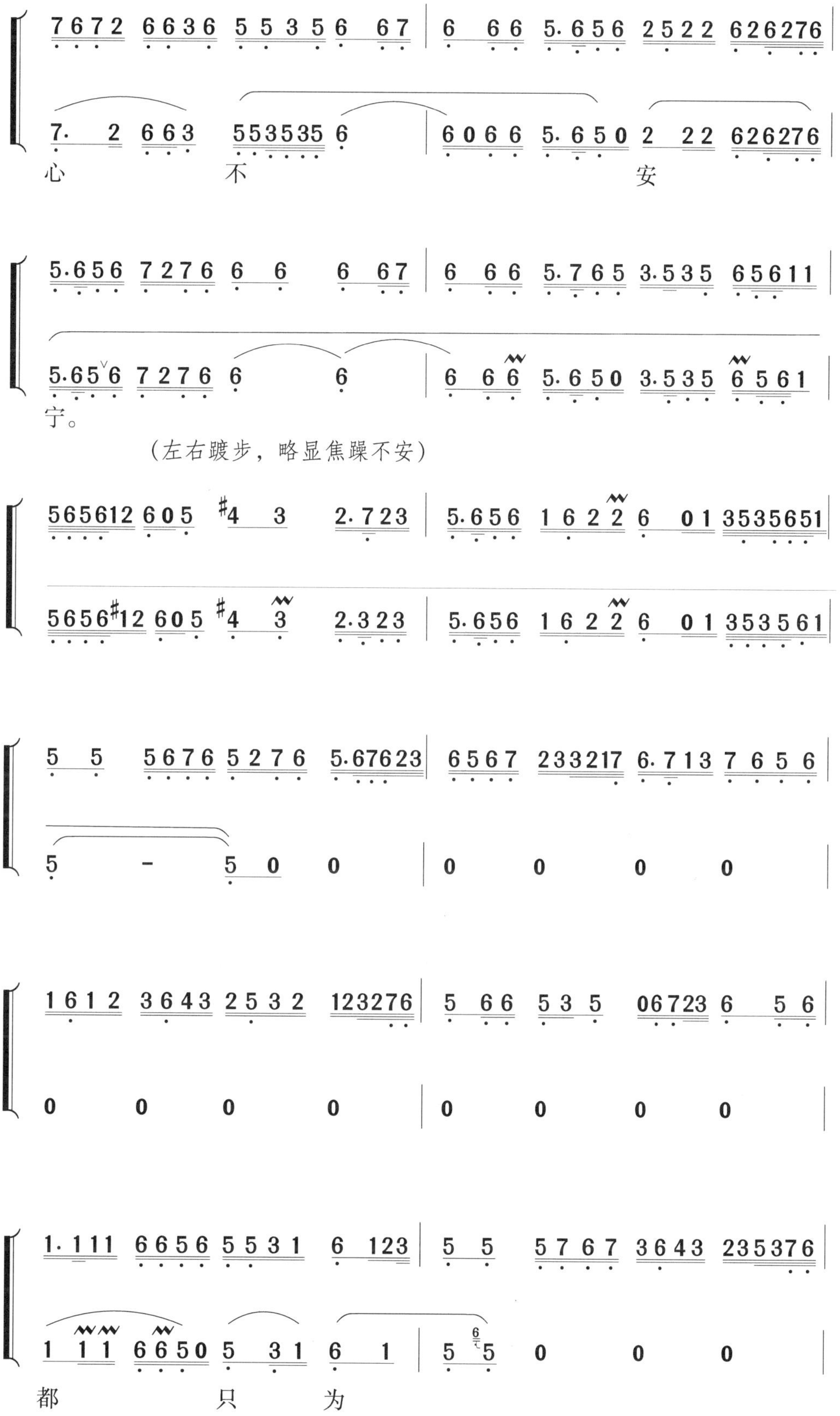
心
不
安
宁。
（左右踱步，略显焦躁不安）
都
只
为

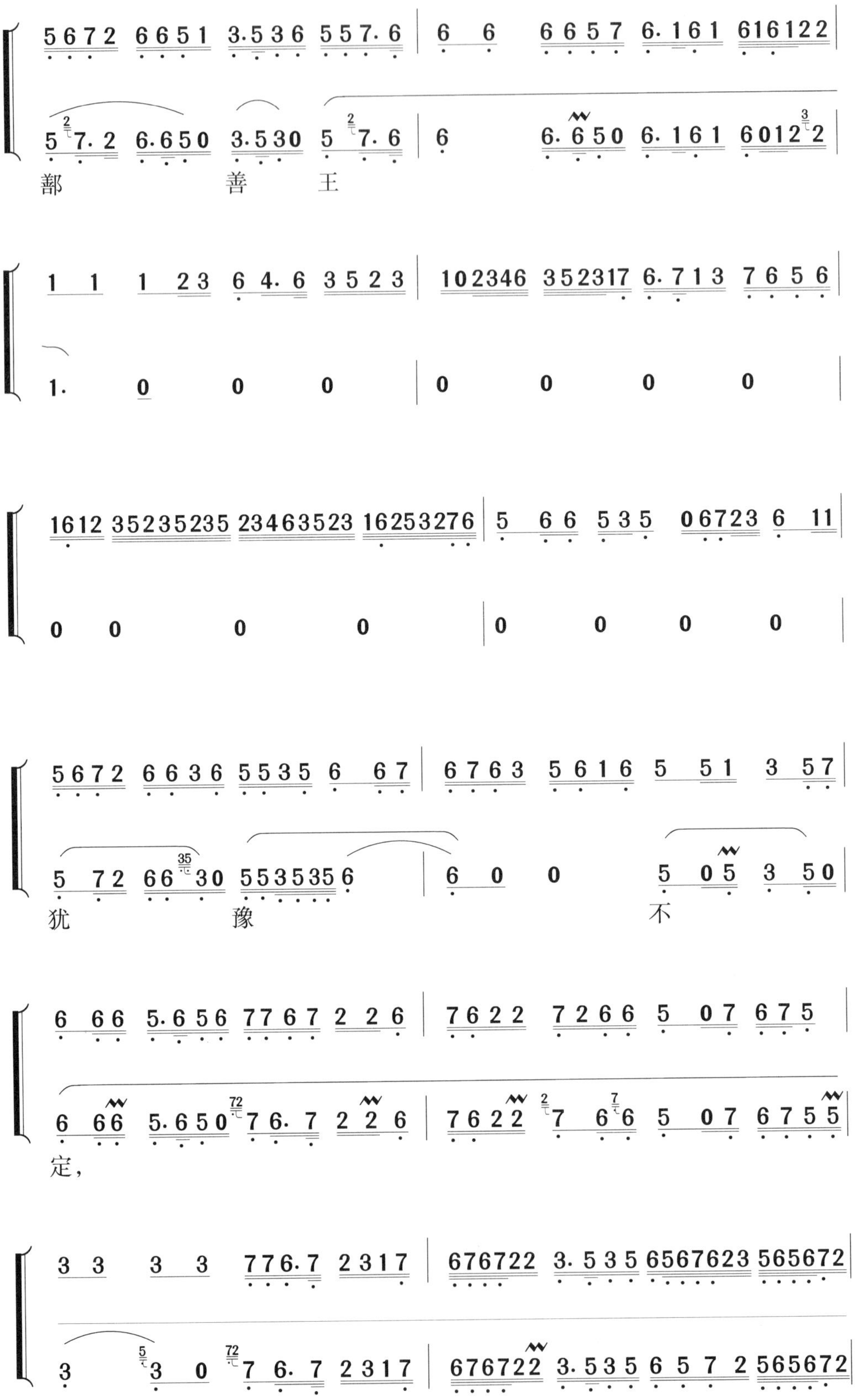
鄯 善 王
犹 豫 不
定，

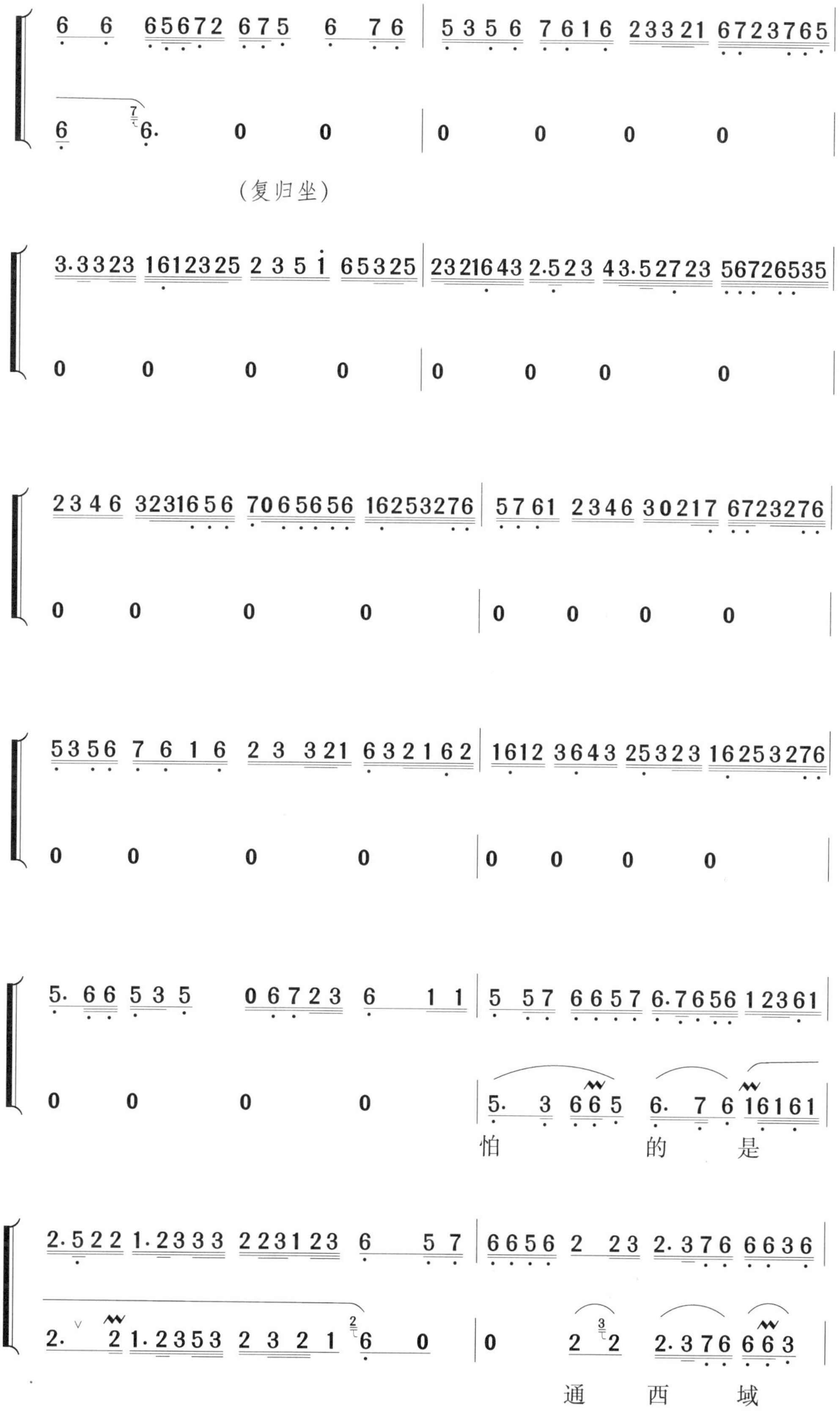
（复归坐）
怕 的 是
通 西 域

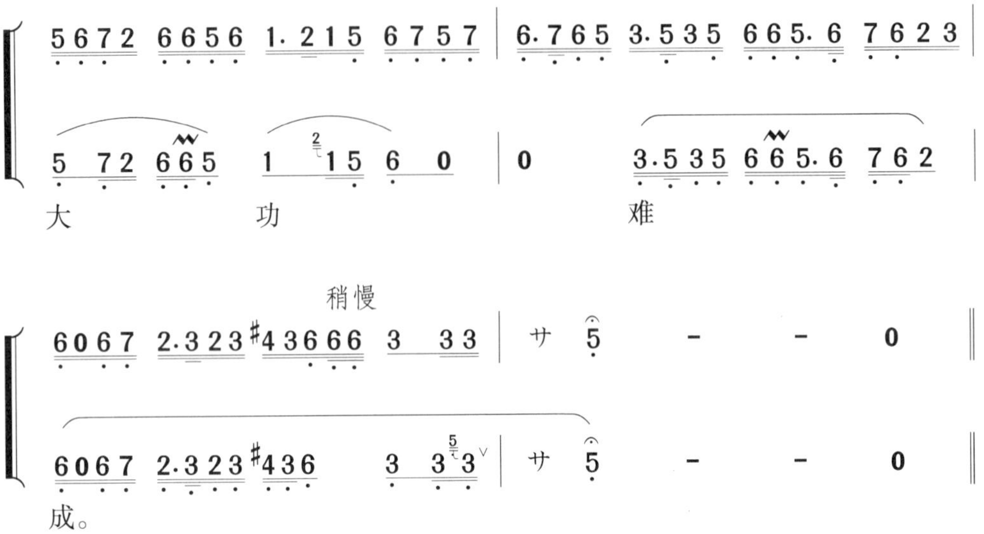

〔【冲头】四将押小番“搭轿”上，“挖门”，小番站“小边”。

郭 恂 启禀司马,此人在门外窥探。行踪诡秘,定是奸细,请司马发落。(对小番)跪下。

〔小番跪“小边”台口。【撕边一锣】

班 超 哦。你乃何人？因何在门外窥探？

小 番 我呀，我是过路的，走乏了在门口歇歇腿儿，并未窥探！

班 超 住了！【五锤】匈奴人马已到鄯善，你今此来分明是窥探我等，好报与匈奴知道，说了实话便罢，如若不然，俺这一剑，定要结果尔的性命！

〔班超左手握剑鞘、右手按剑柄，怒视小番，小番惊怕，做“屁股座子”面向班超。【撕边一锣】

四 将 讲！

〔四将指小番，小番转向外，惊看四将，向外跪。

小 番 我说，我说实话，您别动怒。

班 超 你且讲来！（收剑）

小 番 是。匈奴大将军乌来代已然带领大军来到鄯善，叫我们老大王将你们……

班 超 怎么样？

小 番 将你们暗中监禁起来。只因他们带的人多，你们的人少，老大王从也得从，不从也得从，万般无奈，命小人前来探听你们的动静，也好做一准备。小人句句实言，望司马饶命吧！

班 超 果然不出我之所料。将他押在后面。

〔二马童上，押小番“搭轿”下。【冲头】班超起立。【叫头】

班 超 列位将军。

四 将 司马。

班 超 匈奴兴兵前来，老大王犹豫不定，今若不将敌兵杀退，我等必受所害，列位将军，有何良策？

郭 恂 【叫头】司马，匈奴既来，必然人马甚众，我等三十六人，怎能取胜？

众 这……

班 超 哎呀！【五锤】（上步至台口）只要我等同心协力，匈奴虽众有何惧哉。当今之计，唯有趁匈奴酣睡之时，我等分兵两路，一路擂鼓呐喊；一路以火攻之，杀他个措手不及。列位将军，不入虎穴，焉得虎子！

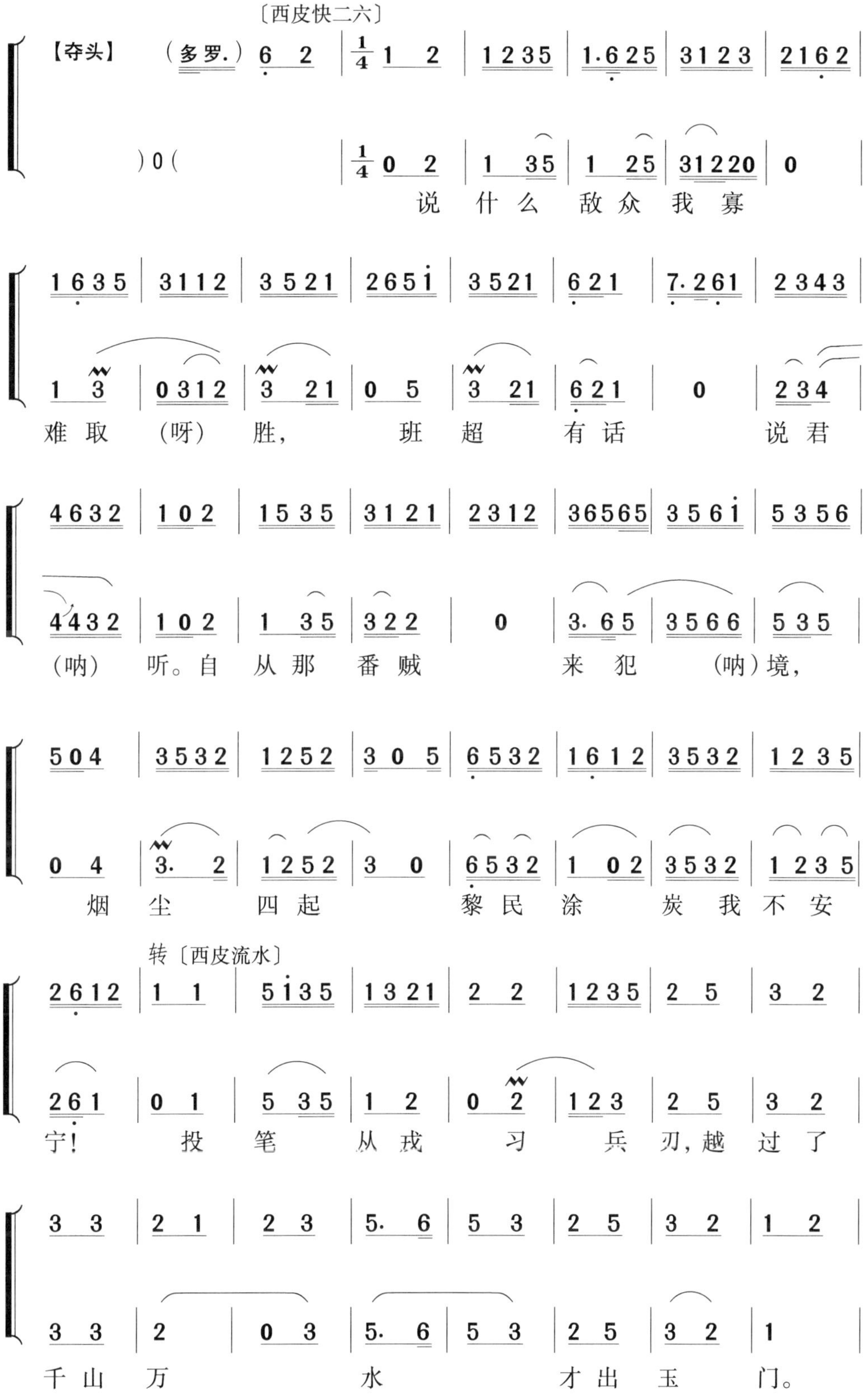

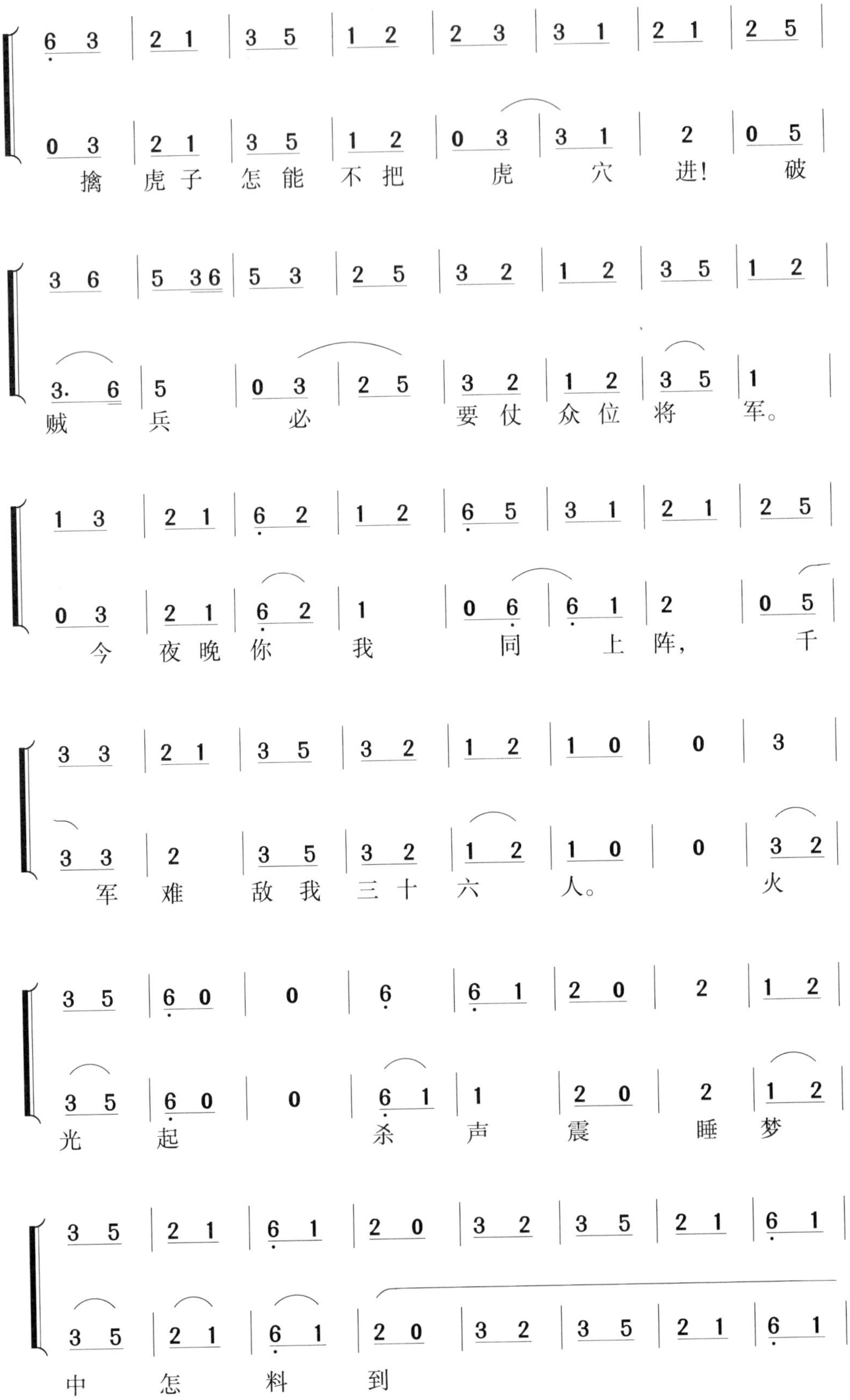
擒虎子怎能不把虎穴进！破
贼兵必要仗众位将军。
今夜晚你我同上阵，千
军难敌我三十六人。火
光起杀声震睡梦
中怎料到

| 玉门关 |

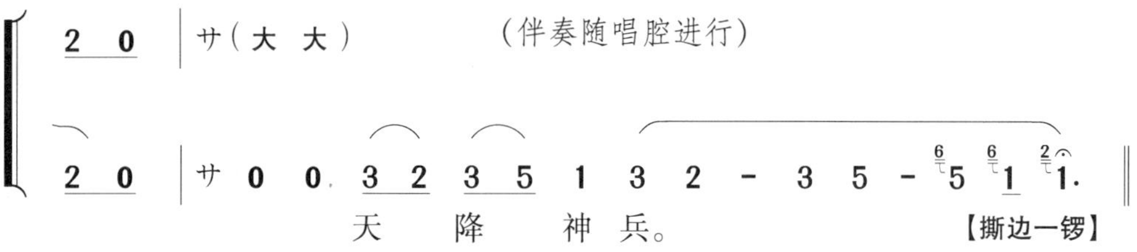

四　将　我等愿与司马同生共死！

班　超　好哇！（摘风帽、脱斗篷、整腕、捋盔穗）

〔西皮散板〕

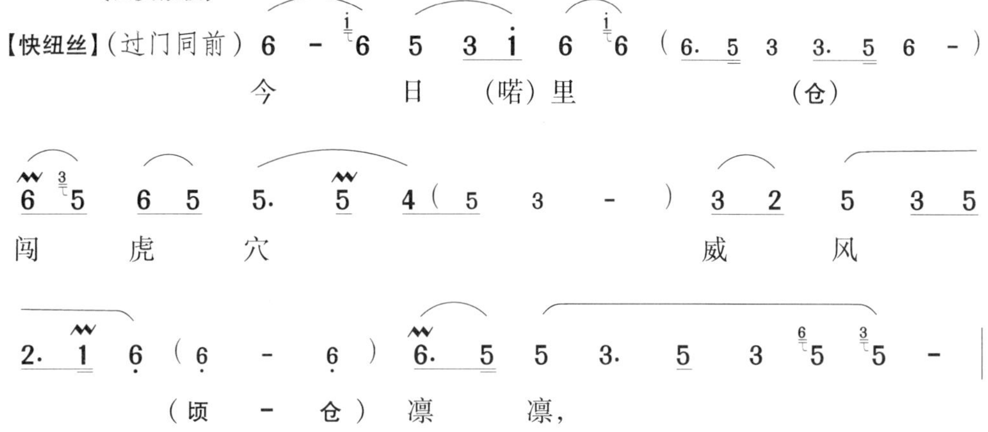

带马！

〔【急急风】加堂鼓。班超、四将上马。八马童“插门”圆场至“上场门”台口站“斜一字”。四将站前排、勒马亮相。八马童站后排。班超走小圆场、至“下场门”举马鞭亮相，【快纽丝】打马至“上场门”台口勒马亮相。

〔西皮散板〕

班　超

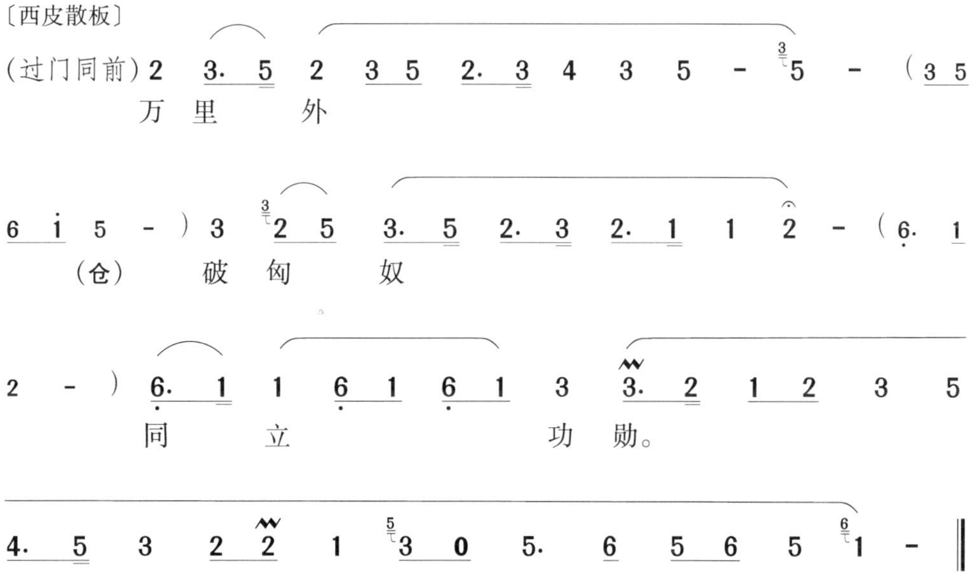

「**【急急风】**加堂鼓。班超打马左转身，举鞭亮相，走三步，回身上步背鞭亮相。(**顷 仓**)起奏唢呐<尾声>接**【急急风】**加堂鼓。班超打马下。四将打马下。八马童随下。

—— 剧　终

万凤姝　整理　　万如泉　记谱

辕门射戟

姜妙香演出本

京剧《辕门射戟》取材于《三国演义》第十六回。袁术派遣大将纪灵去攻刘备，约吕布助战，以得两面夹攻之效。刘备知自己兵微将寡，恐不能战胜袁术，派人送信向吕布求援，以缓解小沛之危。吕布设宴，为两家和解。纪灵不肯，吕布在辕门射戟，以免袁、刘两家大动干戈。纪灵惧吕布威力，乃撤兵而去。

《辕门射戟》是姜妙香先生的代表作之一。姜妙香，名汶，字慧波。原籍河北献县，生于北京。幼年师从谢双寿学青衣，15 岁时与王凤卿、许荫棠、龚云甫合组洪奎社，以青衣崭露头角。后又师从冯惠林、陈杏林改演小生，并取法德珺如、朱素云。姜先生虚怀若谷、博采众长，熔众家之长于一炉，发展了小生唱腔。如演《四郎探母》的杨宗保，把〔娃娃调〕运用于巡营一场的〔西皮原板〕中；对《洛神》"馆驿"一场曹植所唱的〔二黄三眼〕和《凤还巢》"洞房"一场穆居易所唱〔西皮二六〕等板式都有丰富和发展。从 1915 年起与梅兰芳合作达四十余年，梅先生的新戏如《黛玉葬花》、《洛神》、《凤还巢》、《生死恨》等剧中的小生，都是姜先生精心创造。姜先生的唱腔行腔挺拔 婉转，新颖动听，以声传情，形成了新的流派，被称之为"姜派"。姜先生有弟子五十余人，较有名者有阎庆林、沈曼华、江世玉、黄定、童寿苓、徐和才、刘雪涛、张春孝、萧润德、杨小卿等，他们在继承和弘扬姜派艺术上都做出了不懈的努力。

《辕门射戟》是出以西皮唱腔为主的小生唱工戏。姜妙香先生向以唱工见长，他嗓音清脆甜润、流畅挺拔。在这出戏里，姜先生从刻画吕布人物性格的角度出发，做到唱中有戏，唱中有情，唱中见人。吕布头场念的〔虎头引子〕气势磅礴，声音饱满，"三千将"的"将"字，用了宽亮的立音，神完气足的拖长音突出了吕布洋洋自得的心态。再有"百万郎"的"郎"字收腔，低回含情，把吕布彼时那种威武自豪的心情做了极力渲染。整出戏，吕布上板的唱腔，共有十三段之多，这其中包括〔西皮快板〕、〔西皮垛板〕、〔西皮二六〕、〔西皮导板〕、〔西皮慢板〕等板式。姜先生在演唱时，注意把握人物感情的分寸，如头段〔西皮二六〕，"看过了花笺纸二张"的唱腔，于华丽中透露人物情绪心平气和，尺寸稳当。紧接着对送书人唱的〔西皮快板〕又很口语化，平铺直叙，为的是突出人物有把握了断此事的信心。在"虎牢关前打一仗"的〔西皮摇板〕，唱得有声有色，"前"字的唱腔有挫有顿，"打一仗"的"一"字的装饰润色，及"仗"字的拖腔放音，突出了以声带情、以声带形的特色，把吕布自以为"一人能敌千员将"那不可一世的骄横霸气表现得细致入微。姜先生在唱〔西皮慢板〕时，特别注意把握住人物的内心活动。吕布要做和事佬，就要察言观色了解双方赴宴的态度和心情。当吕布唱完"只为解和免争强"时，纪灵愤然用拳捶桌，那【大锣一击】突出了纪灵要战的态度，而【小锣一击】正表现出吕布的冷眼观察。继之在"怒气不息纪灵将"的"将"字行腔从"3"到"$\dot{1}$"用了六度大跳，通过这拔高的立音，进一步突出带领十万人马、欲攻要战的纪灵急不可耐的情绪。而对兵微将寡甘愿求和的刘备的观察，姜先生通过低回曲折的行腔，显示出刘备那满怀心事闷坐席间的复杂心绪。这有刚有柔、有味有情的演唱，深化了人物的内心情感。这出戏，吕布所唱七段〔西皮快板〕，姜先生均能从人物出发，根据剧情的需要，做出不同的处理。从对下书人“回去你对使君讲”的唱段，口气缓和，速度较慢。到二段“众诸侯见某心胆慌”，是人物的自我表白，流露出的是傲慢情绪。第三段〔快板〕突出的是一个“劝”字。第四段则显示了吕布所具有的威慑力量。第五段唱出了实现双方和解时那种由衷的欣慰。值得一提的是第六段“一封书信忙修起”的“起”字甩腔，把吕布喜形于色的心绪表现得淋漓酣畅。最后的一段〔快板〕，姜先生唱得铿锵有力，突出了由于“张飞说话不知礼”而引起的恼怒。这七段唱腔的处理，充分展现了姜先生京剧表演艺术精湛高超的造诣。通过此剧，他在舞台上成功地塑造了吕布这一个有血有肉的历史人物。

万凤珠

人物行当

吕　布	小生	下书人	生
刘　备	老生	吕　布	小生
纪　灵	净	四白龙套	杂
张　飞	净	四红龙套	杂
中　军	生	二兵士	杂
旗　牌	生		

服装扮相

吕　布　俊扮。紫金冠、翎子、黑飘带，粉龙蟒、玉带、苫肩，内衬粉龙箭衣、大带，湖色彩裤，厚底靴。

刘　备　俊扮。紫将巾、黑三，紫或白花箭衣、大带、黑团龙马褂、苫肩，红彩裤，厚底靴。

纪　灵　勾红三块瓦脸。台顶、黑满，红蟒、玉带、苫肩，红彩裤，厚底靴。

张　飞　勾黑十字门脸。扎巾盔、黑扎、黑耳毛子，黑硬靠、苫肩，青彩裤，厚底靴。

中　军　俊份。中军盔、黑三，紫或白开氅，红彩裤，厚底靴。

旗　牌　俊扮。大板巾、黑三，箭衣、大带、黑马褂、苫肩，红彩裤，厚底靴。

下书人　俊扮。大板巾、黑三，紫素箭衣，大带、黑马褂、苫肩，红彩裤，薄底靴。

四白龙套　俊扮。白大板巾，白龙套服，红彩裤，薄底靴。

四红龙套　俊扮。红大板巾，红龙套服，红彩裤，薄底靴。

二兵士　俊扮。马童巾，蓝抱衣抱裤、小大带，薄底靴。

道具

大　帐	一份	桌　子	三张
椅　子	三把	公　案	一份
文房四宝	一份	书　信	两封
酒　具	一份	宝　剑	三口
方天戟	一杆	腰　刀	两把
马　鞭	两根	礼　单	一份
红标旗	一堂	红桌围椅披	一份
开门刀	四把		

第 一 场

〔设大帐，摆堂桌、印盒、文房、“大座”。

〔**【快原场】**奏唢呐曲牌<水龙吟>

〔幕内喊堂威。二红龙套执标从“上场门”上，“站门”，继之又二红龙套执标从“上场门”上，“站门”。中军从“上场门”上，左手提甲、右手拉开“山膀”一亮，走至前台口，右手再拉“山膀”，向左右一望，归“大边”站。

〔**【一锤锣】**纪灵从“上场门”上，至“九龙口”，整冠、理髯，端带走至前台口。左手抖袖后翻折上来遮面，右手拉左袖口。

<点绛唇>

纪　灵　**【大锣归位】**　サ 6. i 543 5 2（台. 大 台）2 21 2 61 5
杀　气　冲　霄，　儿　郎　虎　豹，

（台 令 台）5 54 35 2（台. 大 台）31 23 56 5
军　威　浩，　令　出　山　摇！

（台 令 台）（65 6i 5）**【大锣一击】**22 12 61 5 ‖
（白）要　把　（唱）小　沛　扫。
（抖袖向上翻折成举袖、右手端带亮相）　（右手向外指出）

〔<水龙吟·合头>众喊堂威。纪灵左手抖袖、提袖、理髯，双手端带向两边站立的龙套“一望”、“两望”，右转身向里走，走到桌前左转身，归“大座”。曲牌止。

〔**【大锣归位】**右手抖袖。

（念）大将生来盖世雄，
　　十万精兵抖威风。**【小锣二击】**
　　但愿夺得小沛地，
　　灭掉桃园立大功。

〔**【大锣归位】**四红龙套归里“站八字”。

某，纪灵。**【大锣住头】**奉了吾主（双手拱请式）之命，带领人马，夺取小沛。（右手指出）前者，命人送与温侯厚礼一份，请他拔刀相助。今乃黄道吉日，正好发兵。众将官！

四红龙套　有！**【大锣一击】**

纪　灵　兵发小沛！

四红龙套　啊！

【冲头】

〔纪灵下座，出帐，一龙套带马，纪灵上马。

奏唢呐曲牌<朱奴儿>，众龙套举标、“插门儿”走一圆场，从下场门下。**【一锤锣】**纪灵右手举马鞭向右台口方向走去，至右台口，右手向后打马，左转身，左手扶宝剑，右手举马鞭从“下场门”下。

第　二　场

〔**【大锣原场】**四白文堂执开门刀从“上场门”上，“站门”。中军随上。**【大锣四击头】**吕布双手端带，从“上场门”上，走至“九龙口”亮住。**【大锣原场】**吕布双手抖袖、提袖，整冠，双手端带走至前台口。**【大锣归位】**

吕　布　（念〔虎头引子〕）

辕门站立，**【小锣二击】**

サ 3 3ᵛ ³2 ³2 3232 1 3 **【大锣帽子头】**（身稍向右台口端带亮住）

三 千 将，

1 2 3 5 1 1（大 大）⁵3 5 1ᵛ ³2 ³2

统 领 貔 貅， 百 万

（稍晃头）

³2 ³2 ³²1ᵛ 6. 7 6 7 6 5 ⁶5 ⁶⁵4 ⁷6 ‖

儿 郎。

（左手端带，右手向外指出）

【大锣原场】（双手抖袖、提袖，端带，右转身向里走，左转身归“小座”）**【大锣归位】**

（念诗）家住五原郡署西①，

盖世英雄可称奇。**【小锣二三锣】**

① 家住五原郡署西：吕布是五原郡九原人，地在今内蒙古自治区包头市西北。

蛟龙离了池中水，
得会风云上天飞。

【大锣归位】（左袖向上翻折，右手拉左袖口）

某，姓吕名布字奉先。（抖左袖）**【大锣住头】**乃五原郡人氏，幼习兵机，颇有兼人之勇[①]，欲谋封侯，不辞汗马之劳。**【大锣住头】**昔年曾在虎牢关前，大战诸侯，威名震于天下。（双手铺掌）自从镇守徐州，倒也清闲自在。今日升坐虎帐，料理军情（右手按掌）。——站堂军！

四白龙套 有！

吕　布 伺候了。

四白龙套 啊！

「**【小锣五击】**送礼人手持红帖，从“上场门”上，走至右台口。

送礼人 （念）奉了将军令，送礼到辕门。（一看）来此已是，门上有人么？

中　军 （出门）何事？

送礼人 烦劳通禀，（双手拱请式）送礼人求见。

中　军 候着。（进门）启禀温侯[②]，送礼人求见。

吕　布 传！

中　军 是。（出门）送礼人进见。（进门）

送礼人 是。（进门）参见温侯！（**台**）（站“大边”施礼）

吕　布 奉何人所差？

送礼人 奉纪将军所差，有礼单呈上。

吕　布 呈上来。

送礼人 是。（将红帖呈上）

吕　布 （看帖、合帖）下面酒饭。

送礼人 多谢温侯！（躬身施礼）

「**【小锣五击】**送礼人从“下场门”下；下书人从“上场门”上，走到右台口。

下书人 （念）奉了使君命，到此下书文。（向内一看）来此已是，门上哪位在？

中　军 （出门）何事？

下书人 烦劳通禀，下书人求见。

中　军 候着。（进门）启禀温侯，下书人求见。

吕　布 传！

中　军 是。（出门）下书人进见。（进门）

下书人 是。（进门）参见温侯！（在“小边”施礼）

吕　布 你奉何人所差？

下书人 奉刘使君[③]所差，现有书信呈上。

---

① 兼人之勇：勇猛倍于他人。

② 温侯：《三国志·魏志》卷七载，董卓深爱吕布之勇，封吕布为奋威将军，晋封温侯。

③ 使君：在古代，使君既是专称，也是泛称。汉时称刺史为使君，后亦用来尊称州郡长官。或泛称奉命出使的人，也用作对有一定身份的人的尊称。三国戏中常以使君尊称刘备。

吕　布　呈上来！

下书人　是。（双手递呈）

吕　布　下面伺候！

下书人　是。

〔【**小锣五击**】下书人出门，从“上场门”下。

吕　布　刘使君有书信到来，待某拆开一观！

〔奏唢呐曲牌<急三枪>吕布拆开信封，仔细观看，拿信沉思，定神亮住。

哦呵呀！【**大锣一击**】（放信）原来纪灵带兵夺取小沛。刘使君请某，拔刀相助。怎奈纪灵送来一份厚礼，（右手食指直伸一亮）这、这、这这这便怎么处？（右手抚头想对策）【**小锣一击**】有了，我不免修书二封，约他两家到来，我在内中解围。（点头）来！

中　军　有！

吕　布　溶墨伺候！

〔【**慢长锤**】吕布起身，右手抖袖、提袖。从台中右转身，归“大座”。【**大锣夺头**】拿笔掭墨，左手将笔尖上突出要掉的毛用中指、拇指轻捏弹出。

〔西皮娃娃调二六〕

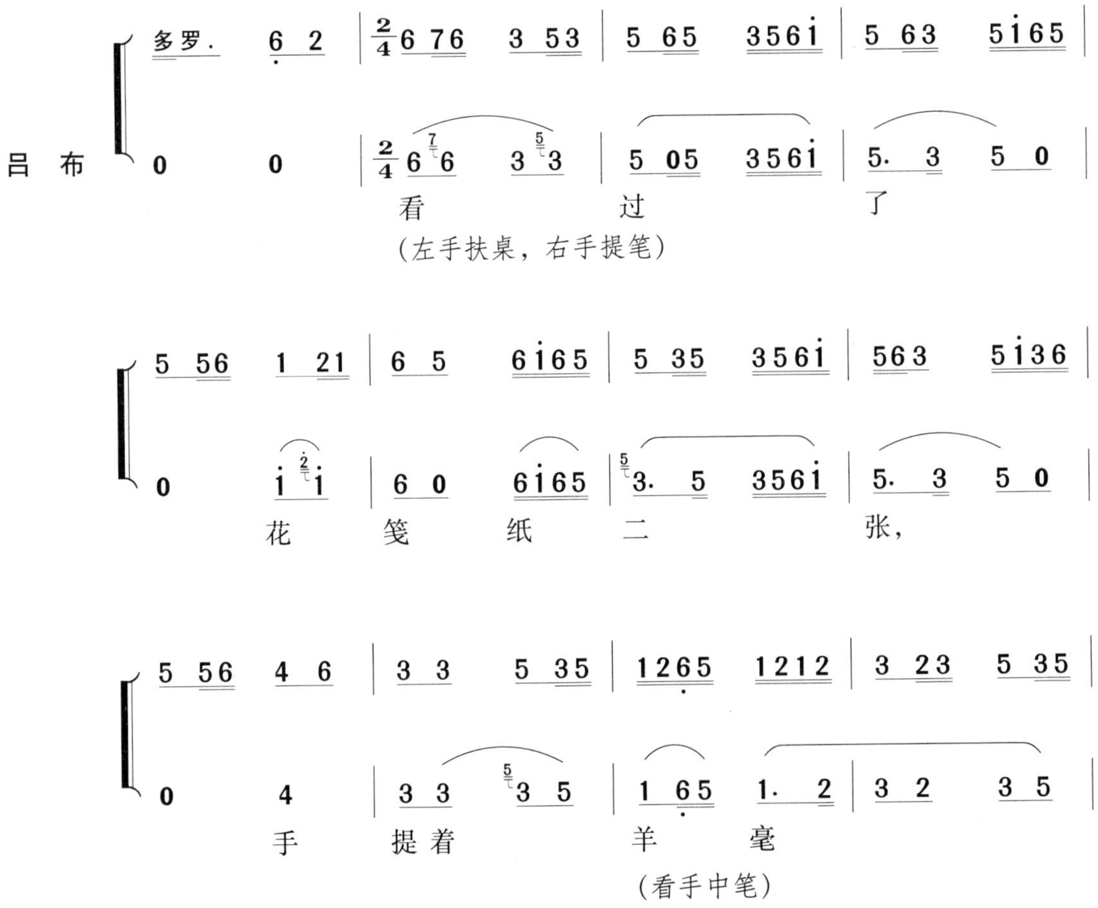

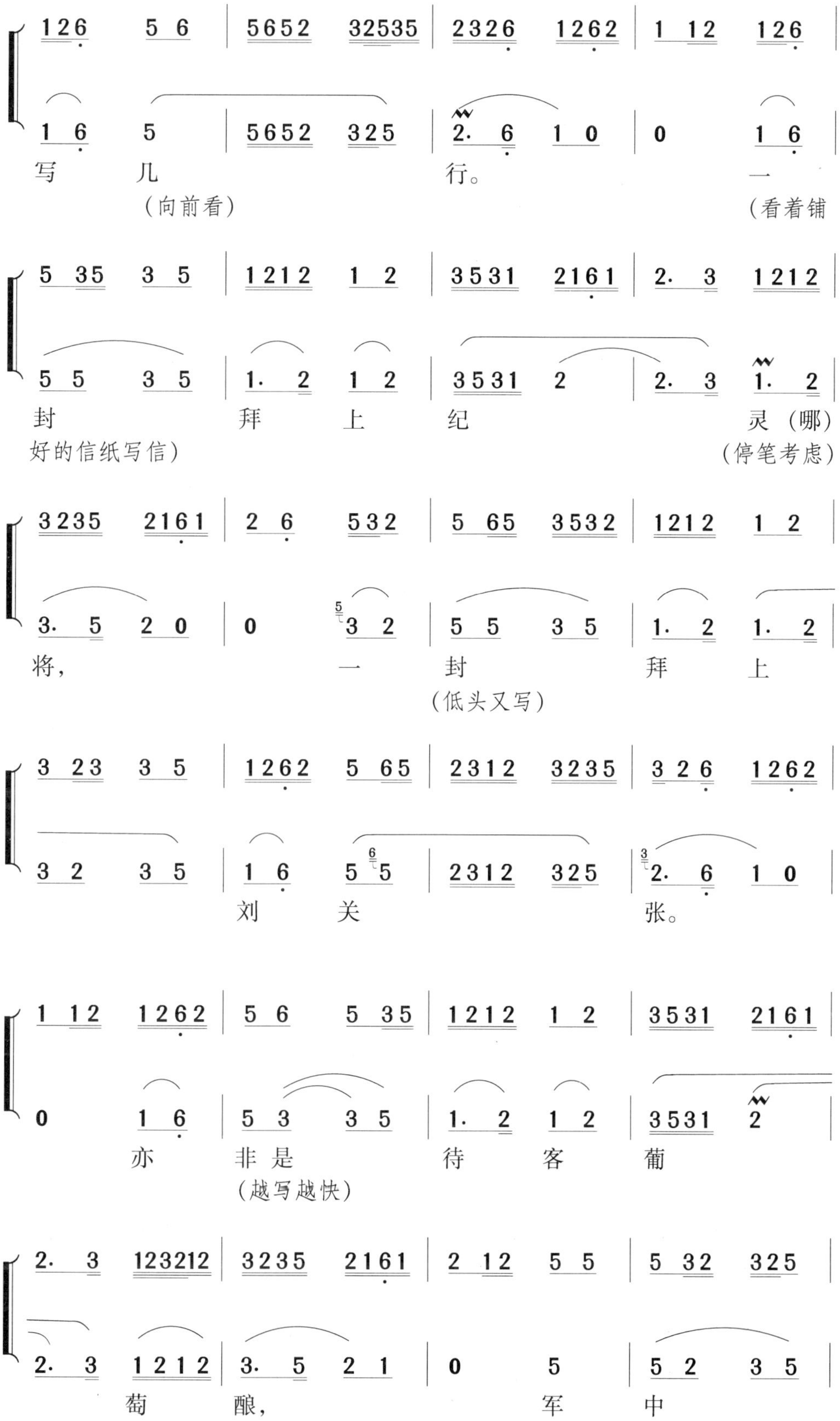
写 儿 行。 一
（向前看） （看着铺
封 拜 上 纪 灵（哪）
好的信纸写信） （停笔考虑）
将， 一 封 拜 上
（低头又写）
刘 关 张。
亦 非 是 待 客 葡
（越写越快）
萄 酿， 军 中

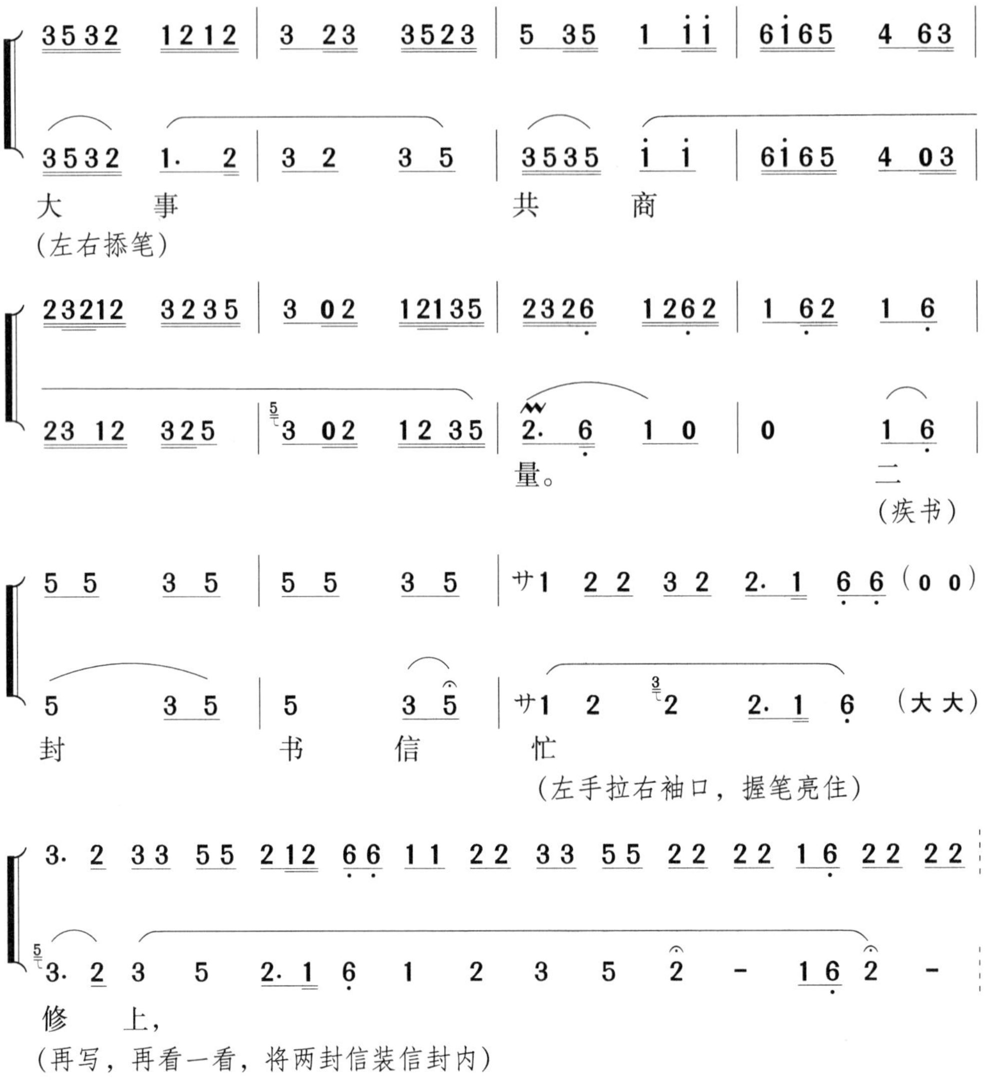

〖【闪锤】吕布装信；送礼人从“下场门”上，下书人从“上场门”上。吕布看二人。

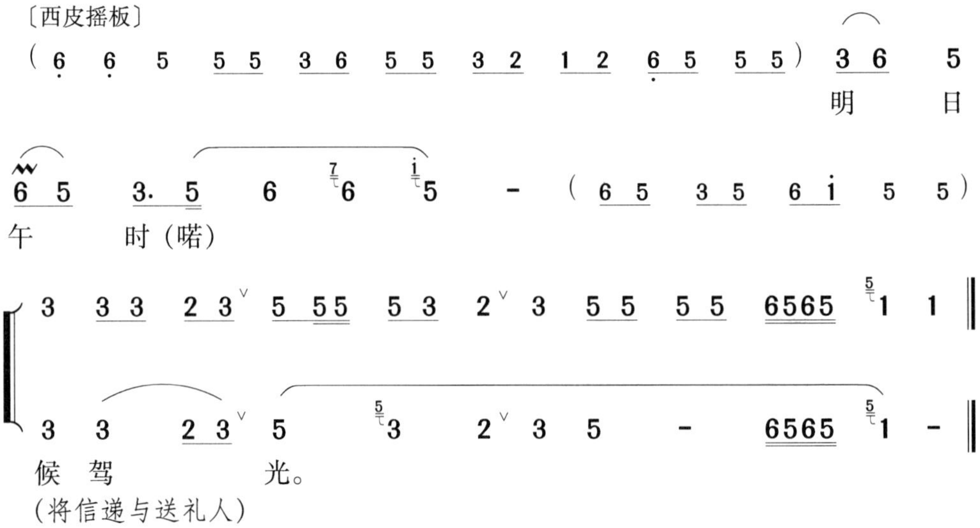

「【闪锤】送礼人接信。出门，从“下场门”下。吕布看下书人。

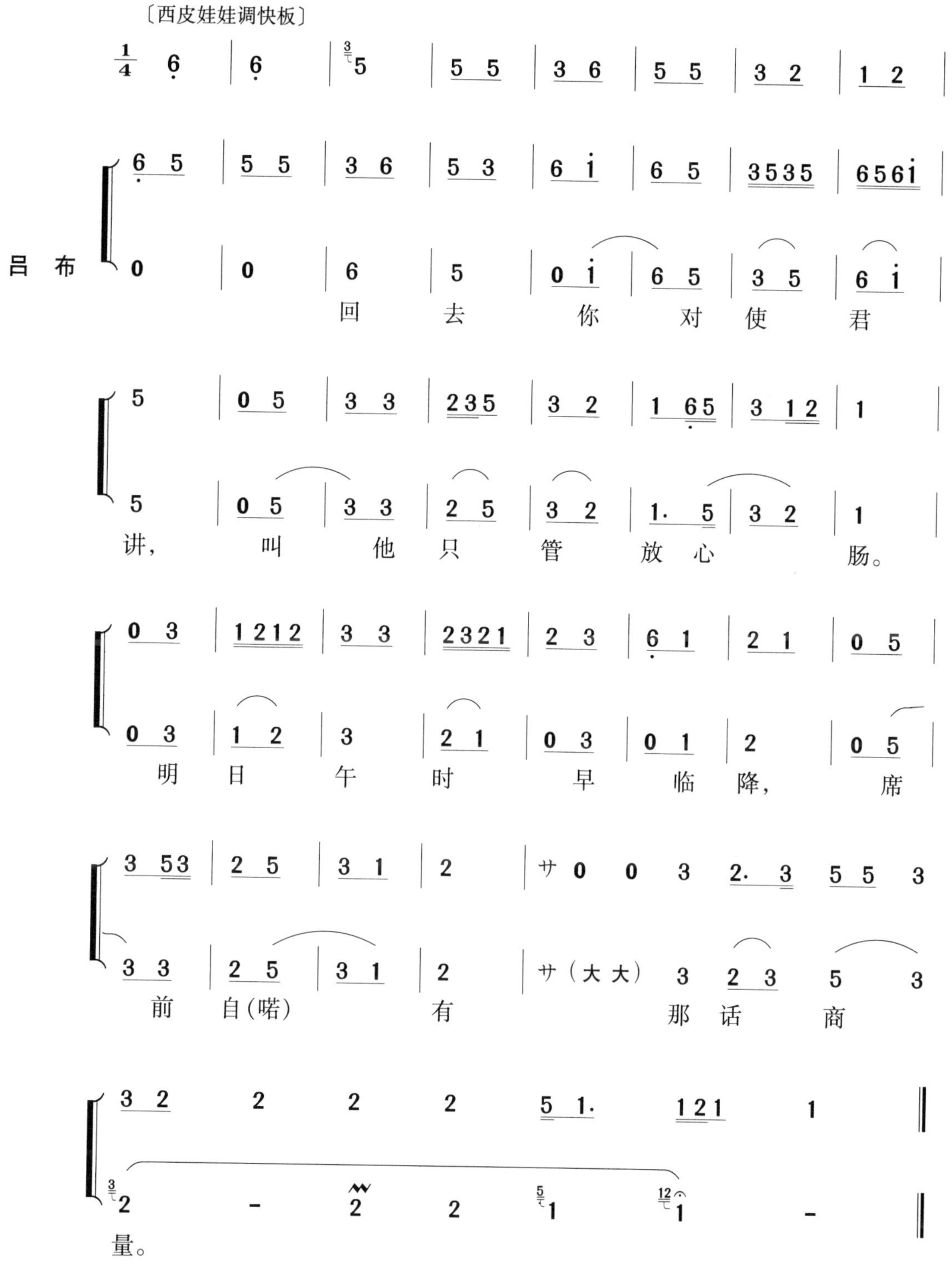

(将信递与下书人)

「【闪锤】下书人从吕布手中接信，从“上场门”下。
「吕布左手抖袖，右手抖袖，双提袖，站立台中。

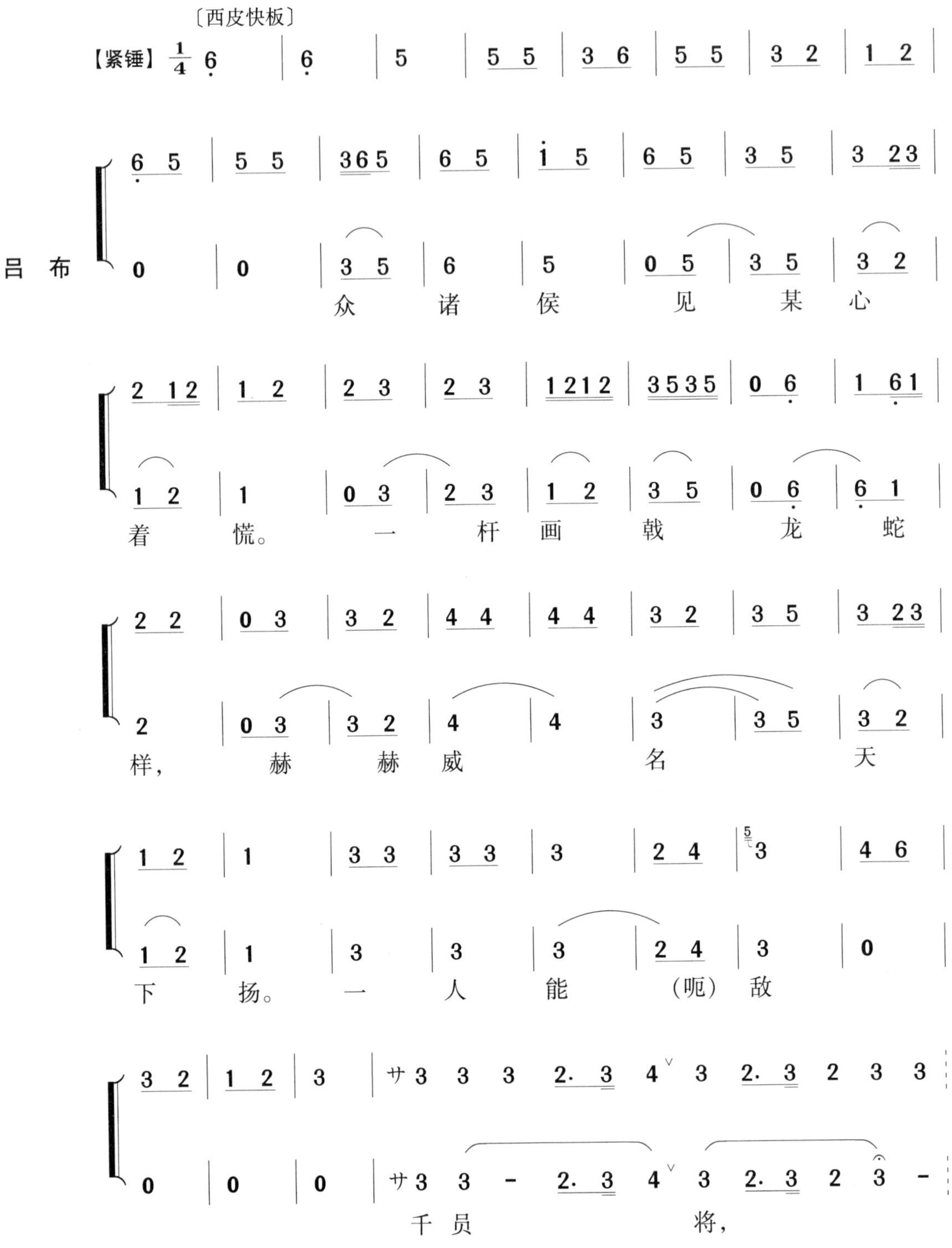

〔【快长锤】吕布抬起双手示意，众人两边分下。吕布走至左口右转身站定。

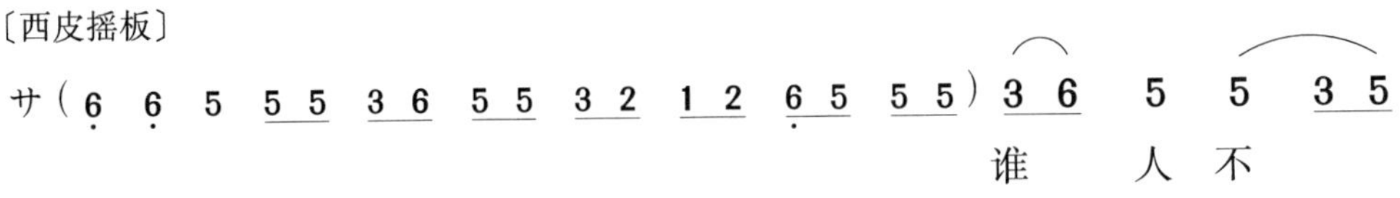

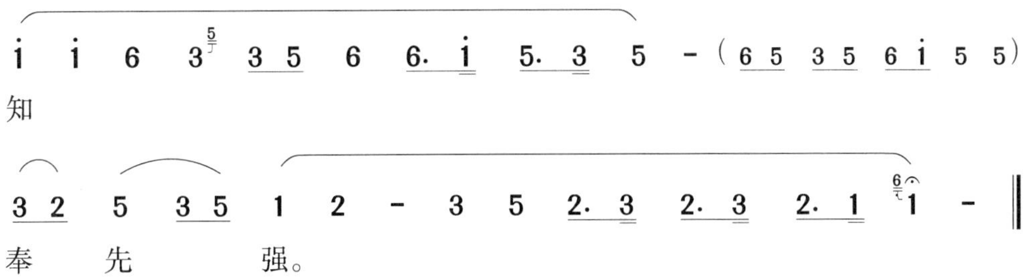

〔【一锤锣】吕布转身从“下场门”下。

第 三 场

〔【快长锤】四红龙套从“上场门”引纪灵举马鞭上。四红龙套“站门”，纪灵站在“九龙口”，勒马亮相。

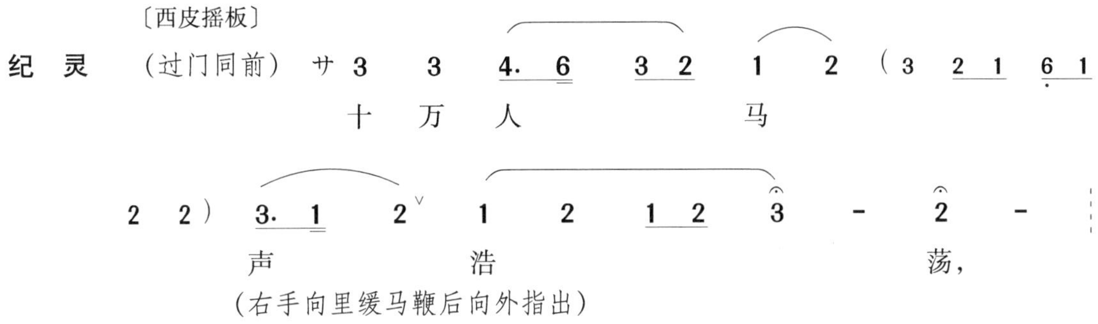

〔【闪锤】举鞭走至前台口勒马亮住。

（马鞭向外指出）

〔【快长锤】四红龙套“插门”，从“下场门”下，纪灵走至左台口，向里缓鞭成横握鞭式。

〔西皮摇板〕

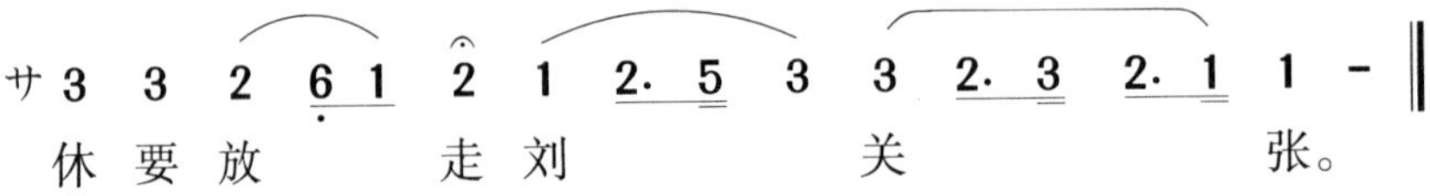

〔【一锤锣】纪灵打马，左转身从“下场门”下。

第　四　场

〔场上正中置一桌一椅，“大边”、“小边”各置跨桌、跨椅，桌上各放酒壶、酒斗。

〔【大锣五击】刘备、张飞从“上场门”同上，走至右台口。

刘　备　离了小沛地，

张　飞　来此【大锣一击】（右手向左指）狗辕门。【大锣住头】（抬头一看）待我上前。（右手拍靠肚）

刘　备　你不会讲话。（欲拦）

张　飞　我连话都不会讲吗？呔！（仓）有人吗？滚出一个来！

〔【小锣一击】中军从“下场门”上。

中　军　什么人？

张　飞　吕布狗子可曾升帐？

中　军　哼！他升帐不升帐，与你什么相干？

张　飞　往里去传，就说大伯伯与你三老子来了。（右手按掌）

中　军　哼！怎么讲话。（指张飞）

张　飞　你不与我通报。呸！着打！

〔【大锣一击】张飞举右拳，刘备急拦，走在二人中间。

刘　备　（向张飞）咳，你不会讲话，站远些！（转面向中军拱手）烦劳通禀，桃园弟兄求见。

中　军　候着！（转身向内）有请温侯。

〔吕布内白：“嗯哼！”

〔【大锣五击】吕布从“下场门”上。

吕　布　（念）虎步出前厅，

四海显威名。（右手赞美指）

何事?

中　军　桃园弟兄求见。

吕　布　有请!

中　军　有请!（双手拱请式）

「奏唢呐曲牌<小傍妆台>吕布出门。张飞见吕布，立刻双手握拳亮相，刘备一见急拦阻。刘备拱手向吕布：“啊，温侯！”吕布拱手：“刘使君！”**【大锣一击】**刘备、吕布同时笑：“哈哈哈……”吕布：“使君请！”刘备进门，张飞挺身向吕布。（吕布、张飞同：“哼！”）吕布、张飞进门。刘备在“大边”，吕布在“小边”，并排施礼，礼毕，吕布让座。曲牌止。

吕　布　使君请坐。

刘　备　谢座。（躬身施礼坐“大边”）

吕　布　不知使君驾到，有失远迎，当面恕罪。

刘　备　岂敢。备来得鲁莽，温侯海涵。（欠身）

吕　布　岂敢!

「幕内声：“纪将军到！”

刘　备　（惊）告辞!（站起双手拱请式）

「**【大锣一击】**吕布右手拦劝。

吕　布　不妨，有某担待。有请!

「奏唢呐曲牌<小傍妆台>四红龙套引纪灵从“上场门”上，吕布出迎。刘备、张飞随。

吕　布　啊，纪将军!

纪　灵　温侯!**【大锣一击】**（看刘）

吕　布
纪　灵　（同）哈哈哈……

「四红龙套“上场门”下。曲牌止。

吕　布　请

纪　灵　告辞!

吕　布　且慢!**【大锣一击】**（右手示拦）哪里去?

纪　灵　营中有事。

吕　布　营中有事，也要稍待一时。

「**【大锣一击】**纪灵怒从心起。

纪　灵　难道欺压某家不成!

吕　布　非也!**【大锣五击】**（举右手、摇头，双手端带亮住相）俺吕布并无霸王之勇，况且性不好斗，（摆右手）今日此会，不过与你两家（看刘、纪）解和而已。

纪　灵　如此某家失言了。（施礼）

吕　布　将军请坐。

纪　灵　有座。

「**【大锣原场】**众人入座。

吕　布　不知将军驾到，有失远迎，当面恕罪。

纪　灵　岂敢。某家来得鲁莽，温侯海涵。

吕　布　岂敢。
纪　灵　前者，某家命人送来薄礼一份，可曾收下？
吕　布　这个……【大锣一击】当面谢过。（拱手欠身）
纪　灵　岂敢，但不知怎样解和？（右手摊掌）
吕　布　少刻酒席宴前，再做计较。（右手按掌）
纪　灵　到此就要叨扰。
中　军　宴齐。（躬身施礼）
吕　布　看酒来，待我与你两家（看纪、刘）把盏！（左手端带，右手做酒杯状）
刘　备
纪　灵　不敢当（同摆手），摆下就是。

〖奏唢呐曲牌<傍妆台>刘备在“小边”，吕布在中间，纪灵在“大边”，三人在前台口并齐站。三人同时整冠，刘备、纪灵同理髯；吕布双手整穗。三人并排同时向右转身，施礼。众人归座。吕布坐中间堂桌，中军侍立旁边。纪灵入座在“大边”跨桌。刘备入座在“小边”跨桌，张飞侍立在刘备桌旁边。中军端酒盘上，与吕布、刘备、纪灵三人斟酒。刘备、纪灵同：“与温侯把盏。”（二人举杯）吕布谦让：“不敢当。”曲牌止。

吕　布　将军、使君请！（举杯）
刘　备
纪　灵　（举杯）请！

〖奏唢呐曲牌<园林好>

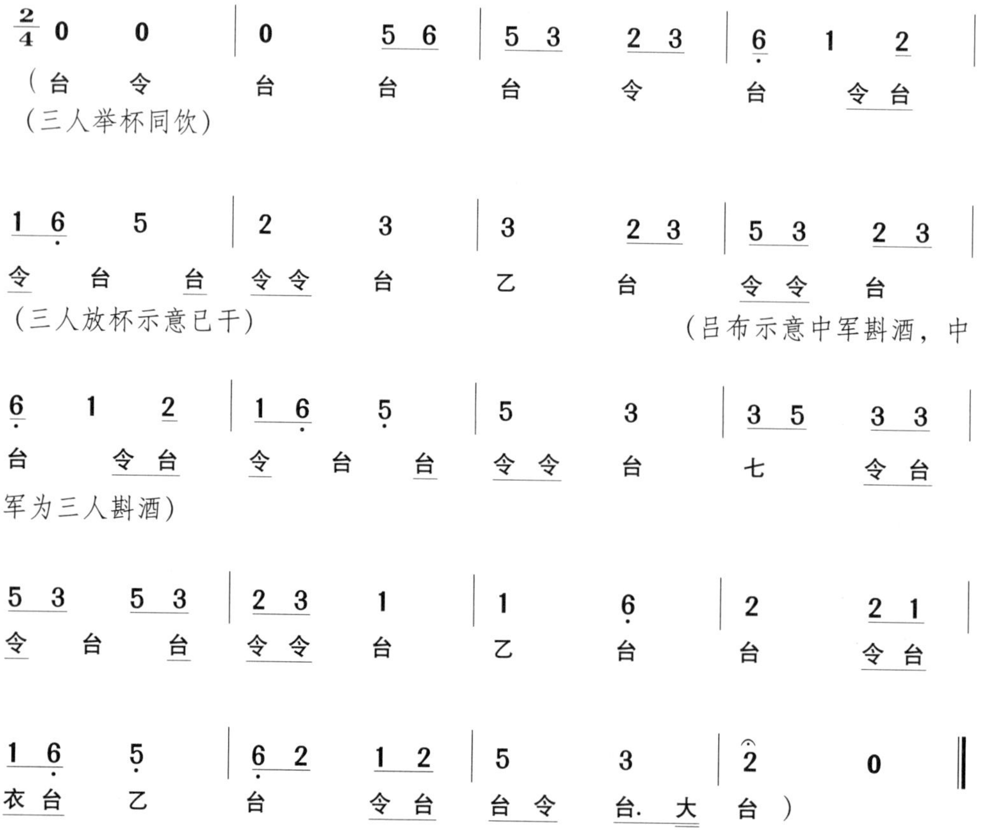

辕门射戟

〔西皮导板〕

吕　布

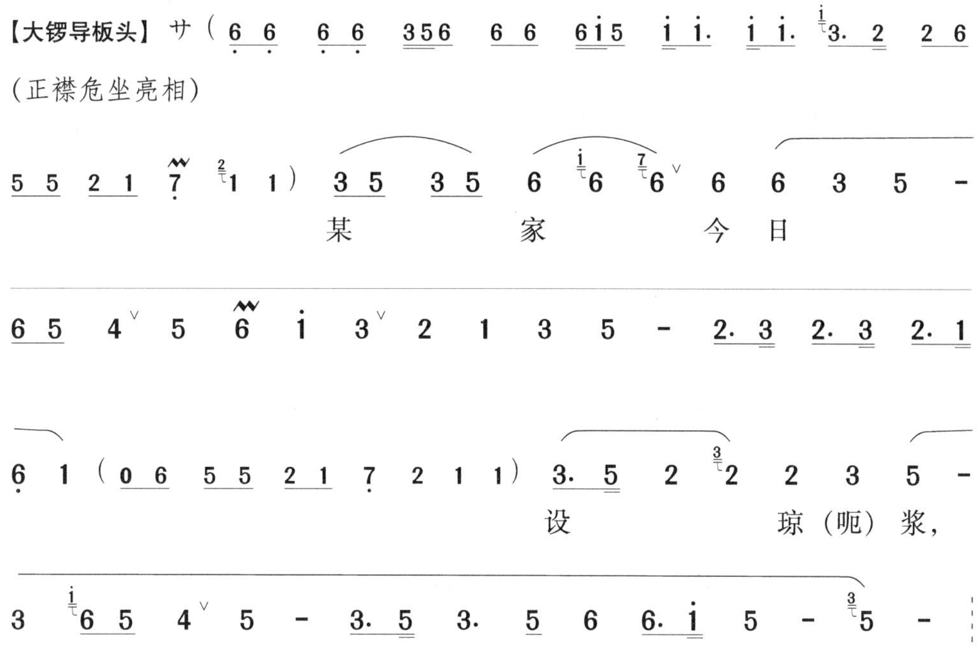

吕　布　（举杯）请！

刘　备
纪　灵　（举杯）请！

【大锣四击头】三人同饮酒。（嘟）

刘　备
纪　灵　（示杯）干！

吕　布　（示杯）干！【撕边一锣】

〔西皮慢板〕

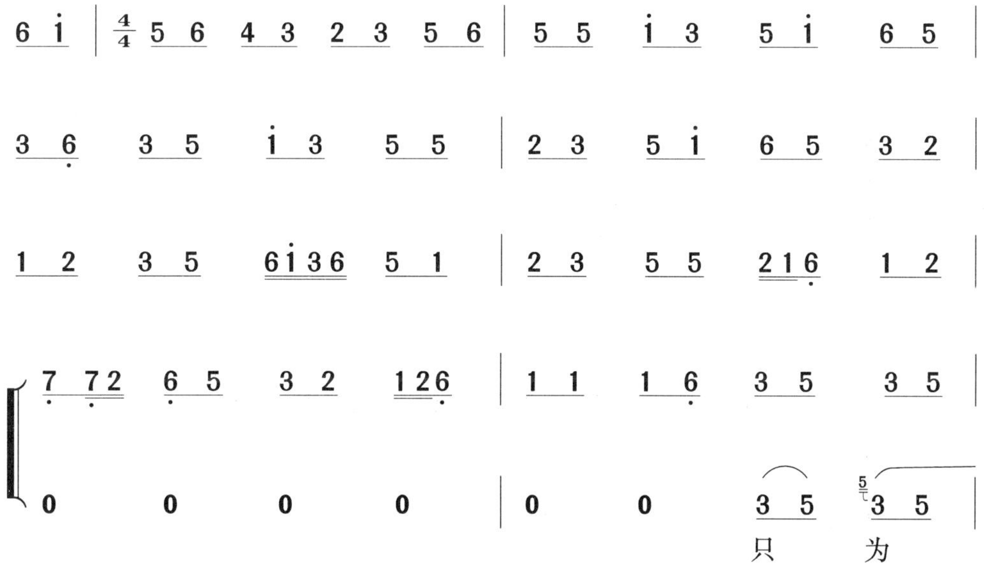

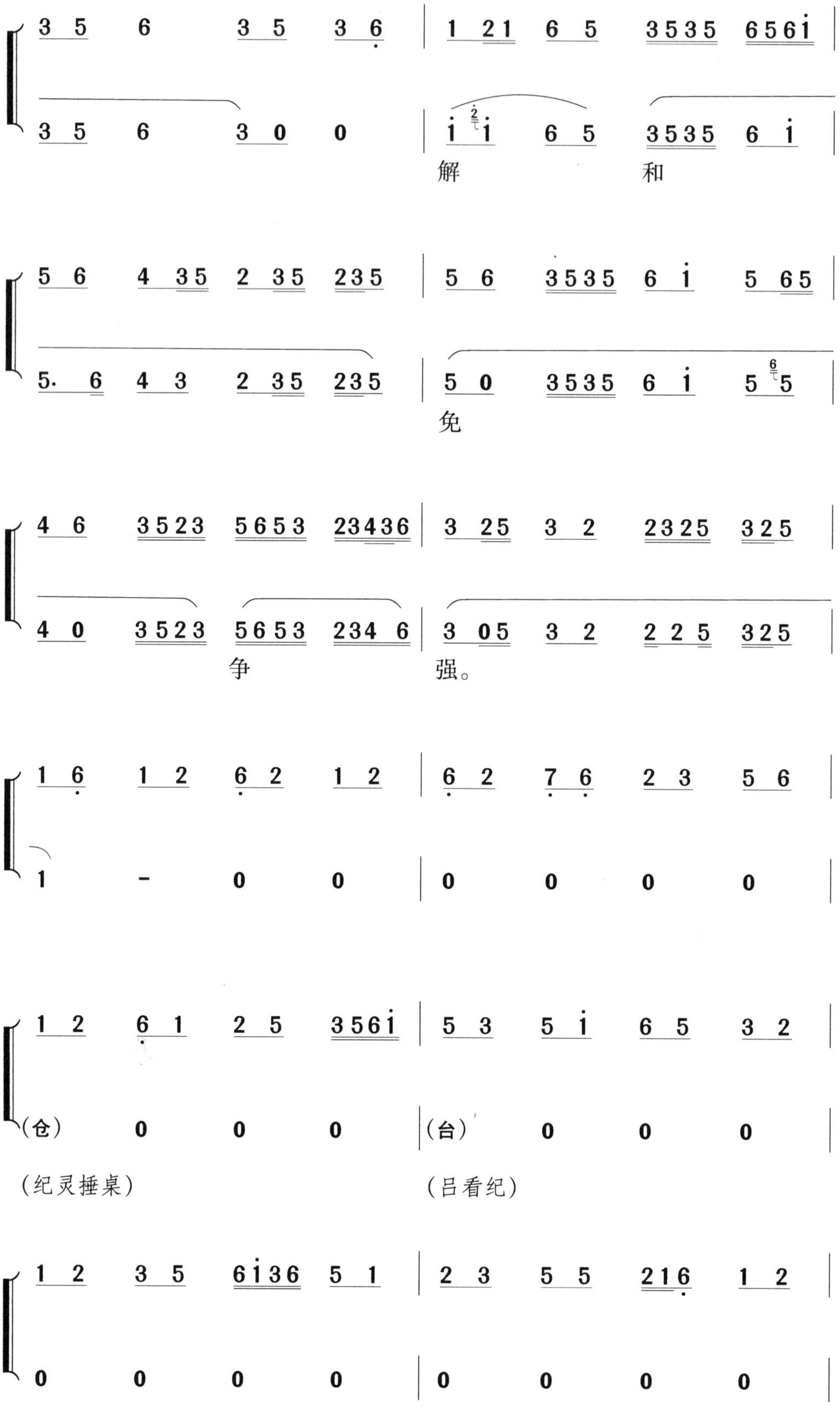
解 和
免
争
强。
(仓)
(台)
(纪灵捶桌)
(吕看纪)

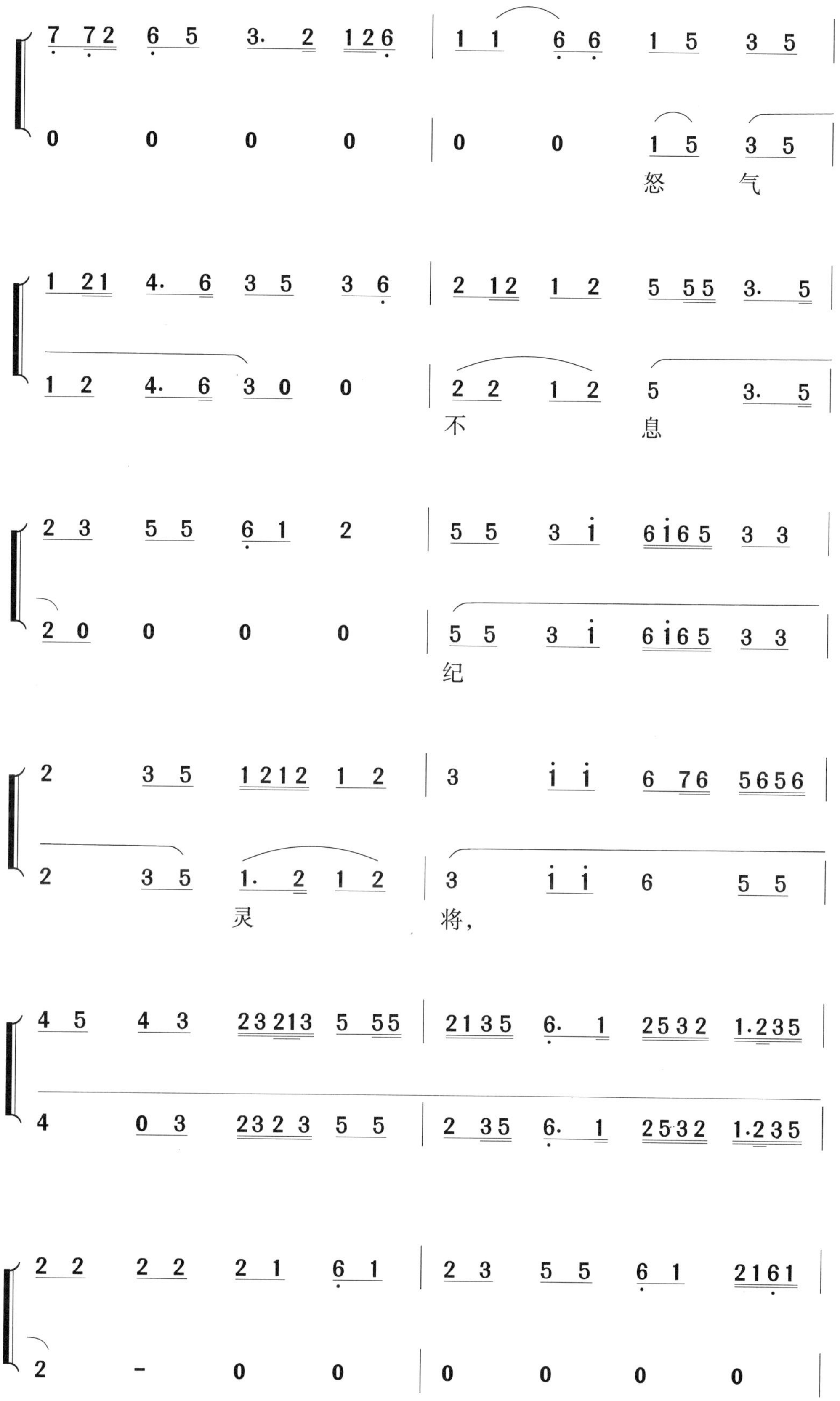
怒
气
不
息
纪
灵
将,

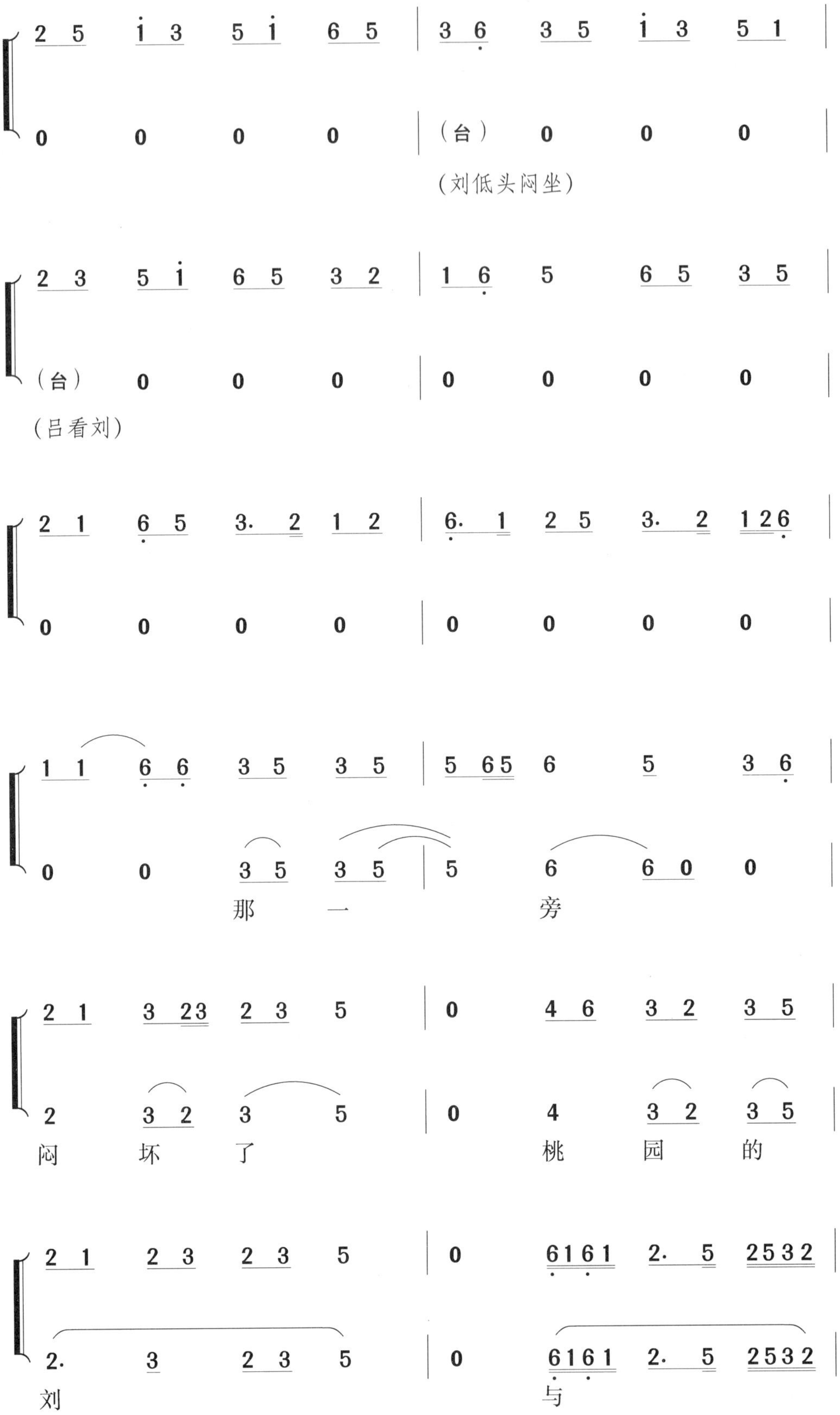
（台）
（刘低头闷坐）
（台）
（吕看刘）
那 一 旁
闷 坏 了 桃 园 的
刘 与

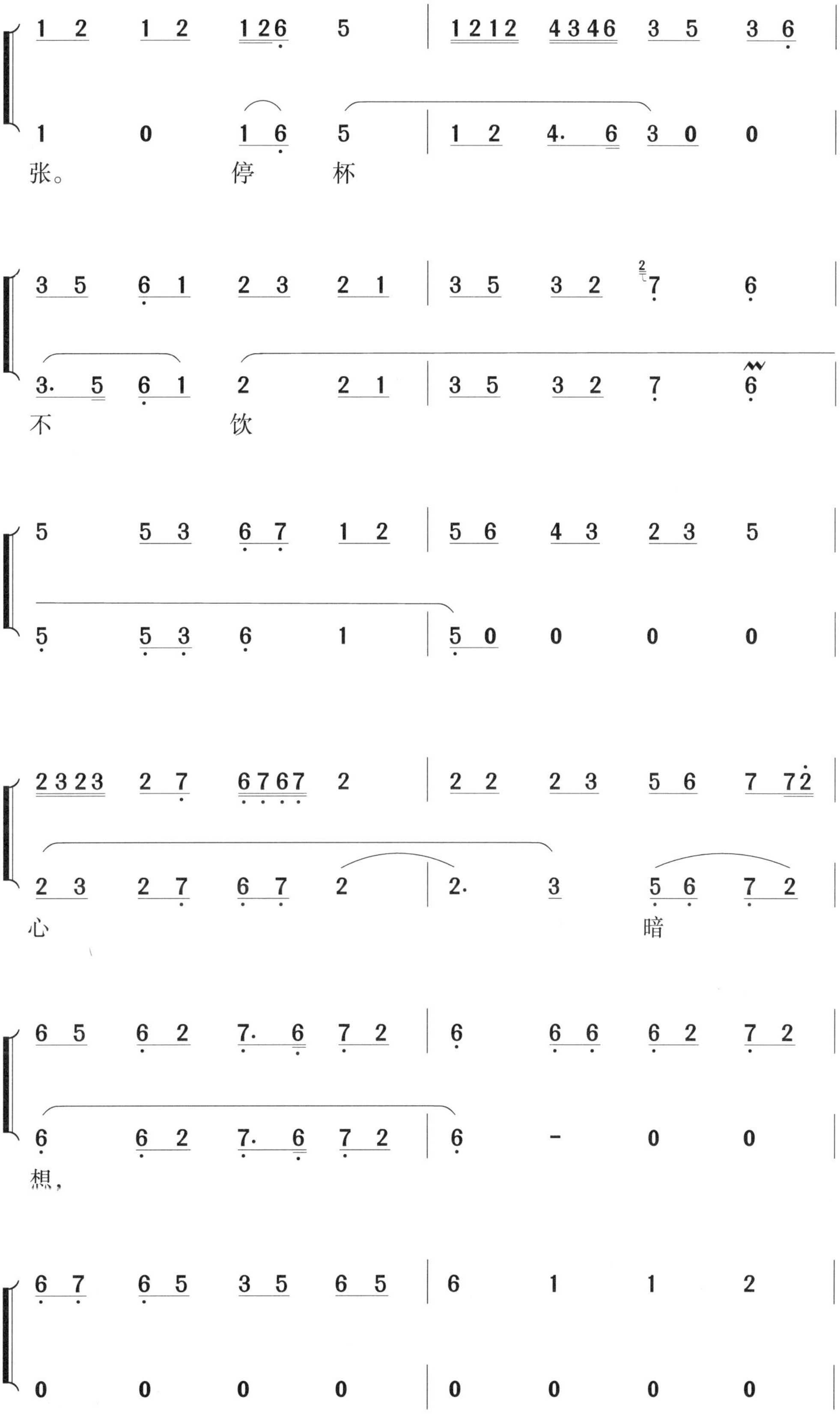
张。
停
杯
不
饮
心
暗
想，

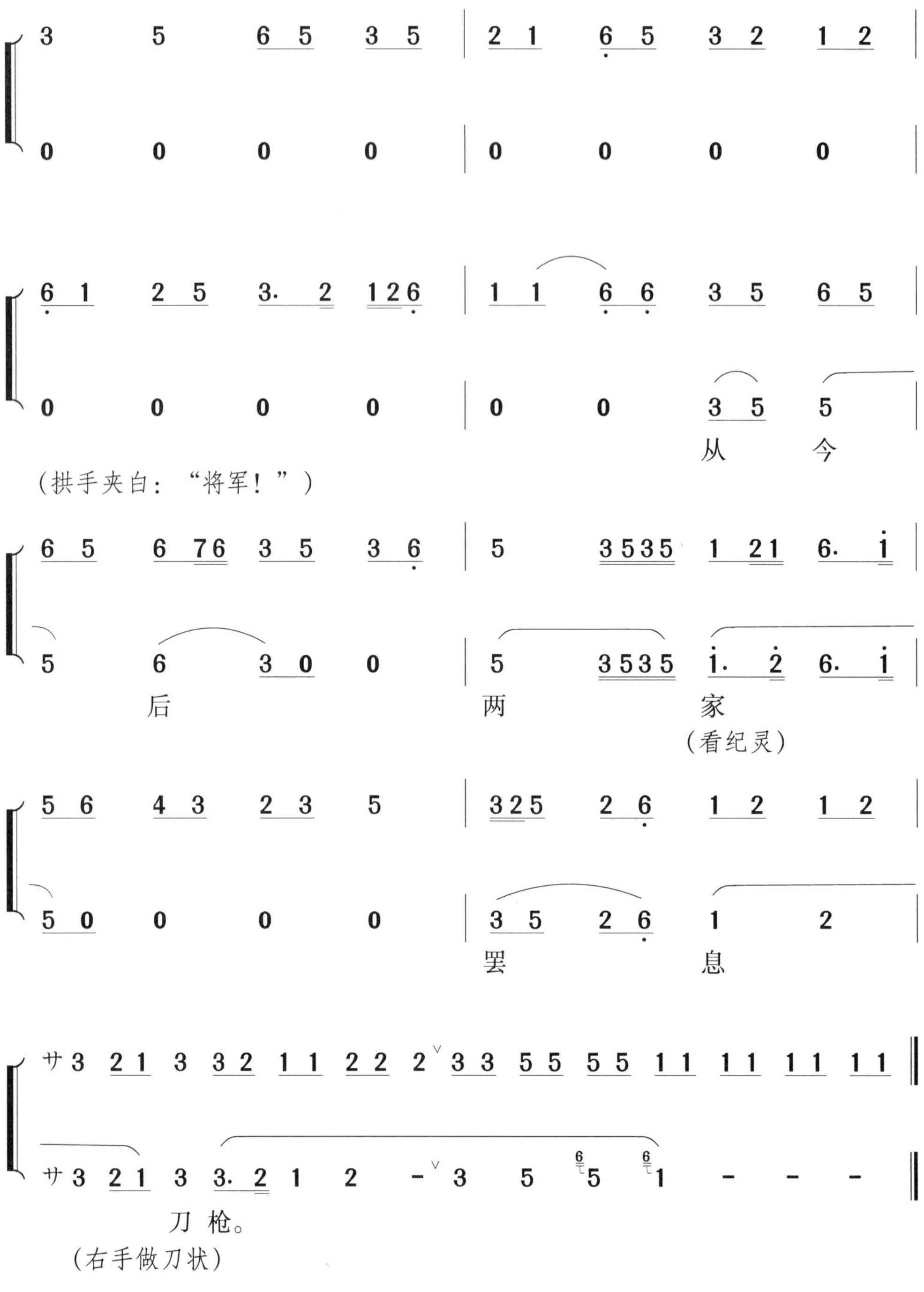

纪 灵 温侯！【大锣夺头】（向吕布双手拱请式）

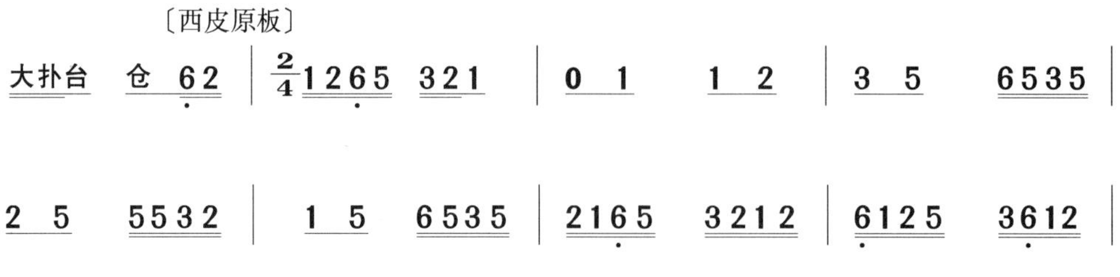

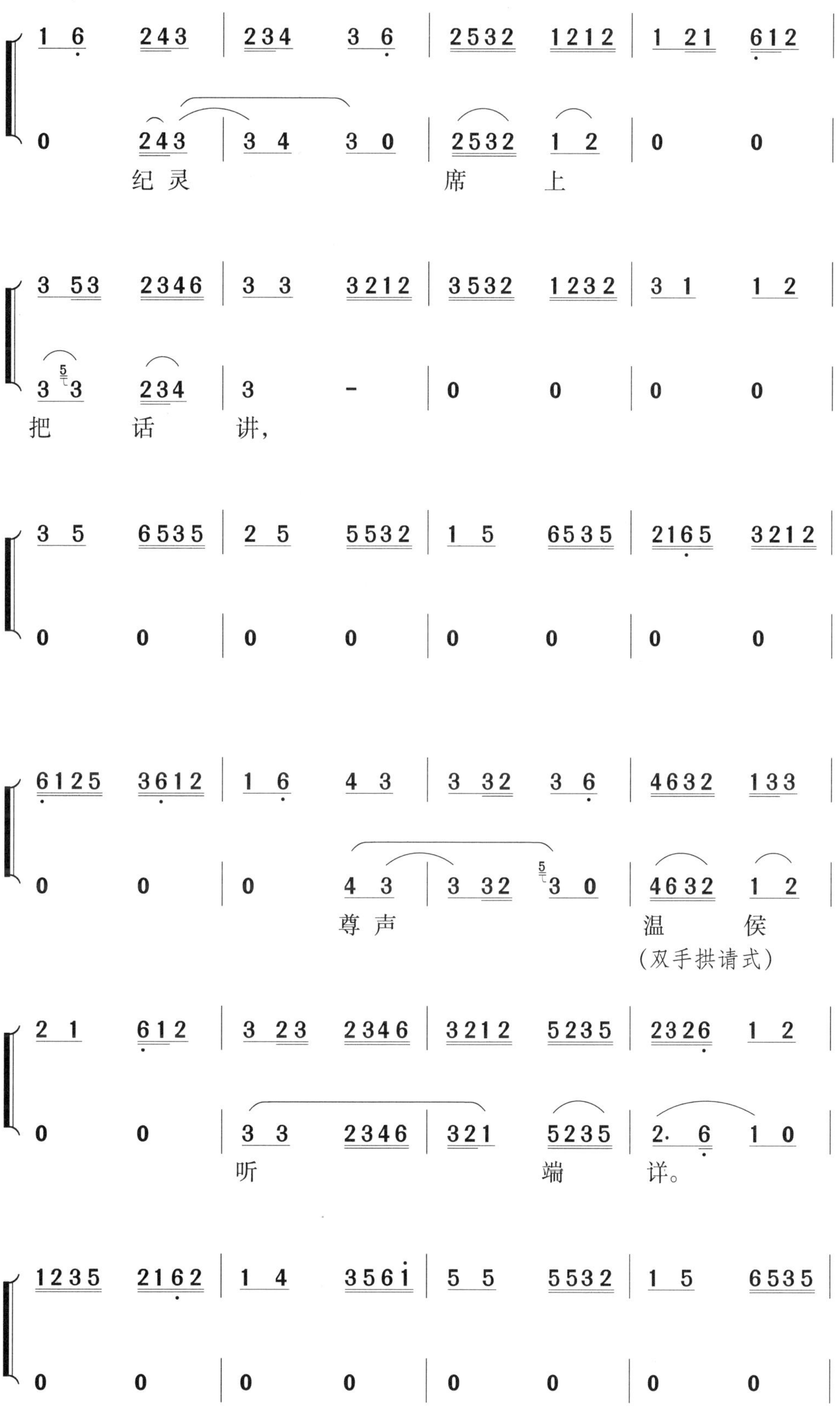
纪灵
席
上
把
话
讲，
尊声
温
侯
（双手拱请式）
听
端
详。

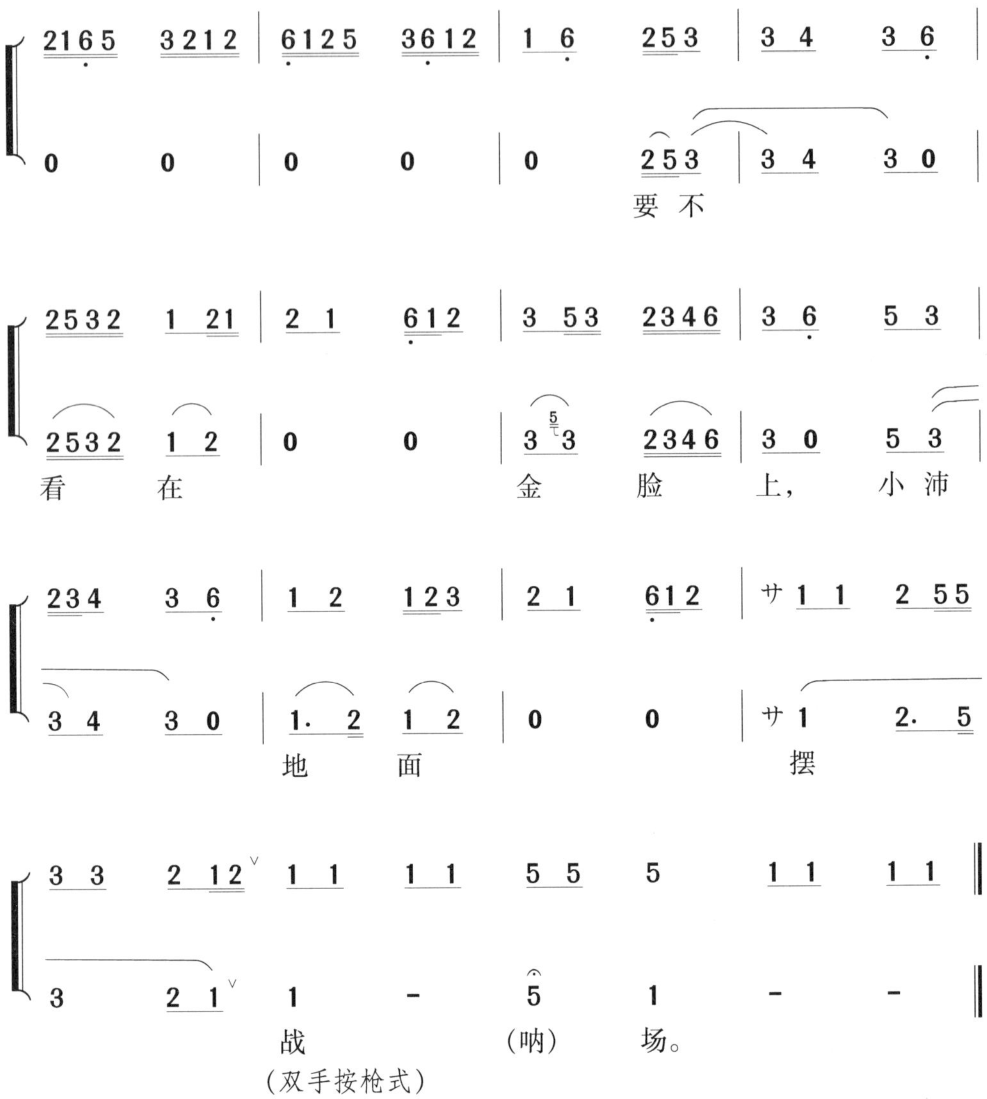

张 飞 （怒）住了！

［【闪锤】张飞走至纪灵桌前，拍桌，怒视。

〔西皮摇板〕

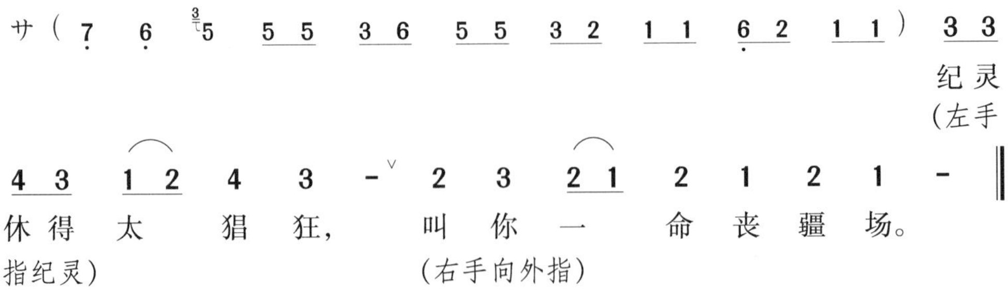

纪 灵 你敢上来？（指张飞）

张 飞 你敢下来？（指纪灵）

纪　灵　（怒不可遏）下来了！

〔**【大锣搓锤】**转**【流水】**纪灵、张飞二人出桌，至台口挺身相对，刘备、吕布在中间相劝，二人从前台口反身疾步至后台口举拳相峙，刘备、吕布又急回身拉二人。

吕　布　二位将军放手！（双手稍摆动）

〔西皮摇板〕

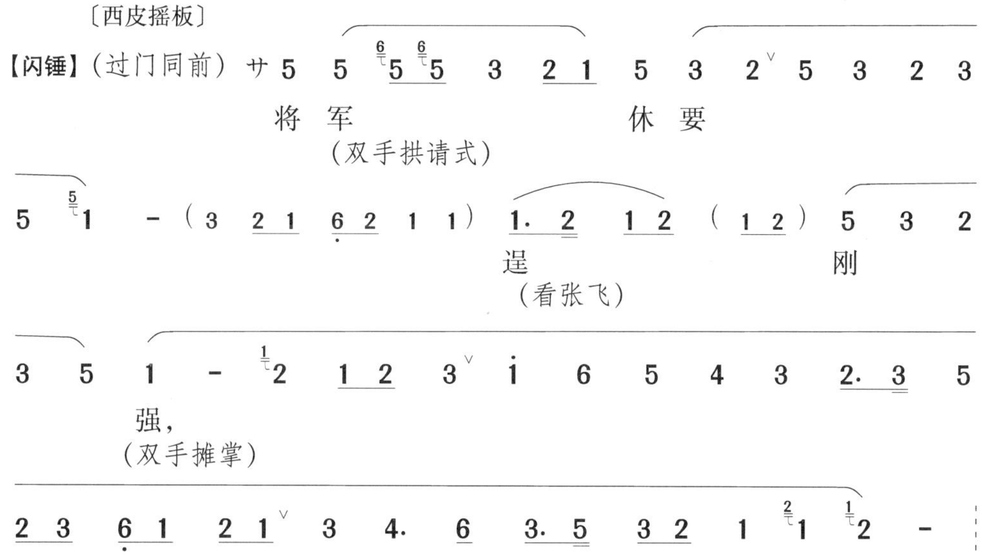

〔**【大锣夺头】**纪灵、张飞还互不服气，刘备劝张飞，吕布安抚纪灵。

〔西皮二六〕

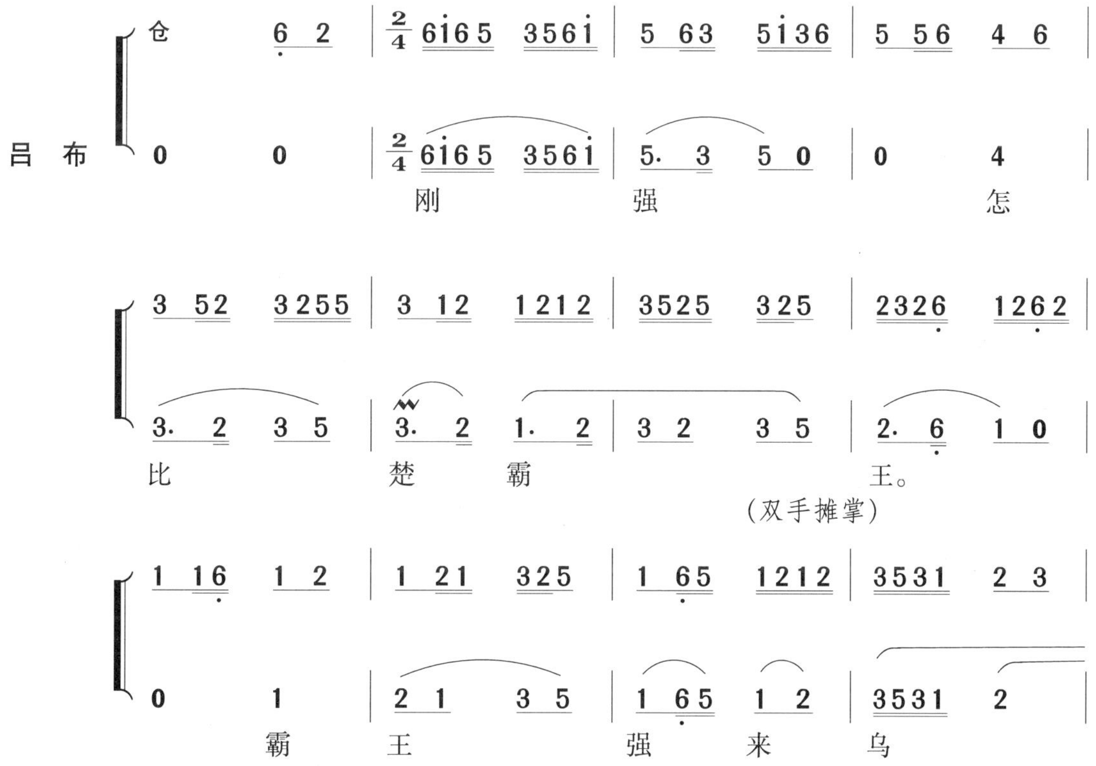

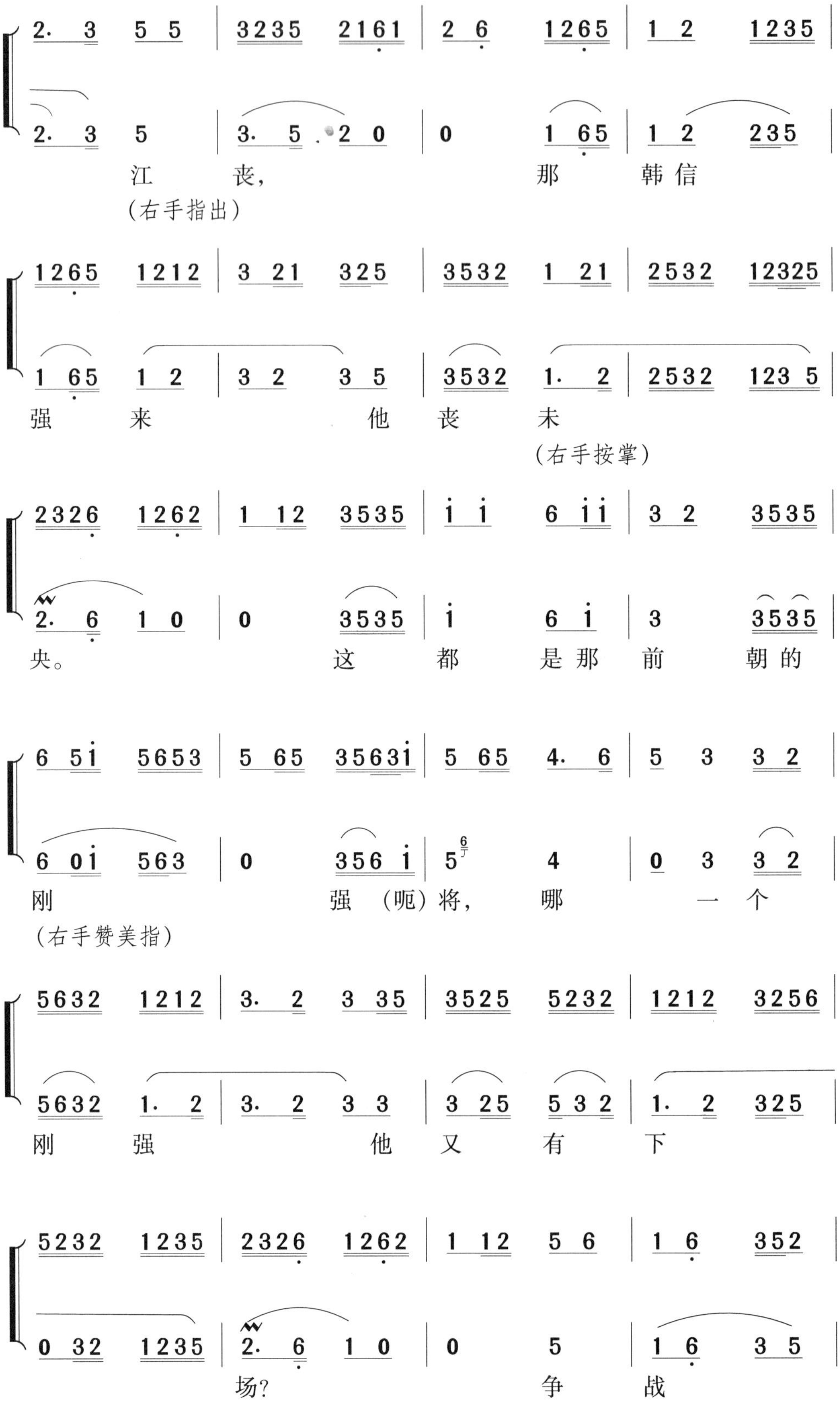
江 丧，
那 韩 信
（右手指出）
强 来 他 丧 未
（右手按掌）
央。这 都 是 那 前 朝 的
刚 强（呃）将， 哪 一 个
（右手赞美指）
刚 强 他 又 有 下
场？ 争 战

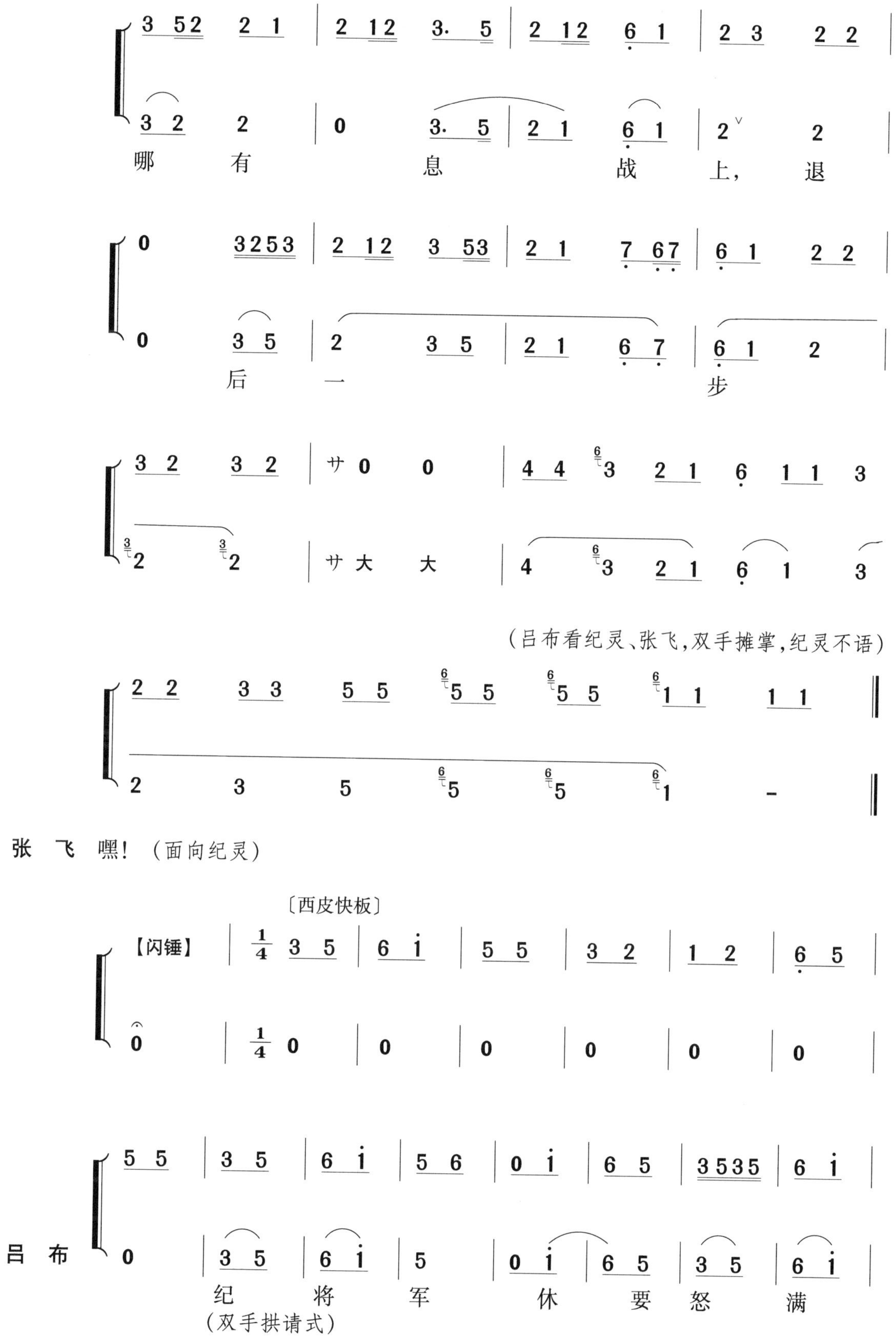
哪 有 息 战 上，退
后 一 步
（吕布看纪灵、张飞，双手摊掌，纪灵不语）
张 飞 嘿！（面向纪灵）
〔西皮快板〕
【闪锤】
吕 布
纪 将 军 休 要 怒 满
（双手拱请式）

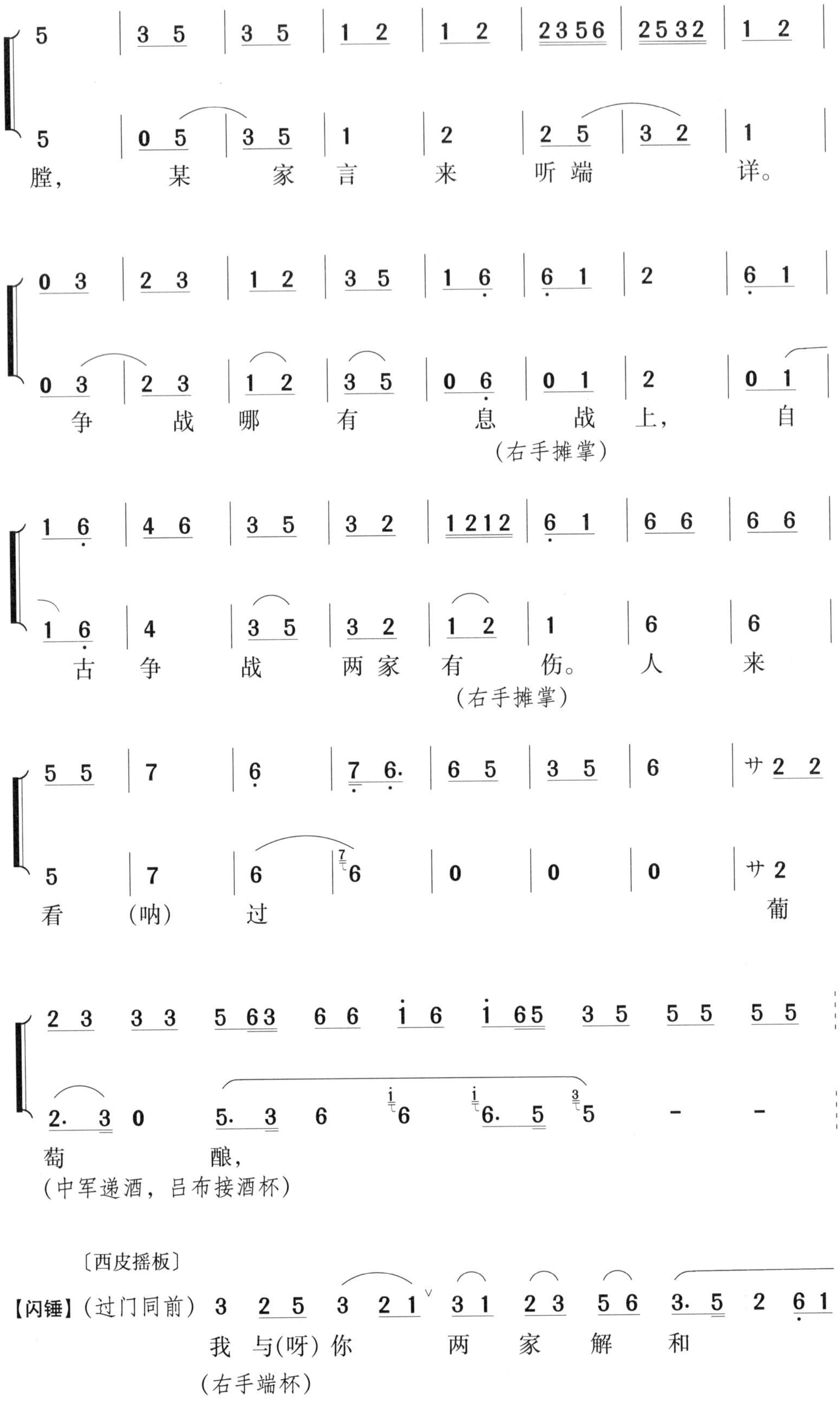
膛，某家言来听端详。
争战哪有息战上，自
(右手摊掌)
古争战两家有伤。人来
(右手摊掌)
看(呐)过
葡
萄酿，
(中军递酒，吕布接酒杯)
〔西皮摇板〕
【闪锤】(过门同前)
我与(呀)你两家解和
(右手端杯)

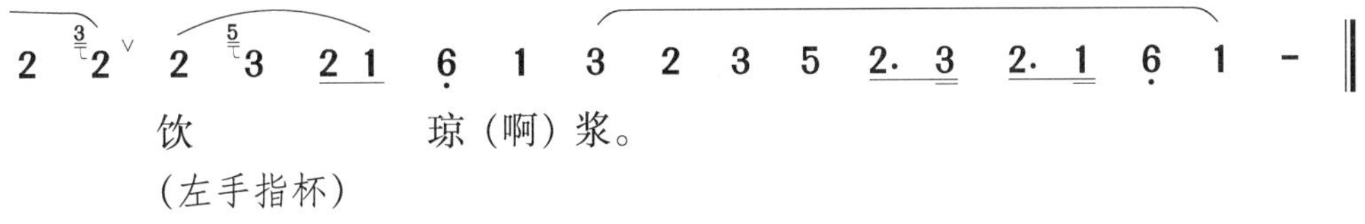

〔【大锣一击】〔行弦〕吕布捧酒杯到纪灵面前：“纪将军请用酒。”纪灵摆手：“酒已够了。”吕布：“再饮一杯。”纪灵：“饮不下去了。”吕布：“哦，饮不下了？”吕布转向刘备：“刘使君请饮此酒。”刘备推辞：“备酒已够了。”吕布劝酒：“再饮一杯。”刘备：“饮不下了。”吕布：“哦！饮不下了？啊！哈哈哈……”将酒杯交中军。

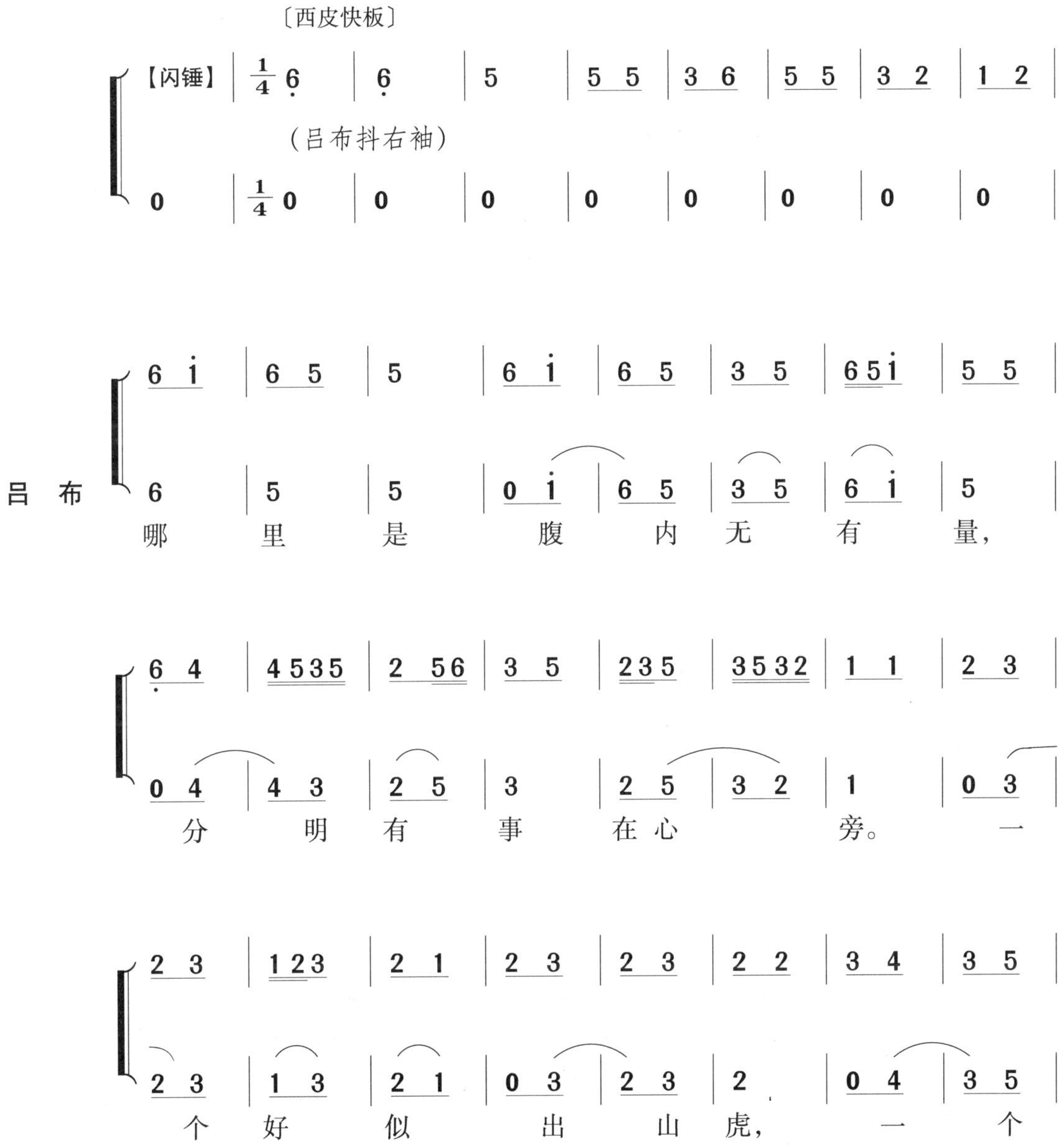

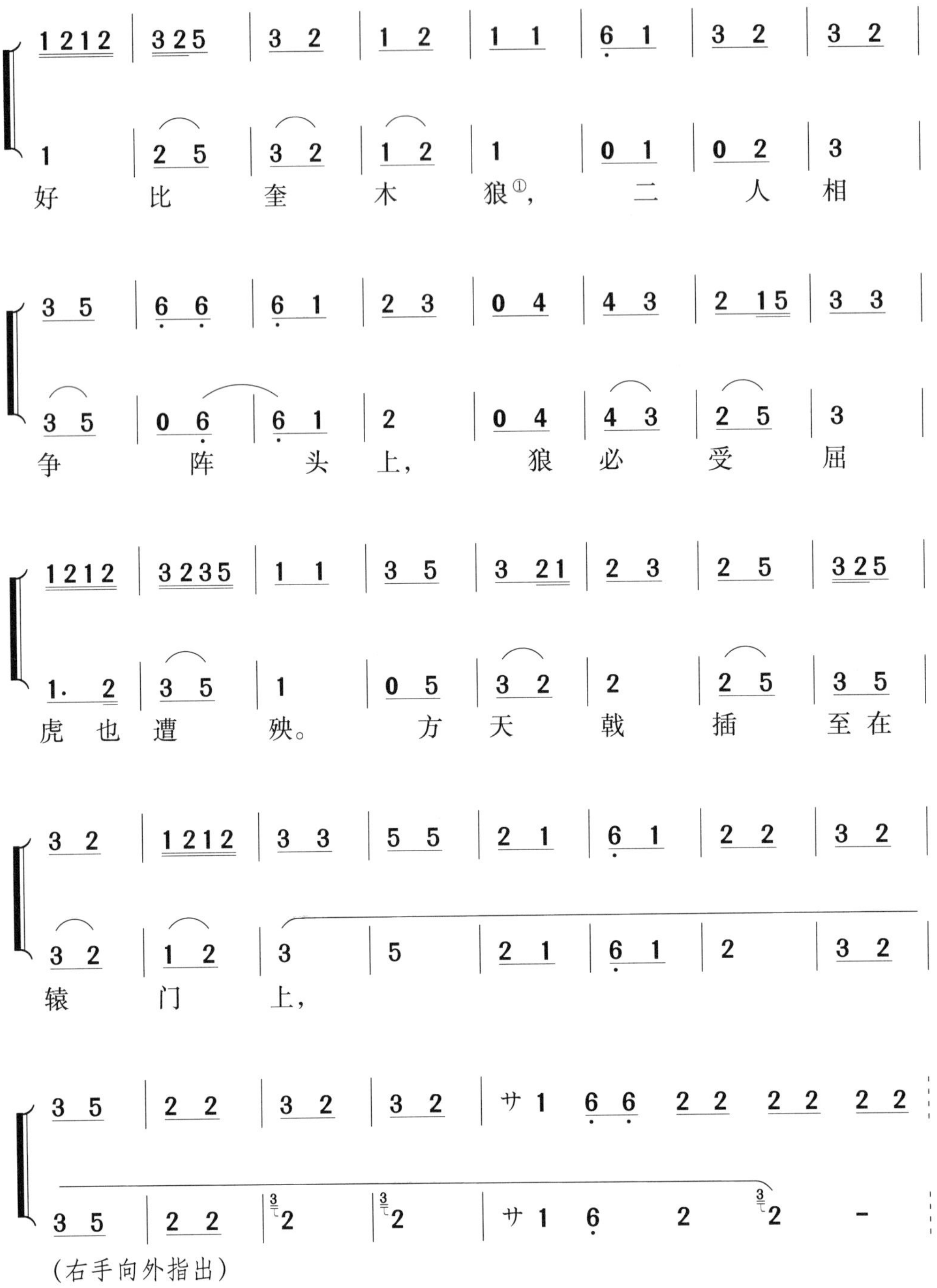

① 奎木狼：二十八宿之一，为西方白虎七宿之奎宿。原是小说《封神榜》中的人物，名李雄，由兽类修炼成仙，为截教门人。李雄奉通天教主之命守万仙阵。元始天尊破阵，诛杀李雄，后封为奎木狼。奎木狼在戏曲中属花脸人物，勾画金色碎脸，脑上有象形狼尾状。传说中《打金砖》的马武即为奎木狼转世。剧中吕布唱“一个好似出山虎，一个好比奎木狼”，用来比喻刘备、纪灵两家箭拔弩张的形势。

辕门射戟

〔【快长锤】二旗牌抬方天画戟从“上场门”上。到前台口站定。锣鼓切住。

吕 布 插在辕门！

〔【闪锤】二旗牌扛戟从“下场门”下。

〔西皮快板〕

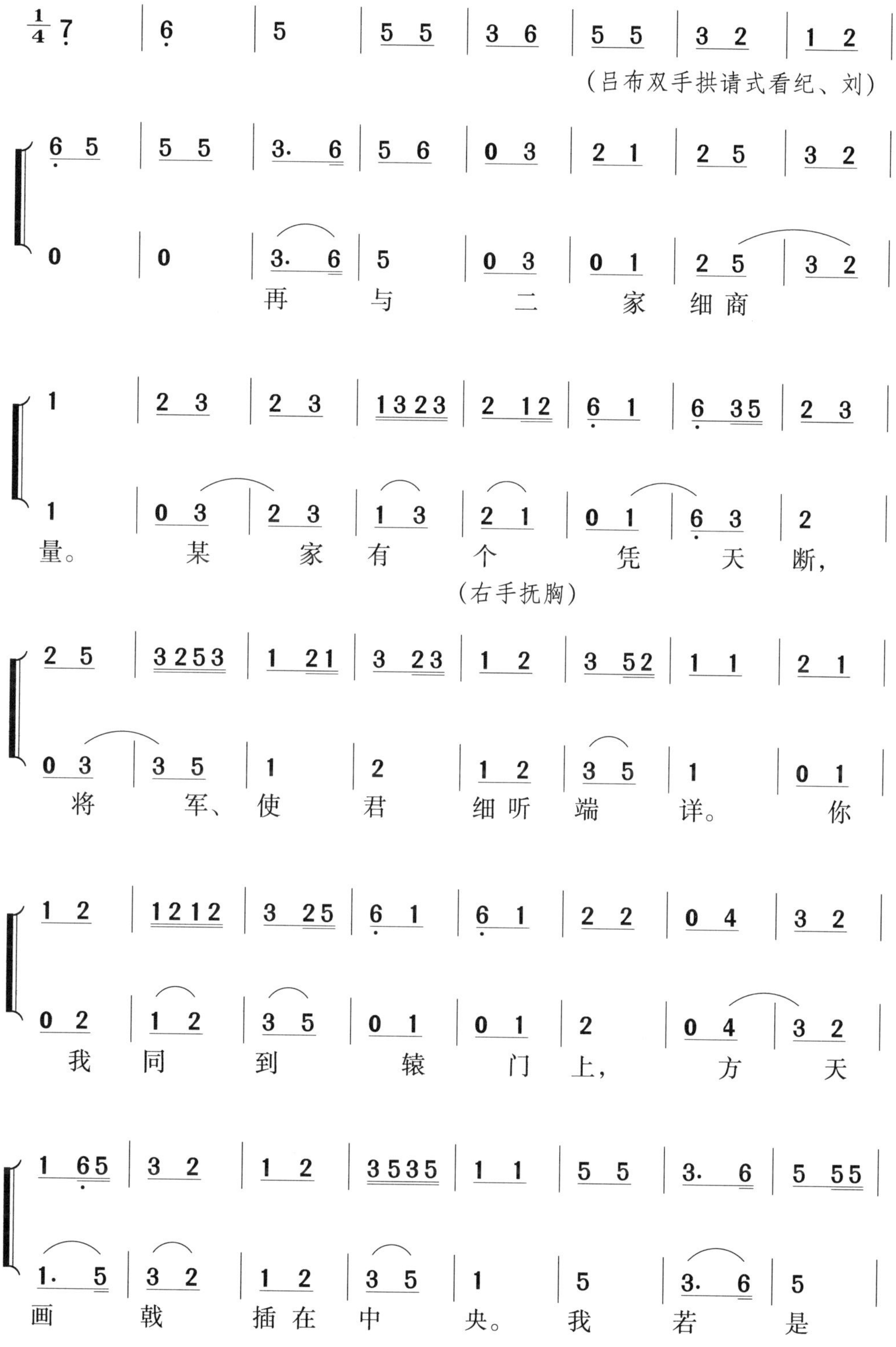

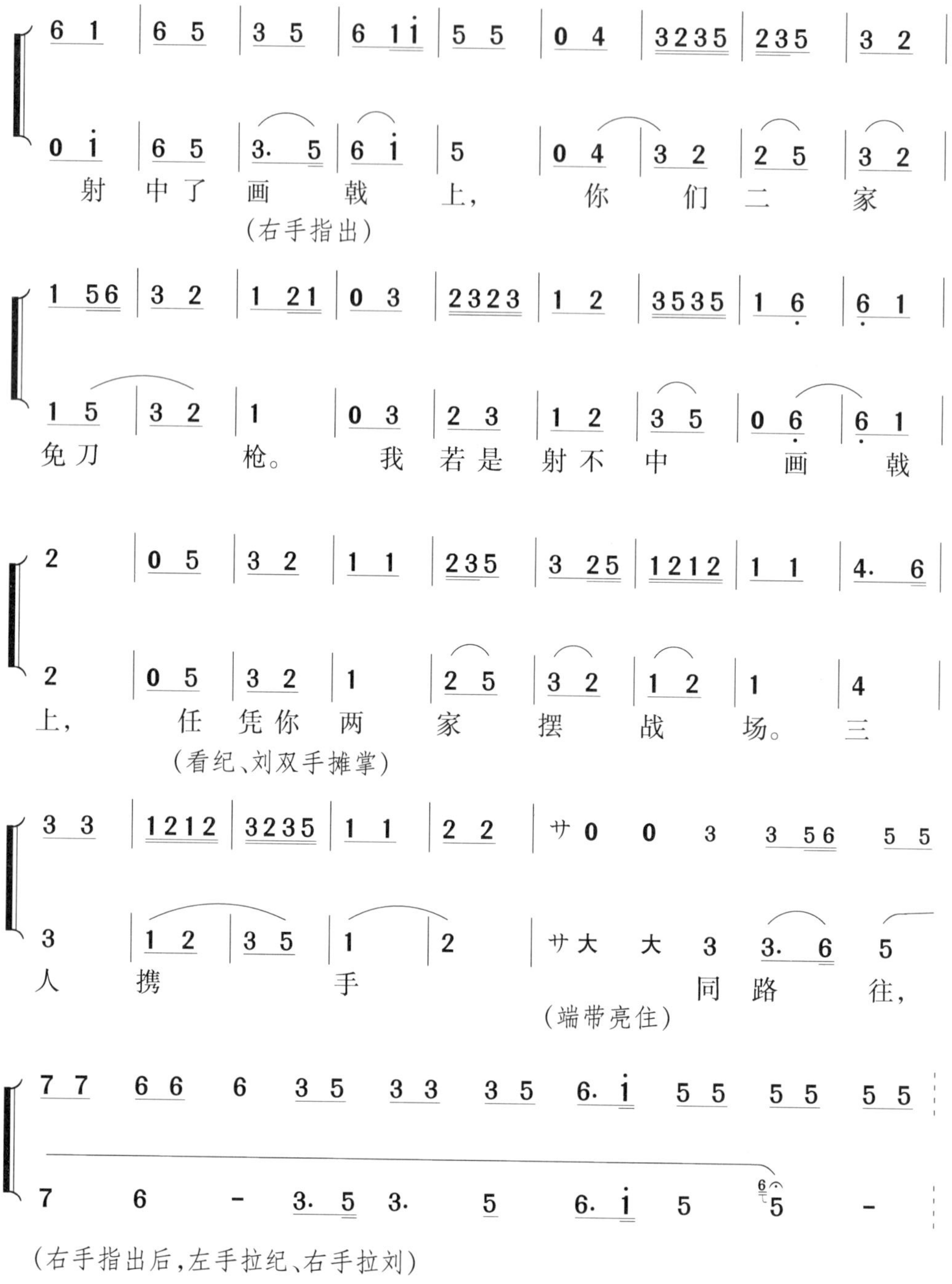

〔【快长锤】众龙套“插门”从“下场门”下。吕、纪、刘三人并排站，吕布左转身右手拉纪灵，左手拉刘备，向前行两步，放二人手，右转身。

〔西皮摇板〕

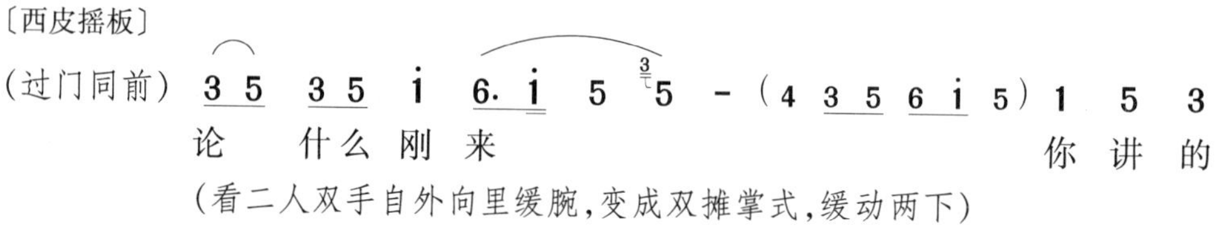

2 1 1 2 3 5 - 1 2 3 5 - 1 1 - ‖

是 什 么 强。

〔【一锤锣】吕布左转身，三人同下。

第五场

〔奏唢呐曲牌＜小傍妆台＞二旗牌抬戟从“上场门”上，将戟穿中间椅子上以后二人从“下场门”下。曲牌止。

〔吕布内唱。

〔西皮导板〕

【大锣导板头】サ（6 6 6 6 356 6 6 6.i5 5 5 i i. i i. 3.12 2 6

5 5 2 1 7 2 1 1 1 1）6 - 6. i 6. i 6 -（4 3. 5 6）

威 风

6 6 5 5 5 4. 6 3 2 3 1 -（7 6 2 1 1）3. 1 2

凛 凛（呐） 出

2. 3 2 1 6 5 - 3535 6 i 5 5 3 3 5. 3 5 -

虎 帐，

〔【急急风】四龙套、中军引张飞、刘备、纪灵、吕布从“上场门”上。吕布站台中，刘备、张飞站“小边”，纪灵站“大边”。

〔西皮快板〕

【闪锤】 1/4 7 | 6 | 5 | 5 5 | 3 6 | 5 5 | 3 2 | 1 2 |

3. 6 | 5 3 | 2 3 | 3 1 | 2 5 | 3 2 | 1 1 | 0 3 |

吕布 3. 6 | 5 | 0 3 | 3 3 | 2 5 | 3 2 | 1 | 0 3 |

大 队 人 马 列 两 旁。 这

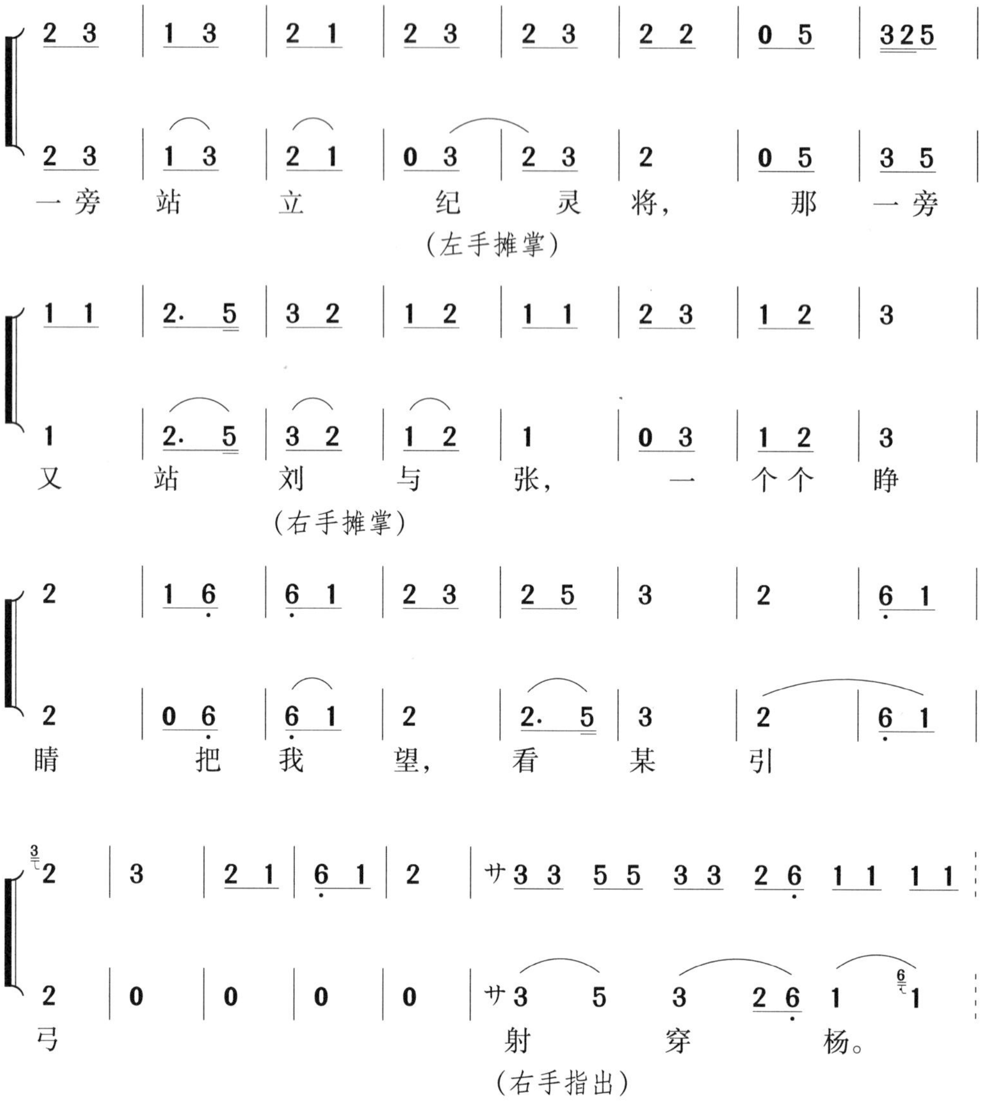

〔【快纽丝】中军递弓箭，刘备接过用袖擦弓，吕布接弓、箭，在左腰旁斜掖，右手拉开“单山膀”。

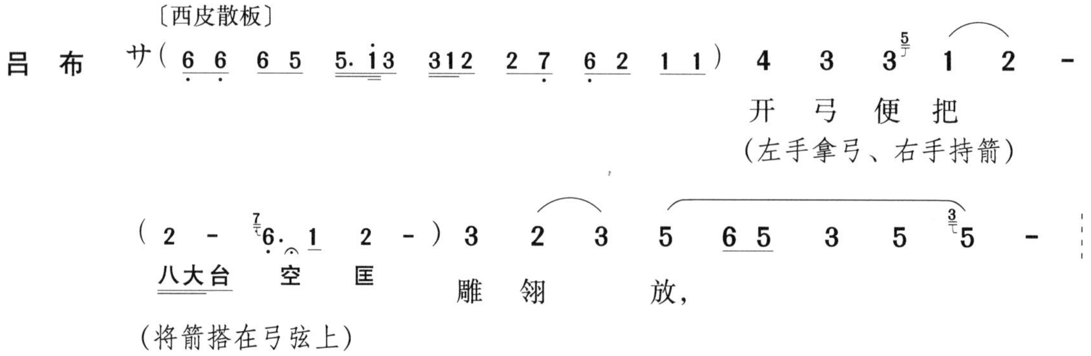

〔（嘟）吕布向左转身，朝方天戟射去，【小锣一击】箭射中画戟。【快冲头】

辕门射戟

吕　布　【叫头】哈哈、哈哈！啊哈哈哈……

┌【快纽丝】刘备心中喜，纪灵无可奈何。

〔西皮散板〕

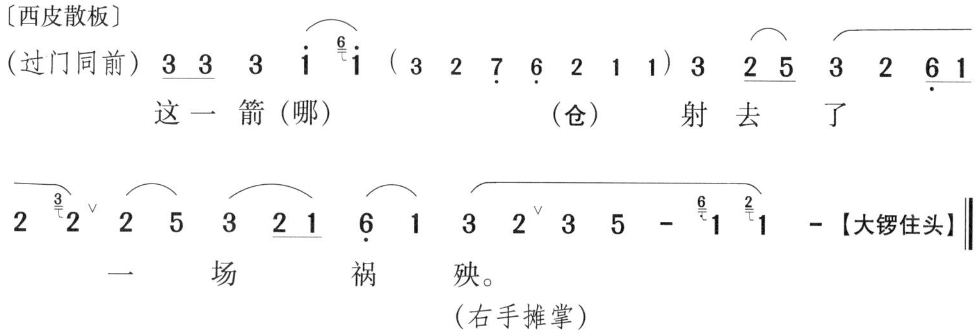

吕　布　（面向纪灵）纪将军还有何话讲？

纪　灵　只是难以回复我主。

吕　布　不妨，（摆手）待某修书一封，回复你主便了。（右手指出）

纪　灵　但凭温侯。（双手拱请式）

吕　布　溶墨伺候。（右手指出）

┌【快纽丝】吕布站台中，“一整两整”、右袖，左手提甲、右手握拳。

〔散板〕

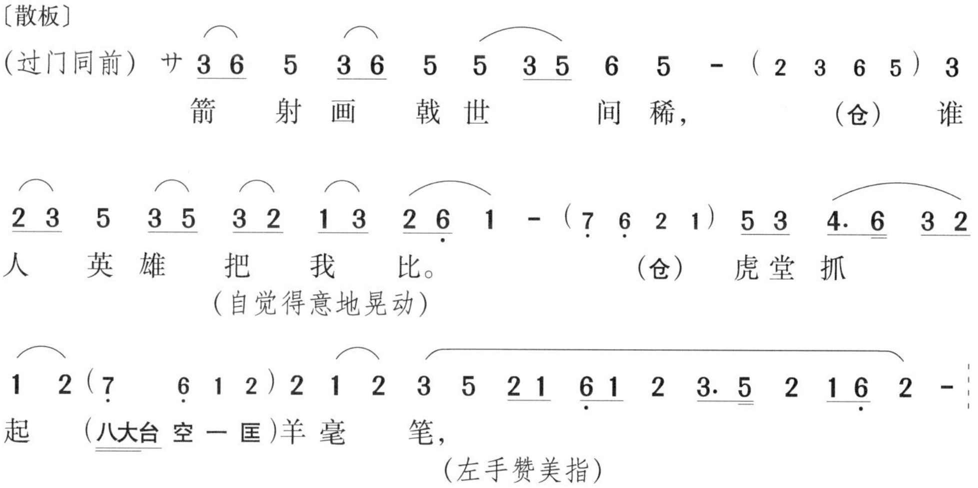

┌【快纽丝】转至虎帐。四白龙套“挖门”“站门”。众人归两边站。

┌【紧锤】吕布右脚踩椅，修书。

〔西皮快板〕

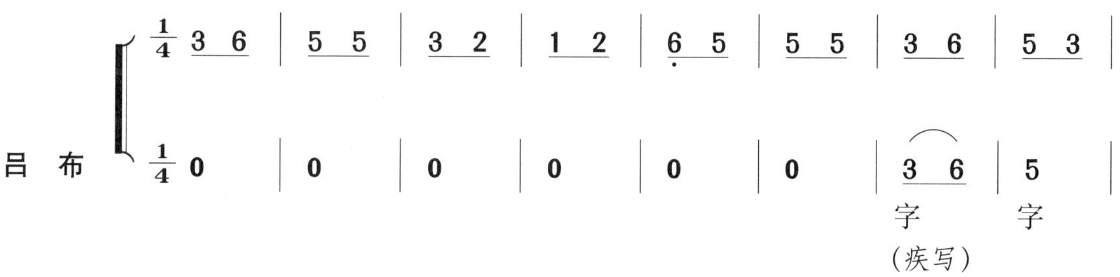

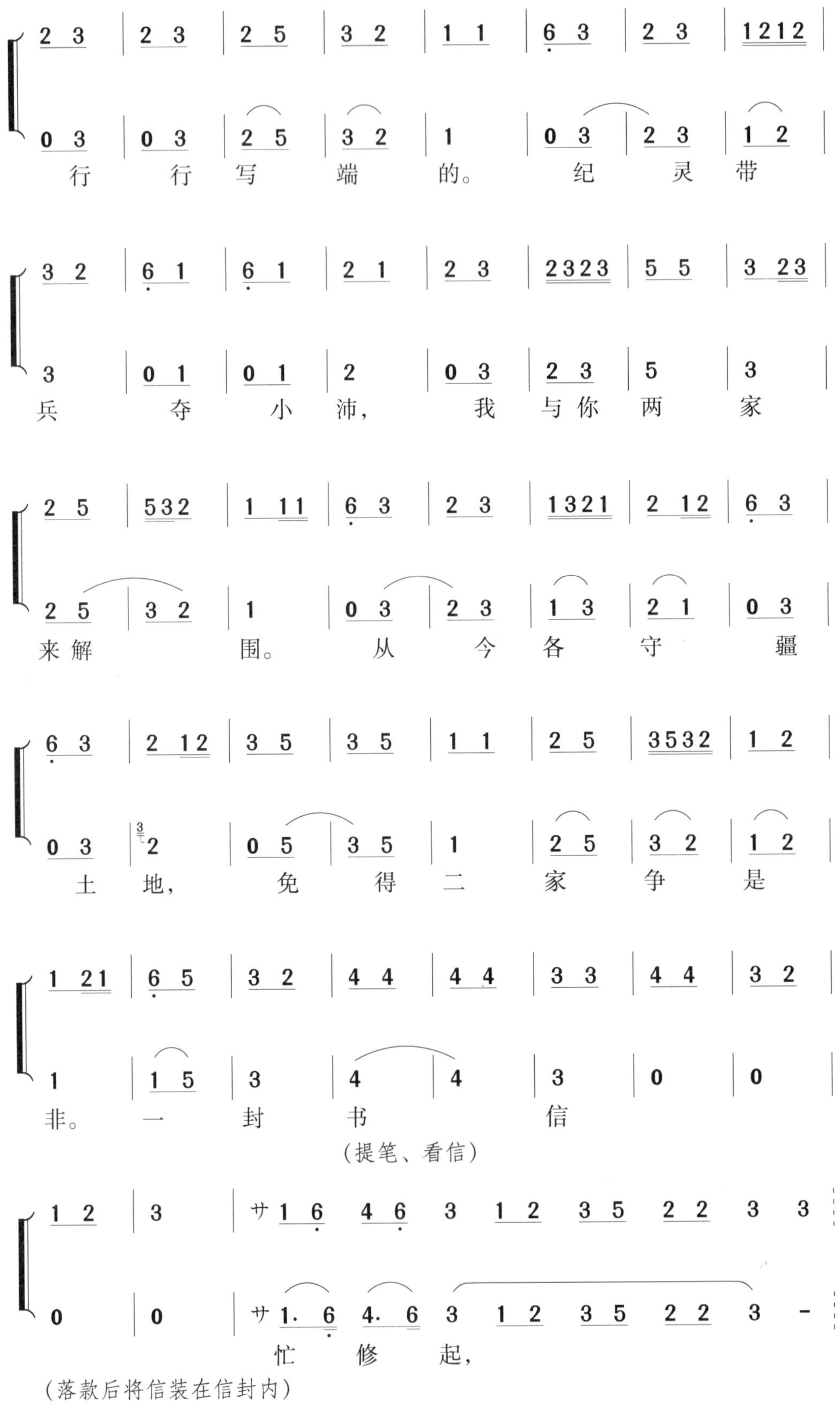
行 行 写 端 的。纪 灵 带
兵 夺 小 沛，我 与 你 两 家
来 解 围。从 今 各 守 疆
土 地，免 得 二 家 争 是
非。一 封 书 信
（提笔、看信）
忙 修 起，
（落款后将信装在信封内）

辕门射戟

〔【闪锤】吕布捧信朝纪灵。

〔西皮摇板〕

(过门同前) 3 23 5 5 35 2 61 2 32 12 35 1 2 3 5 1 1 – ‖

烦劳 将军 你 顺 带 回。

(左手将信缓一圆圈后交纪灵)

〔【大锣单楗凤点头】纪灵接信，四龙套两边上，“站门”。

〔西皮摇板〕

纪　灵　(过门同前) 4 3 4 3 32 12 3 (4 32 12 3 3) 62 1 2 1

纪灵接书面 带 愧， 背 转身来

(右手拿信) (右手拿信平抬，

2 3 1 – (3 21 62 1 1) 3 3 4·6 32 1 2 23 4 3 –

把胸捶。 辞别温 侯 跨 乌 骓，

左手捶胸摊掌) (轻轻摇摇头) (施礼，吕布还礼)

〔【快长锤】四龙套“插门”从“下场门”下。旗牌带马，上马。旗牌“下场门”下。纪灵走至左台口右转身，【大锣双楗凤点头】右手缓鞭亮相。

〔西皮散板〕

(过门同前) 25 3 3 21 2 2 3 3 – 21 12 26 1 1 ‖

百 万大 军 空走 一 回。

(双手抱鞭)

纪　灵　请!

吕　布　请！(拱手相送)

〔(八大仓)纪灵打马从“下场门”下。

〔西皮散板〕

吕　布　【快纽丝】(过门同前) サ6 6 57 6 6 2 23 5·3 5 – 【大锣一击】(05 36 5)

纪灵上 马 面带 愧，

(左手托掌)

刘　备　哈哈哈哈……

吕　布　【大锣凤点头】(过门同前) 4 32 1 2 32 5 25 32 1 – (7 6

刘 备 一 旁 笑 微 微。

(吕布看刘备) (右手平抬、左手指刘) (右手托掌)

2 - 1) 3 21 16 2 1 6 3 61 2 2 4
(仓) 转面来 我对使君 启，某
(面朝刘备)

35 1 2 2 5 2532 1 - (7 6 2 - 1) 2 1 3
家 言来听端 的。 (仓) 今日之

2 6 13 2 5 3 5 3 2 61 5 3 2.1
事全为 你，休忘了某 家
(指刘，刘躬身施礼)

1 2 - 3 2 1.235 3 2. 3 5 1 1 - ‖
射 画 戟。
(右手自里向外绥一圆圈后向外指出)

刘 备 温侯！

〔散板〕

【大锣凤点头】（过门同前） サ 3 3 4 3 3 12 4 3 (6 1
温侯多仁又 多义，
(拱手式)

2 3) 62 1 1 2 3 21 1 63 26 1 - (7 6
(仓) 为 我弟兄射 画 戟。

2 - 1) 2 2 31 2 2 2. 3 2. 1 1 2 -
(仓) 刘备有 朝得一 地，
(向里深深施一礼)

〔【快长锤】吕布送，刘备从“下场门”下；张飞随刘备下走至左台口，猛回身【大锣双楗凤点头】左手搂扎，右手指吕布亮住相。

〔散板〕

张 飞 （过门同前） 3 3 21 1 26 12 26 1 - ‖
桃园弟 兄怕 过 谁！
(右手指吕布)

〔（八大仓）张飞左转身左手搂髯、右“单山膀”亮相。从“下场门”下。

吕 布 啊！【大锣一击】（双手掏翎亮相）

〔【紧锤】吕布双手持翎望张飞远去的方向，右回身，双手持翎胸前绕动，脚下走圆场呈～型，归至台中，双手放翎，左手提甲、右手握拳亮住。

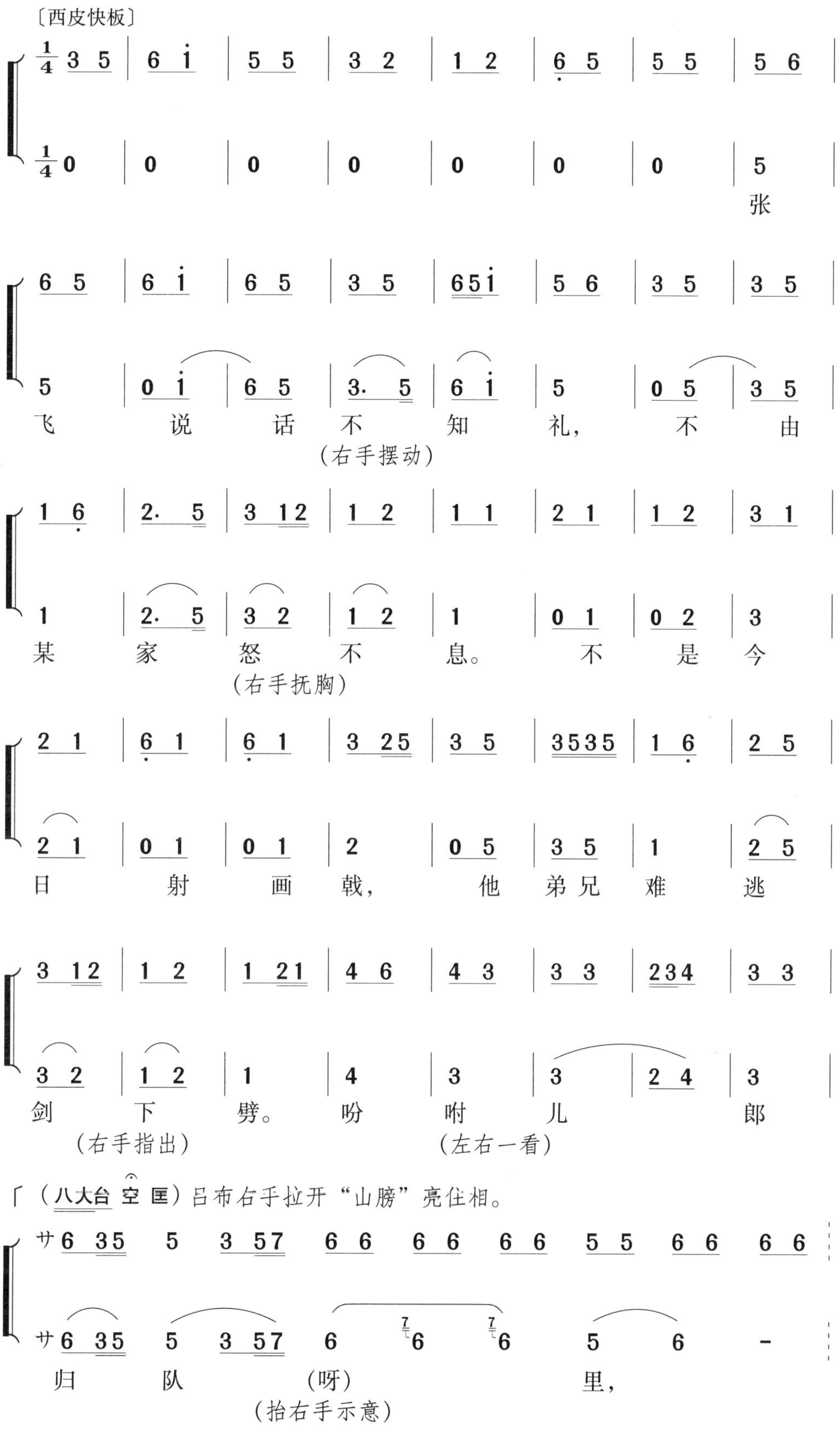
〔西皮快板〕
张飞说话不知礼，不由某家怒不息。不是今日射画戟，他弟兄难逃剑下劈。吩咐儿郎
(右手摆动)
(右手抚胸)
(右手指出)
(左右一看)
(八大台 空 匡）吕布右手拉开“山膀”亮住相。
归队(呀)里，
(抬右手示意)

〔【慢纽丝】四白龙套“插门”从“下场门”下，中军随下。吕布走至左台口右转身，右手握拳亮相。

〔西皮散板〕

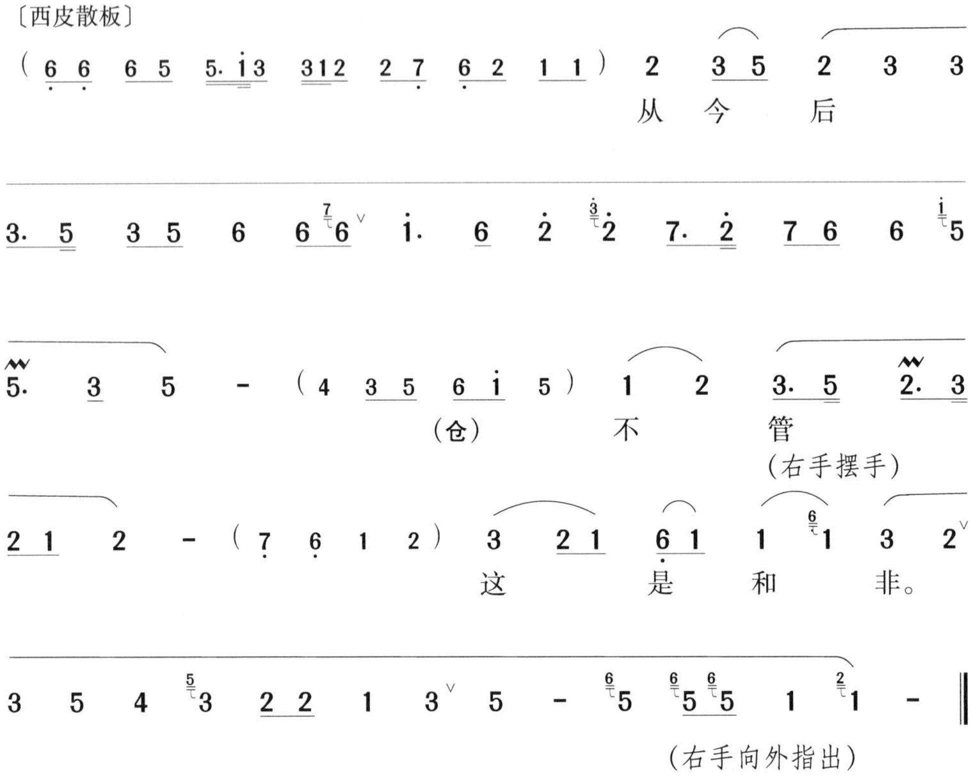

〔【大锣收头】接奏唢呐曲牌<尾声·合头>

〔【一锤锣】吕布左转身，从“下场门”下。

——剧 终

万凤姝 整理 万如泉 记谱

白门楼

姜妙香演出本

《白门楼》的故事源于《三国演义》第十九回“白门楼吕布殒命”。吕布占据徐州，得意忘形，终日沉湎于酒色。刘备失去徐州后，投奔曹操。曹操会合刘、关、张率兵攻打徐州。吕布部下侯成犯军令被责，怀恨在心，将其画戟和赤兔马献与曹操。宋宪、魏续内应献城。吕布、貂蝉、陈宫、张辽被擒。曹操爱张辽忠义，收为部将。吕布被擒后贪生怕死，乞求曹操赦免。曹操见吕布骁勇欲收为部将，刘备恐吕布归降曹操，如虎添翼，不利于自己，乘机以丁原、董卓之故事提醒曹操。曹操最终将吕布问斩。

《白门楼》是姜妙香先生的拿手戏，是所谓“姜八出”之一。姜妙香师从冯蕙林、陆杏林。冯蕙林曾搭三庆班，又与王楞仙、德珺如同台年，他们的戏路宗徐小香而又有所发展。王楞仙做工有很多创造；德珺如擅长演唱。同辈的程继仙、金仲仁都不以唱工戏取胜，因此造就了姜妙香成为一代唱做俱佳的小生人才。特别是在唱工方面，姜妙香吸收了陈德霖、王凤卿的一些唱法，博采众家之长，又勇于创新，在小生唱腔艺术上有很多创造和发展。他把传统的小生唱腔认真加以分析研究，根据剧情戏理和人物的身份、性格，在前人的基础上创造出很多新颖别致、悦耳动听的唱腔。之前小生〔西皮慢板〕的娃娃调唱腔第一句大多相同。经他精心加工，《白门楼》、《辕门射戟》、《飞虎山》、《玉门关》、《罗成叫关》、《四郎探母》这几出戏的娃娃调慢板头一句唱腔各具特色，表达了不同人物的不同情感。《白门楼》娃娃调的“似猛虎下山岗流落在平阳”的老腔完全按刘鸿声《辕门斩子》套用下来，有朱素云唱片可以参考。而姜派的唱腔做了细致的加工，即整理本中的唱法。姜妙香先生的演唱艺术是小生唱工承前启后的开拓者，他的唱腔模式今天已经基本定型，对现代小生唱工有着深刻的影响。姜妙香演唱工少的戏，如《群英会》、《黄鹤楼》等，身上也极见功夫，他又能演念白吃重的《借赵云》、武工繁重的《雅观楼》等，可谓是一位全才。

《白门楼》是吕布戏中表演最为繁重的一出，有精彩的唱段，有火爆的武打。姜妙香演《白门楼》中的吕布，把他定位为一代枭雄、有勇无谋的一介武夫，性格上骄纵骁勇、傲慢矜持、轻佻浮躁。因此，吕布在此剧中的表演有三个层次的变化：开始是吕布在濮阳大败曹操，又取得了徐州，踌躇满志，自以为不可一世，因而逍遥放纵，沉湎酒色。他依偎着貂蝉出场，要翎子挑逗貂蝉，撩拨她脸上的脂粉闻香，无视曹操大兵压境，目中无人地唱着“某若是到战场群贼的命休”，与貂蝉饮酒，直到醺醺大醉。表现出吕布骄奢淫逸，纵情酒色。这一段表演应切记人物是吕布，他不像周瑜那样风流倜傥，一派儒将风度，不应带有丝毫的书卷气。第二个层次是惊悉张辽报侯成盗走画戟、赤兔马之后，曹操派刘备前来搦战，仓促迎敌，表现吕布骁勇善战。在战场上战胜张飞，与关羽打了平手，最后还是败于刘、关、张联手作战。这一层次的表演可看出姜妙香的武工和工架与唱工一样精彩。与张飞的开打，把子纯熟，速度极快，位置准确，“枪下场”要得干净利落；与关羽的刀枪架子亦可称沉稳大方，极富雕塑美。第三个层次是吕布被擒后贪生怕死，乞求投降曹操，最终被杀，表现出不可一世的吕布悲惨的下场。见到貂蝉唱的一段〔二六〕的情绪是愤怒、悔恨；大段〔慢板〕追叙往事，则已无第一场的那种骄傲矜持，四句“我好比”唱出了一代枭雄末日的哀叹。

哈鸿儒

人物行当

吕　布	小生	乐　进	生
曹　操	净	许　褚	净
陈　宫	老生	貂　蝉	旦
刘　备	生	太　监	丑
关　羽	红净	马　童	武丑
张　飞	净	报　子	杂
张　辽	武生	四下手	杂
曹　洪	净	四刀斧手	杂
李　典	生	四龙套	杂

服装扮相

吕　布　俊扮。紫金冠、翎子、甩发、面牌，红帔，粉硬靠、粉龙箭衣、苫肩、大带，淡青彩裤，厚底靴。

曹　操　勾大白脸。黑相纱、黑满，红蟒（衬红褶子）、玉带，红彩裤，厚底靴。

陈　宫　俊扮。忠纱、黪三、高方巾、黄绸条，蓝官衣、玉带，宝蓝褶子、小腰包，青彩裤，厚底靴。

刘　备　俊扮。紫将巾、黑三，紫箭衣、黑马褂、苫肩、大带，红彩裤，厚底靴。

关　羽　揉红脸。绿扎巾盔、黑（头发）三，绿箭衣、苫肩、大带，红彩裤，虎头厚底靴。

张　飞　勾黑十字门蝶翅脸谱。黑将巾、黑扎、黑耳毛子，黑箭衣、苫肩、大带、下甲，青彩裤，厚底靴。

张　辽　俊扮。荷叶盔、甩发、面牌、黑三，白箭衣、大带，白硬靠、苫肩、白蟒、玉带，红彩裤，厚底靴。

曹　洪　勾红花三块瓦。红扎、红耳毛子、紫金冠、翎子、狐狸尾，红硬靠、苫肩，红彩裤，厚底靴。

李　典　俊扮。荷叶盔、黑三，黄硬靠、苫肩，红彩裤，厚底靴。

乐　进　俊扮。扎巾盔、黑满，蓝硬靠、苫肩，红彩裤，厚底靴。

许　褚　勾黑碎脸。黑扎、黑耳毛子、蓬头、抓髻、翎子、狐狸尾，黑硬靠、苫肩，青彩裤，厚底靴。

貂　蝉　俊扮。梳古装头、水钻头面（或梳大头、线尾子、凤冠），古装衣裙，彩裤，彩鞋。（如梳大头时则穿宫装）

太　监　丑扮，勾豆腐块。大太监帽，绿绣花褶子，红彩裤，厚底靴。

马　童　揉脸。戴黑犄角，马夫衣裤，裹腿，靸鞋。

报　子　俊扮。梢子帽，蓝布箭衣，斜红卒坎，大带，青彩裤，薄底靴。

四下手　俊扮。黑包头、小额子，下手衣裤，薄底靴。

四刀斧手　俊扮，抹鼻窝。大板巾、额子、单翎，刀斧手服，红彩裤，薄底靴。

四龙套　俊扮。红大板巾，红龙套服，红彩裤，薄底靴。

道具

单 枪（吕布用）	一杆	**单 枪**	四杆
手 杻	两副	**宝 剑**	两口
令 旗	一面	**马 鞭**	四根
青龙刀	一把	**丈八矛**	一杆
大 刀	一把	**云 帚**	一把
红标帜	一堂	**大 帐**	一份
桌　子	三张	**椅 子**	三把
文房四宝	一份	**红、湖绿色桌围椅披**	各一份

第 一 场

〔场上正中置大帐、桌子，桌上放文房四宝，“大座”（红桌围、椅披）。**【冲头】**奏唢呐曲牌<水龙吟>四龙套、四曹将“上场门”上，“站门”。关羽、张飞、刘备“上场门”上，“站门”，乐止。**【大锣四击头】**曹操双手端带“上场门”上，至“九龙口”双抖袖。**【大锣原场】**走至前台口。**【大锣归位】**

曹　操　（念引）

一心辅汉朝，**【小锣二击】**功成（**大大**）

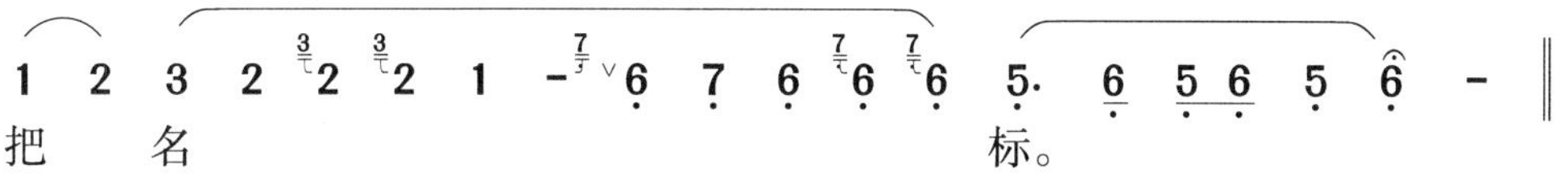

〔**【冲头】**奏唢呐曲牌<水龙吟·合头>

〔曹操右转身向里，归“大座”，四龙套、四曹将、关羽、张飞、刘备等从两侧往里归，分八字站立，曲牌止。**【大锣归位】**

（诗）汉室空有主，名权我为先；**【小锣二击】**

怀志冲霄汉，纵横宇宙间。**【大锣归位】**

老夫（**嘟仓**）曹操。**【大锣住头】**汉室为臣，官居首相。今奉天子（双手拱请式）令诏，统领人马，扫荡徐州。可恨吕布小儿，战又不战，降又不降。啊，刘使君……

刘　备　丞相。（双手拱请式）

曹　操　妙计安在？（双手摊掌）

刘　备　丞相（双手拱请式）赐备一哨人马，愿带领桃园弟兄，生擒那吕布。（右手指出）

曹　操　（点头）如此，刘使君听令！

刘　备　在。**【大锣一击】**

曹　操　带领桃园弟兄，与众将攻打徐州，捉拿吕布满门，不得违误。

刘　备　得令！

曹　操　掩门！

〔**【一锤锣】**刘备、关羽、张飞出帐，龙套带马，三人上马，众曹将“插门”引刘、关、张“下场门”下，曹操“下场门”下，四龙套分下。

第 二 场

〔场上正中置桌子一张，“大座”椅、跨椅各一把，绿色桌围椅披，桌上放酒壶、酒斗。**【慢长锤】**一太监“上场门”上，走至左台口。貂蝉在右扶酩酊大醉的吕布"上场门"上。吕布步履踉跄走至"九龙口",用右手推开貂蝉。【大锣四击头】上左脚摆右袖,上右脚摆左袖,掏左翎、掏右翎,双手亮"双按翎"式。【撕边一击】醉眼看貂蝉,用翎一抹貂蝉脸,一闻,得意地微笑放翎。

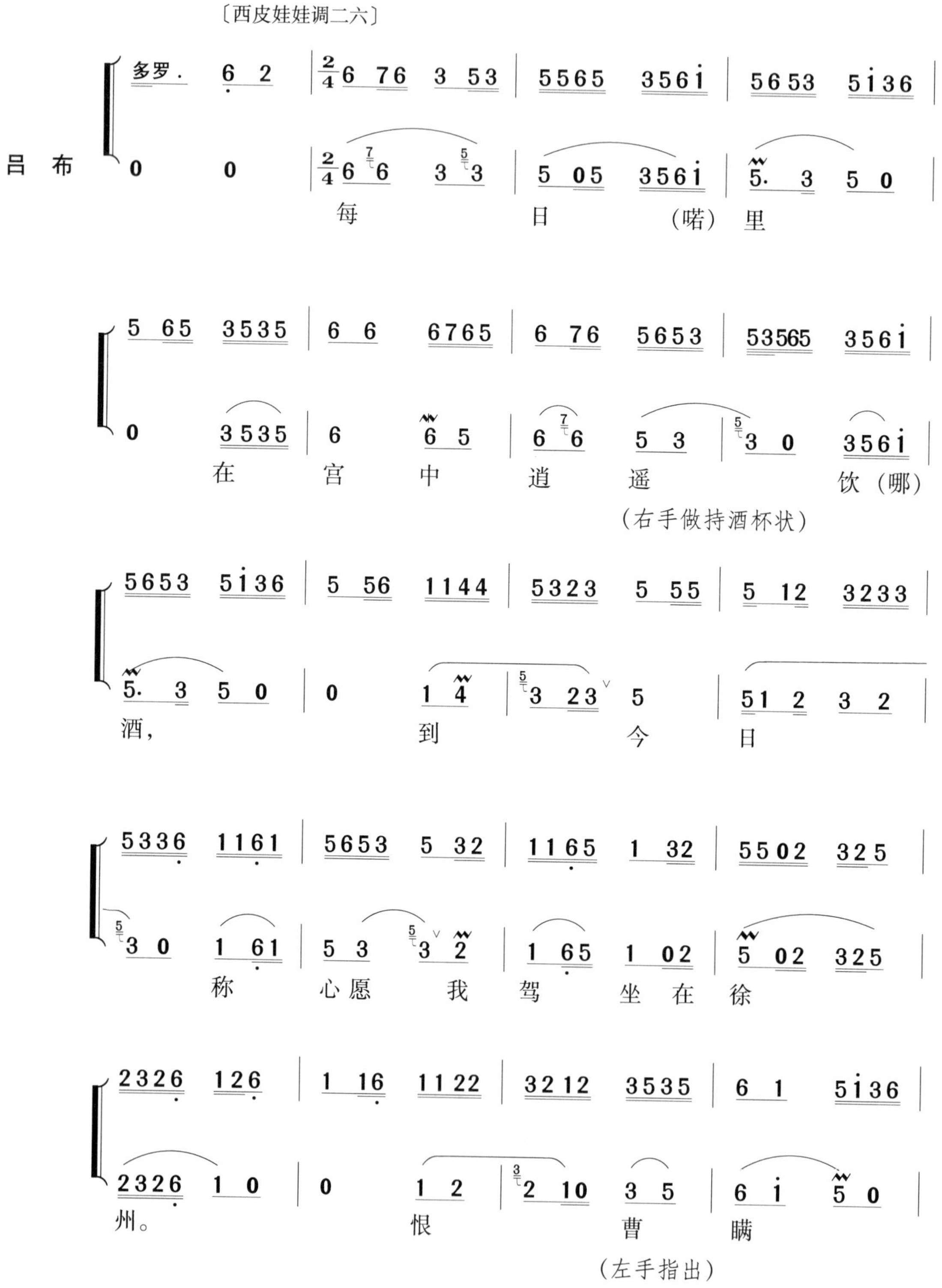

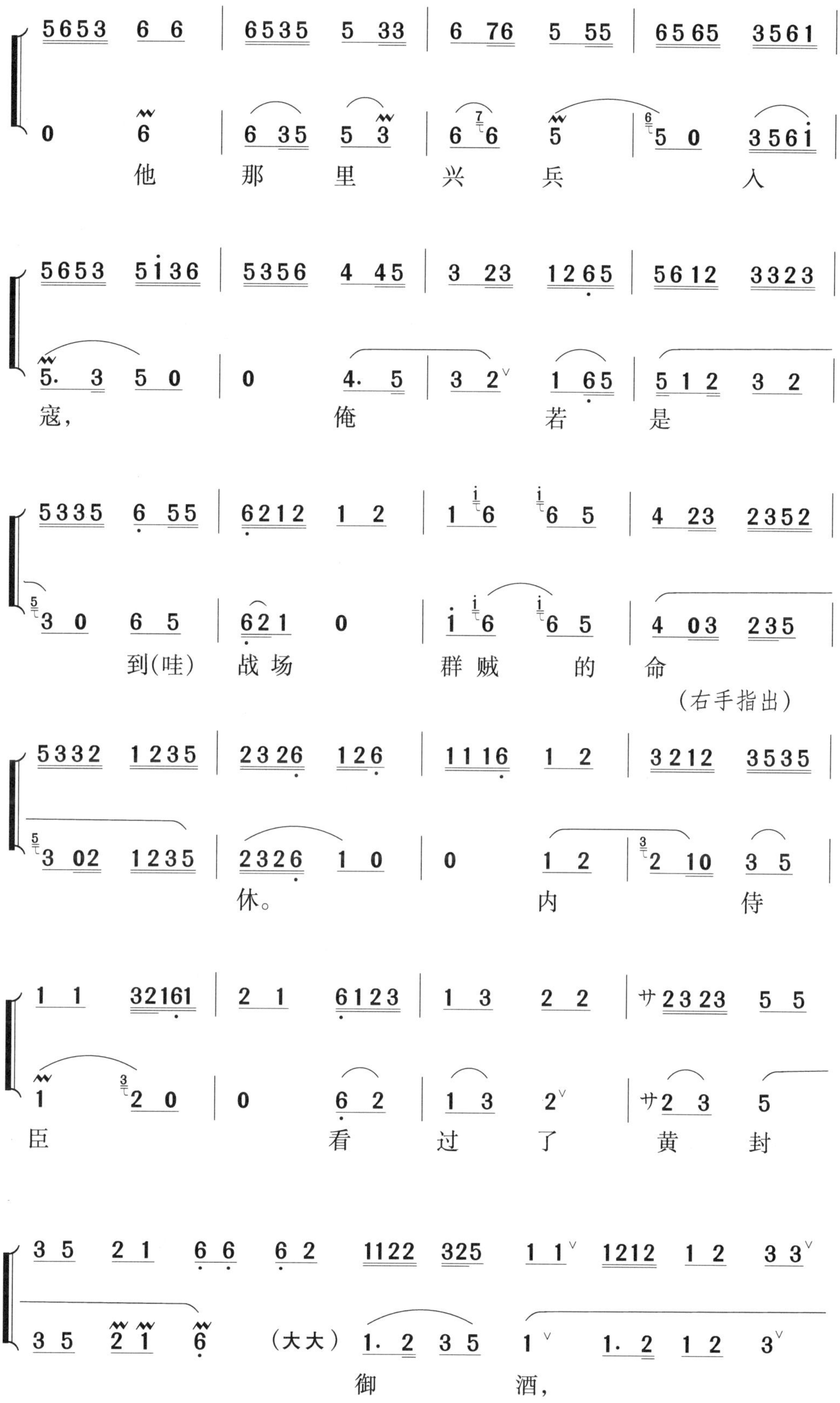
他 那 里 兴 兵 入
寇， 俺 若 是
到(哇) 战 场 群 贼 的 命
(右手指出)
休。 内 侍
臣 看 过 了 黄 封
(大大)
御 酒，

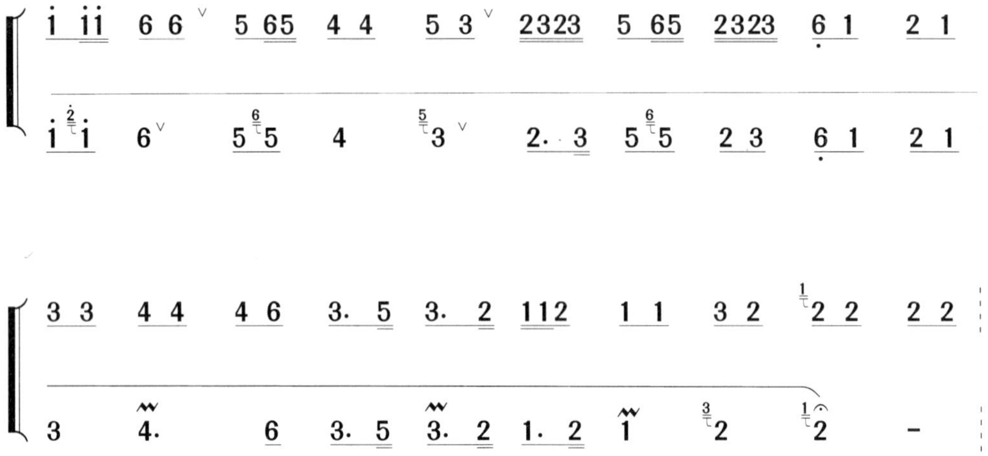

（右手按掌）

〔【闪锤】吕布、貂蝉二人“合扇”转身，吕布归“大座；貂蝉坐“小边”跨椅。

〔西皮摇板〕

吕 布

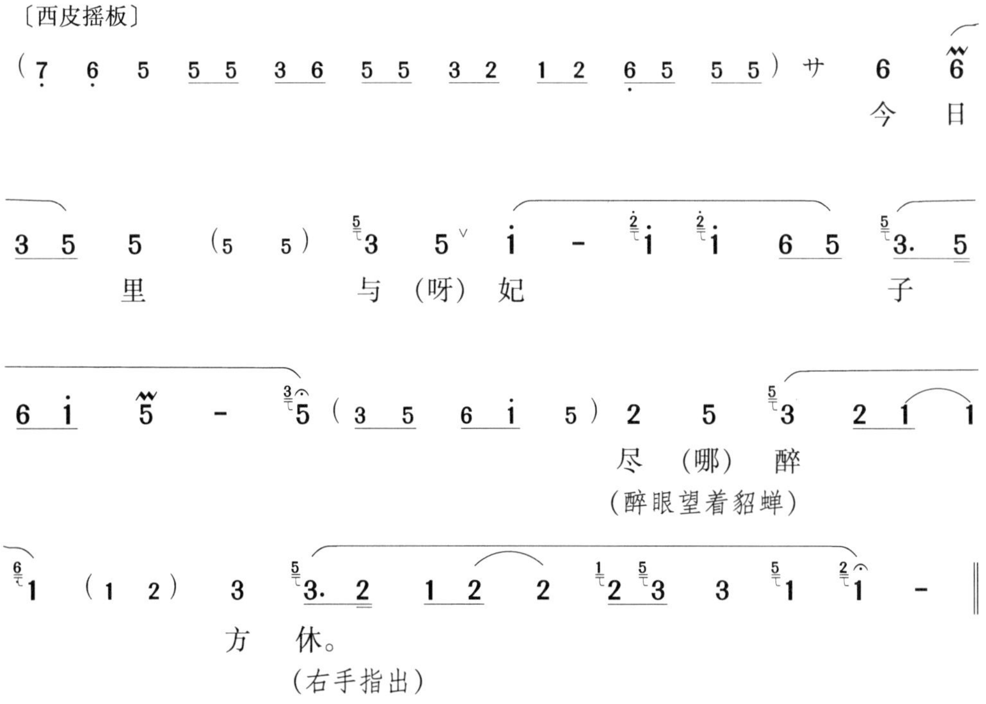

貂 蝉 温侯请！（二人举杯饮酒，吕布醉枕拳而睡，貂蝉放杯，太监垂手立“大边”）

〔西皮慢板〕

【小锣夺头】

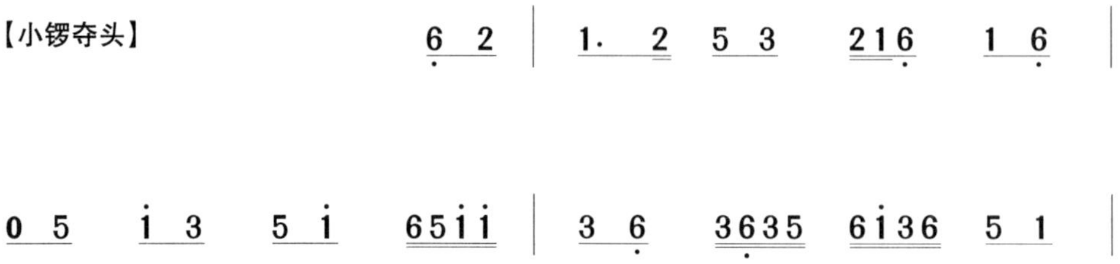

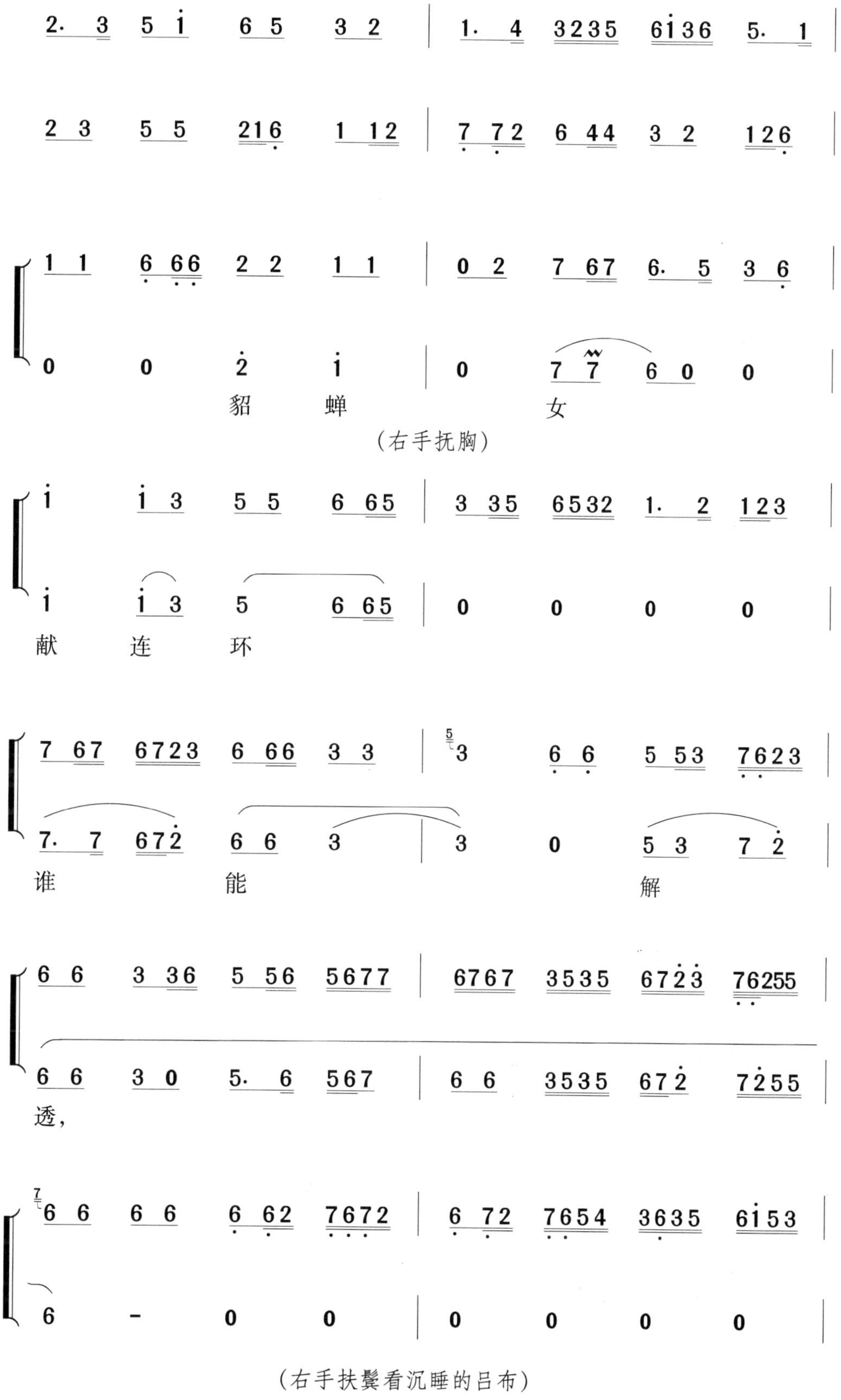
貂 蝉 女
(右手抚胸)
献 连 环
谁 能 解
透，
(右手扶鬓看沉睡的吕布)

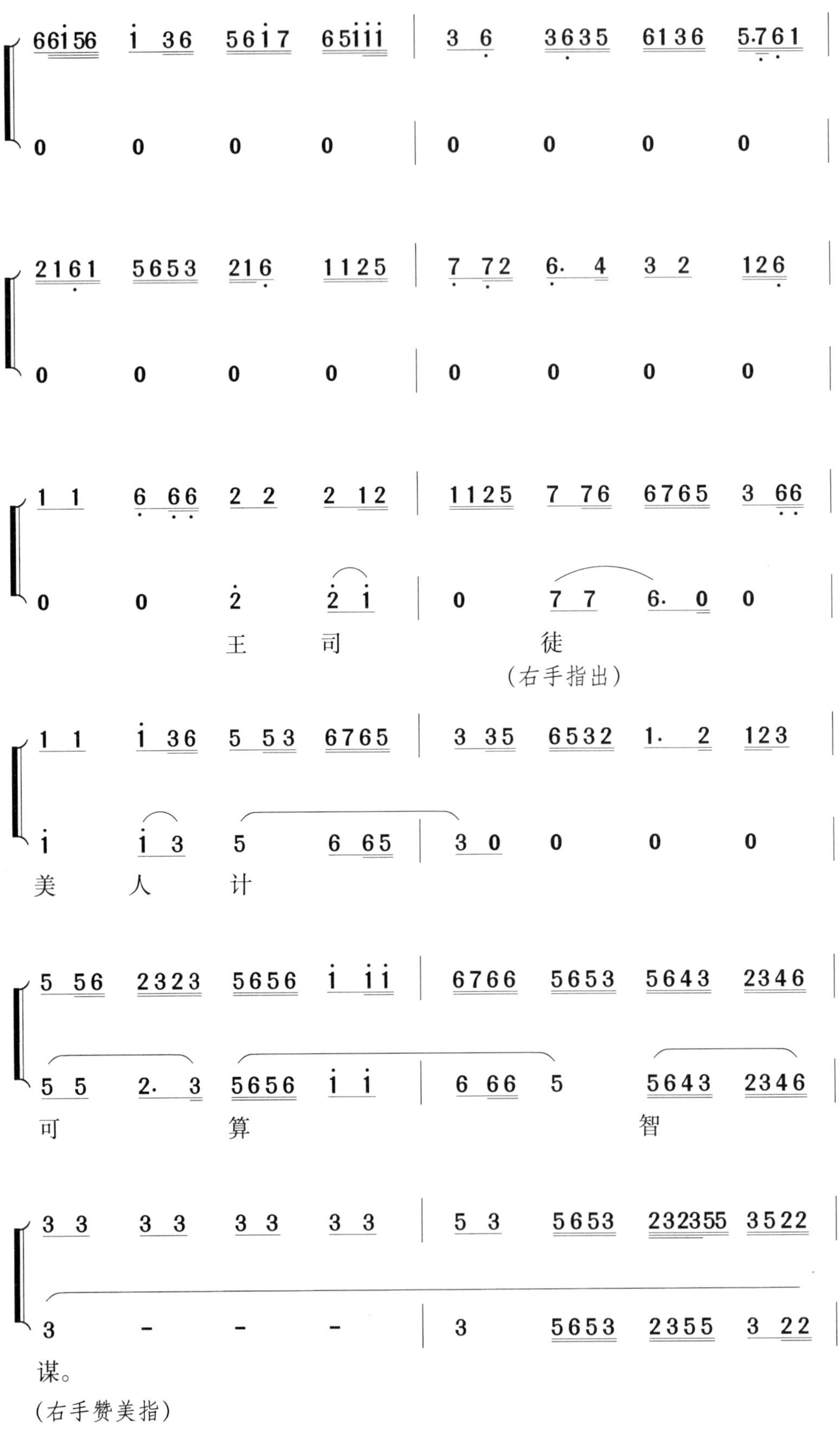
王 司 徒
（右手指出）
美 人 计
可 算 智
谋。
（右手赞美指）

白门楼

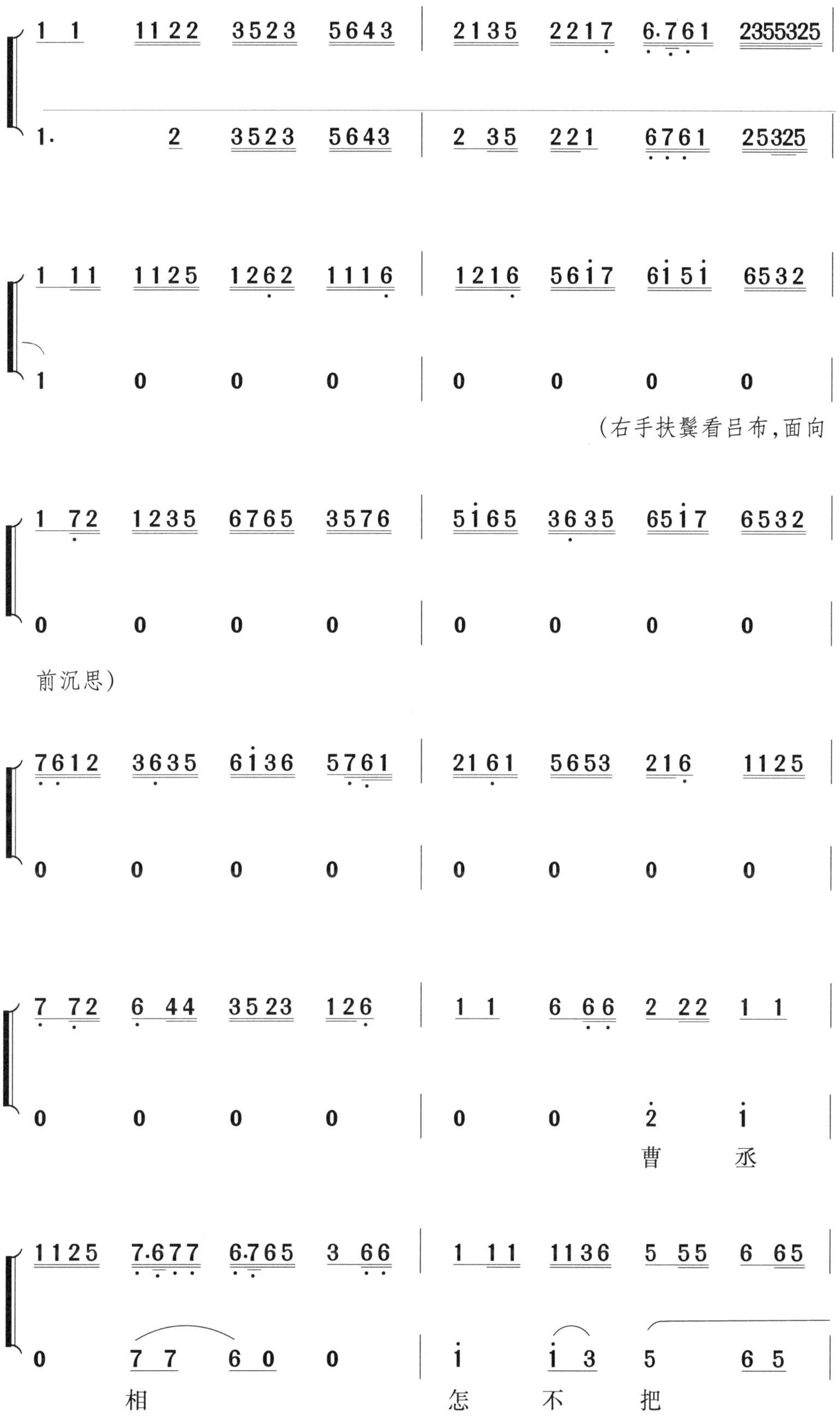

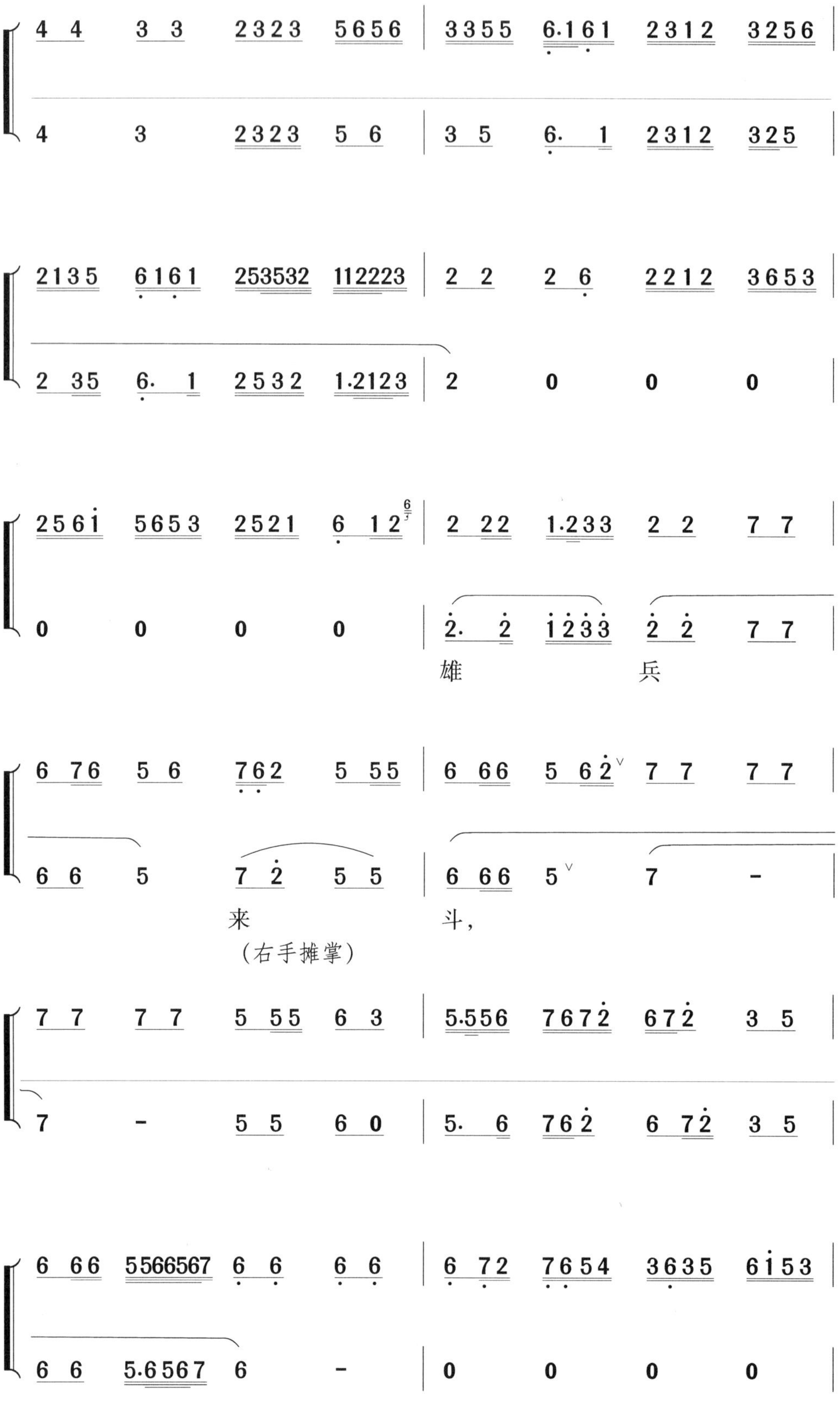
雄
兵
来
斗，
（右手摊掌）

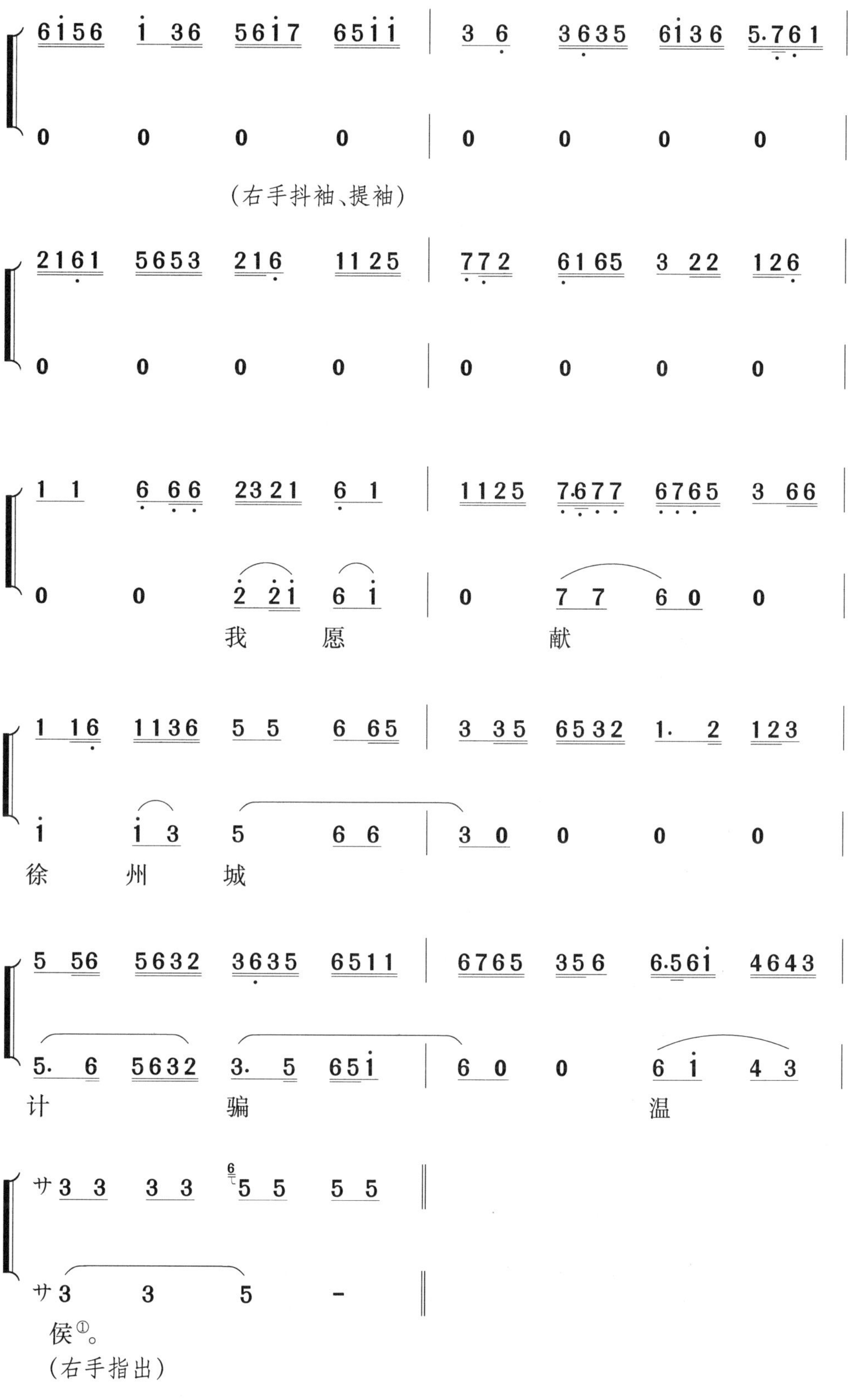

① 貂蝉唱腔最早唱〔慢板〕，但也可唱〔原板〕或〔摇板〕。

〔陈宫内白："走哇！"【快纽丝】"上场门"上，亮相，即疾步走至右台口，抖右袖。

〔西皮散板〕

陈　宫　【大锣凤点头】サ（6̣ 6̣ 6 5 5 3 1 2 7̣ 6̣ 2 1）4

曹

3 2 1 2 3 1 2 4 3 （6̣ 1 2 3）

操 领 兵 夺 徐 州，（仓）

（右手指出）

3 1 2 2 2 5 3 2 1 （7̣ 6̣ 2 1）

迷 恋 宫 帏 吕 温 侯。（仓）

（右手指出）

2 2 3 1 2 2 2 3 2· 3 2·1 1 2【纽丝】

将 身 来 在 宫 门 口，

（绕一小圆场）

〔西皮散板〕

サ（6̣ 6 5 3 1 2 2 7̣ 6̣ 2 1）

6̣ 2 1 2 2 3 2 1 6̣ 1 ‖【大锣住头】

见 了 公 公 说 从 头。

（右手指太监）　（太监站"大边"，陈宫站"小边"）

烦劳公公，（拱手式）陈宫有事求见。

太　监　候着！【大锣住头】（进宫门）启娘娘，陈宫有事求见。

貂　蝉　温侯酒醉，有事明日再奏。（抖左袖）【小锣一击】

太　监　遵旨！【大锣住头】（出门向陈宫）温侯酒醉，有事明日再奏。

陈　宫　此话何人讲的？（近前一步问）

太　监　娘娘（拱手式）讲的！

〔（八大仓）陈宫双手摊掌。

陈　宫　不好了。

〔西皮散板〕

【快纽丝】（过门同前）4 3 3 3 3 2 1 2 3

昔 日 有 个 商 纣 王，

（6̣ 1 2 3）6̣ 2 1 1 2 3 2 1 6̣ 1

（仓）宠 爱 妲 己 乱 朝 纲。

| 白 门 楼 |

(7 6 2 1) 3 3 2 6 1 3 3 1 2 (7 6

(仓) 温 侯 学 了 前 朝 样，(仓)

1 2) 4 3 2 1 2 3 5 2 6 1 【纽丝凤点头】

貂 蝉 难 免 起 祸 殃。(略一思索，用右掌击左掌心)

(过门同前) 2 2 5 3 1 2 1 3 2 2· 3 2·1 1 2 - 【撕边一击】

大 着 胆 儿 把 宫 门 闯，

(右手向左指) (左手撩袍欲闯进，太监急拦)

太 监 呔！陈老先生，你难道不要脑袋吗？【撕边一击】(指陈宫)

陈 宫 哎呀！

【大锣凤点头】(过门同前) 6 2 1 2 2 3 21 1 2 2 6 1 ‖

顺 者 昌 来 逆 者 亡。

(双手按掌) (双手平按抖动)

咳！(无可奈何地，向右转身，【大锣打下】"上场门"下)

吕 布 (双手拭目，醉眼看貂蝉，又拿起酒杯)妃子请！

貂 蝉 (端杯)温侯请！

〔奏唢呐曲牌<急三枪>

〔太监斟酒，二人举杯同饮，吕布不胜酒力大醉，枕右拳做睡状，貂蝉蝉见状暗喜点头。【大锣住头】

〔张辽内白："走哇。"【急急风】张辽"上场门"上。【撕边】向左横走几步蹉步，又向右横走几步蹉步，(八大仓)双手摊掌，走至右台口。

〔西皮散板〕

张 辽 (过门同前) 4 3 2 1 2 3 1 2 4

曹 操 带 兵 徐 州

3 (6 1 2 3) 1 2 1 2 3 2 1 1 (7

困，(仓) 侯 成 盗 去 马 能 行。

(右手摊掌)

6 2 1) 2 2 1 3 1 2 2 2· 1 1

(仓) 迈 步 且 把 宫 门

(右手向左指)

2　–【快纽丝】6̣　2　1　3 21　^{3}2　3 5　2 1　1 ‖【大锣住头】
进，　　　见　　了　公　　公　说　　分　　明。
（走一小圆场）

太　监　张将军到此何事？
张　辽　烦劳公公通禀，张辽有事求见温侯。
太　监　温侯酒醉，有本明日再奏。【撕边一击】（张辽一怔）
张　辽　哪个讲的？
太　监　娘娘讲的。
张　辽　闪开了。（右手一扬【冲头】闯进宫去，见吕布沉睡，急向前轻轻唤）温侯醒来！（仓）（见吕布不醒，又唤）温侯醒来！（嘟）（见无动静）温侯醒来！（拍桌）【撕边一击】（吕布惊醒，拭目）
吕　布　张将军进宫何事？
张　辽　启禀温侯，（双手拱请式）大事不好了。（八仓）
吕　布　何事惊慌？（右手摊掌）
张　辽　今有侯成，将温侯画戟、赤兔马盗走了！
吕　布　【撕边——】噢——【大锣一击】（右手抓袖，吃惊地）胆大侯成，竟将俺画戟、赤兔马盗走了！【撕边一击】（眼神凝视，感到事态严重）
张　辽　正是。
吕　布　再探！（向右侧身抖左袖）
张　辽　遵命！【冲头】（“下场门”下）
〔【撕边一击】吕布右手向上翻折水袖。【撕边一击】右手向下抖袖，同时左手向上翻折水袖。（八大仓）双手水袖反翻折后，双手按桌。
吕　布　哎呀，不，不好了……（气急在胸，引起酒后呕吐）
【大锣抽头】（念【扑灯蛾】）
闻言怒气发，怒气发，【大锣抽头】（从桌内走出）
不由人咬碎钢牙，咬碎钢牙。【大锣抽头】（向貂蝉）
盗去画戟、赤兔马，
赤手空拳怎战杀。（双手摊掌）【小锣抽头】
貂　蝉　【小锣扑灯蛾】
温侯（双手拱请式）不必怒气发，
妾身言来听根芽，听根芽。【小锣抽头】（双手抖袖）
温侯威名（右手赞美指）谁不怕，
赤手空拳也能杀。（右手做刀砍状）
〔【小锣抽头】马童从“上场门”上，见吕布。
马　童　（跪禀）【小锣扑灯蛾】速报辕门下，曹操把兵发。（右手向外指）【大锣抽头】
吕　布　（念【扑灯蛾】）
马童备战马，（向马童）
到阵前（仓）把贼拿。（右手指出）【大锣收头】

〔【大锣四击头】吕布跨右腿、踢左腿，向左转身，双手提袍在左台口亮相。【急急风】吕布转身走半弧圈，“下场门”下，貂蝉、太监随下。闭二幕，撤下桌椅再拉开。

〔【走马锣鼓】马童“上场门”台侧“拉马”，“拴马”。随之用盘子撩水“洗马”，用马刷子“刮马”、“刷马”。随后上“马鞍”，勒紧“肚带”。然后“遛马”，举鞭，【急急风】跑一圆场。【大锣四击头】右手向右“立鞭”，左手“拉马”亮住相。

〔【冲头】四下手两边上，“站门”，头家扛枪。

马　童　请温侯上马！

〔【急急风】吕布双手提甲“上场门”上，小圆场归到台中。【撕边一击】左整袖，【撕边一击】右整袖。【软四击头】双手绕动在胸前“束甲”。【大锣四击头】吕布提枪上马。【急急风】四下手“插门”归到“下场门”，与刘、关、张人马“二龙出水”。吕布“一扯”用枪将刘备、关羽“一拨拉”、“两拨拉”，刘、关分下。捋枪与张飞“一过合”、“两过合”，“打小快枪”。吕布打张飞“鼻子”，张飞向左转身。吕布枪扎张飞，张飞用枪搪接，走“上下”。【撕边一击】张飞退到“下场门”前亮败相，吕布捋枪亮相。张飞从“下场门”下，【急急风】四下手追下。

〔【急急风】此时，曹四将举单枪“上场门”上，吕布与曹四将“一扯”，吕布归到右台口，曹四将归“下场门”。吕布与曹四将走“一过合”、“两过合”，曹四将归到“下场门”，四将用枪同时打吕布“封头”；吕布横枪搪四将枪向上一拱，【撕边一击】曹四将“下场门”下，吕布捋枪亮相。【急急风】吕布耍“枪下场”，【大锣四击头】亮相，【急急风】“下场门”下。

第　三　场

〔【大锣原场】陈宫、张辽“上场门”上，归至台中。

陈　宫　（念）眼望旌旗起，

张　辽　（念）耳听好消息。

〔报子内喊：“报！”【大锣冲头】“上场门”上。

报　子　（跪报）曹兵杀进城来！

陈　宫
张　辽　再探！

〔【冲头】报子“上场门”下。

陈　宫　那贼人马，犹如潮水一般，如何是好？（双手摊掌）

张　辽　待末将抵挡一阵。（右手指出）

陈　宫　好，张将军快快抵挡一阵。（“上场门”下）

〔【急急风】张辽出门转身，一下手抬枪带马，张辽上马。

〔四曹将“上场门”上，双方“一过合”、“两过合”，张辽用枪“叨一个”、“叨两个”，二曹将盖张辽扎过来的枪，卸张辽枪，张辽被擒。【一锤锣】四曹将押张辽“下场门”下。

第 四 场

〔【乱锤】陈宫“上场门”上，貂蝉“下场门”上，二人一“望门”、两“望门”。

陈 宫
貂 蝉 温侯！温侯！（二人走至台中，陈宫焦急地双摊手望貂蝉）

〔【急急风】四曹将“上场门”上，将陈宫、貂蝉擒获。【一锤锣】四曹将押陈宫、貂蝉“下场门”下。

第 五 场

〔【大锣四击头】吕布从“上场门”上，举枪亮相。【大锣原场】吕布向右台口“望门”，亮左“山膀”，右斜提枪相。

吕 布 （高呼）貂蝉！【大锣原场】（向左台口“望门”）文远！【大锣四击头】（缓枪亮相）【撕边】（吕布紧张惶恐，左掖枪，右摊掌）哎呀！

〔西皮散板〕

【快纽丝】 サ （ 6 6　6 5· i　3· 1 2· 1　6 2 1 ）

35 5　3 5·3　6·5 4 ∨　5 2　3·5 3　5 5　5 －
擒 去　陈 宫、　张 文　远，
（右手指出）

【大锣双楗风点头】 4　3　3 23　5　3 23　4· 6　3 2　2 21
不　见　爱　妻　美　貂

6 1 1（ 21　621 ）　4　3　3 25　3 2　3 1　1
蝉。　（仓）　心　中　烦　闷
（右手摊掌）

（ 7 6 2 1 － ） 3 ∨　5 57　6　3·535　6 6·i　5　5　－ ‖
（顷　仓）　难　交战。
（双手按枪亮住）

〔【快扫头】（马嘶）吕布向左台口跪蹉步、左手横提枪，右手勒马。【急急风】四曹将引刘备、关羽、张飞“上场门”上，与吕布“一扯”、“两扯”，“一过合”、“两过合”，关、张向里一盖吕布的枪，吕布向右转身，扔手中枪，被擒。四曹将押吕布，吕布醉吐。【大锣原场】众人将吕布“下场门”押下。

第 六 场

〔场上正中置大帐，“大座”椅、跨椅各一把，红桌围、椅披，桌上放文房四宝。唢呐奏曲牌<小傍妆台>，四龙套“上场门”上，“站门”。曹操“上场门”上，至前台口双手抖袖、提袖，右转身归“大座”。四曹将引刘、关、张“上场门”上，四曹将“挖门”进帐，站一横排，曲牌止。

刘 备
关 羽 启丞相，吕布全家被擒。
张 飞

曹 操 刘使君请坐，众将退下。（刘备坐在“大边”跨椅）

四曹将
关 羽 啊！【大锣五击】（众人“下场门”下）
张 飞

曹 操 来，带貂蝉！

四龙套 带貂蝉！

〔【快长锤】貂蝉“上场门”上，至右台口。

〔西皮摇板〕

貂 蝉 （7 6 5 55 36 55 32 12 65 55） i i 3 3 6
刀 枪 剑

5 7 6 3 5 6 （65 35 65 32 11 65 55）
戟 拿 住 我，

3 6 5 6 6 5 6 5 3 5 （36 55 32
一 时 松 绑 去 绳 索。

12）36 5 5 7· 6 5 6 7 6 3 5 3 5 - 6 6
迈 步 且 把 宝 帐 进，

（左手平抬，右手向左指）

〔【闪锤】进门归“小边”站。

（过门同前）i 5 6 6 5 6 5 3 3 5 -（55 36 5 -）【大锣住头】
丞 相 不 斩 却 为 何？

（右手摊掌） （面向里跪台中）

曹　操　下跪可是貂蝉？

貂　蝉　正是。

曹　操　见了老夫，为何不抬起头来？

貂　蝉　有罪不敢抬头。

曹　操　恕你无罪。

貂　蝉　谢丞相。（抬头）

曹　操　（看）呀！

〔西皮摇板〕

【闪锤】（7 6 5 55 36 55 32 12） 4 3 3
貂 蝉 女

3 4 3 4 3 2 1 2 3 （46 32 12 3）
连 环 计 除 了 董 卓，

1 4 3 2 1 6 1 2 1 2 3 1 （32
助 王 允 安 定 了 汉 室 山 河。

12 65 55） 1 2 2 2 1 2 3 2 2 2 6 1
送 貂 蝉 养 老 宫 且 过

3 2 （3 21 61 2 2） 1 3 3 2 1
生 活， 太 平 时 也

6 1 2 3 3 2 1 2 2 6 6 1 － ‖
许 她 安 然 快 乐。

貂　蝉　谢丞相！（施礼后站起）

【大锣凤点头】（过门同前）3 5 7 6 7 6 3 5 3 5 － 6 －
叩 罢 头 来 恩 谢 过，

〔【快长锤】吕布、陈宫带手杻“上场门”暗上；貂蝉走至左台口抖右袖。

〔西皮摇板〕

貂　蝉　【大锣凤点头】（过门同前）3 6 5 6 6 5 6 5 3 3 5
养 老 宫 中 享 安 乐。
（右手按掌）

〔【大锣一击】貂蝉欲下，吕布急忙愤怒地抬左手。

吕　布　招回来！【大锣四击头】（抬左手、跨右腿看貂蝉，貂蝉站立在左台口）【撕边一击】（吕布抖手中的锁链亮相）

白门楼

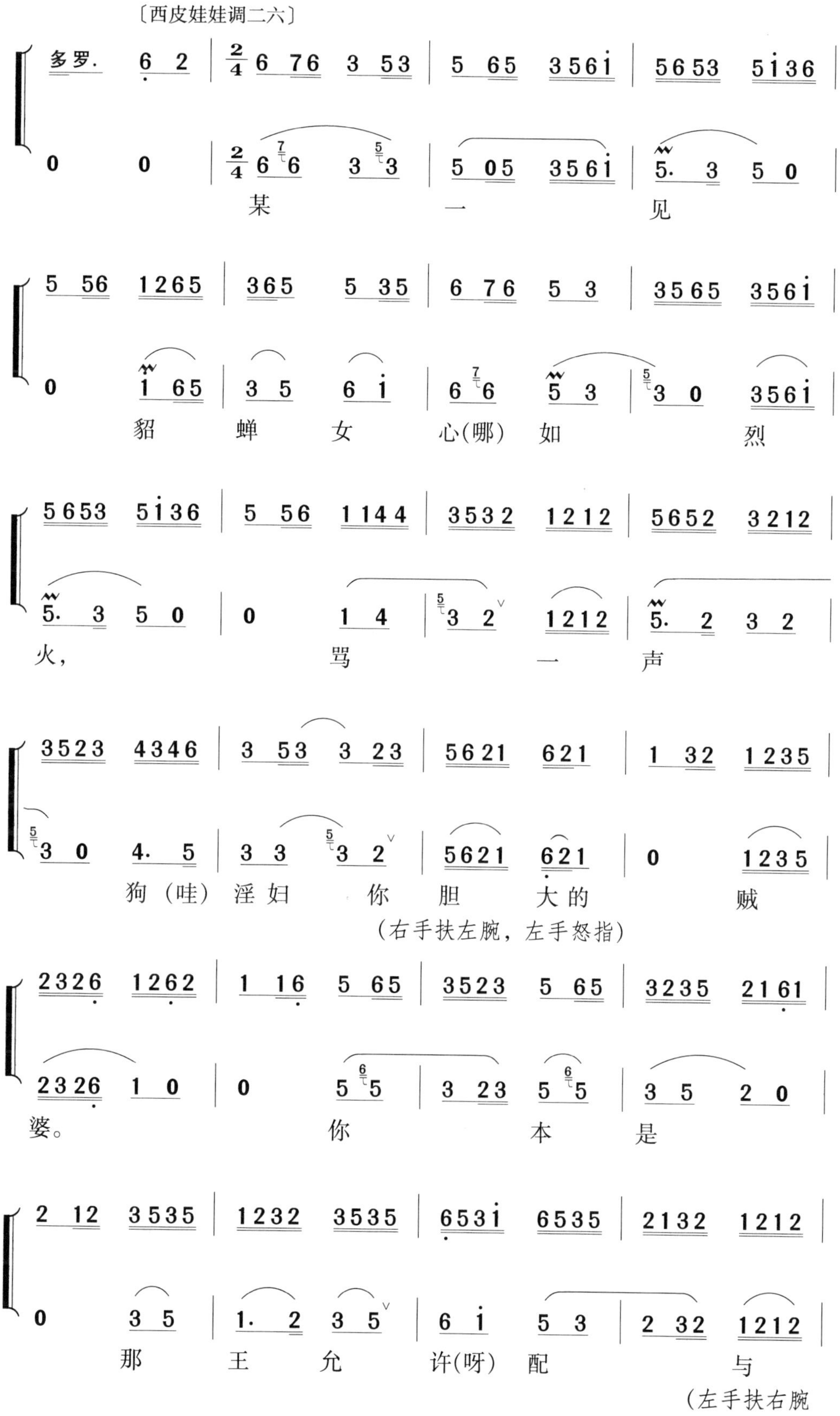
〔西皮娃娃调二六〕
多罗.
某 一 见
貂 蝉 女 心(哪) 如 烈
火， 骂 一 声
狗（哇）淫 妇 你 胆 大 的 贼
（右手扶左腕，左手怒指）
婆。 你 本 是
那 王 允 许(呀) 配 与
（左手扶右腕

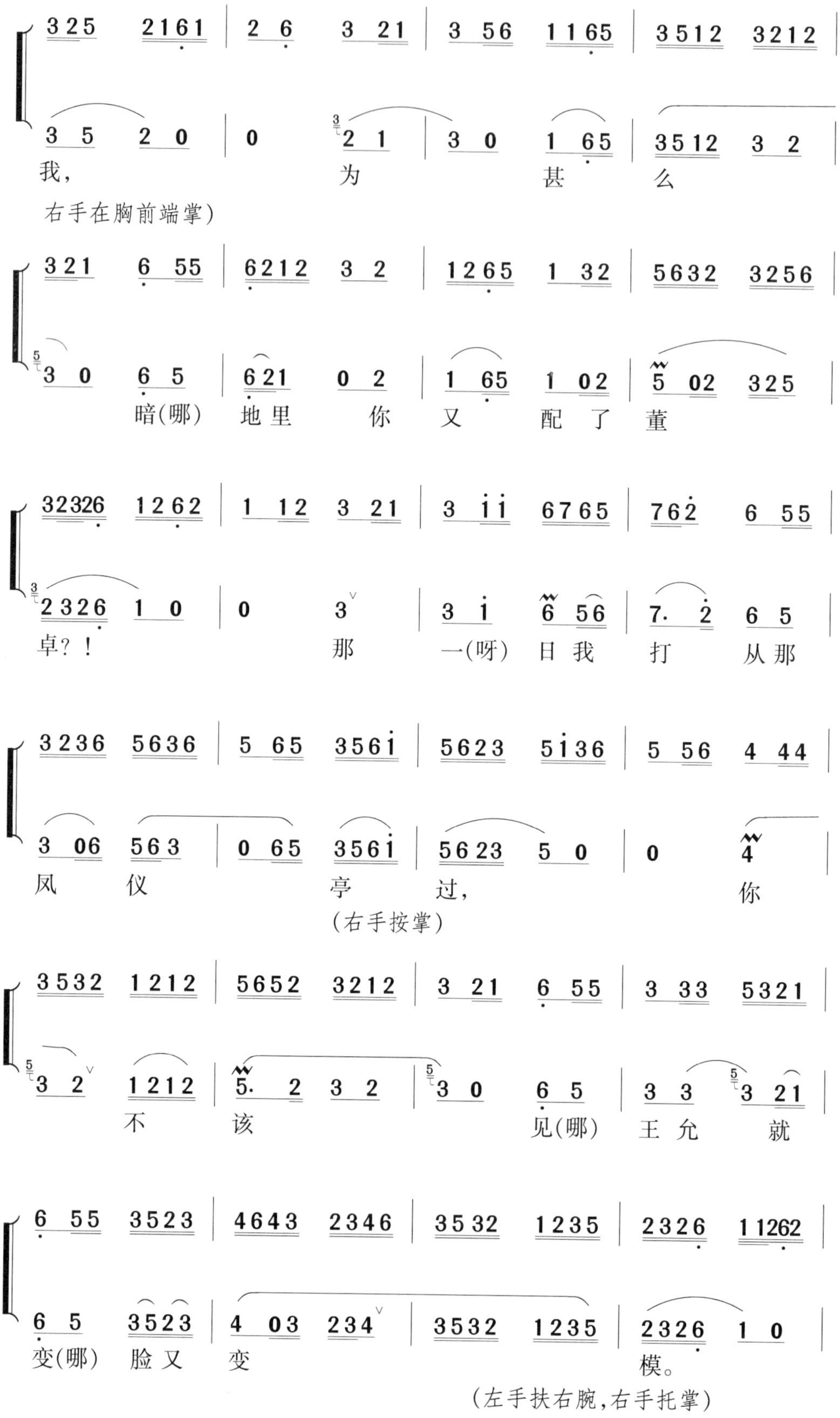
我，为甚么
右手在胸前端掌）
暗(哪)地里你又配了董
卓？！那一(呀)日我打从那
风仪亭过，你
（右手按掌）
不该见(哪)王允就
变(哪)脸又变模。
（左手扶右腕，右手托掌）

白门楼

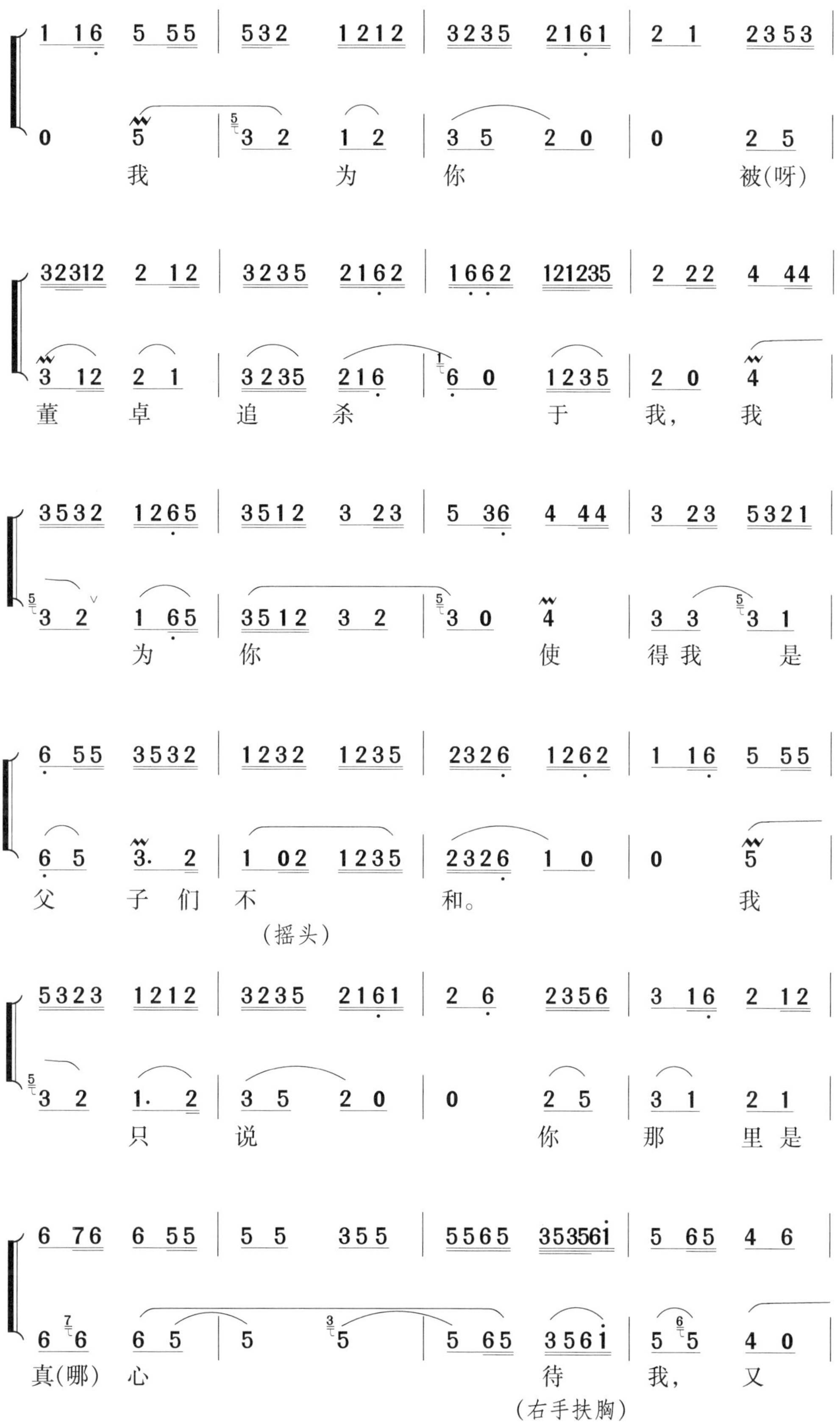

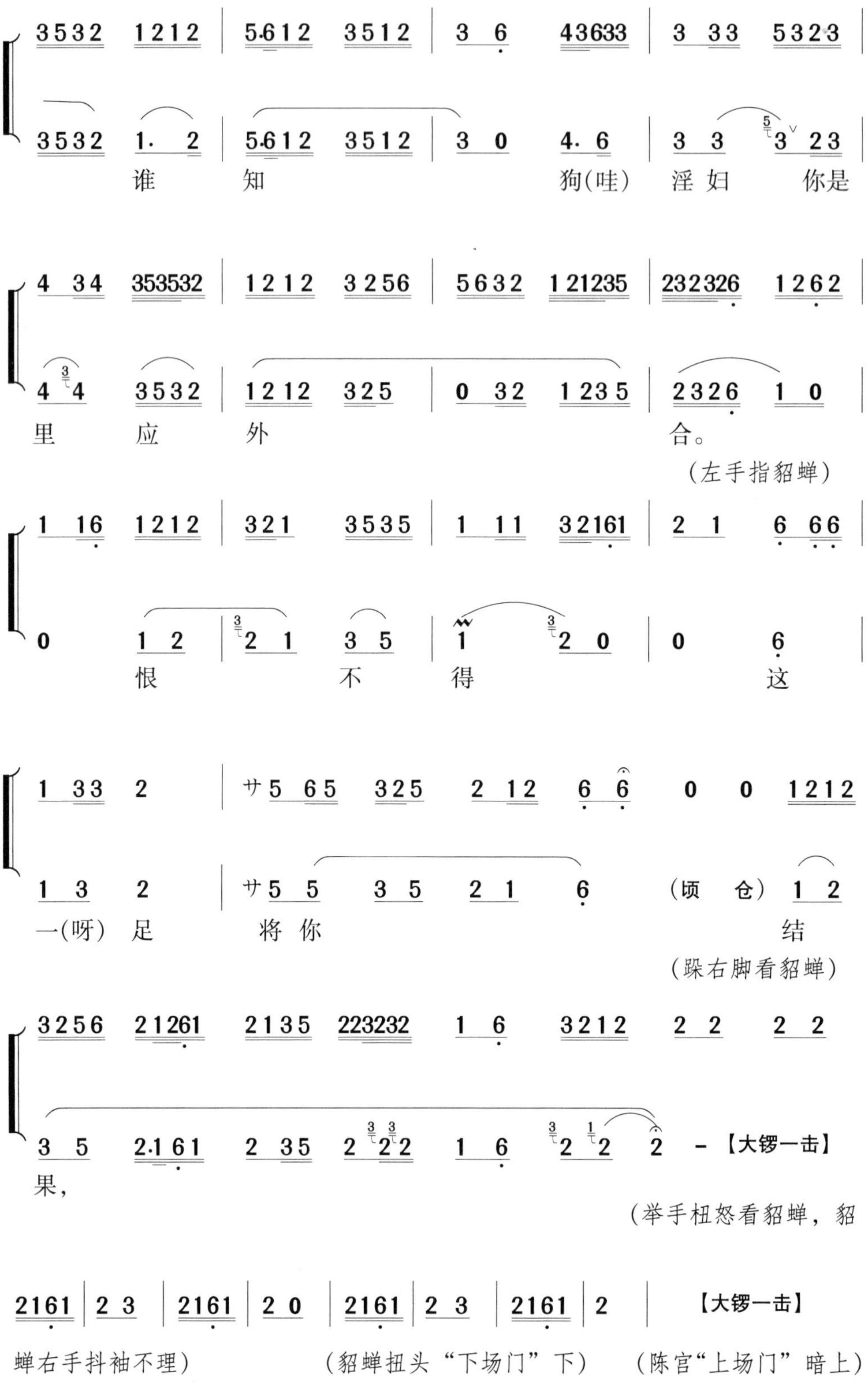
谁 知 狗(哇) 淫 妇 你是
里 应 外 合。
(左手指貂蝉)
恨 不 得 这
一(呀) 足 将 你 结
(跺右脚看貂蝉)
(顷 仓)
果,
【大锣一击】
(举手杻怒看貂蝉，貂
蝉右手抖袖不理)
(貂蝉扭头“下场门”下)
【大锣一击】
(陈宫“上场门”暗上)

陈 宫 温侯!

白门楼

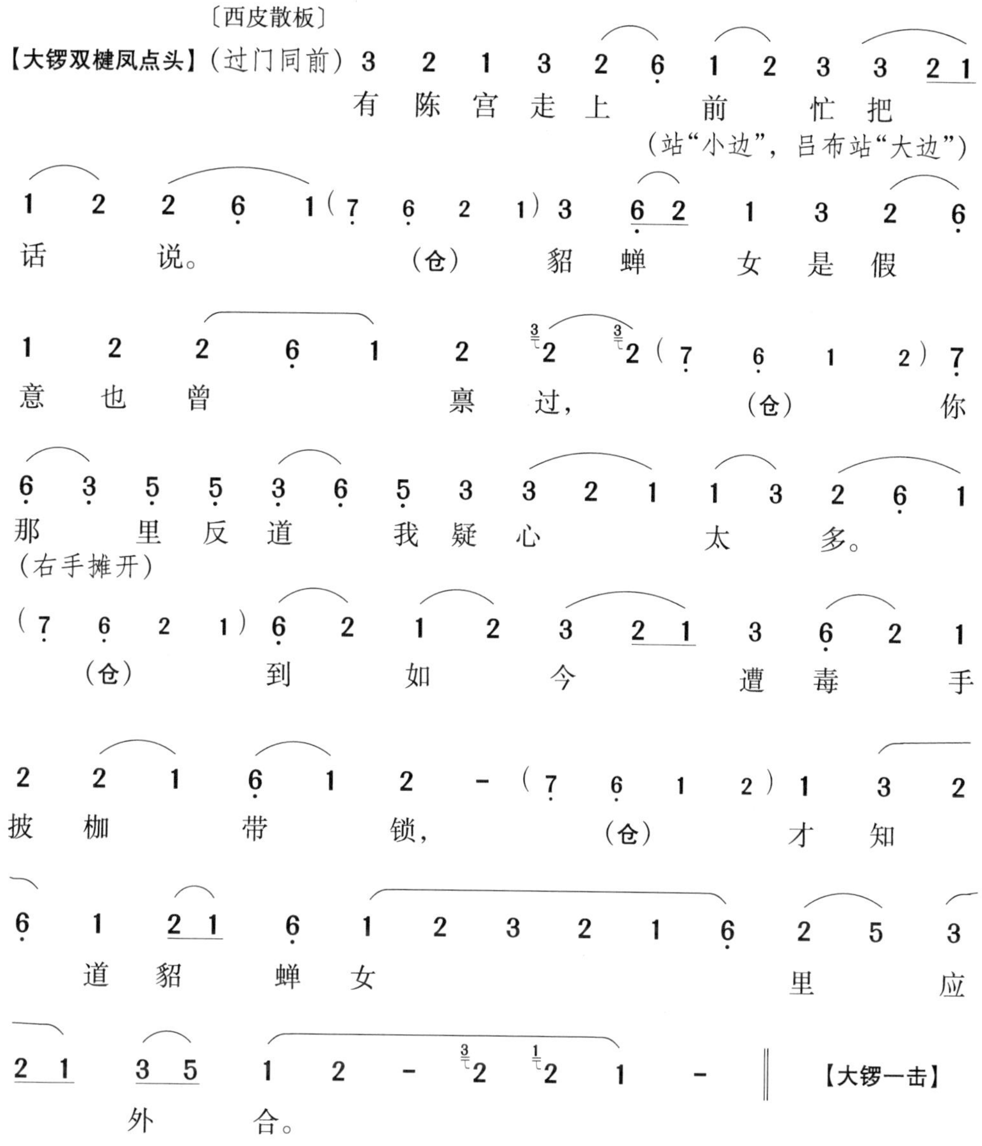
〔西皮散板〕
【大锣双楗凤点头】（过门同前）
有陈宫走上前忙把
（站“小边”，吕布站“大边”）
话说。（仓）貂蝉女是假
意也曾禀过，（仓）你
那里反道我疑心太多。
（右手摊开）
（仓）到如今遭毒手
披枷带锁，（仓）才知
道貂蝉女里应
外合。
【大锣一击】

吕　布　公台！

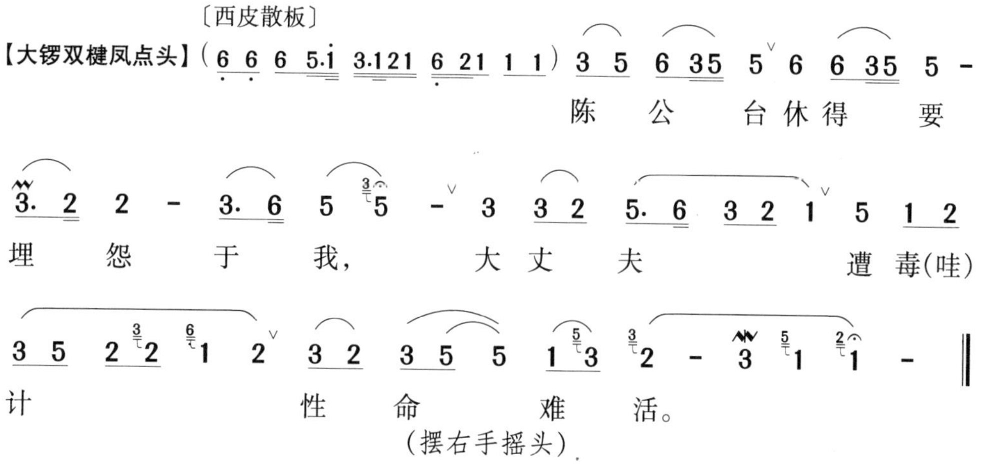
〔西皮散板〕
【大锣双楗凤点头】
陈公台休得要
埋怨于我，大丈夫遭毒(哇)
计性命难活。
（摆右手摇头）

〔【大锣原场】二人右转身“上场门”下。

曹 操 刘使君。

刘 备 丞相。

曹 操 传我将令，收吕布帐下为将。顺我者昌，逆我者亡！

刘 备 （站起，施礼）遵命。

〔【一锤锣】曹操“下场门”下，众人从两边分下，刘备出帐。【大锣叫头】

刘 备 哎呀且住！（举右手）丞相收吕布帐下为将，（略思）我弟兄何日才能出头？（双手摊掌）【撕边一击】二弟、三弟快来！

〔【大锣五击】关羽、张飞“上场门”同上，站“小边”。

关 羽
张 飞 大哥何事？

刘 备 丞相要收吕布帐下为将，与我弟兄不利（摆右手），如何是好？

关 羽 大哥！（双手拱请式）

〔西皮散板〕

【大锣双楗凤点头】（过门同前） 4 3 3 3 3 2 1 2 3（6̣ 1 2 3）
丞 相 若 收 吕 布 将，（仓）
（右手指出）

张 飞 2 3 2 1 2 3 2 6̣ 1 1 ‖
可 提 董 卓 丁 建 阳。
（向刘示意）

刘 备 （忽悟）【大锣三击】着！着！着！（以右拳击左掌心三下，关羽、张飞“上场门”下）

〔奏唢呐曲牌 <小傍妆台> 众人从两边上，曹操“下场门”上，归“大座”。刘备进帐。曲牌止。

刘 备 交令。

曹 操 来！带陈宫！

众 带陈宫！

〔【快长锤】陈宫带手杻“上场门”上。

〔西皮摇板〕

陈 宫 （过门同前） 2 4 3 3 35 12 ⁵3（4 32 12 3
徐 州 城 内 失 了 计，

3）35 3 2 6̣1 2 35 3 26̣ 1̂ ‖【大锣住头】
虎 落 平 阳 被 犬 欺。

想我陈宫，今日被曹贼所擒，不免进帐骂贼一番，纵然他将我斩首，也落得青史名标，万古流芳也！

白门楼

曹　操　下站可是陈宫？

陈　宫　（坦然地）然。**【大锣一击】**

曹　操　（冷讽地）公台别来无恙？

陈　宫　**【大锣叫头】**曹操哇！曹操！**【大锣五击】**（向前走两步）若问前情，你且听了！（左手指曹）**【大锣归位】**当初释放你之时，念你官居骁骑，颇有机谋，心雄胆壮，行刺董卓不成，只身逃至中牟（右手按掌），故我一力相助，指望同兴汉室。谁知你性情太偏（左手指曹），疑心太重，可叹吕氏全家，无端惨死（右手摊开）。我忠心相劝，你非但不加追悔，反敢猖言“宁我负人”，（左手指曹）因此弃你而行，也曾留赠你“奸雄”二字！**【大锣一击】**（左手指曹）

曹　操　我心不正，难道还不如那吕布？

陈　宫　吕温侯心无智谋，却不似你诡计奸刁，聚结豺狼，强霸诸侯，并吞州郡，久必生乱，看来这汉室山河，难逃你奸雄之手！（左手指曹）（**仓**）

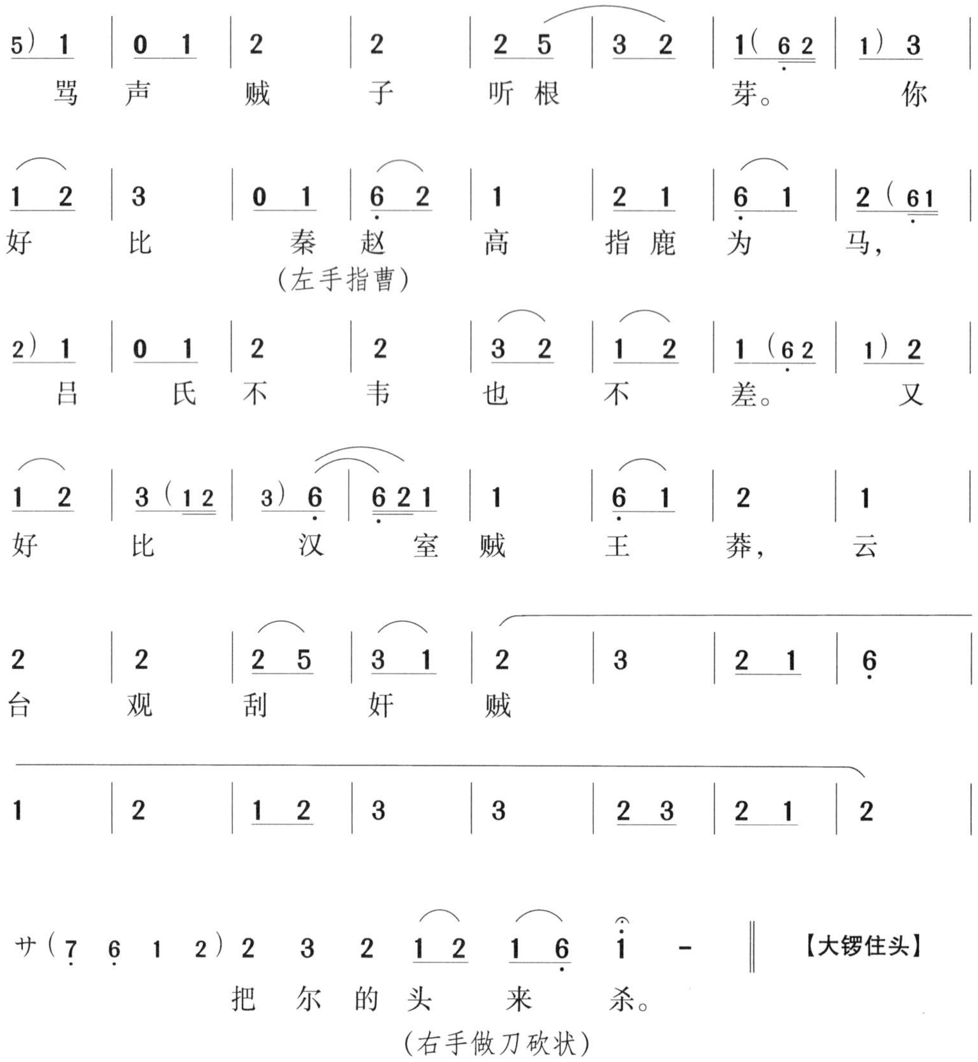

曹　操　你既心怀大志，腹隐奇谋，怎么也有今日？

陈　宫　（感慨地）只恨那奉先不听我言，心无定见，酒色伤身，若能依我而行，但看濮阳城略施小计，烧得你焦头烂额，若不中你哭丧之计（左手指曹），今日坐守濮阳，怎能遭你毒手。（右手摊掌）

曹　操　今日被擒，又当如何？

陈　宫　在徐州我一剑未曾将你杀死，今日被擒，一死而已。

曹　操　你死之后，固然留名天下，只是你老母、妻室依靠何人？

陈　宫　我闻“以孝治天下者，不害人之亲，不绝人之祀”，老母妻子，凭你处置，俺拼一死，别无挂念。

曹　操　来！

众　有！

曹　操　将陈宫家眷，送回原郡。

众　将陈宫家眷，送回原郡。【大锣住头】

曹　操　公台！还是归顺老夫，以顺天心的好。

白　门　楼

陈　宫　（甩髯斥曹）呀呀呸！**【大锣五击】**俺心已定，若改前言，除非日从西起。（右手一指）**【撕边一击】**

曹　操　（捋髯看陈）还是这样倔强。来！

众　有！

曹　操　将陈宫推出斩了。

陈　宫　多谢明公。**【大锣五击】**（向曹深施一礼）正是：

（念）生死无二志，平生性情刚。（**台大台**）

不从奸佞贼，保主一命亡。（抬手）

【大锣叫头】哈哈、哈哈、啊哈哈……走！

〔**【冲头】**刀斧手上，押陈宫“下场门”下。

〔起**【斩鼓】【冲头】**二斧手“下场门”复上，**【大锤五击】**二刀斧手请曹验刀。

曹　操　（颇有感慨地念）

苦苦留英才，虽死亦壮哉。（**台大台**）

不听我言语，空负栋梁材。**【大锣住头】**来！

众　有！

曹　操　将陈宫尸首，好好盛殓，护送原郡。传令下去，带吕布！

众　带吕布！

〔**【冲头】**吕布内唱。

〔西皮娃娃调导板〕

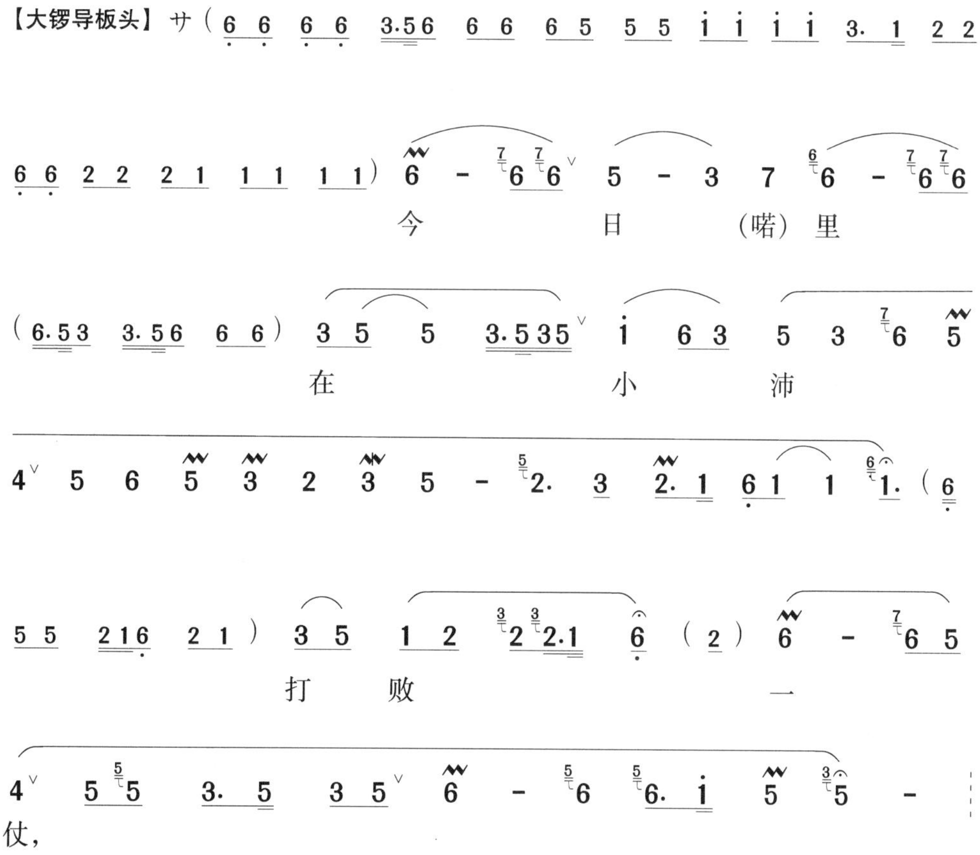

〔【大锣原场】四刀斧手举刀“上场门”上。【大锣四击头】吕布带手枉“上场门”上，走甩发打、挑动作，至“九龙口”亮相。向左右“一欺”、“两欺”。

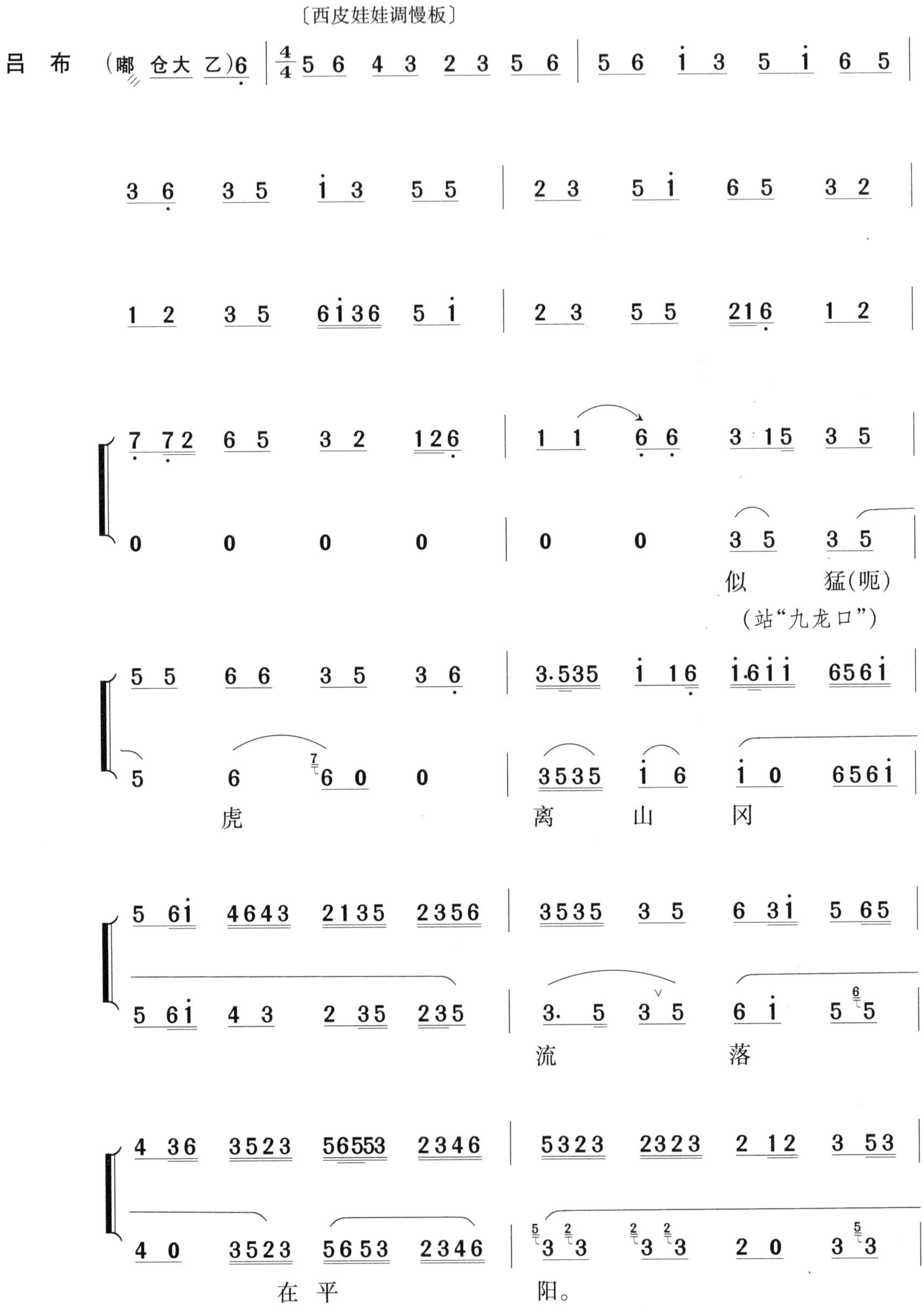

白门楼

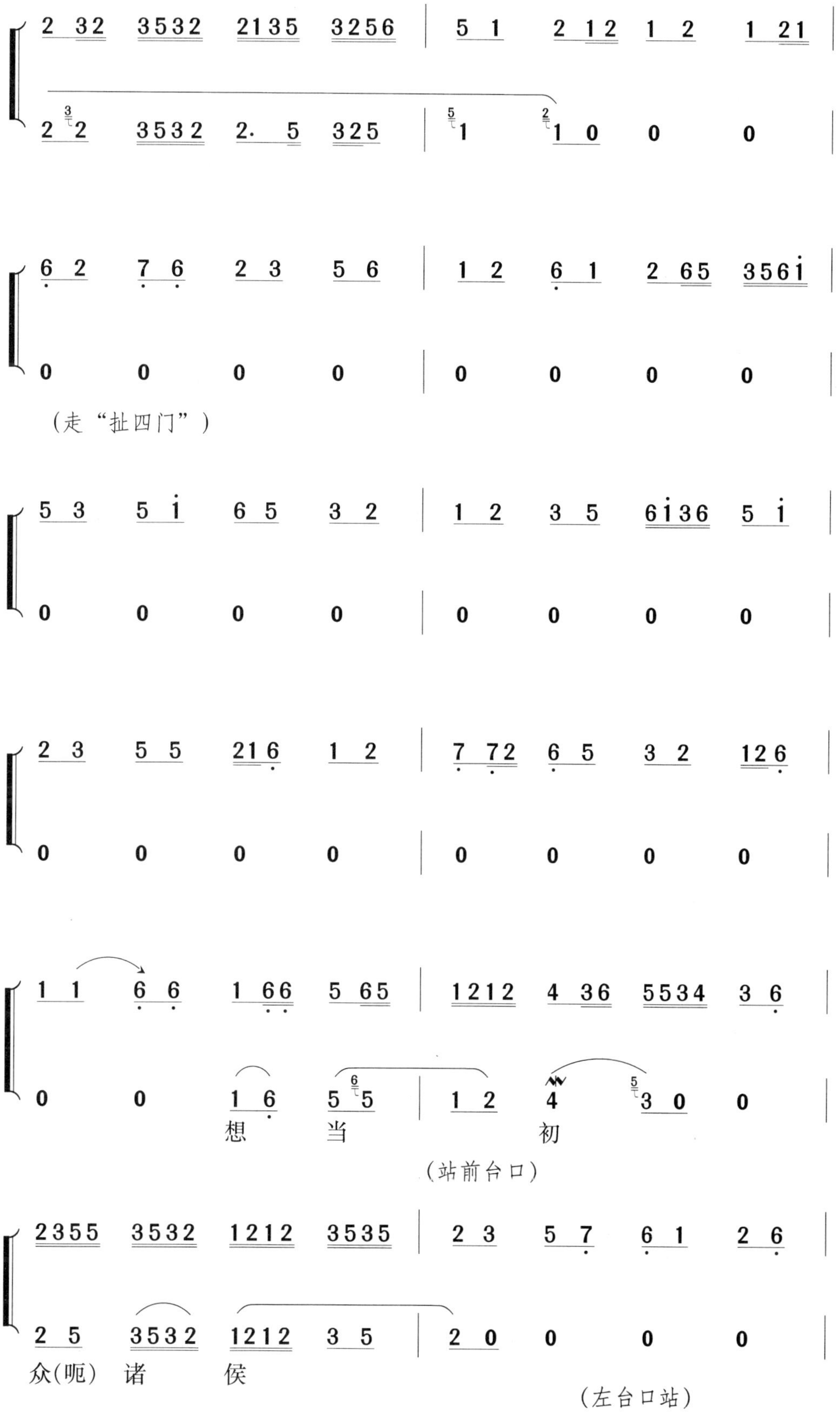

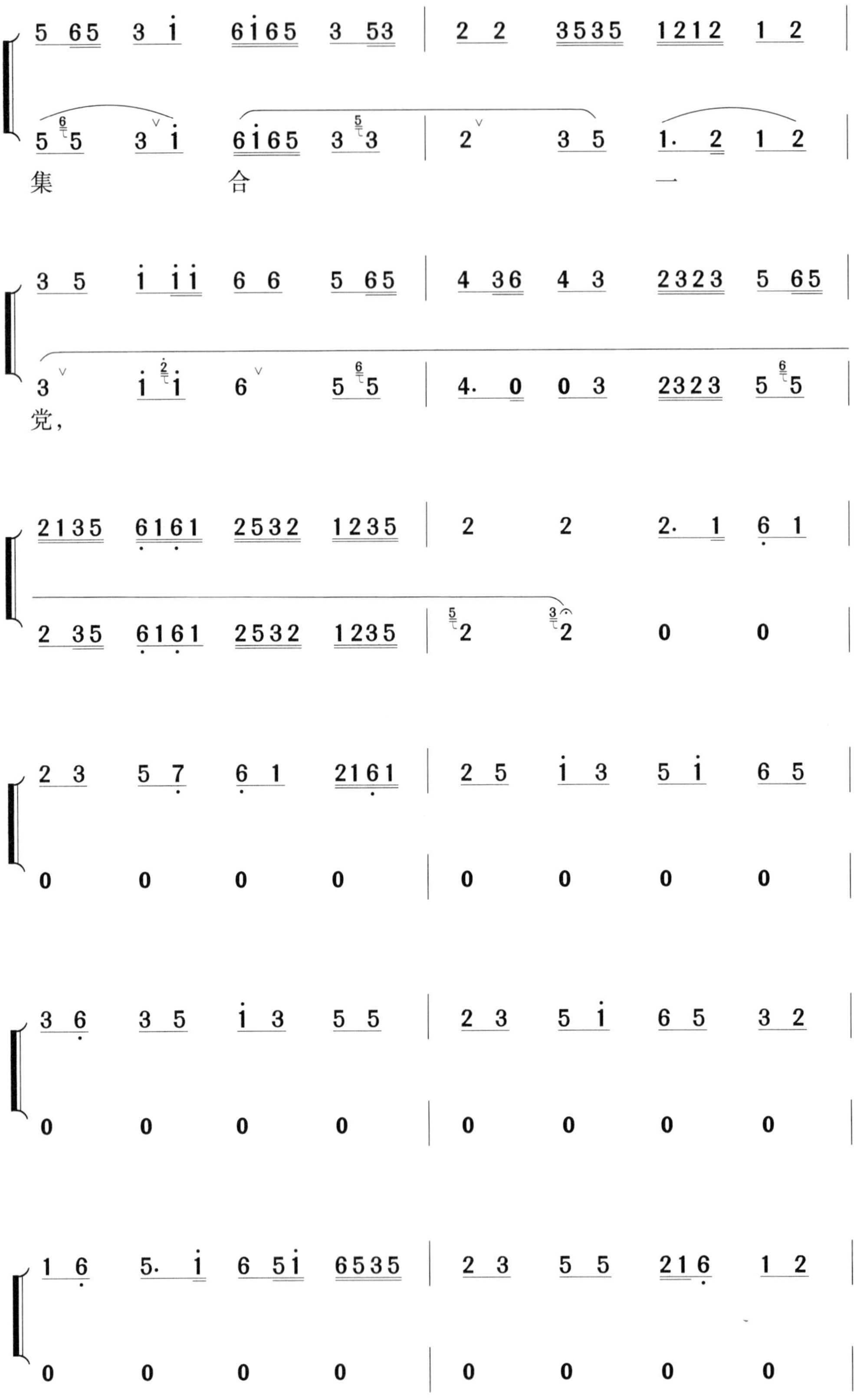
集
合
一
党，

白门楼

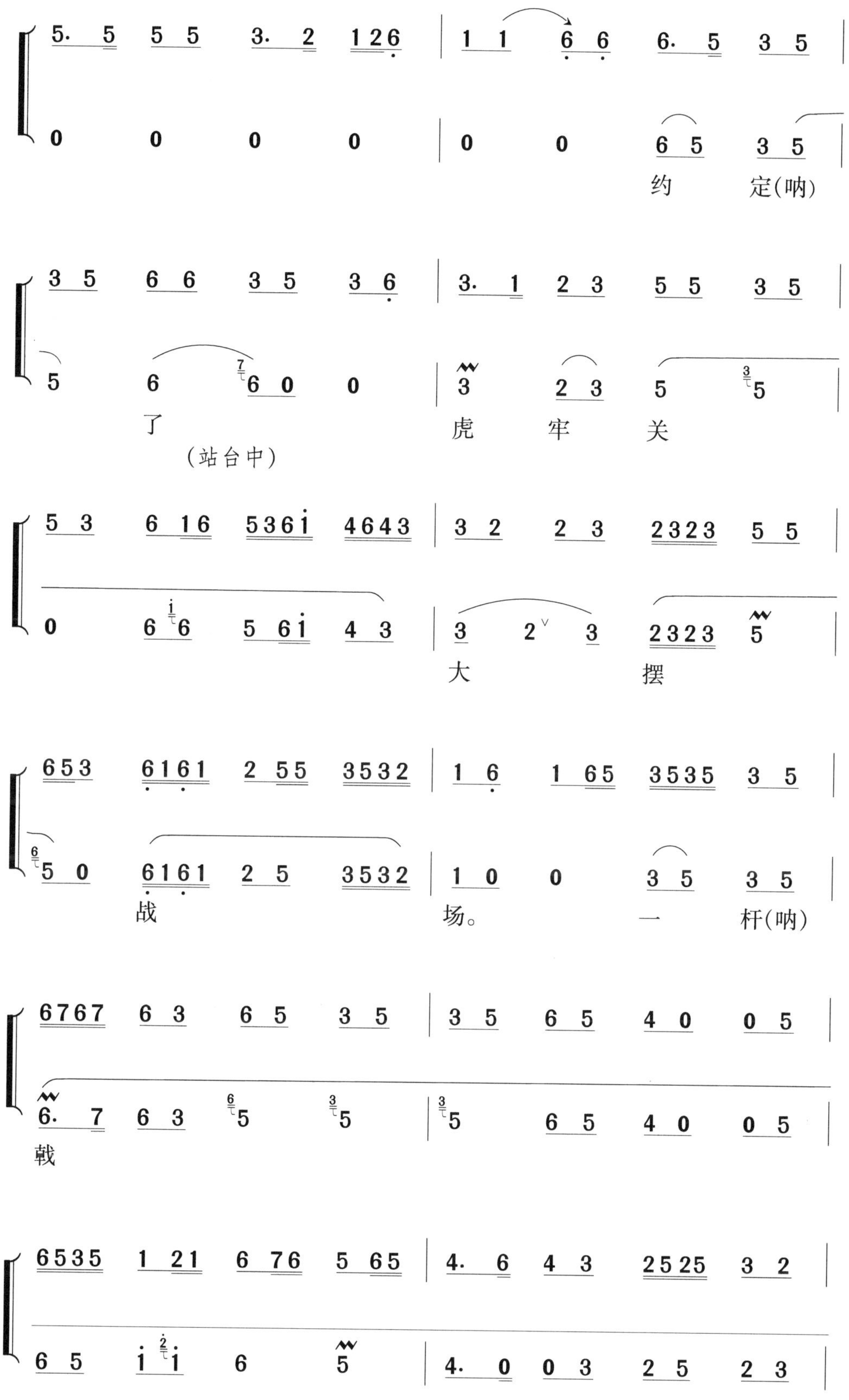

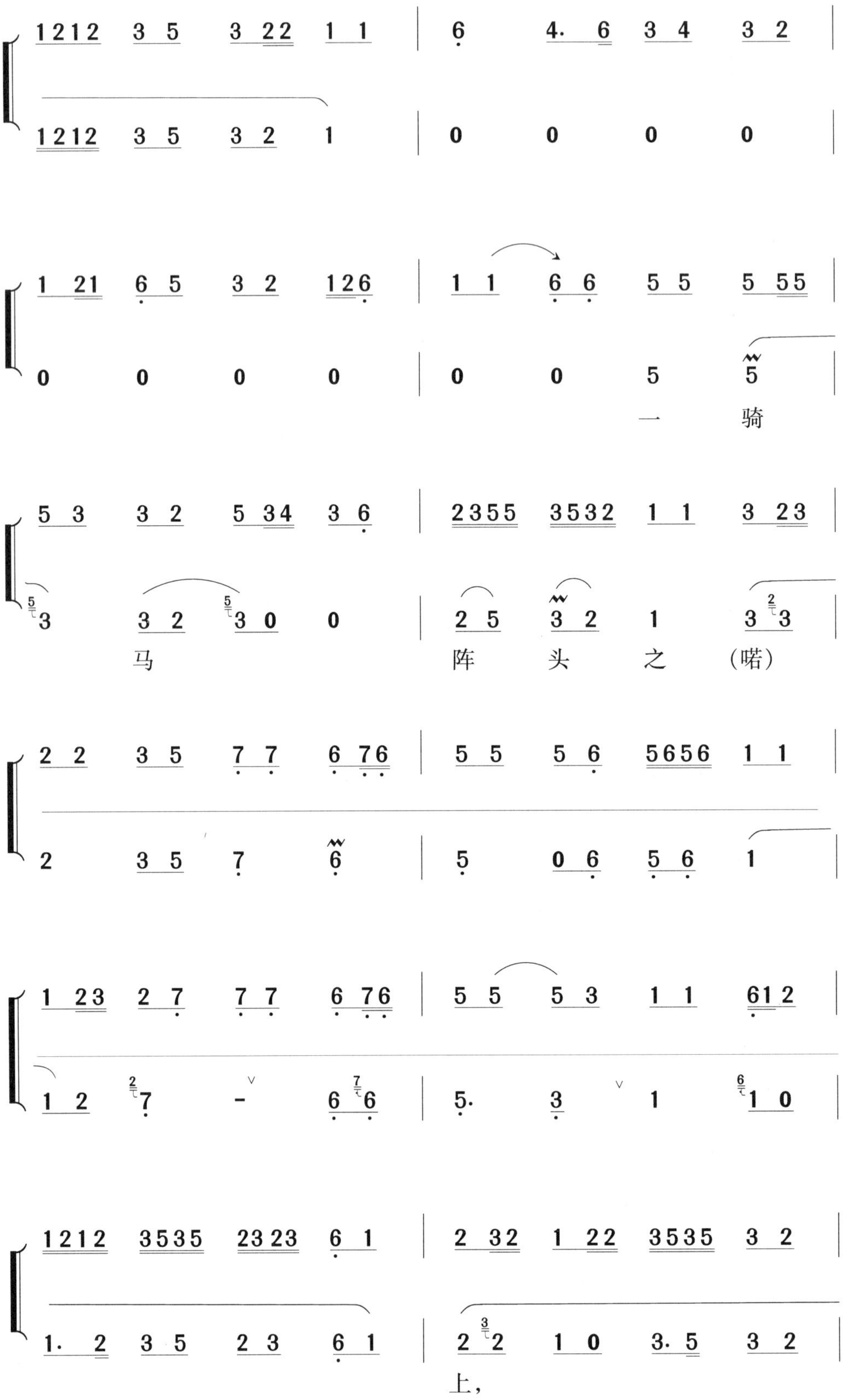
一
骑
马
阵
头
之
（喏）
上，

白门楼

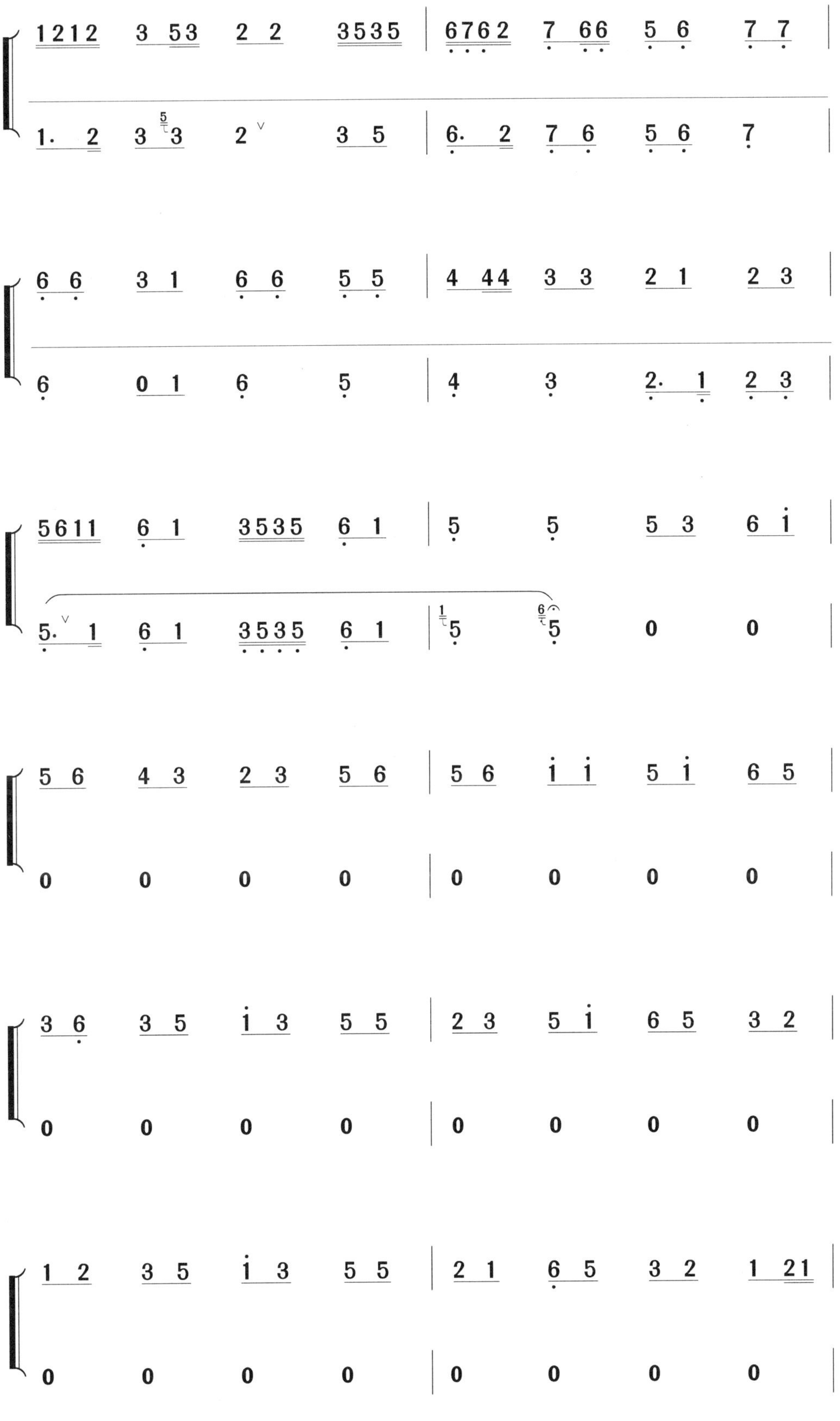

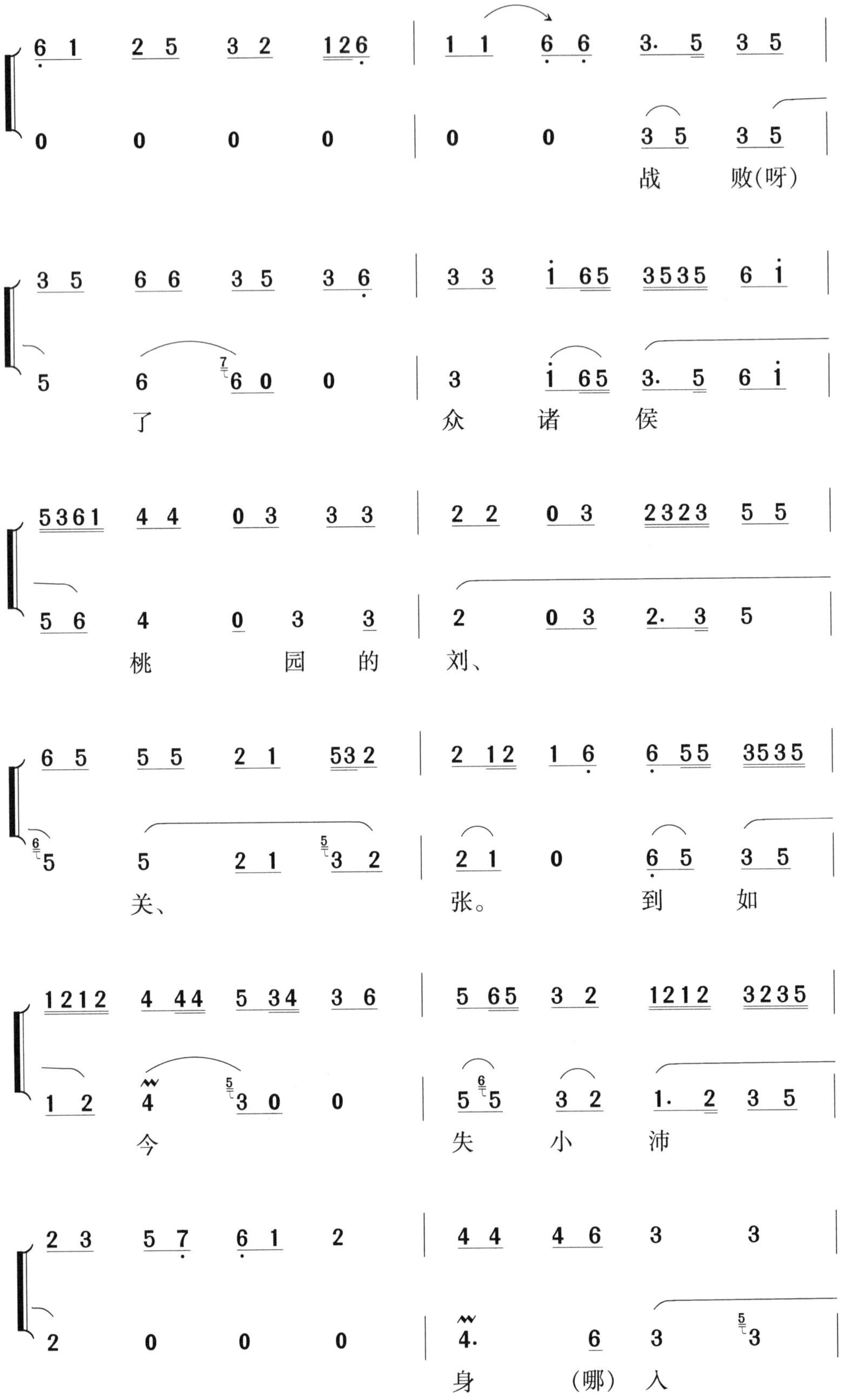
战 败(呀)
了
众 诸 侯
桃 园 的
刘、
关、
张。 到 如
今
失 小 沛
身 (哪) 入

| 白 门 楼 |

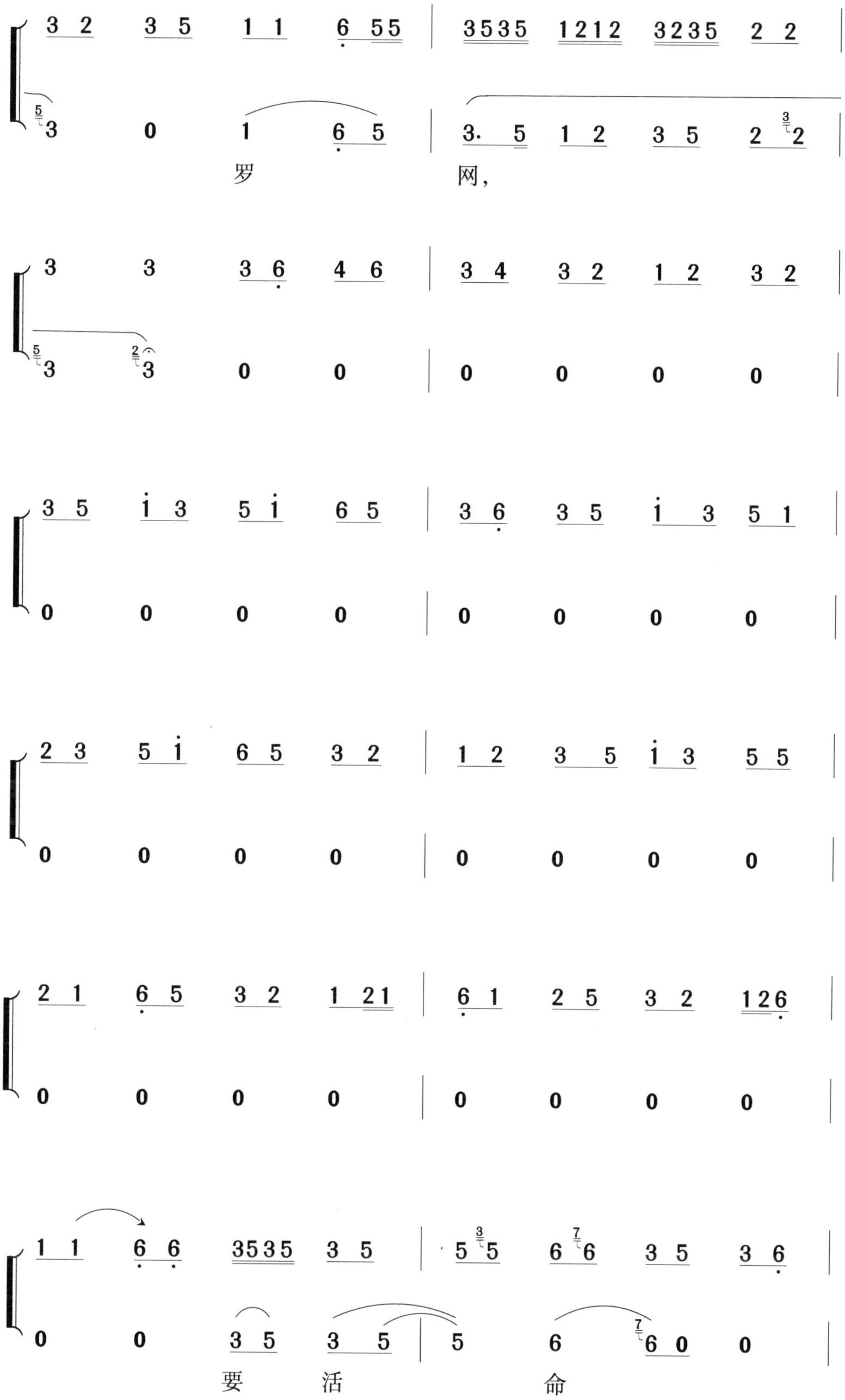

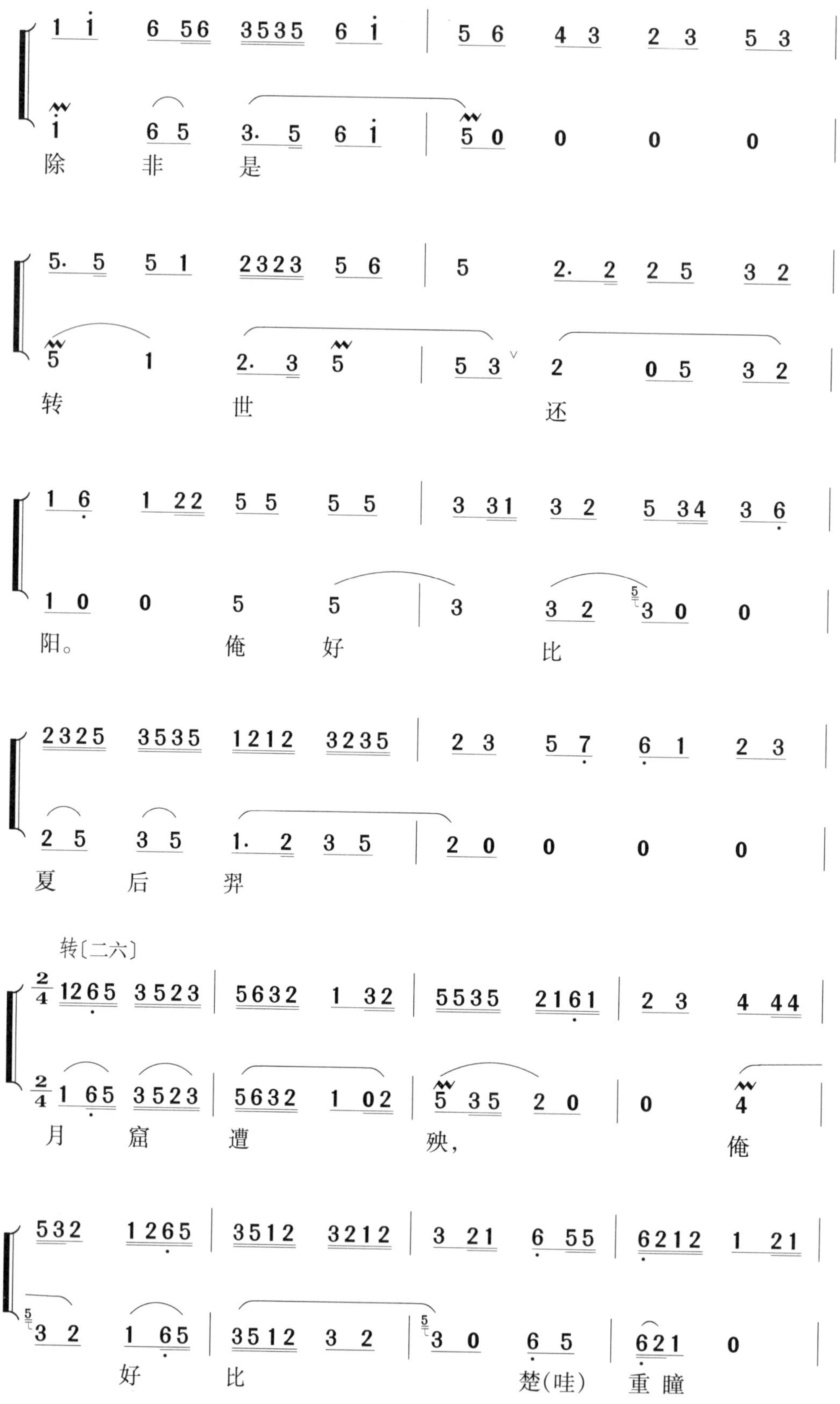
除 非 是
转 世 还
阳。 俺 好 比
夏 后 羿
转〔二六〕
月 窟 遭 殃， 俺
好 比 楚(哇) 重 瞳

白门楼

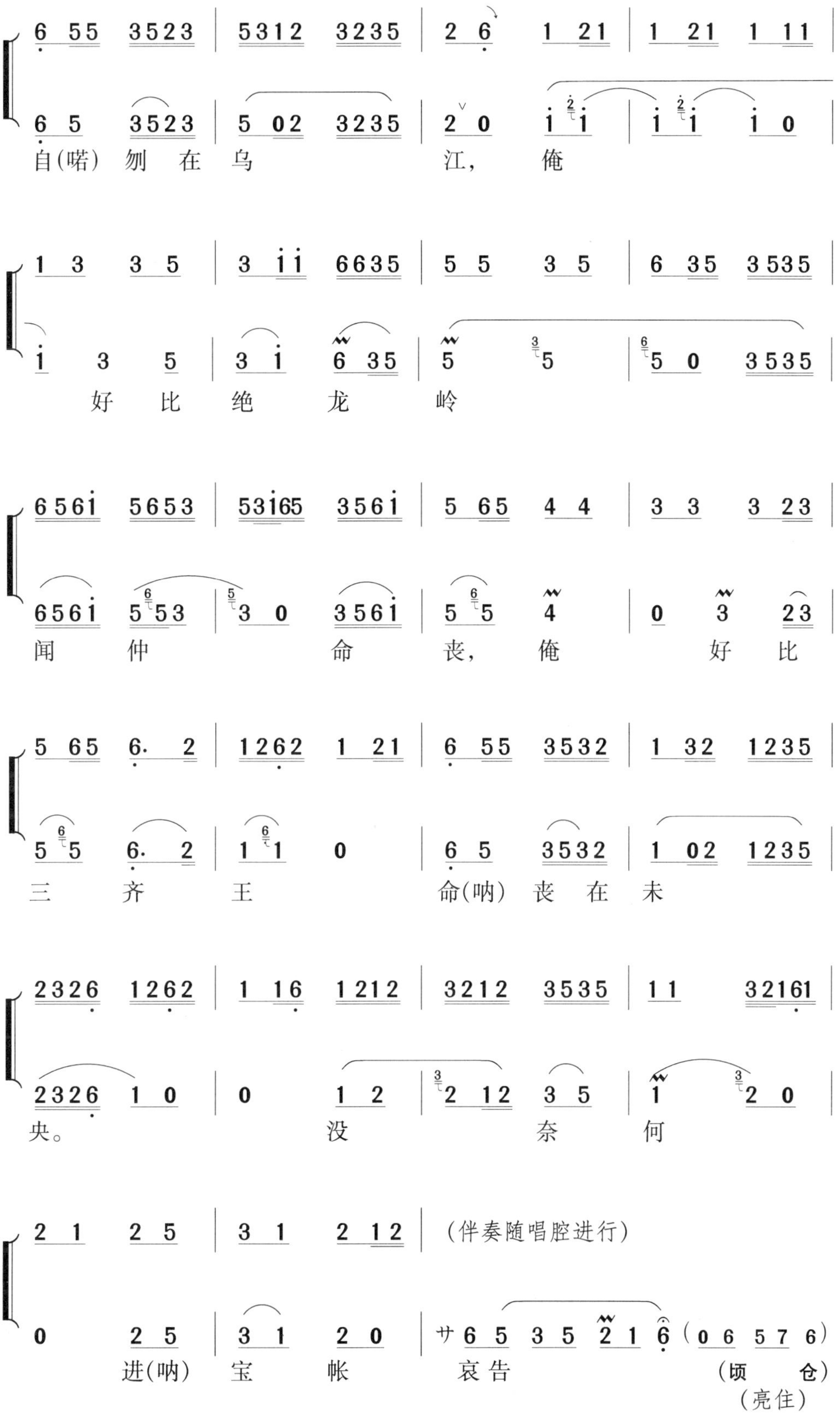

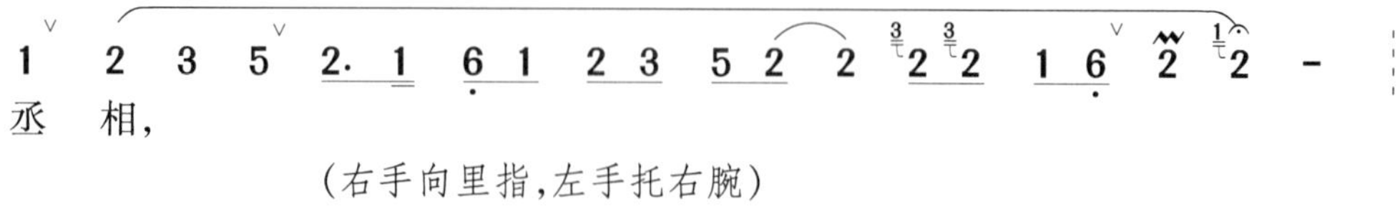

〔【闪锤】左转身进帐，挖至“小边”。

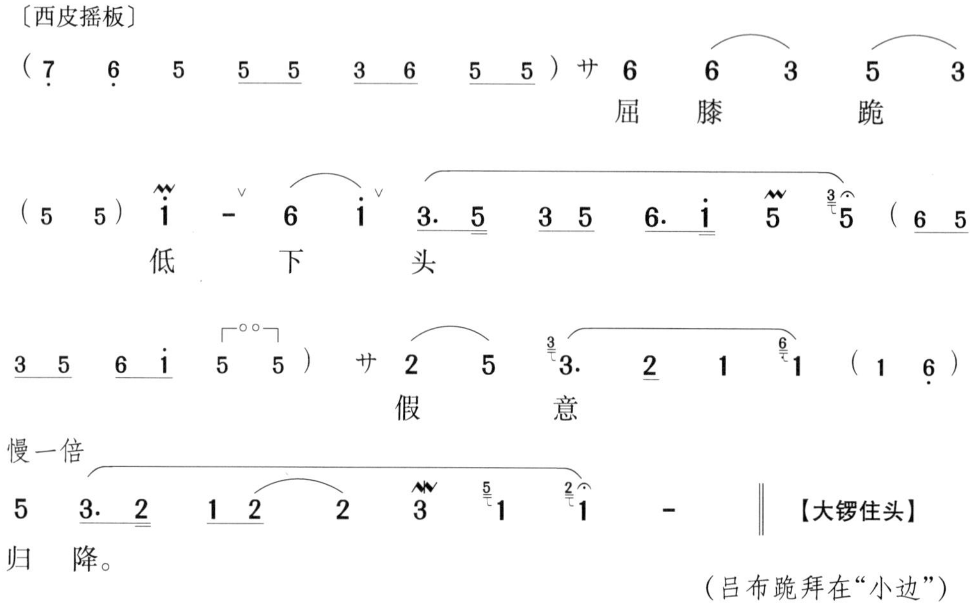

曹　操　下跪何人？

吕　布　被擒吕布。

曹　操　见了老夫，为何不抬起头来？

吕　布　有罪不敢抬头。

曹　操　恕你无罪。

吕　布　谢丞相！**【撕边一击】**（二人互相一看）

曹　操　奉先，虎牢关的威风何在？

吕　布　天下英雄，怎比丞相。（**仓**）（拱手）

曹　操　怎么讲？

吕　布　怎比丞相。**【撕边一击】**

曹　操　（亢奋忘情地）**【大锣叫头】**哈哈！哈哈！啊哈哈……（双手平扬起）刘使君！

刘　备　丞相！（双手拱请式）

曹　操　老夫有意，将吕布收留帐下为将，你意如何？

刘　备　收在丞相，不收也在丞相，可记得丁、董之故尔？

曹　操　（一怔）这个……（**仓**）斩！（下决心右手做刀砍状）

〔（**八大仓**）吕布大惊，忙呼唤刘备。

吕　布　刘使君这里来。**【大锣五击】**（向前一步）你今日为座上客，布乃阶下囚，为何不发一言以相宽乎？

刘　备　丞相传令，与备何干？（双手摊开）

白门楼

吕　布　你可记得辕门射战之事乎？

刘　备　日久备倒忘怀了。【冷锤】

吕　布　大耳贼！（跺脚恨指）

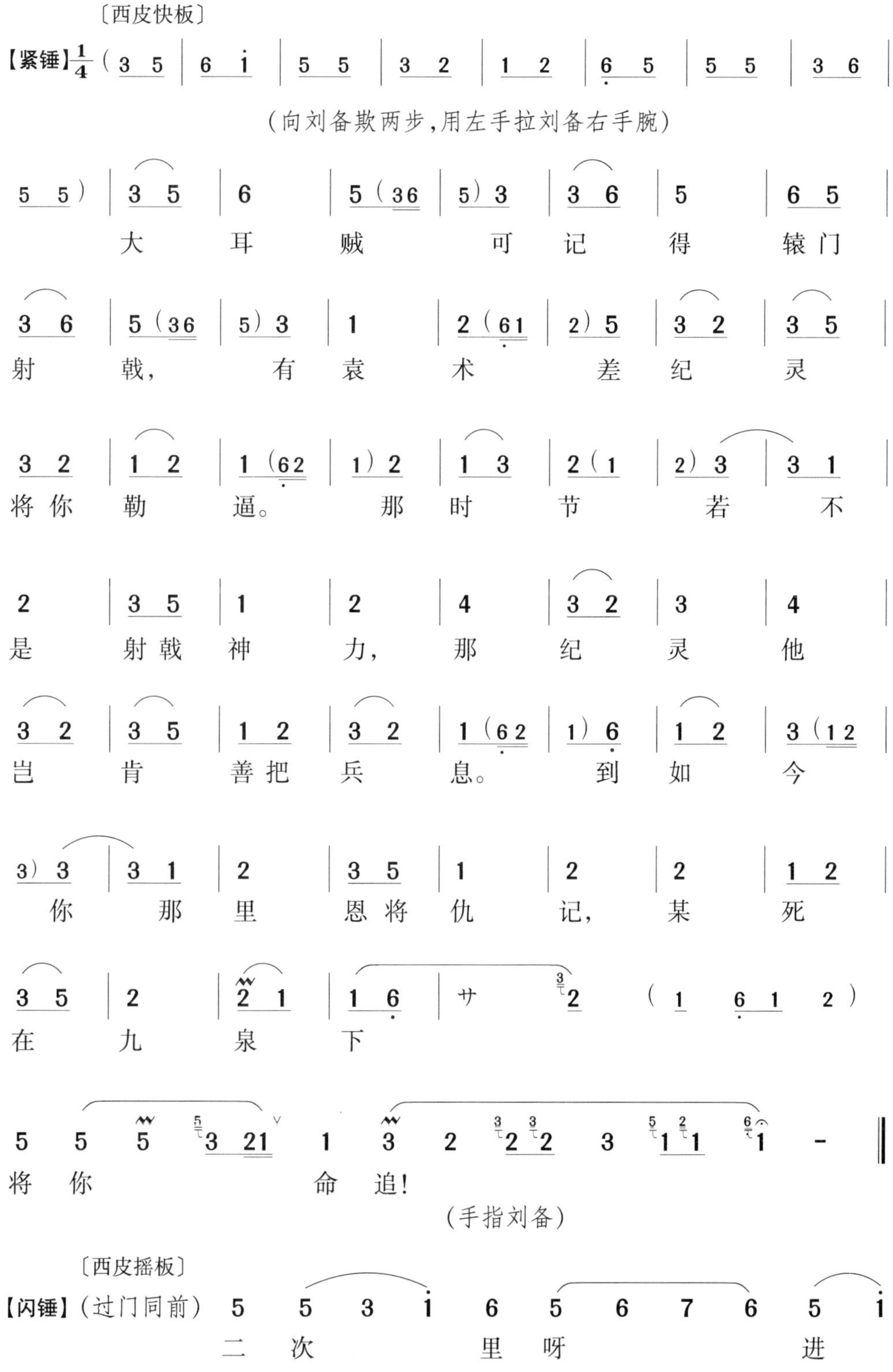

6 5 5 4 3 2 3 5 i 2 5 3 2 3 2· 1 6

宝 帐 再 去 下

2 3 5 -（大.大 大大 乙大 大 仓）

跪，

（张辽“上场门”暗上，拦欲跪的吕布）

〔行弦〕

‖: 5 36 | 5 i | 6536 | 5 0 | 5 36 | 5 i | 6536 | 5 0 |

张辽白：“温侯，事到如今，你还贪生怕死不成？”

5 36 | 5 i | 6536 | 5 0 :‖

吕 布 将军！

〔西皮散板〕

【大锣双楗凤点头】 サ（6 6 6 5 5 i 3. 1 2 2 6 6 2 1 1 1）2 -

某

3 5 2 - 3 5 3.535 6 6 i 2 7.2 7. 6 5 6

死(喏) 后

6 6.5 3 5 3.535 6 6 6. 53 5 5（4 3. 5

6 i 5 5）3 32 5 5 3 5 2. 16 1.235 2 2 2

（仓） 汉 室 中(呃)

（2 2）5 5 2 3 5 3.2 1 5 35 1 2 1 3 5 4. 63

英 雄 还 有 谁！？

（右手伸出赞美指）

2 21 3 5 5 2. 3 2. 17 6 6 6 1 1 - ‖

〔【大锣原场】吕布向前走两步，右回身。**【大锣叫头】**

吕 布 张辽！文远！啊咦咦，**【乱锤】**罢！（跺右脚）（八大仓）**【冲头】**（刀斧手押吕布

“下场门”下）

〔起【斩鼓】【乱锤】张辽向“下场门”蹉步一望，刀斧手将吕布人头扔与张辽，张辽接人头跪下。

〔西皮散板〕

张 辽 【快纽丝】（7̣ 6̣ 6 5 5 5） 5 5 5 3 6 5 －
烈 烈 英 雄 辈，

（4 3 6 5） 4 3 5 1 2 1（7̣ 6̣ 2 1） 1
（仓） 钢 刀 把 命 追。（仓） 宠
（右手做刀砍状）

2 3 2 1 2 （7̣ 6̣ 1 2） 1 2 3 1 2 1 （7̣
爱 貂 蝉 女， （仓） 如 今 埋 怨 谁？

6̣ 2 1） 2 2 5 3 1 2 2 2 － 2 2. 1 1 2 【快纽丝】
（仓） 人 头 打 在 宝 帐 内，
（用人头击曹，众将将人头接住）

（过门同前） 3 2 2 1 2 3 5 2 2 2 1 1 － 1 ‖【大锣住头】
开 言 大 骂 狗 奸 贼。
（站“小边”）

曹 操 下站何人？
张 辽 瞎了尔的狗眼，连你张老爷都不认识了！【撕边一击】
曹 操 （看张）呜呼呀，原来是火烧濮阳的火头军。
张 辽 可惜呀，可惜！（不屑地看曹一眼）
曹 操 可惜什么？
张 辽 可惜濮阳火小。（冷眼看曹）
曹 操 若是火大呢？
张 辽 若是火大，把你这奸贼烧死在内（怒目视曹），我焉有今日也！【紧锤】

〔西皮快板〕

1/4（3 5 | 6 i | 5 5 | 3 2 | 1 2 | 6̣ 5 | 5 5） | 3 |
提

3 4 | 3（1 2 | 3）3 | 0 2 | 3 5 | 3 2 | 1 2 | 3（1 2 |
起 了 濮 阳 火 令 人 怒 发，

3）1 | 0 3 | 2（6 1̣ | 2）1 | 0 1 | 2 | 3 2 | 1 2 |
恨 当 时 不 曾 把 奸 贼 捉

1 (6 2 | 1) 3 | 2 1 | 6 (7 | 6) 1 | 0 3 | 2 | 2 1 |
拿，今日里反被擒有何

6 1 | 2 | 2 | 2 5 | 3 | 2 1 | 6 1 | 2 |
惧怕？恨不能食尔肉

サ 3 3 5 3 2 1 6 - 6 1 - ‖
把尔心挖。

曹　操　呀！

〔西皮摇板〕

【闪锤】(过门同前) 4 3 3 3 2 5 3 3 5 1 2 2 2
忽然间提起了濮阳之话，

(3 2 1 2 3 2 6 5 5 5) 1 3 2 3 1 2
不由人思前情

1 2 3 1 (3 2 1 6 2 1 1) 2 1 2
胆战如麻。我这里
(右手抚胸)　(看宝剑，抽出宝剑)

2 3 1 2 1 3 3 2 1. 1 6 1 2
持宝剑大帐来下，

〔【大锣凤点头】曹操下位举剑欲向前，刘备站起忙拦。

刘　备　丞相！

(过门同前) 3 2 1 1 2 1 1 2 3 3 2 1 56 1 ‖【大锣住头】
有刘备走向前，忙把话答。
(右手按掌)　(示意曹坐下)

待备（右手托髯）向前。

曹　操　使君向前！（曹操归“大座”坐下，刘备归“大边”站）

刘　备　啊张将军，（近前两步）想吕布乃匹夫之勇，无才无德，怎比丞相（双手拱请式）宽宏大度，求才爱将，不如归顺丞相。有道是“良禽择木而栖，良臣择主而事”，（双手拱请式）将军三思！（大.大 大大 乙大 大0 仓0）〔亮弦〕

(7 6 2 1 1)

张　辽　（看刘，侧身思量）呀！

〔西皮摇板〕

【闪锤】（过门同前） 4 3 3 3 3 2 1 2 3
玄 德 劝 我 是 正 论，

（4 32 12 31 6̣5 55） 3 1 2 2 3
择 主 而 事 是

1 2 1（3 21 6̣2 12 6̣5 55） 2 2 3 2
良 臣。 若 要 张 辽

1 2 3 2（3 21 6̣1 21 6̣5 55） 3 1
来 归 顺， 依 俺

2 2 3 5 2 1 1 － 1 ‖ 【大锣住头】
三 件 大 事 情。

刘 备 头一件？
张 辽 温侯尸首，不可损坏，依礼安葬。
刘 备 这第二件？
张 辽 将陈宫家眷送回原郡。
刘 备 第三件？
张 辽 叫丞相下位，亲自与俺松绑。
曹 操 待老夫下位。（欲站起，刘备一拦示意）
刘 备 待备代劳。【大锣五击】（刘备摘张手杻）
张 辽 末将归降来迟，望丞相恕罪。（台中一跪）
曹 操 将军请起！【大锣住头】（下位，站台中）老夫件件依从，后帐摆宴，与张将军（双手拱请式）接风。
〔奏唢呐曲牌<尾声·合头>曹操“下场门”下，众人随下。

—— 剧 终

白荫棠　整理　　张辉鸾　记谱

罗成小显

根据姜妙香授课及录音资料综合整理

《罗成小显》，亦名《罗成托兆》。

其故事不见正史，戏剧情节从《说唐全传》及《大唐秦王词话》铺衍而来。唐初，高祖李渊之子齐王元吉与秦王世民有隙。一次元吉借挂帅统兵之机排除异己，削剪世民之羽翼，故意在征战时刁难世民部将罗成，使之被困淤泥河，被敌军乱箭射死。罗成死后，其妻在家中设置灵堂祭奠。秦王李世民闻讯率部下秦琼、徐勣等亲去致祭陪灵。入夜，罗成之阴魂归家，向李世民托梦，哭诉惨遭元吉陷害含冤致死的原委，并托孤嘱咐身后诸事。

此剧为京剧小生唱功重头戏之一，据《燕尘菊影录》、《昇平署外学目录》等书载，清朝同（治）光（绪）年间之小生前辈演员徐小香、德珺如、陆华云等人均擅演此戏，后来的姜妙香先生亦长于此戏并成为他的代表作，和《孝感天》、《玉门关》等七出唱工繁重的剧目一道，被称为“姜八出”。

这出戏和前边的《罗成叫关》一剧，并行于京剧舞台，但不见连缀在一起演出。因为这两出都是罗成的“唢呐戏”，都是前边唱〔唢呐二黄〕，后边接唱〔西皮慢板〕，其唱法结构相近，唱词中也有雷同之处。

但仔细揣摩这两出戏的人物，不同的是心理感情，《叫关》壮中寓悲，唱得要抑郁凄苦，而《小显》则偏于悲中有忿，向李世民泣诉时情绪激动，唱腔里要交织着委屈和愤懑，有“死亦为鬼雄”的豪气。

姜妙香先生演唱的《小显》，唱得意境深远、韵味醇厚，他的气口运用得真切讲究，该缓则缓，须急则急，极好地掌握住“按情行腔，疾徐有致”的法则，使腔随情走，因而显得圆润流畅，听起来悦耳，给人以美的享受。

《中国京剧史》一书中介绍姜妙香先生的声腔艺术，是“板者活之、直者婉之、俗者雅之、枯者腴之”。他的唱更加贴切地表达了人物的内心情感，创造出小生行许多优美新颖的唱法，特色极鲜明，形成了深受群众欢迎的“姜派”，对发展继承小生艺术，起着深远的作用。

杨蒲生

人物行当

罗　成	小生	尉迟恭	净
李世民	小生	程咬金	丑
罗　妻	旦	罗　春	小生
徐　勣	老生	四小太监	杂
秦　琼	老生		

服装扮相

罗　成　俊扮。鬃网子、甩发、牵巾、面牌、（头插）断箭，白花开氅、湖色衬褶子，红彩裤，厚底靴。

李世民　俊扮。九龙冠，黄帔、红衬褶，红彩裤，厚底靴。

罗　妻　俊扮。大头、线尾子、点翠头面、白孝巾，青素褶子、白腰包，浅色素彩裤，白彩鞋。

徐　勣　俊扮。纱帽、黑三髯，白蟒、玉带，黑彩裤，厚底靴。

秦　琼　俊扮。金大镫、黑三髯，紫蟒、苫肩、玉带，黑彩裤，厚底靴。

尉迟恭　勾黑六分脸。黑大镫、黑满髯，黑蟒、苫肩、玉带，黑彩裤，厚底靴。

程咬金　勾小花脸。侯帽、黑二涛，绿蟒、苫肩、玉带，红彩裤，朝方靴。

罗　春　俊扮。武生巾，青褶子，黑彩裤，黑薄靴。

四小太监　俊扮。太监帽，太监服，红彩裤，黑薄底靴。

道具

桌　子	两张	椅　子	七把
白素桌围	一份	白素椅披	七份
灵　牌	一个	白蜡台	两个
香　炉	一个	云　帚	一把
喜　神	一个	台　阶	一个

〔舞台中后放灵桌（两桌拼，白素桌围）、桌后放台阶。桌上放灵牌、白蜡台、香炉。桌侧“大边”跨椅。“大边”二椅、“小边”三椅成八字。“九龙口”前椅背朝前放一椅（白素椅披）。

〔**【撤锣】**奏胡琴曲牌二黄<哭皇天>

〔罗妻怀抱罗通（“喜神”）“上场门”缓步上，罗春随后跟上至中台口进门。罗妻站台中，罗春站“大边”，二人向灵位施礼拜祭，转向外，曲牌停。

罗　妻　儿夫含冤死，母子茹悲辛。

〔“上场门”幕内架子：“二主秦王与众位国公到！”

罗　妻　有请！

〔奏唢呐曲牌<小傍妆台>四小太监“上场门”上，“一条鞭”。秦琼、程咬金、徐勣、尉迟恭依次随上，在四小太监前站成一排。李世民随后上至中台口“小边”一侧。罗妻已出门站中台口“大边”一侧恭迎，身后站罗春。小太监“上场门”下。李世民进门站中，秦琼领众人“挖门”至“大边”，罗妻随后挖至“小边”里首，右侧是罗春。李世民向灵牌抱拳躬身施礼，罗妻、罗春向李世民还拜。程咬金、尉迟恭、徐勣、秦琼等台中成一排向灵位躬身拜祭，罗妻、罗春向众人拜谢，各归原位站立，曲牌止。

罗　妻　妾妇有何德能，敢劳二主与众家国公前来吊祭。

李世民　王兄为国身亡，理当如此。

罗　妻　真乃有道明君！

李世民　小王要在此陪灵，众家国公在灵堂陪伴小王一宵！

众　臣　领旨！（抱拳躬身）

〔**【导板头】**李世民坐灵桌旁“小边”跨椅。徐勣坐“大边”里首椅，秦琼坐外首。罗妻坐“小边”里首椅，尉迟恭坐中间椅，程咬金坐外首，罗春在罗妻、尉迟恭中间席地而坐。众人枕拳沉睡。

〔罗成幕内唱。

〔唢呐二黄导板〕（1=A　乙字调）

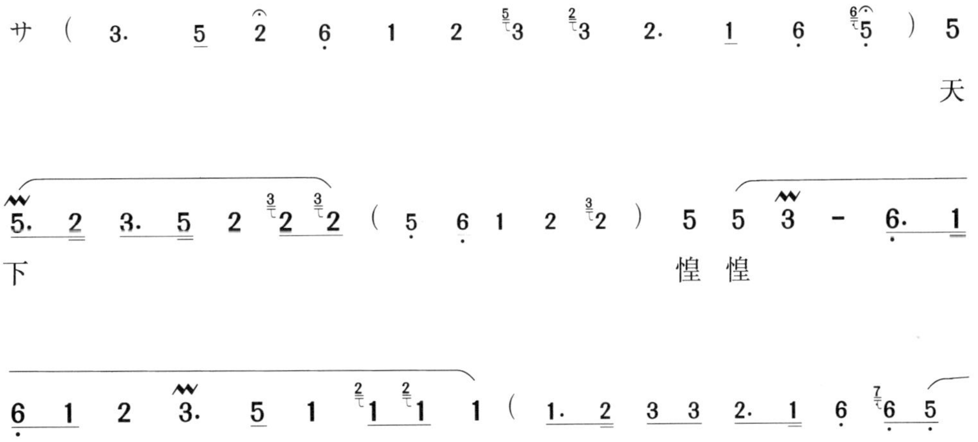

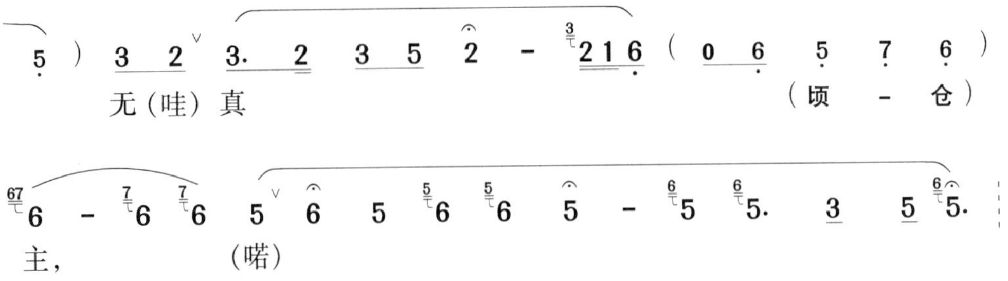

〔【扬钹、回头】罗成手持云帚"上场门"上，至"九龙口"稍亮，【原场】巡视，前行上中间椅子。

〔【帽子头】甩云帚至胸前双手握住。

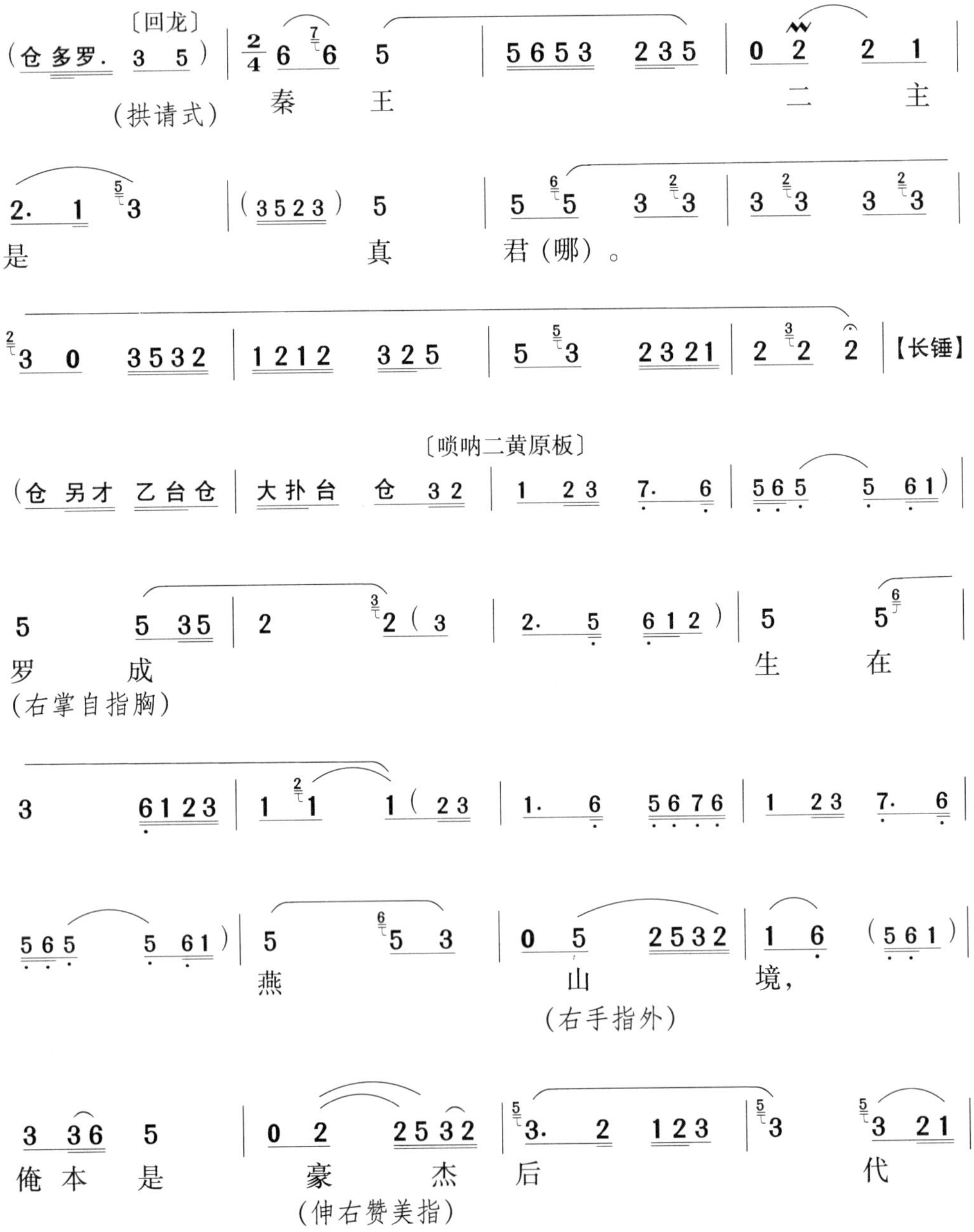

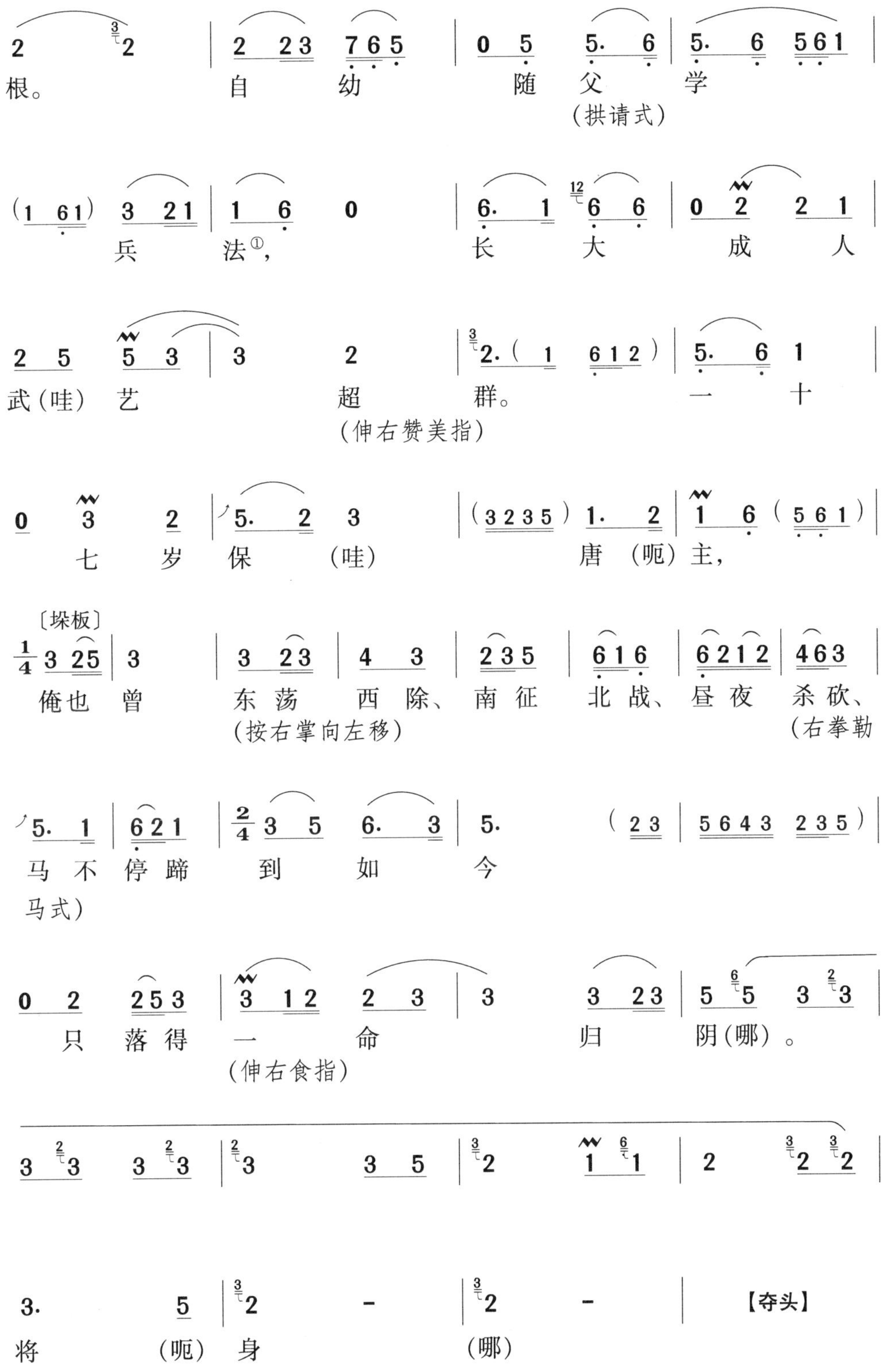

① 此唱段中〔回龙〕及〔原板〕的前三句原词是：“上苍降下了紫微星，青龙投胎太原郡，那燕山又降下白虎星，俺生在罗门为公子。”

（大扑台 仓 32 | 1 23 7· 6 | 565 5 61）| 6161 5 5 |
（缓右臂云帚指外）　且 把

3 6123 | 1 1 1（23 | 7· 6 5676 | 1 23 7· 6 |

565 5 61）| 1 6 5 3 | 3（5） 3 5 | 6 6 6 6 |
灵　堂（呃） 进，
（右手指台中）

6 6 | 6 56 762 | 6 1 3· 5 | 6 - ⁝

〔接【抽头】下椅子前行至“小边”台口，平端云帚伸向右侧。向左走“云步”至中台口，向左平转一圈至灵桌前。看到灵牌后甩垂双袖。转【流水】心情沉重，抖颤着退至台中转向外，缓双臂指右侧身后灵桌。【夺头】下缓右手云帚在右侧伸平向左翻身，云帚顺势抱于右臂上，甩发于面前，向后甩发亮相。

（仓 令才 | 乙台 才 | 顷 仓 7 | 6· 5 6561 | 5613 2165 | 3 2161 |
（放云帚，

2 6 5 5 | 2321 6561 | 5 23 7· 6 | 5617 6123 | 1 23 7· 6 |
双掌颤抖着揉摩胸）　（右拇指指右侧头

565 5 61）| 3 3· 6 | 5· （23 | 5643 235）|
后，上步亮住）　见　灵（呐）堂

0 3 253 | 3· 1 2 3 |（3235） 6 | 6 6 6 6 |
不 由 我 乱 箭 穿 心。
（左手将云帚稍搂握掌中，右掌自指胸）

6 6 6 6 | 6 6 6 6 | 6 6 6 | 6i65 3 6i |
慢

5643 2532 | 1212 325 | 5 53 2321 | 2 - |【长锤】

罗成小显

〔左转身环视。走秦琼左侧至灵桌后登桌观望。向“大边”桌旁李世民叩首行礼，甩发至胸前再向后甩去，如此三遍。

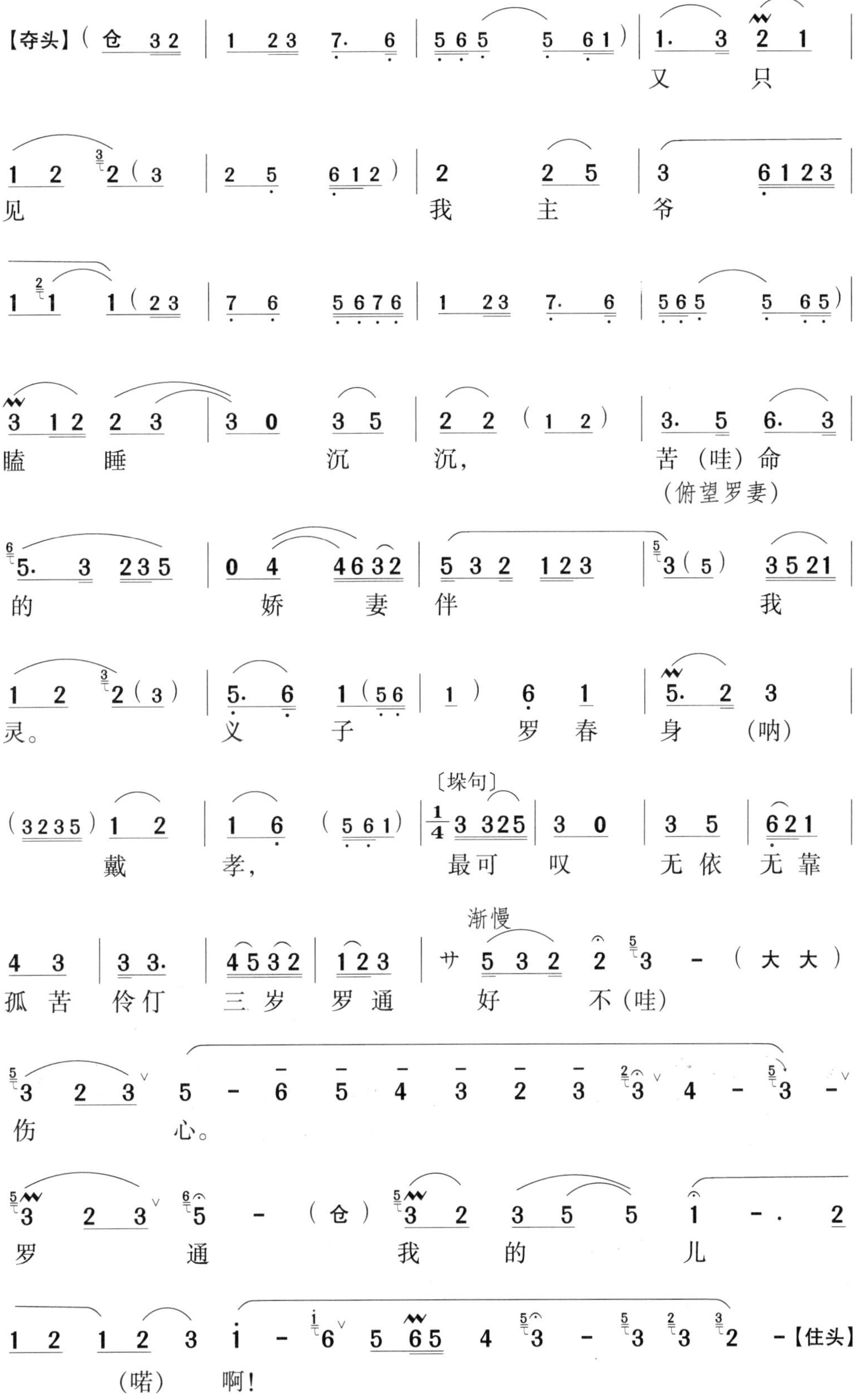

厂侧耳听三更鼓，（冬冬冬匡匡匡）扫视下方稍想片时。【撕边大锣一击】

罗 成 看我主爷瞌睡沉沉，待我托妻寄子，把我的苦处泄表一番便了！

厂【快冲头】下桌原路线返回台中，向李世民躬身下跪行礼，起身站世民前背身。

〔西皮娃娃调导板〕

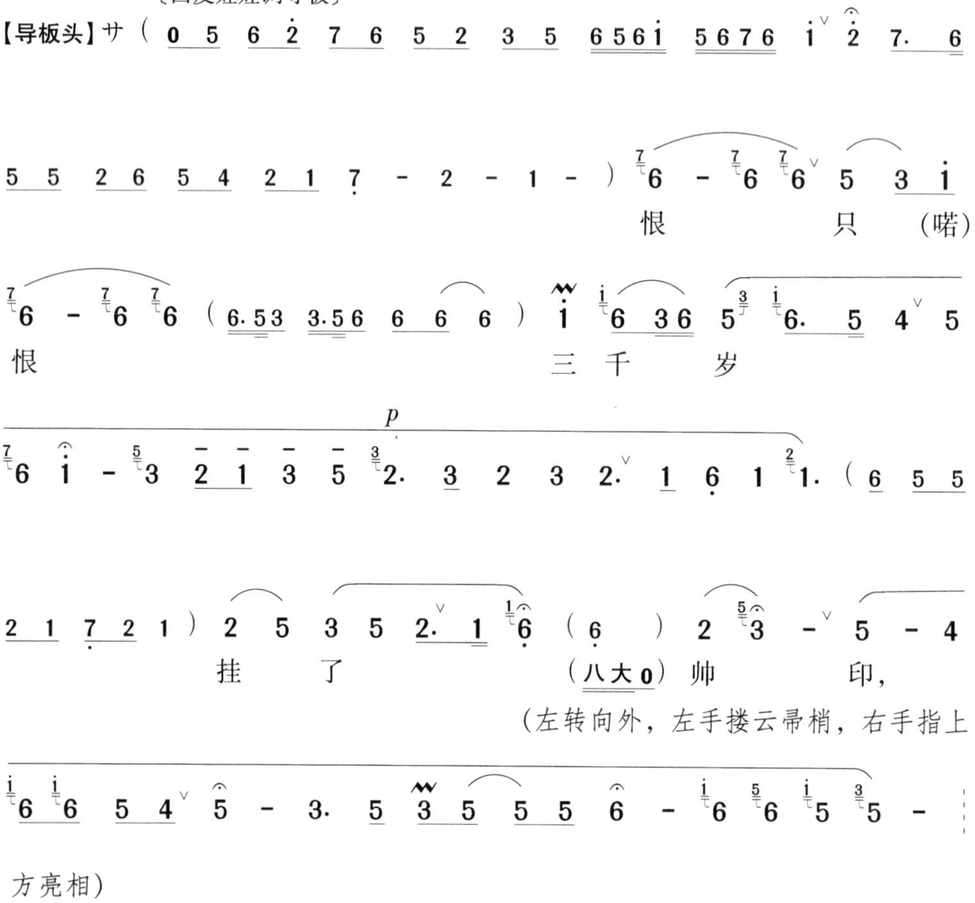

厂（八大大仓）右手持云帚上缓至左肩前打左掌。【四击头】翻右腕甩云帚背于左肩上，反绕左袖横在胸前亮相。

〔西皮娃娃调〕

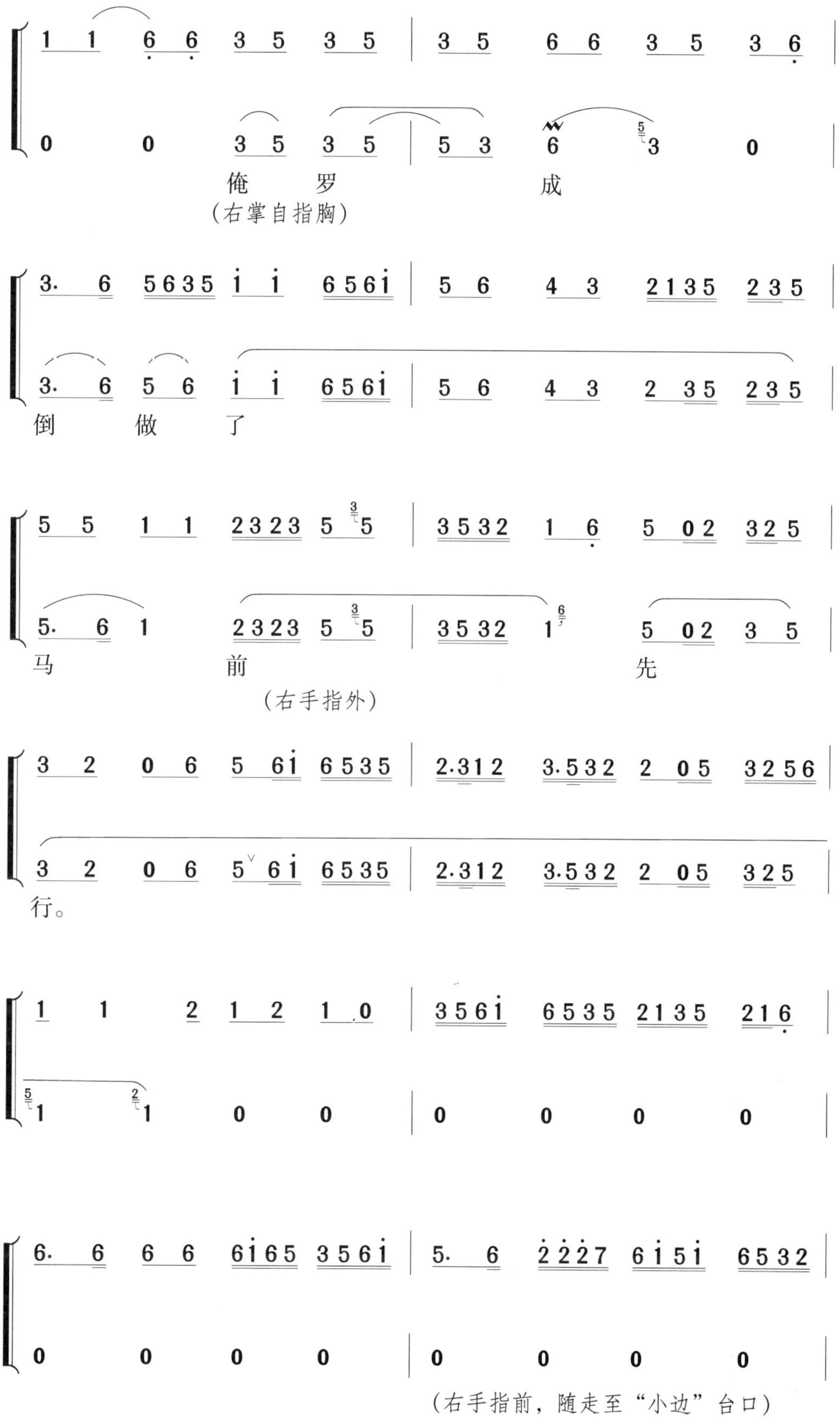

俺 罗 成
（右掌自指胸）
倒 做 了
马 前 先
（右手指外）
行。
（右手指前，随走至“小边”台口）

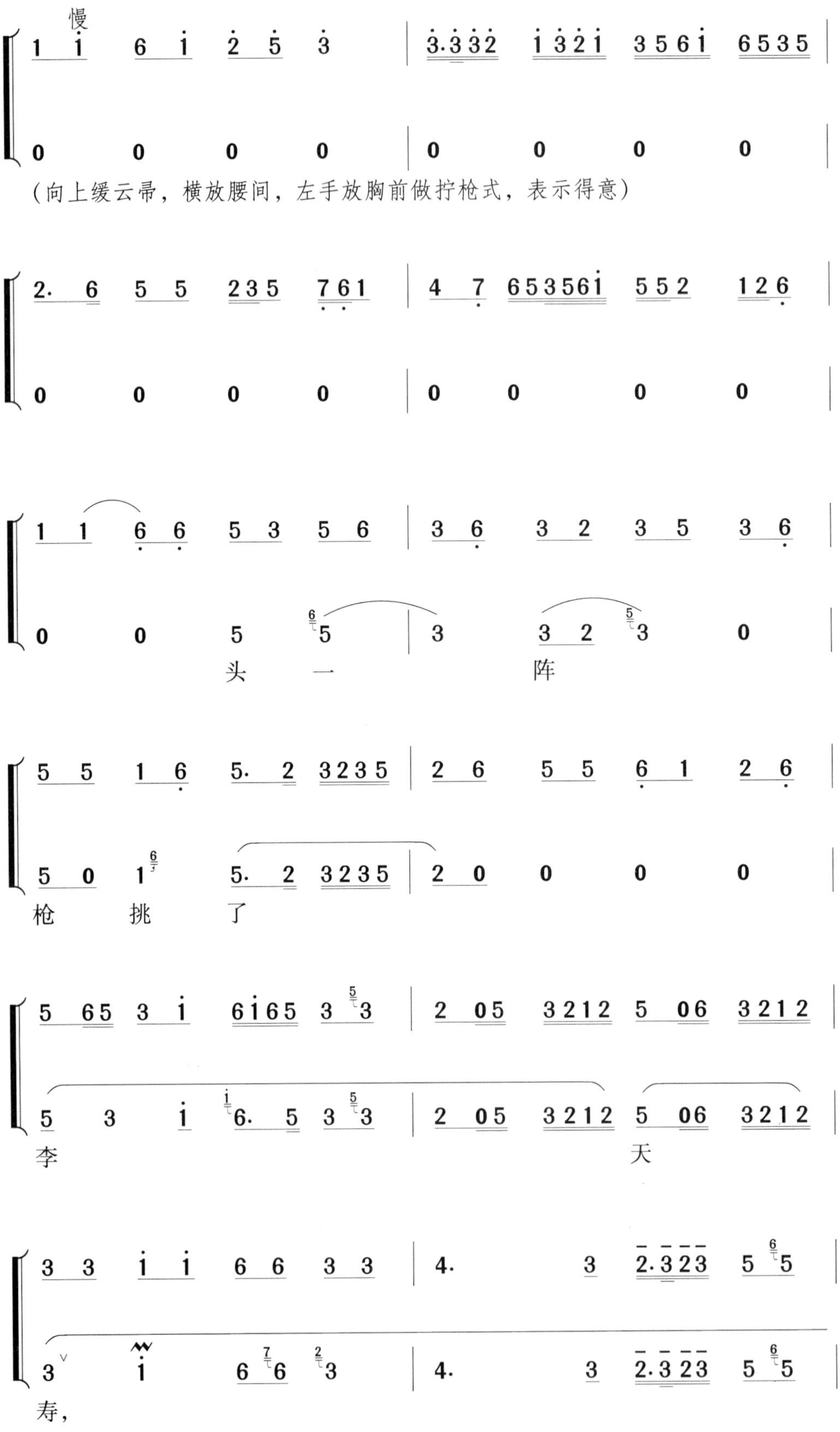
慢
(向上缓云帚，横放腰间，左手放胸前做拧枪式，表示得意)
头 一 阵
枪 挑 了
李 天
寿，

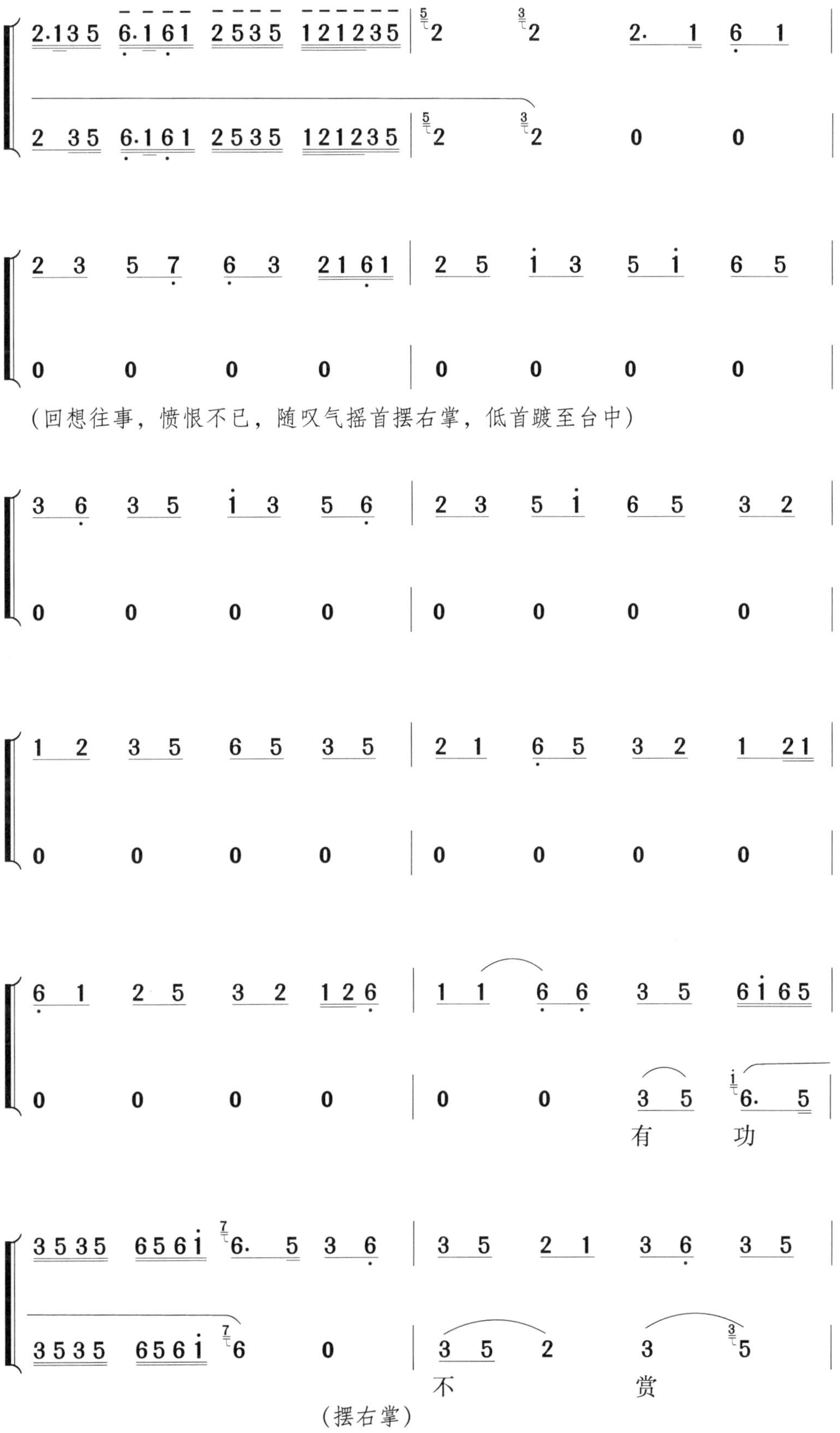

(回想往事，愤恨不已，随叹气摇首摆右掌，低首踱至台中)
有 功
不 赏
(摆右掌)

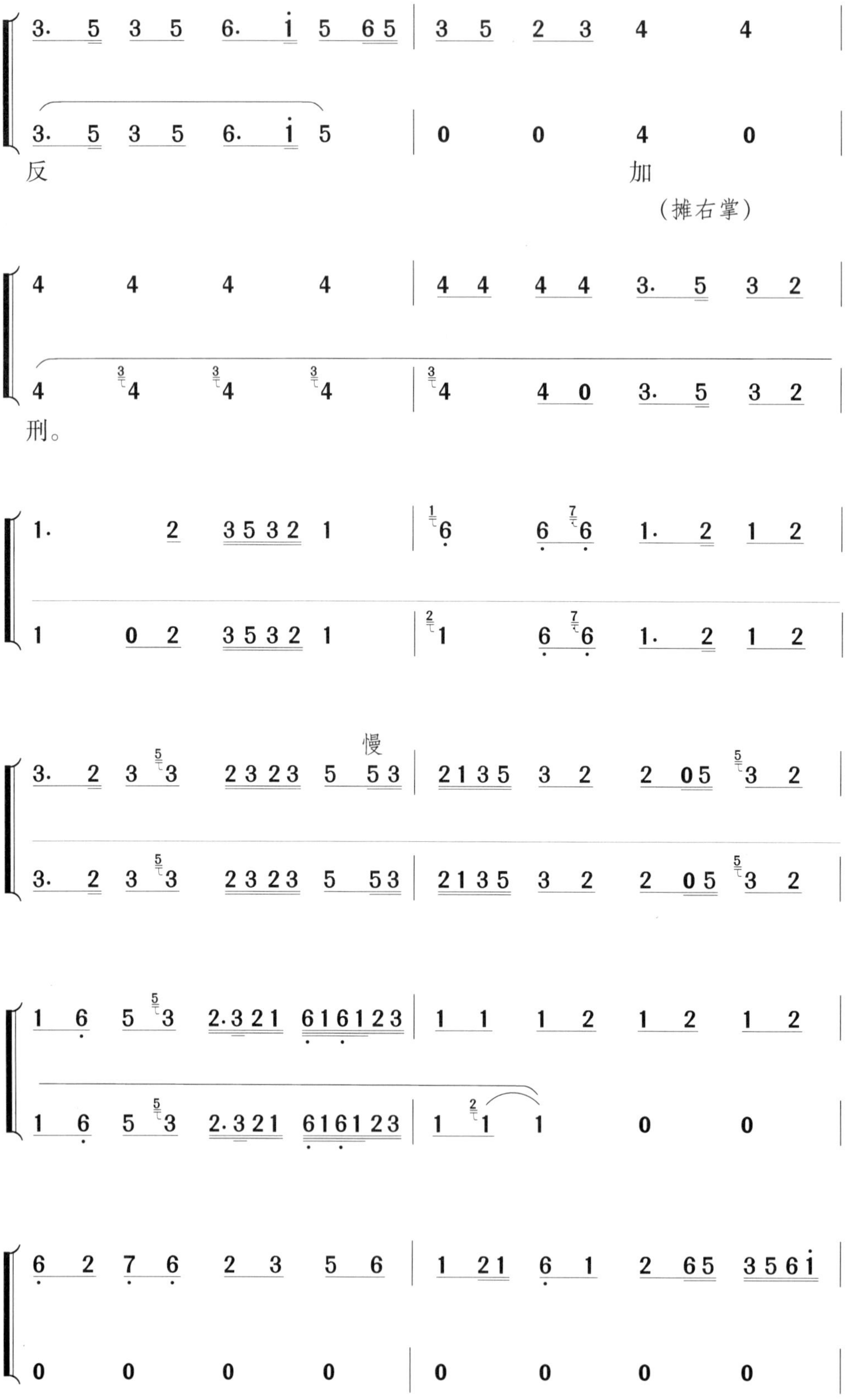

反
加
（摊右掌）
刑。
慢

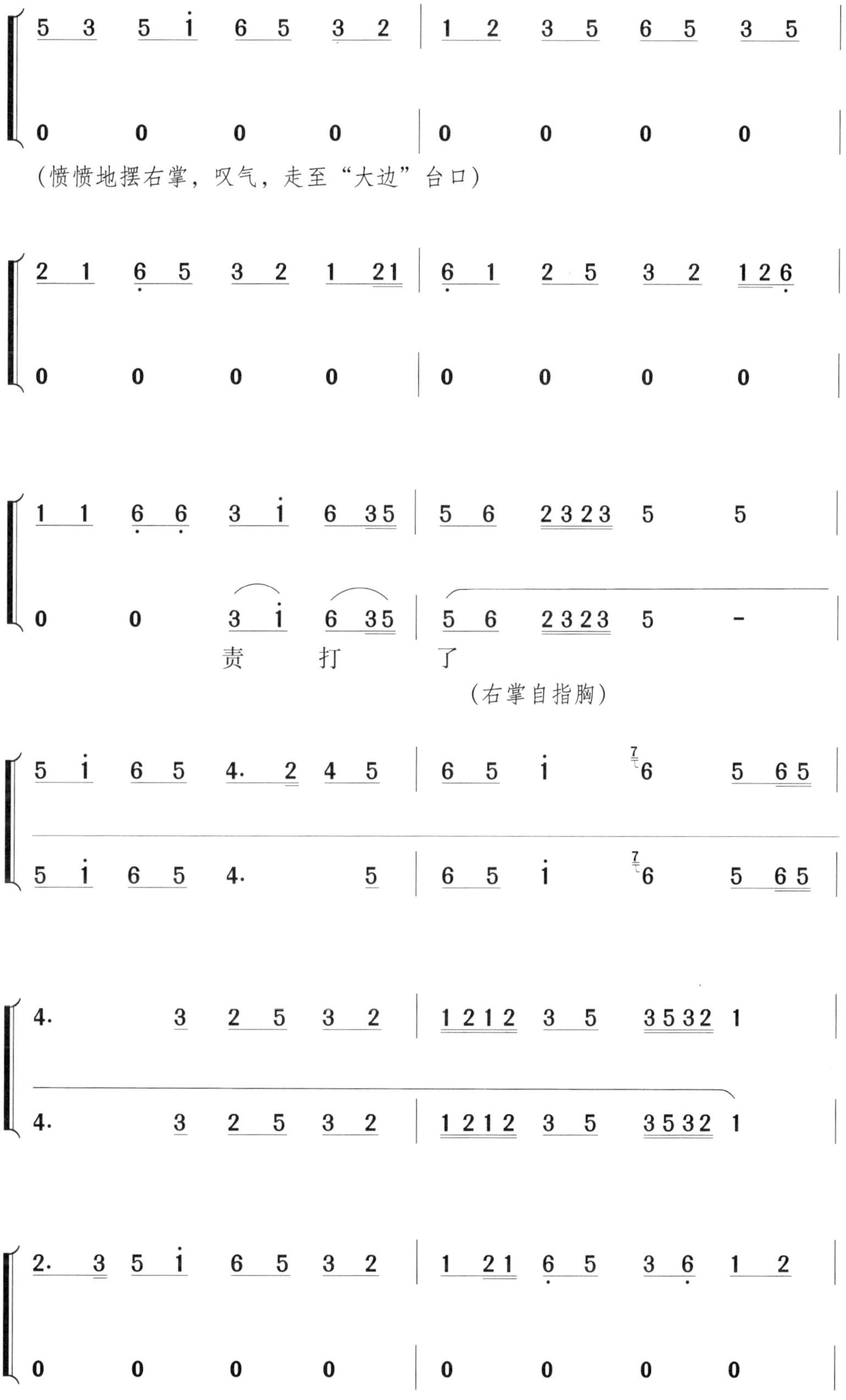
（愤愤地摆右掌，叹气，走至“大边”台口）
责 打 了
（右掌自指胸）

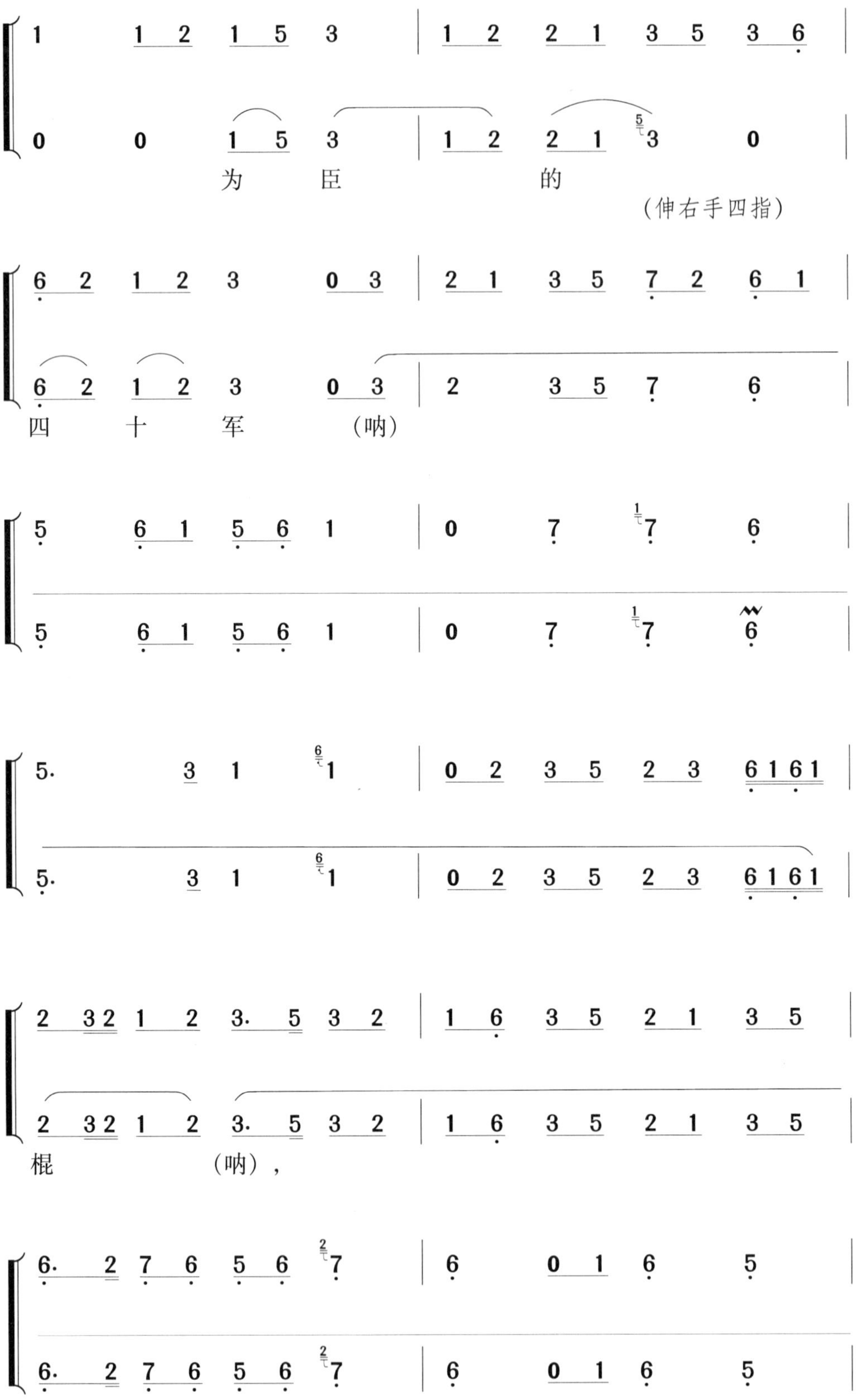
为 臣 的
（伸右手四指）
四 十 军 （呐）
棍 （呐），

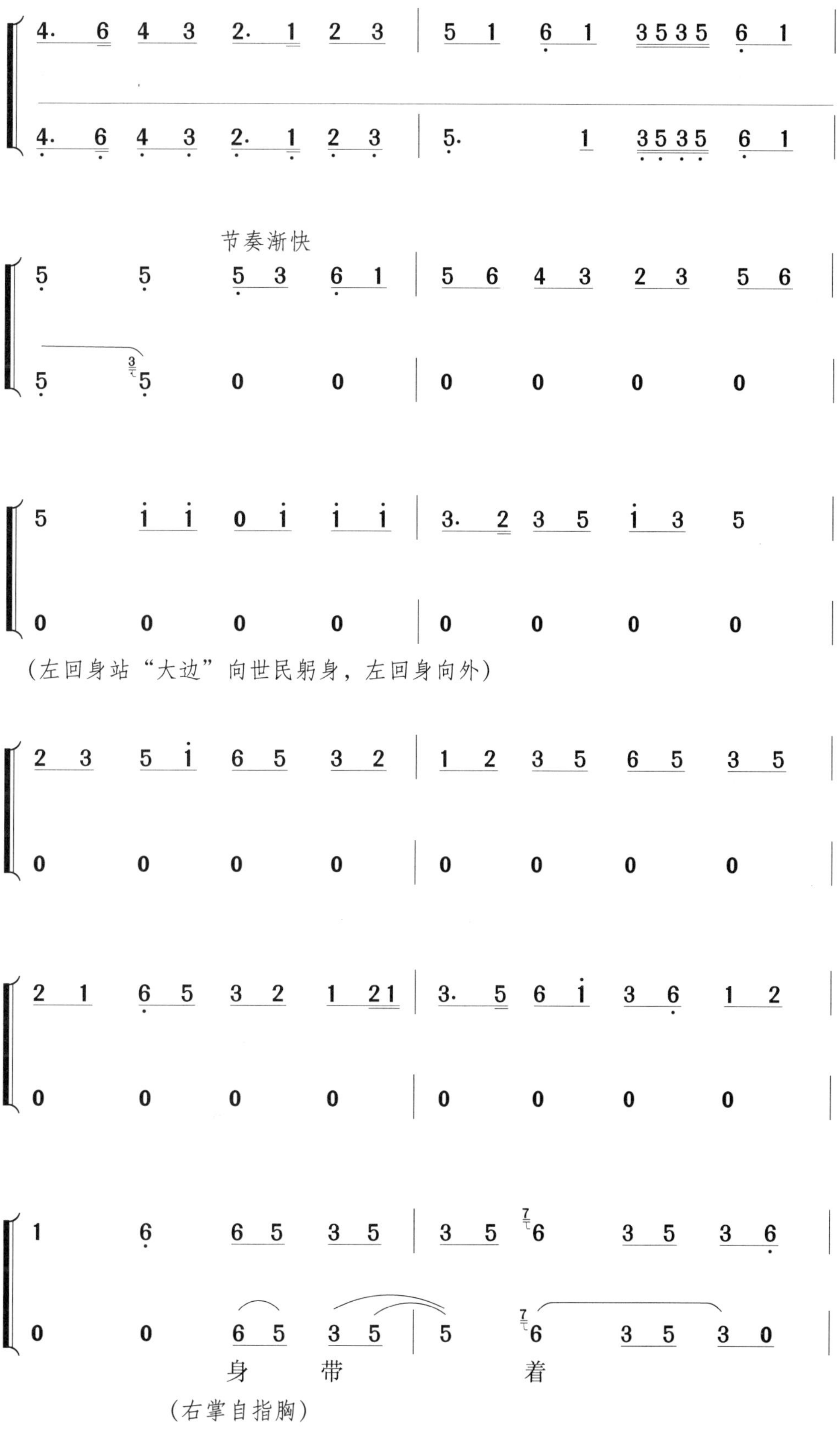
节奏渐快
（左回身站“大边”向世民躬身，左回身向外）
身
带
着
（右掌自指胸）

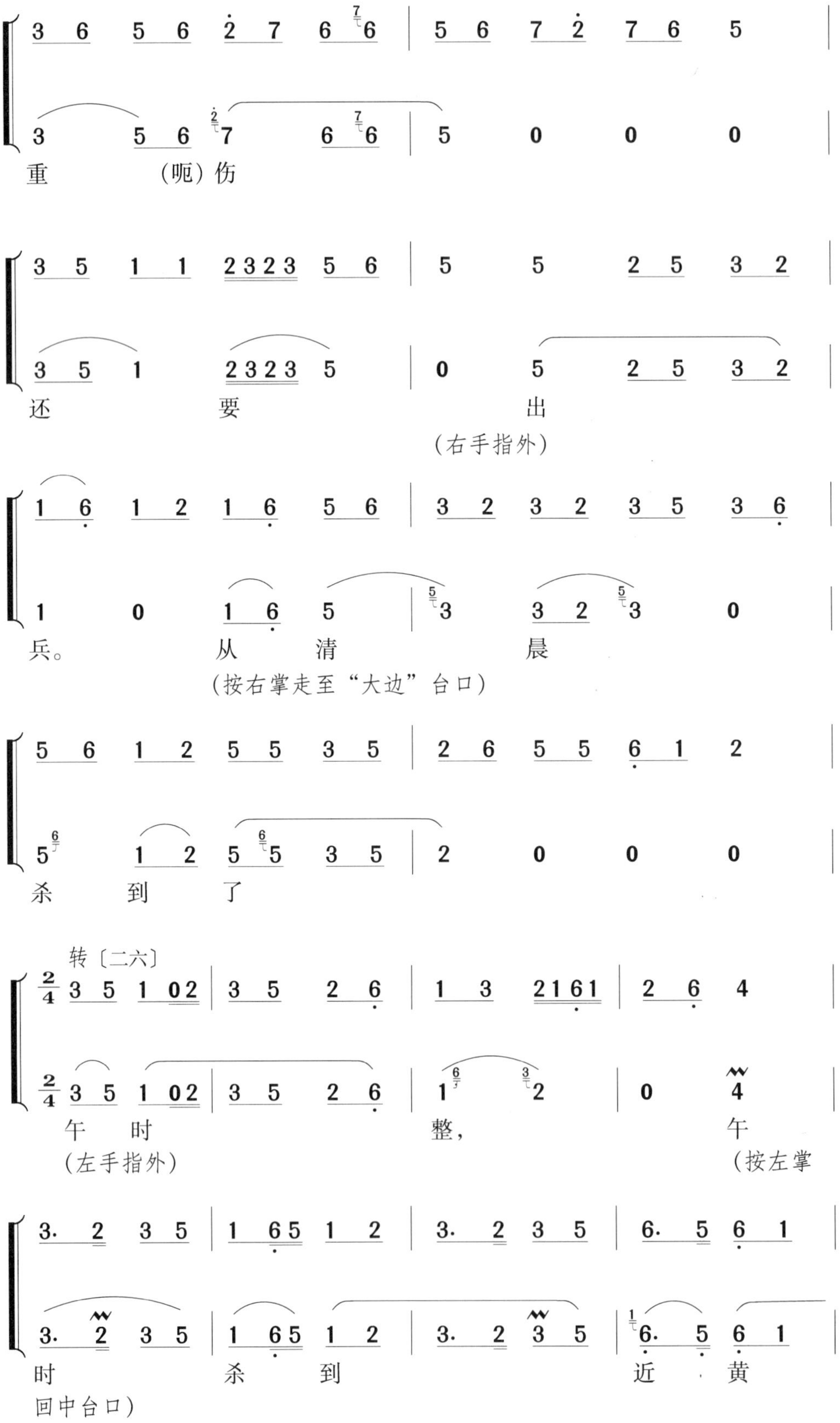
重 (呃)伤
还 要 出
(右手指外)
兵。从 清 晨
(按右掌走至“大边”台口)
杀 到 了
转〔二六〕
午 时 整， 午
(左手指外)
(按左掌
时 杀 到 近 黄
回中台口)

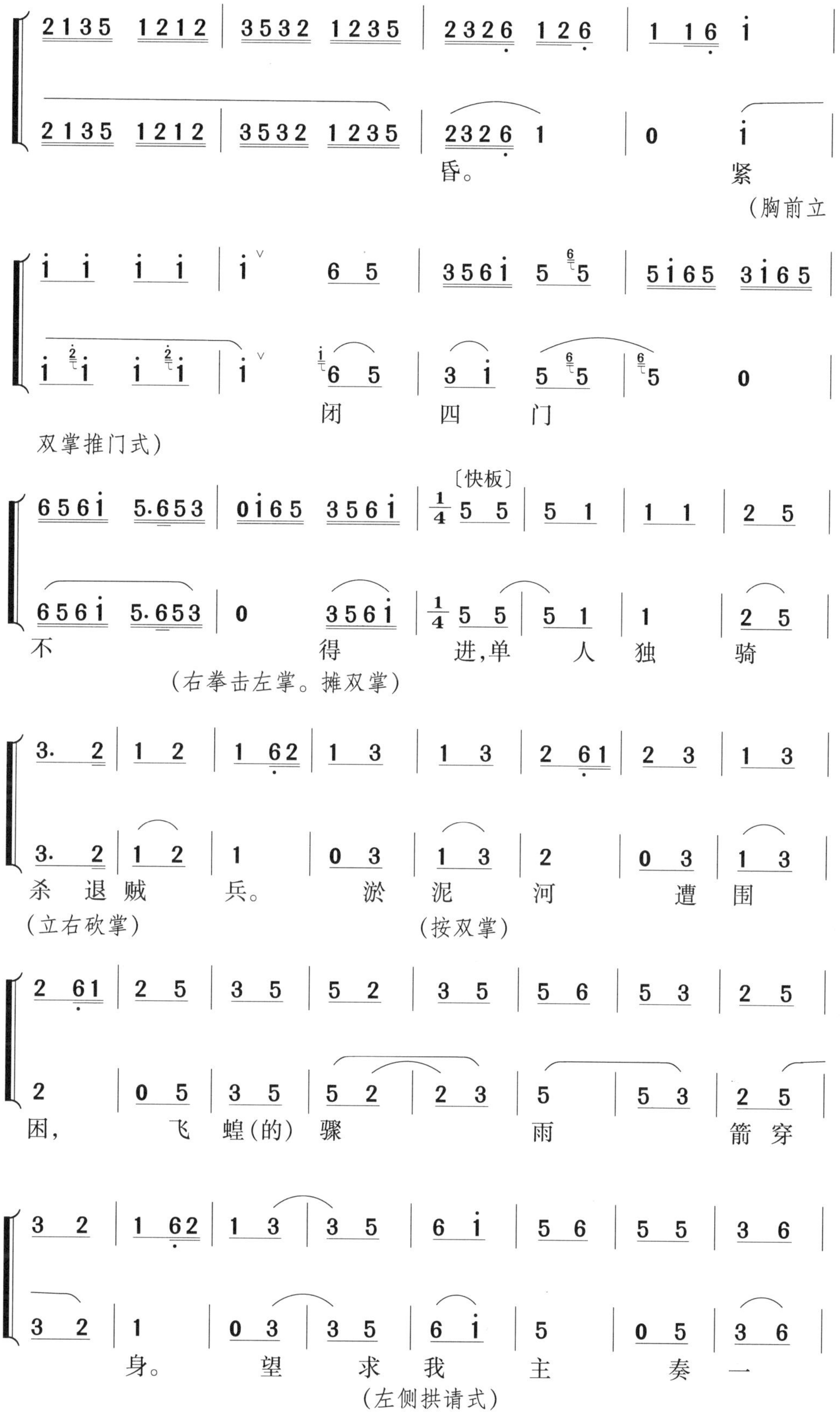
昏。 紧
（胸前立
闭 四 门
双掌推门式）
〔快板〕
不 得 进，单 人 独 骑
（右拳击左掌。摊双掌）
杀 退 贼 兵。 淤 泥 河 遭 围
（立右砍掌） （按双掌）
困， 飞 蝗（的） 骤 雨 箭 穿
身。 望 求 我 主 奏 一
（左侧拱请式）

〔起【四更】伸右掌数四下。

罗 成 哎呀！

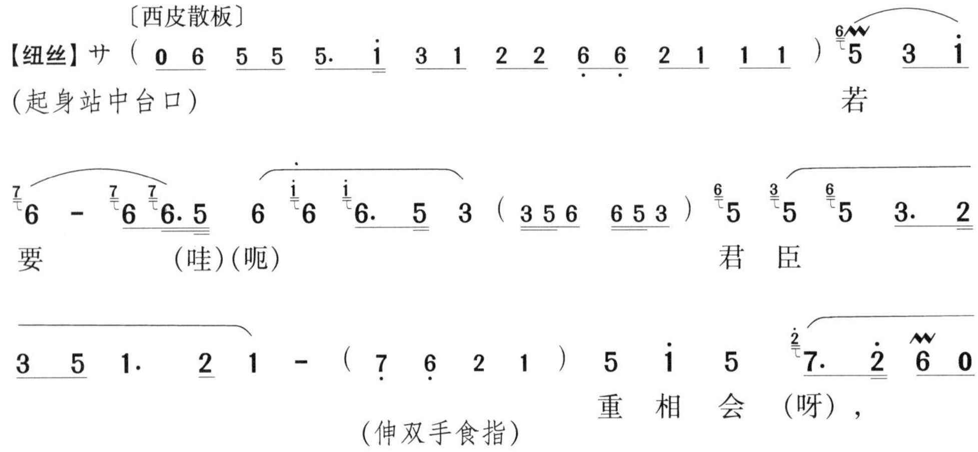

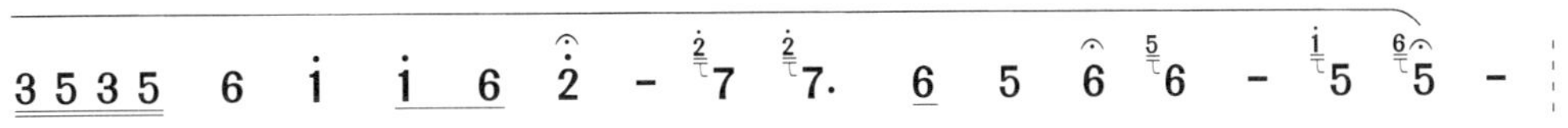

厂【纽丝】向李世民躬身，施礼拜别，转身望妻、子心肺俱痛，搭折左袖上腕，右手指幼子颤抖着、抽泣着退至台中，左转面向外以袖搌泪。上前再看妻、子，回头看天，扭头再望妻看子无奈，决意前行至“大边”台口右转向外。

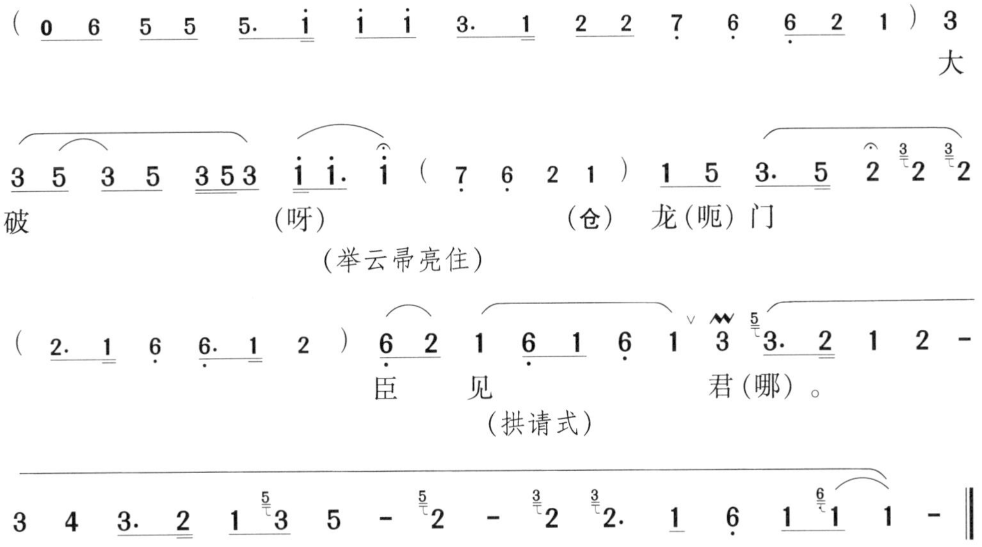

厂【原场】罗成举云帚“下场门”下。起【五更】【撕边大锣一击】众睡醒起身“站八字”。李世民站台中。

李世民 小王告辞了。

罗　妻 奉送二主与众家国公。

李世民 摆驾回朝！

厂奏唢呐曲牌<披>罗妻出门站中台口“小边”一侧恭送，身后是罗春。接【原场】秦琼、程咬金、徐勣、尉迟恭等出门，依次从“下场门”下，李世民随后下。

——剧　终

白荫棠　**整理**　董育婷　白荫棠　**记谱**

吕布与貂蝉

根据叶盛兰、杜近芳 1958 年录音整理以女色诱敌，进而达到政治目的的故事，在中国流传已久。《吕布与貂蝉》便是突出的一个。

《吕布与貂蝉》演的是汉末董卓依仗义子吕布骁勇无敌，强霸朝政。司徒王允十分不满。王允情知董卓、吕布贪恋女色，遂将府中歌姬貂蝉先许吕布，后送董卓，使二人失和。而貂蝉更于董卓、吕布之间尽施挑拨离间之计。最后，吕布杀了董卓。

《吕布与貂蝉》顾名思义，吕布是第一主角。京剧的小生，扮演反派角色的不多。《豆汁记》中的莫稽算是一个，吕布则是更具典型的一个。旧谚云："马中赤兔，人中吕布。"可见吕布的英武俊秀是超群出众的。用小生，特别是雉尾小生来演吕布，无疑是当行出色的最佳选择。

叶盛兰演吕布，集英武俊秀、气量狭小、迷恋酒色、见利忘义、贪生怕死等特点于一身，把一个外貌年轻可爱、内心极端可鄙的这样一个反差极大的人物形象刻画得栩栩如生。

叶盛兰演吕布，绝不在外形上有一丝一毫的丑化。习惯上认为京剧人物"脸谱化"的人们，大可以从《吕布与貂蝉》中领略京剧刻画人物的真谛。叶盛兰的表演，当得上"反派正演"这四个字。尽管人物表面气宇轩昂，但人们从"小宴"中吕布汪洋恣肆、自叙战功的唱段中，可以洞察吕布的骄横暴戾；从"许婚"中吕布贪恋的眼神以及急切地搬指计算年龄、拉椅凑近貂蝉的动作中，看出吕布的好色、贪婪；而"凤仪亭"一场，叶盛兰更用优美的形体动作、繁复的翎子表演把吕布一心只爱美人，其余一切不计的心态描摹得入木三分。

京剧以小生挑班，自叶盛兰始。而以吕布为第一主角演绎"连环计"(即《吕布与貂蝉》)，叶盛兰是第一人。叶盛兰之后，不少人以为《吕布与貂蝉》空前绝后，成广陵散。令人惊喜的是，这一名剧在新时期又有了新的发展。叶盛兰的哲嗣叶少兰，承继父范，又以《吕布与貂蝉》享誉舞台。在继承叶门一派的艺术风格的同时，叶少兰把《吕布与貂蝉》又推上了一个新的台阶。他把"小宴"中吕布对王允夸耀战功的唱段，改为向王允、貂蝉二人夸耀战功。吕布滔滔不绝，自夸不已，把虎牢关前大战刘备、关羽、张飞的历程细细陈述。这与生活中青年男子在心仪女子面前自我显摆是极为吻合的。在场面微调的同时，在保留唱段板式格局不变的基础上，叶少兰把吕布的唱词重新填写，"那一日在虎牢大摆战场"的唱段，至今已成为小生演员包括戏迷票友耳熟能详、百唱不厌的经典了。

与叶盛兰相映生辉的是青年的杜近芳扮演的貂蝉。其时杜近芳只有二十几岁，秀丽的扮相、甜润的嗓音，把貂蝉的美艳娇嗔、腹有机谋演得天然自在，分寸恰切。尤其是"拜月"的大段唱，吐字清晰，行腔干净，抒发着貂蝉这一奇女子心系社稷安危的宏伟抱负。这段唱曾有唱片传世，在欣赏这段唱时，人们不难发现杜近芳遵循梅派但又不为传统唱法所拘泥的新式唱腔。

赵晓东

人物行当

吕　布	小生	郭　汜	生
貂　蝉	旦	朝官甲	生
王　允	老生	朝官乙	生
董　卓	净	旗　牌	杂
李　儒	丑	二人役	杂
李　肃	老生	车　夫	杂
家　院	生	伞　夫	杂
士孙瑞	净	四　兵	杂
黄　琬	净	四大铠	杂
李　傕	净	四宫女	旦

服装扮相

吕　布　俊扮。紫金冠、翎子、黑飘带，粉团龙蟒、苫肩、玉带、浅湖色衬褶，浅湖色彩裤，厚底靴。（四场换粉龙箭衣、大带。六场换粉绣花褶子）

貂　蝉　俊扮。古装头、两细辫，淡湖色古装服、珍珠云肩，浅粉绣花裙、腰箍、四喜带垂红双穗，粉彩裤，彩鞋。（三场换白绣花帔、白绣花裙、金项圈。四场换红绣花帔、红绣花裙、红彩鞋。五场换湖色绣花帔。六场换红绣花帔、红绣花裙、浅粉花斗篷）

王　允　俊扮。纱帽、黪三髯，蓝团花帔、紫素衬褶子，红彩裤，厚底靴。（六场换蓝团龙蟒、玉带）

董　卓　大白粉脸。文阳、黪鬓发、黪满髯，红蟒、玉带、红衬褶子，红彩裤，黑厚底靴。

李　儒　勾小花脸。纱帽、长展、黑八字吊搭髯，红改良官衣、软带，红彩裤，朝方靴。

李　肃　俊扮。荷叶盔、黑三髯，紫花开氅，黑彩裤，黑厚底靴。

家　院　俊扮。黑软罗帽、黑三髯，海青褶子、大带，黑彩裤，黑厚底靴。

士孙瑞　勾紫三块瓦脸。黑大镫、黑满髯，紫蟒、玉带，红彩裤，黑厚底靴。

黄　琬　勾白三块瓦脸。金大镫、黑满髯，蓝蟒、玉带，红彩裤，黑厚底靴。

李　傕　勾白三块瓦脸。扎巾盔、牵巾、黑满髯，黑软靠，红彩裤，黑厚底靴。

郭　汜　俊扮。扎巾盔、牵巾，蓝软靠，红彩裤，黑厚底靴。

朝官甲　俊扮。纱帽、黪三髯，香色蟒、玉带，红彩裤，黑厚底靴。

朝官乙　俊扮。荷叶盔、黑三髯，白蟒、苫肩、玉带，红彩裤，黑厚底靴。

旗　牌　俊扮。大板巾，绿箭衣、马褂、大带，黑彩裤，黑薄底靴。

二人役　俊扮。黑软罗帽，海青褶子、大带，黑彩裤，黑薄底靴。

车　夫　俊扮。小倒缨盔，紫素箭衣，红卒坎、大带，黑彩裤，黑薄底靴。

伞　夫　俊扮。小倒缨盔，蓝布箭衣，红卒坎、大带，黑彩裤，黑薄底靴。

四　兵　俊扮。小倒缨盔，蓝兵服，白卒坎、小大带，黑薄底靴。

四大铠　俊扮。罐子盔，大铠服，红彩裤，黑薄底鞋。

四宫女　俊扮。古装头，粉裙袄、云肩、挎子、腰箍，粉彩裤，彩鞋。

道具

桌　子	一张	**椅　子**	三把
矮　凳	一个	**扁　担**	一根
请　帖	一个	**托　盘**	一个
香　炉	一个	**盔箱笼**	一个
紫金冠	一顶	**酒　盘**	一个
酒　壶	一个	**酒　斗**	三个
方天戟	一杆	**荷包枪**	四杆
菱花镜	两个（一大一小）	**宝　剑**	两口（带鞘）
单　剑	五口	**马　鞭**	四根
伞　盖	一个	**车　旗**	一副
山片、高台、台阶	各一个	**朱杆玉戚**	两个
笙	两个	**玉灰色桌围椅披**	一份
绿色桌围椅披	一份	**红色桌围椅披**	一份
红大帐	一份		

第 一 场

「场上置堂桌、“小座”（玉灰色花桌围椅披）。桌上放托盘、香炉。

「**【撤锣】**

「**【小锣帽子头】【旦上场】**貂蝉“上场门”上，至“九龙口”前稍停，前行至台中。

貂 蝉 （引子）守身如玉（**大大**）怎能学（**多 罗.**）

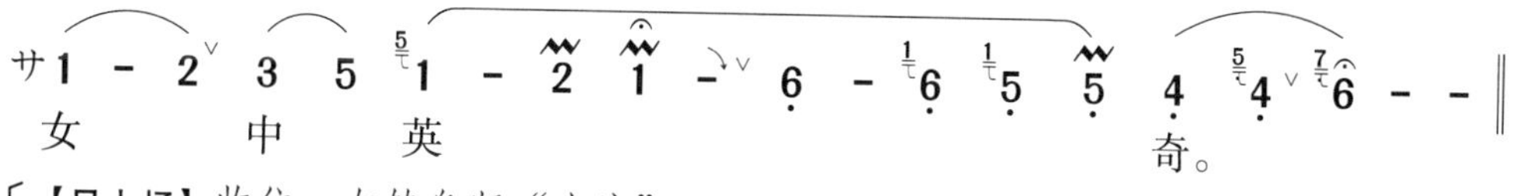

「**【旦上场】**收住。左转身归“小座”。

清夜难眠暗自嘘，花阴月转粉墙西。

欲知无限含情处，十二栏杆不语时。**【小锣住头】**

（右掌自指胸）奴家貂蝉，（**扎**）自幼（拱手）父母双亡，落在王司徒府中习学（双手指左前）歌舞，充当（双指右前）歌姬。奴自幼亦曾读过诗书，颇知大义，因此得蒙老爷疼爱，待如亲生。这几日见老爷（右掌自指面）愁眉不展，面带忧容，想是朝中有什么为难之事，（摆双掌）又不敢向前相问。（掌心掌背相击，**【小锣一击】**抬头看外）看天已昏黑，东方明月将升，不免去到花园对月（右掌指外）祝告一番便了。

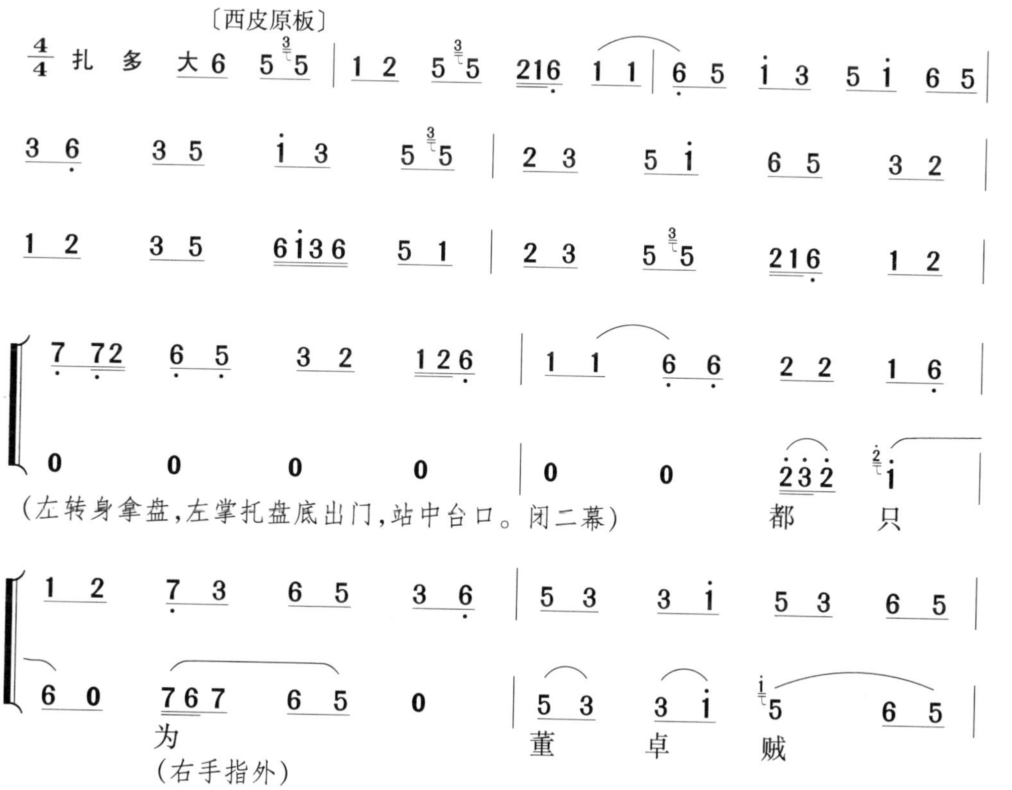

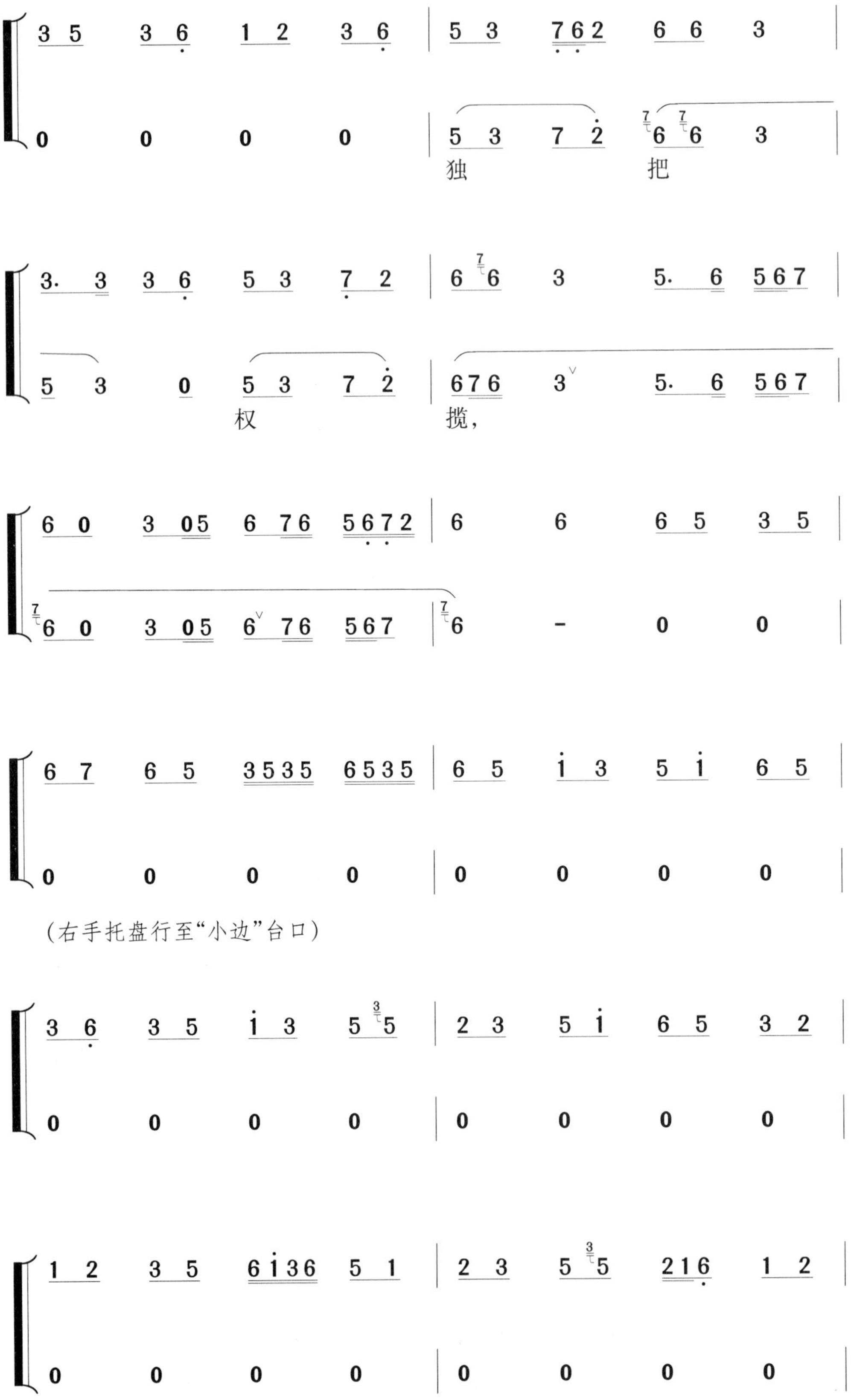
独 把
权 揽，
(右手托盘行至“小边”台口)

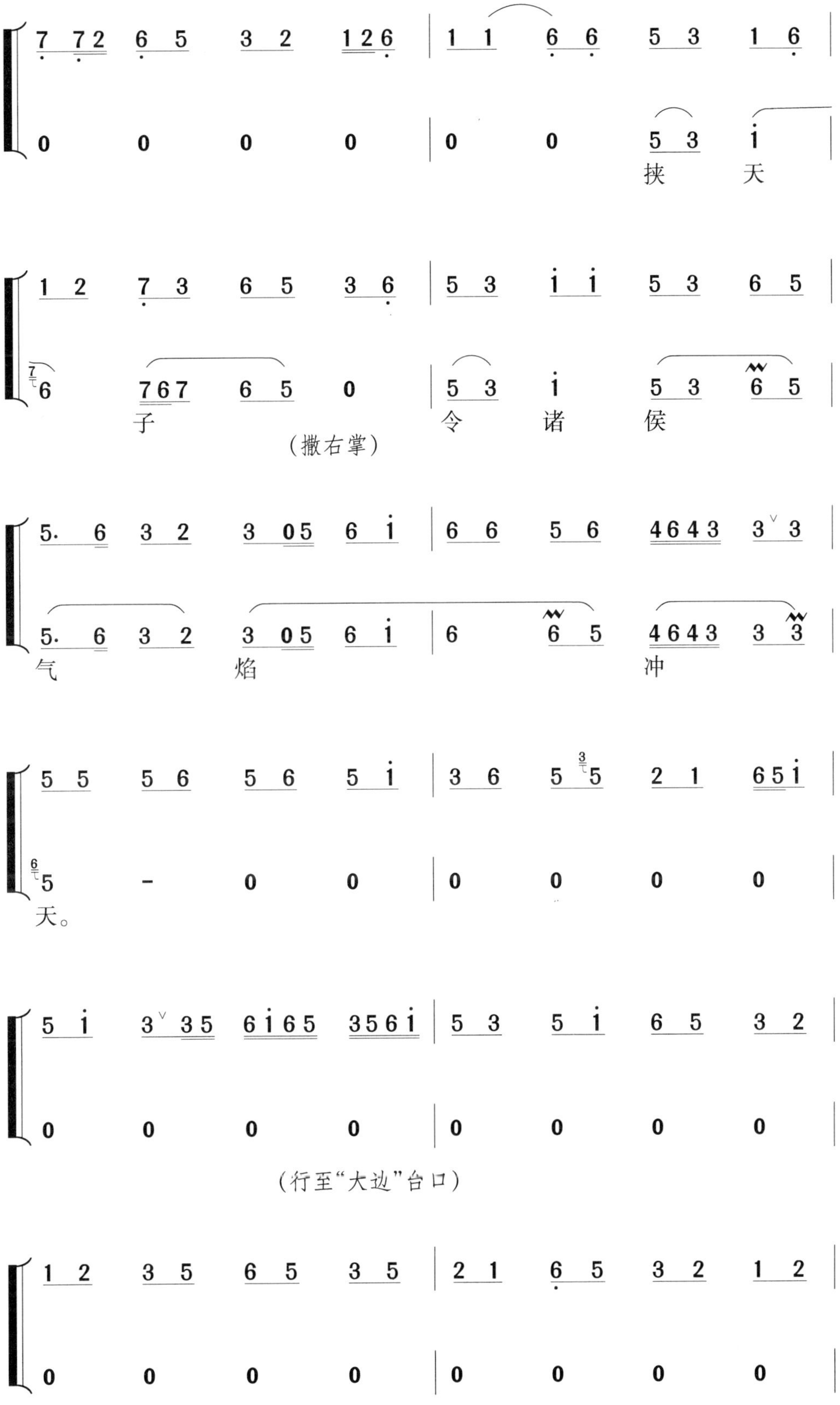
挟 天
子 令 诸 侯
(撒右掌)
气 焰 冲
天。
(行至"大边"台口)

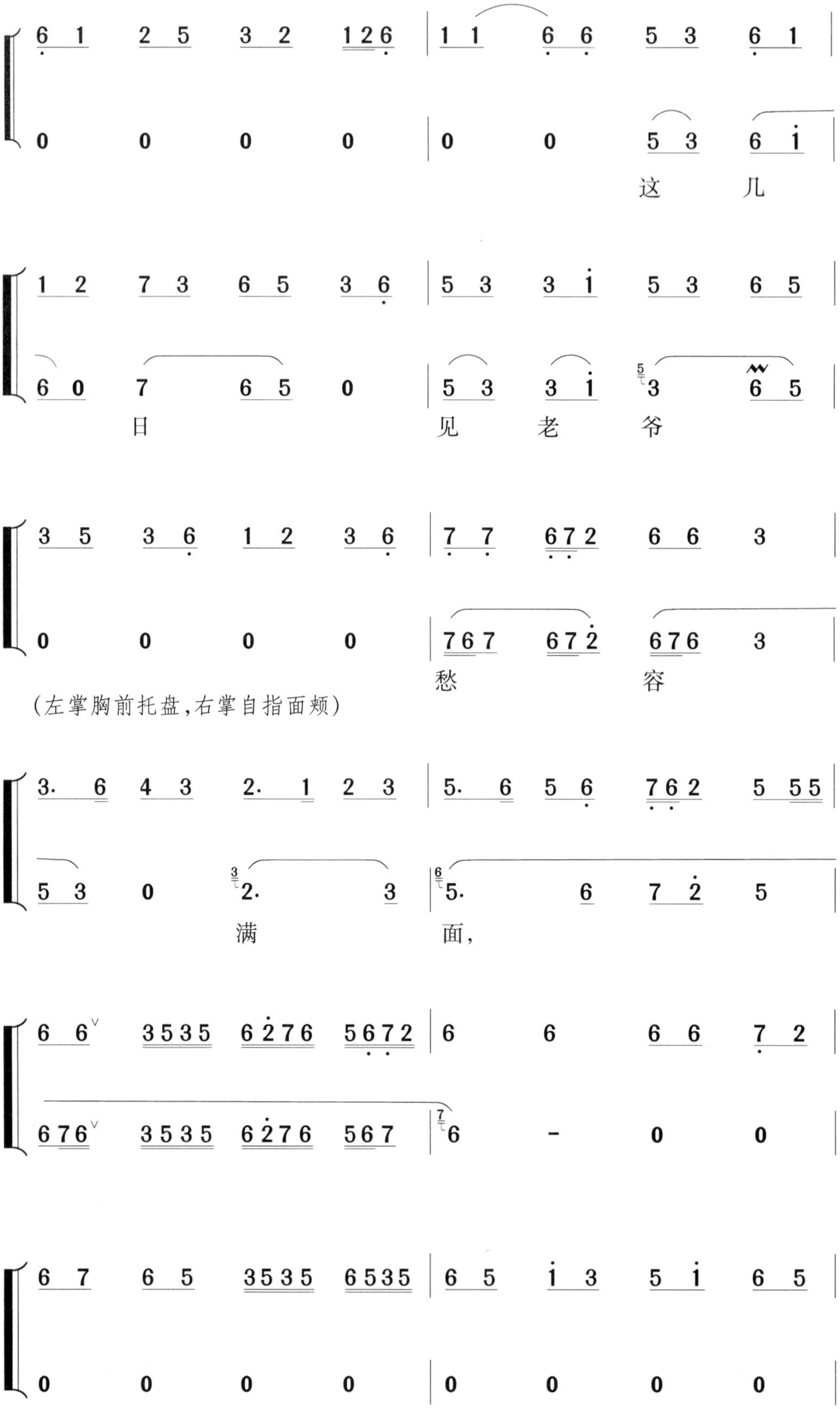
这 儿
日 见 老 爷
愁 容
(左掌胸前托盘,右掌自指面颊)
满 面,

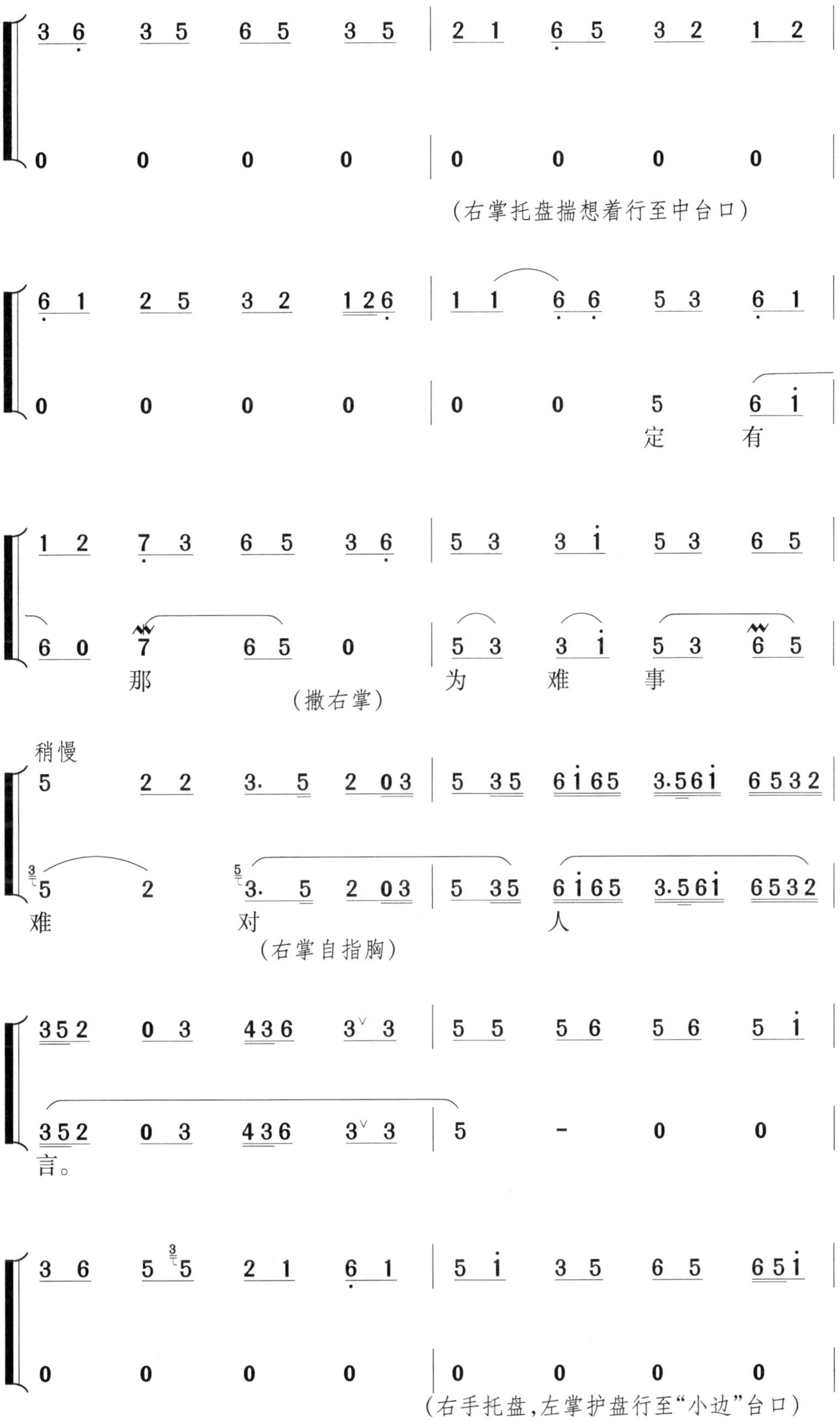
(右掌托盘揣想着行至中台口)
定 有
那 为 难 事
(撒右掌)
稍慢
难 对 人
(右掌自指胸)
言。
(右手托盘,左掌护盘行至“小边”台口)

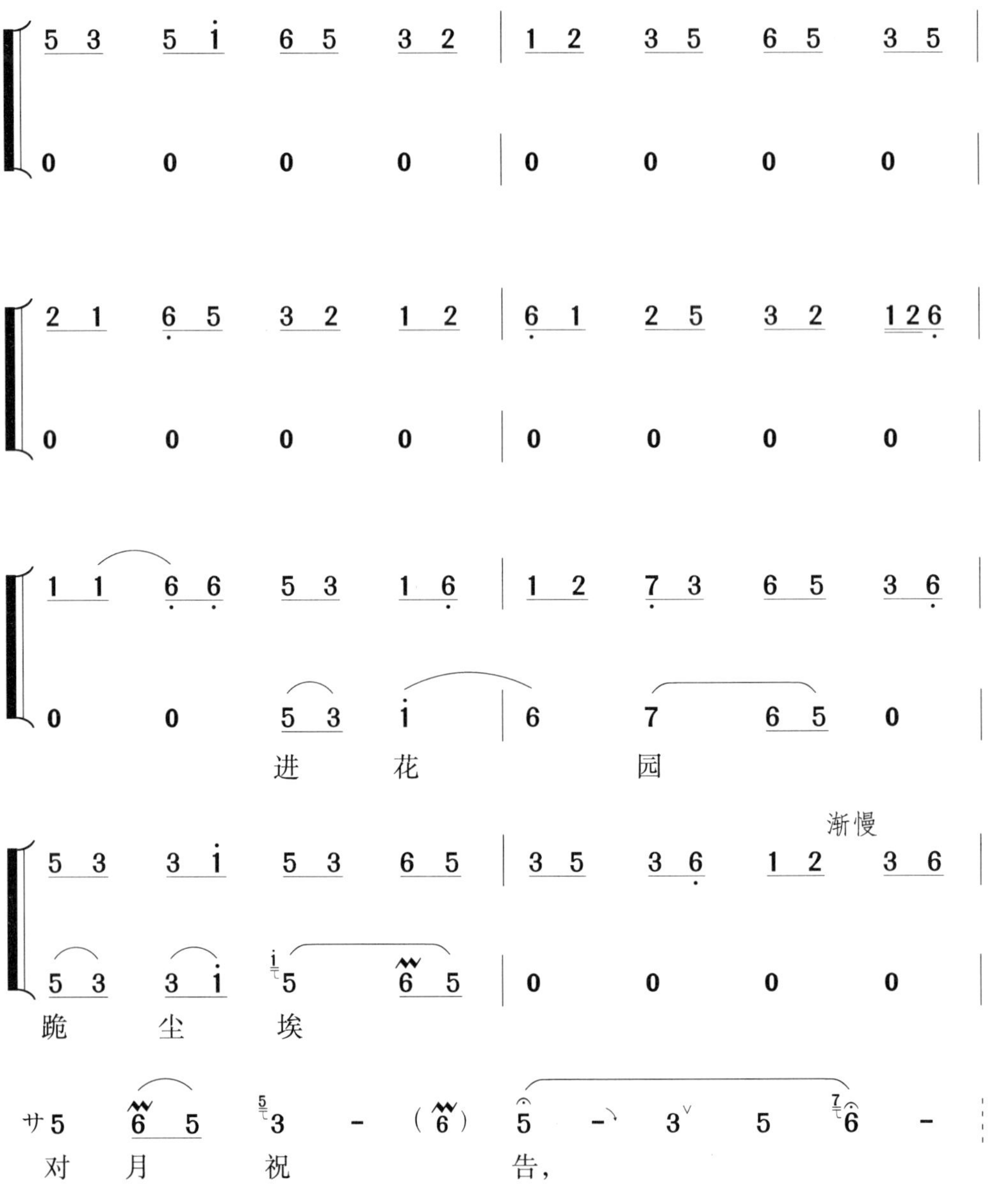

「【小锣抽头】启二幕。“大边”放一矮凳。

「貂蝉左转身向里挖着走半个小圆场，至台中看“大边”的凳子，【小锣抽头】收住。

〔亮弦〕

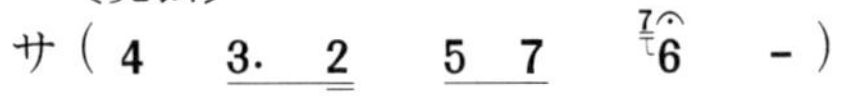

「【小锣凤点头】貂蝉将盘放凳上，站立凳前。

〔西皮摇板〕

貂　蝉

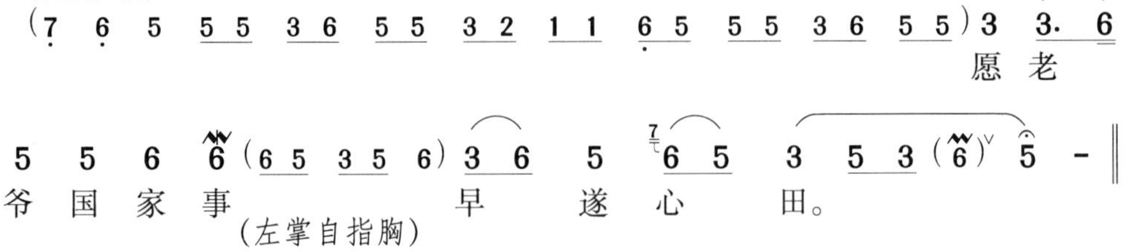

「【纽丝】貂蝉双膝跪凳边，合双掌闭目对月祷祝。

「王允心事重重由“上场门”款步踱至“小边”前，摇头、叹气、抖单袖。

〔西皮散板〕

王允 サ（7 6 6 5 5 3 2 7 6 2 1 －） 3 1 3 2

（按右掌）转 过 了

3 5 3 1 2 2 1 2 1 2 2 （7 6 1 2 －）

荼 蘼① 架 牡 丹 池 畔，（仓）

3 2 1 1 － 6. 2 1 2 6. 2 1 － 3 2 2 1 －‖

信 步 儿 赏 月 光 来 到 花 园。

「王允左转右掌抚髯观看。【撕边大锣一击】（7 6 2 1 －）【双楗凤点头】

（匝 匝 匝） （抖右袖）

见貂蝉对月祷告不解，向外抖右袖。

2 1 2 3 5 3. 2 1 2 1 3 2 1 2 2 －

但 不 知 是 何 人 对（呀）月 长 叹？

（右掌指上方）

「【撕边】（八大仓）【撕边】王允走近台中，右食指捋单绺髯细看。

〔亮弦〕

「（4 3 2 －）

【双楗凤点头】1 3 2 1 1 2. 1 1 2 3 2 1 1 － 6 1 2 2 1 －‖

（抖右袖） 却 原 来我 府 中 歌 姬 貂（哇）蝉。

「【单楗大锣一击】王允背双手站台中清嗽：“嗯哼！”

〔亮弦〕

「（7 6 2 1 －）貂蝉右掌“背供”摊左掌。【小锣凤点头】站起，立在“大边背供”。

〔西皮摇板〕

貂蝉 （过门同前） 5 i i 3 5 7 7 5 6 7 6 6 3 5 6

猛 然 间 只 听 得 有 人 喝 喊，

（6 5 3 5 6 5 3 2 1 1 6 5 5 5） 3 3. 6 5 i

（右转身上步观望，退回，向外拱手） 见 老 爷 发

① 荼蘼：花名。

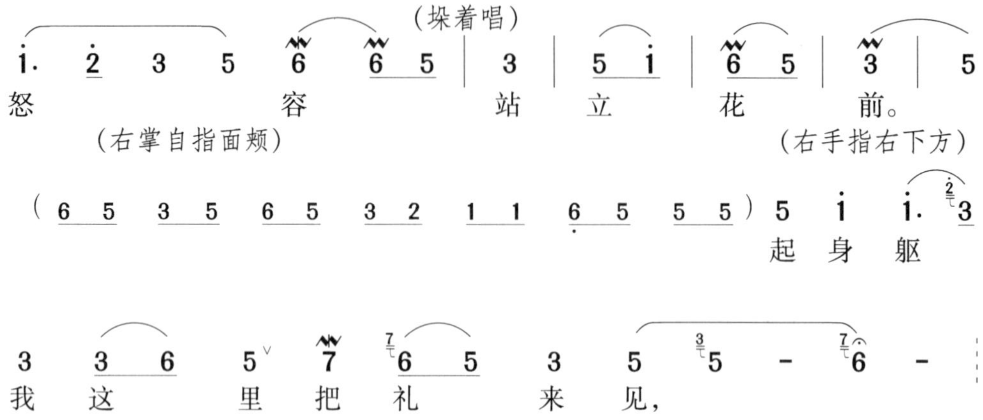

〖【小锣凤点头】赶步向前躬身施礼。

原来是老爷至此，婢子不知，望乞（拱手）宽恕。

王　允　嗯！【小锣一击】大胆貂蝉，想你进得府来（右掌端髯）老夫待你不薄，为何一人在此对月长叹，莫非你有什么私情不成？（左手指貂蝉）【小锣一击】

貂　蝉　（拱手）老爷且莫动怒，（右掌自指胸）容婢子申明肺腑之言。

王　允　（伸左掌示意）起来。

貂　蝉　是。（起身站台中“大边”一侧）

王　允　讲！

貂　蝉　这…… 【大锣叫头】（缓双手、拱手）老爷呀！婢子近日见老爷愁眉不展，想是朝中定有（按左掌向左移）难决之事，婢子又不敢动问，因此来到花园（缓右手指左上方）对月长叹！

〖【撕边大锣一击】王允右掌抚髯、摇头、轻叹。

王　允　女孩之家晓得什么（摊双掌）国家大事之难，（挥左掌）回房去吧！

〖【撕边】【叫头】貂蝉“云手”向外拱手后转向王允。

貂　蝉　老爷！婢子虽是女流（按右掌向右移），颇知大义，想我貂蝉自幼多蒙（拱手）老爷抚养，无以为报，况国家（撒右掌）兴亡，匹夫有责，倘有用（双掌自指胸）我之处，婢子万死（立双掌）不辞！

〖【撕边一击】王允惊异地望着貂蝉，向外“背供”。

王　允　听貂蝉之言，颇含（伸右赞美指）忠烈之性，挽回（按右掌向右移）炎汉社稷，就应在这（左掌“背供”右手指貂蝉）女子的身上。【小锣一击】（转双睛稍想片时，转向貂蝉）貂蝉方才之言可是（摊右掌）真心？

貂　蝉　（摊双掌）焉有假意？

王　允　好，随老夫去到（右手指外）暖阁，有话（左掌指貂蝉）对尔言讲。

貂　蝉　是。

〖【快纽丝】貂蝉从凳上取盘站台中。闭二幕。

「王允上前右手抓貂蝉左腕，二人从“大边”向里走半个小圆场至“小边”台口。

〔西皮散板〕

王　允　（过门同前）サ2　1　2　1　3　2 1　6. 2　1　2　2（7　6. 1　2　-）
我　这　里　挽　貂　蝉　暖　阁　来　进，（仓）

「二幕启。堂桌、“小座”（绿色花桌围椅披）。

「王允挽貂蝉台中进门，貂蝉将盘放桌上站“小边”，王允挖至“大边”，摊双掌。

3　3　1　3　3　2　6 2　1　3　2　1（7　6. 2　1　-）
不　由　我　伤　心　处　泪　洒　衣　襟。（仓）
（拱手）

2　1. 3　2　2　1 5　3　1 2　3　2 1　1　3　2　-
为　国　家　我　这　里　屈　膝　跪（呀）定，

「**【撕边】**（**崩登仓**）王允将髯甩于右臂上，拱手，双膝跪在台中“大边”一侧。**【撕边】**貂蝉大惊，退后，赶步上前双膝跪在台中“小边”一侧。

貂　蝉　（拱手）啊老爷，（伸双掌）快快请起！

「**【双楗凤点头】**貂蝉搀王允站起，二人分站台中。

〔西皮散板〕

王　允　（过门同前）1　3　2 1　1　2　2　6 2　1　-　1　3 2　2　-　1　-‖**【大锣住头】**
望　貂　蝉　快　搭　救　百　万　生（哪）灵！
（按双掌）

貂　蝉　（拱手）老爷，若有用我之处就请吩咐。

王　允　（招右掌）哎呀貂蝉哪！**【大锣五锤】**（抖单袖上步）想我君臣有倒悬之苦，百姓有（按双掌）累卵之祸，非你（摊双掌）不能救也！

貂　蝉　但不知是怎样的（摊双掌）救法呢？

王　允　只因（左手指外）董卓老贼欺君罔上，仗他义子吕布骁勇，老贼久有（右掌自指胸）篡位之心，只是他父子俱是酒色之徒，我意欲用（左手指外）一连环之计！

貂　蝉　（摊双掌）何为连环之计？

王　允　老夫有意将（右掌指貂蝉后自指）你认为我的女儿，先许吕布，然后再献与（左手指外）董卓老贼，你再（右食指向下画圈）从中弄计，使他父子成仇，那时大功必成…… （扬右掌）貂蝉哪！**【大锣五锤】**（右手抓貂蝉左腕二人同上步）若得成功，你算女中（伸右赞美指）英雄了！

「**【撕边一击】**貂蝉右手指右、左手指左，双手胸前交叉，稍想，点头会意，向王允拱手。

貂　蝉　爹爹请上，受女儿一拜！

「**【撕边】【纽丝】**貂蝉台中向王躬身施礼，王允伸双掌搀扶。

王　允　哎，生受你了！

〔西皮散板〕

貂　蝉　(过门同前)サ i　i 3　3 6　5　7　6　3 5　6
　　貂　蝉　施　礼　忙　拜　定，

(6 5　3　3 5　6　-)　3. 6　5　5　3 5　6
　　(仓)　父　女　定　计

(躬身施礼，王允伸右掌)

3. 6　5　-　3　5　6　6　5　-
灭　贼　臣。
(右手指外)

王　允　好哇！

〔西皮散板〕

【双楗凤点头】(过门同前) 3　3　1 5　3　1 2　2 1　1　3　2　-
　　连　环　巧　计　要　谨(哪)慎！
(抖单袖)　(向貂蝉按右掌)

回房去吧！

〔**【纽丝】**貂蝉施礼告别，出门至“小边”回身。

貂　蝉　(过门同前) 3. 6　5　3　i　6　6. 5　5　-　3　-　5　-
　　要　学　西　施　惑　吴　君。
(右手指外)　(立右砍掌亮相)

〔**【扬钹】****【长尖】**貂蝉“上场门”下。王允立桌前转身向外。

王　允　(双掌互击)哎呀妙哇！**【小锣一击】**不想貂蝉(右手指外)小小年纪倒有报国(伸右赞美指)之心，令人钦佩！**【小锣一击】**(右掌扶髯转睛稍思片刻)前者吕布在虎牢关前失落金冠一顶，我不免命人制成(右掌指外)着人送去，(右手指下方)他乃贪利之徒，必然(右手指左)过府相谢，那时我在酒席宴前……(右掌扶髯)嗯！
安排香饵(按右掌向右移)丝纶钓，管叫鳌鱼(右掌点动后指外)自上钩！
〔**【一锤锣】**王允握右袖背手“下场门”下。

第　二　场

〔堂桌、“小座”(红色花桌围椅披)。
〔**【一锤锣】**四兵右“山膀”提甲式“上场门”上“站门”。
〔吕布单手端带健步行至“九龙口”前稍亮。抖双袖，整冠，理流苏穗。前行至中台口抖单袖。**【大锣归位】**

吕　布　(引子)勇冠三军**【小锣二击】**(伸右赞美指)英名(哪)盛，**(大大)**

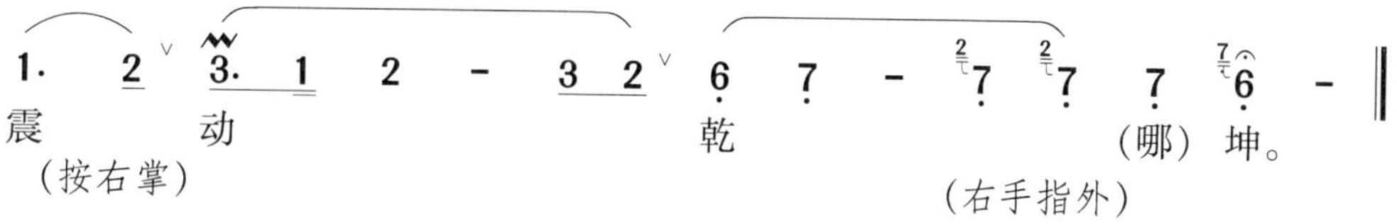

〔【一锤锣】吕布左转归“小座”。四兵归里“站八字”。

〔家院“上场门”上至“小边”台口，二差役抬盔箱笼随上。

家　院　来此已是，门上哪位（向里招手）听事？

兵　甲　（出门站中台口）做什么的？

家　院　烦劳通禀，司徒府差人求见。

兵　甲　候着！

家　院　是。

兵　甲　（进门站“大边”拱手禀告）启温侯，司徒府差人求见。

吕　布　传。

兵　甲　是。（出门）温侯传，小心了！（进门站“大边”原位）

家　院　是。（进门站“小边”向吕拱手施礼）【小锣一击】参见温侯。

吕　布　罢了。来此作甚？

家　院　（向外拱手）奉王司徒差遣，送来紫金冠一顶，还有书信一封，（袖内取信递）温侯请看。

吕　布　呈上来。（“小边”里首兵丁接信递吕布，回原位。吕布右手接信交左手）待我拆开观看！（拆封。起唢呐牌子<急三枪>看信。向家院招手）搭了进来。

〔“大边”兵丙接信放桌上，回原位。

家　院　（向外呼唤）搭了进来！

〔【冲头】二差役抬金冠进门。箱笼放台中，二人两边单手托扁担单腿跪地。【撕边】吕布上前看冠。

吕　布　唔呼呼呀！【大锣一击】果然是宝冠一顶！哈哈哈……收下就是。【大锣五锤】（回“小座”）随人下面领赏。

家　院　谢温侯。

〔【小锣二击】二差役起身抬箱笼“下场门”下，家院随下。

吕　布　哎呀且住！【小锣一击】王司徒真乃（伸右赞美指）趣人也。知俺在虎牢关失了金冠一顶（右手自指头），故做宝冠相送与我，想他如此厚意倒要亲自谢（右手指外）他一谢。嗯，左右！

四　兵　有！

吕　布　打道司徒府（右手指外）去者！

四　兵　啊！

〔闭二幕。

〔【一锤锣】四兵归正，兵甲“下场门”取马鞭复上，中台口带马，吕布拿鞭、挥手，四兵“插门”小圆场转至“上场门”“一条鞭”，【大锣水底鱼】吕布上马随后转至“小边”台口，勒马望台中。同时，“下场门”旗牌上，站“大边”台口，拱手相迎。【大锣原场】吕布回身下马。兵甲接鞭拉马，四兵“上场门”下。

第 三 场

〔【大锣原场】幕启。场上置堂桌、八字椅（玉灰色花桌围椅披）。桌角下放请帖。

旗 牌 （向里抱拳躬身）有请大人！

〔【大锣五锤】王允“下场门”上，至“大边”。

王 允 何事？

旗 牌 温侯到。

王 允 说我出迎。

旗 牌 （向外拱手）大人出迎！（“下场门”暗下）

王 允 温侯在哪里？（边叨念边出门，站中台口“大边”一侧）

吕 布 大人在哪里？（上前至中台口“小边”一侧）

王 允 温侯在……

吕 布 大人在……

王 允 温侯。

吕 布 大人。啊……哈哈哈……

王 允 哈哈哈……

〔【一锤锣】王允、吕布互伸双掌礼让，吕布进门挖至“大边”，王允随后挖至“小边”。二人互拱手、再让。吕入“大边”跨椅，王坐“小边”跨椅。

王 允 温侯驾临，蓬荜生辉。老朽有失远迎，望乞（打开右袖左手扯袖角躬身）恕罪。

吕 布 （拱手）岂敢，蒙赐金冠，壮我雄威，当面（起身打开右袖，左手扯右袖角躬身）谢过。

王 允 （赶步上前双掌搀扶）哎呀呀……微物拜呈，何劳致谢。（二人回座）前者曹、刘兵败，皆温侯之力也！（伸赞美指）

吕 布 哎呀，惶恐啊（立双掌）惶恐！

王 允 备得有酒，请温侯（圈左手做杯状）畅饮。

吕 布 怎么，到此就要（右手指左手）叨扰？

王 允 休得忒谦，（右手指外）看酒！

〔旗牌内白：“啊！”

〔奏膜笛曲牌＜傍妆台＞

〔王允、吕布台中双抖袖整冠、理髯，吕布理穗。同时旗牌托酒具“上场门”上，至“小边”侍立。家院“下场门”暗上，将“小边”跨椅改成“大座”，“下场门”下。

〔王允、吕布同向里躬身行礼。王允回身从旗牌托盘上取酒斗向吕布举斗相敬，吕布打开右袖左手扯右袖角，二人对视，慢步“推磨”，王走外首、吕走里首互换位置。二人同向里躬身行礼，王允将酒斗放桌中，回“大边”。吕布缓头涮翎子，二人再向里躬身施礼。王允打开右袖左手扯右袖角与吕布相视，慢步“推磨”换位，王允走里、吕布走外首。吕布至“大边”后赶步上前，伸手欲与王倒酒，王允忙立掌相拦，回身撤右掌示意旗牌将酒放下。旗牌忙将酒壶放桌中，取两斗分摆在两桌角，拿盘“上场门”下。王允、吕布再向里施礼互让，吕布入“大座”，王允随后归入“大边”跨座。

王　允　（端斗相敬）温侯请酒。

〔吕布举斗，二人同饮，放斗，曲牌止。

王　允　闻得温侯在虎牢关前战败（左手指外）一十八路诸侯，下官只是（右掌自指胸）耳闻，（摆右掌）未曾目睹，今日闲暇（拱手），请温侯赐教一番，（右手自指耳）下官洗耳恭听。

吕　布　噢！（拱手）大人要闻？

王　允　（拱手）请教。

吕　布　（立双掌）不敢，（拱手）大人（右手指外）听哪了！

〔西皮娃娃调导板〕

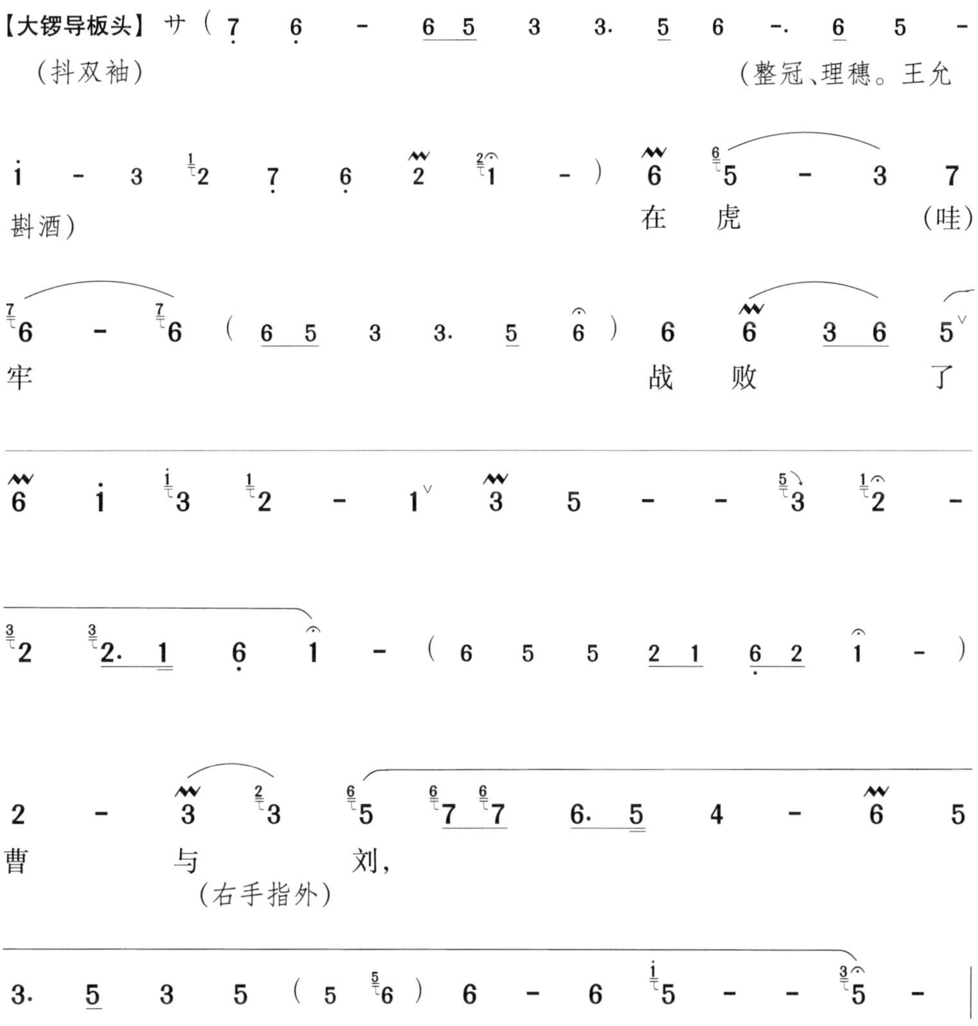

〔【四击头】二人举斗，吕布打开左袖掩斗，王允用掌挡斗共饮，亮斗。

吕　布
王　允　干！【撕边】哈哈哈……

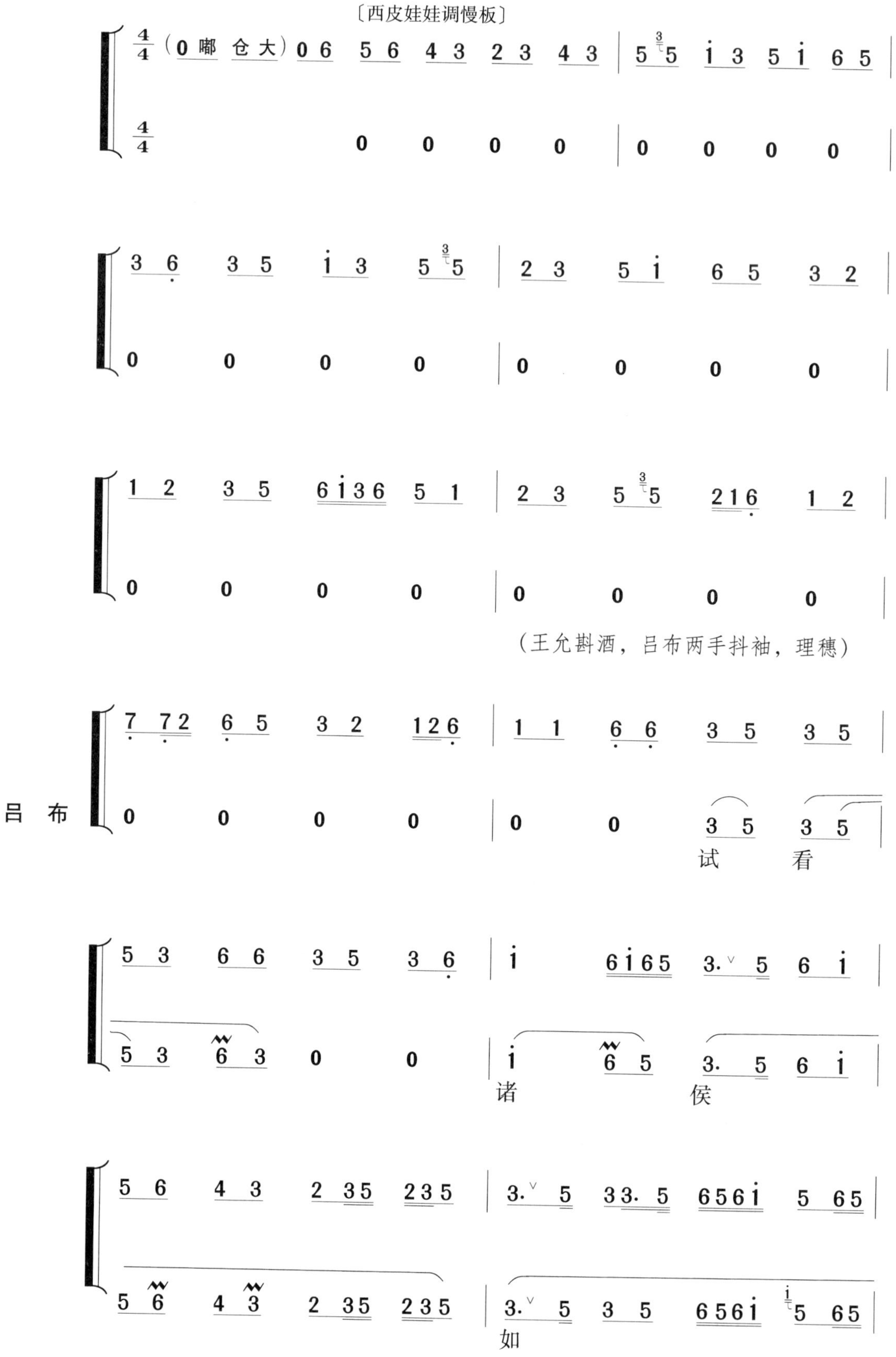
〔西皮娃娃调慢板〕
0 嘟 仓 大
（王允斟酒，吕布两手抖袖，理穗）
吕 布
试 看
诸 侯
如

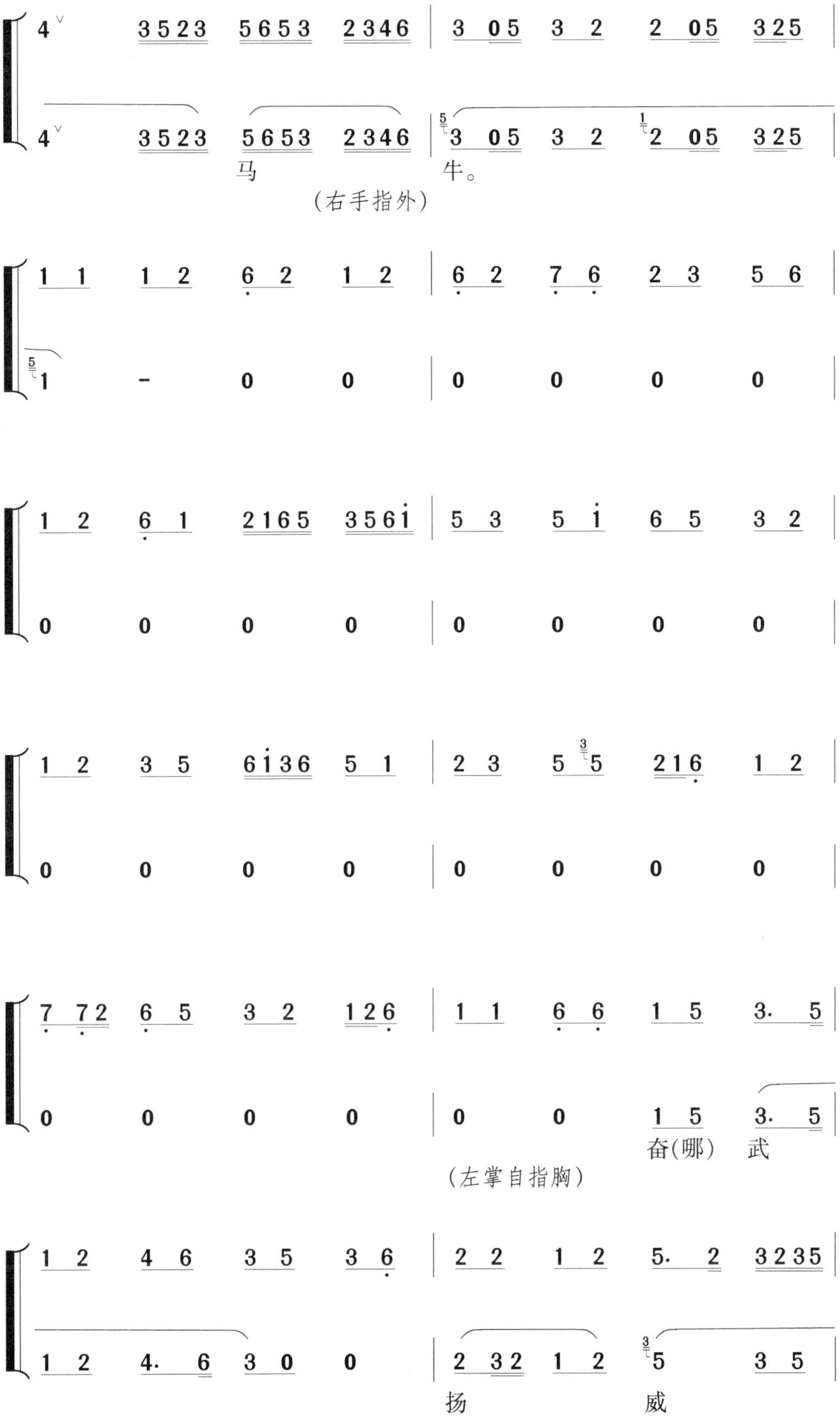
马
牛。
(右手指外)
奋(哪)
武
(左掌自指胸)
扬
威

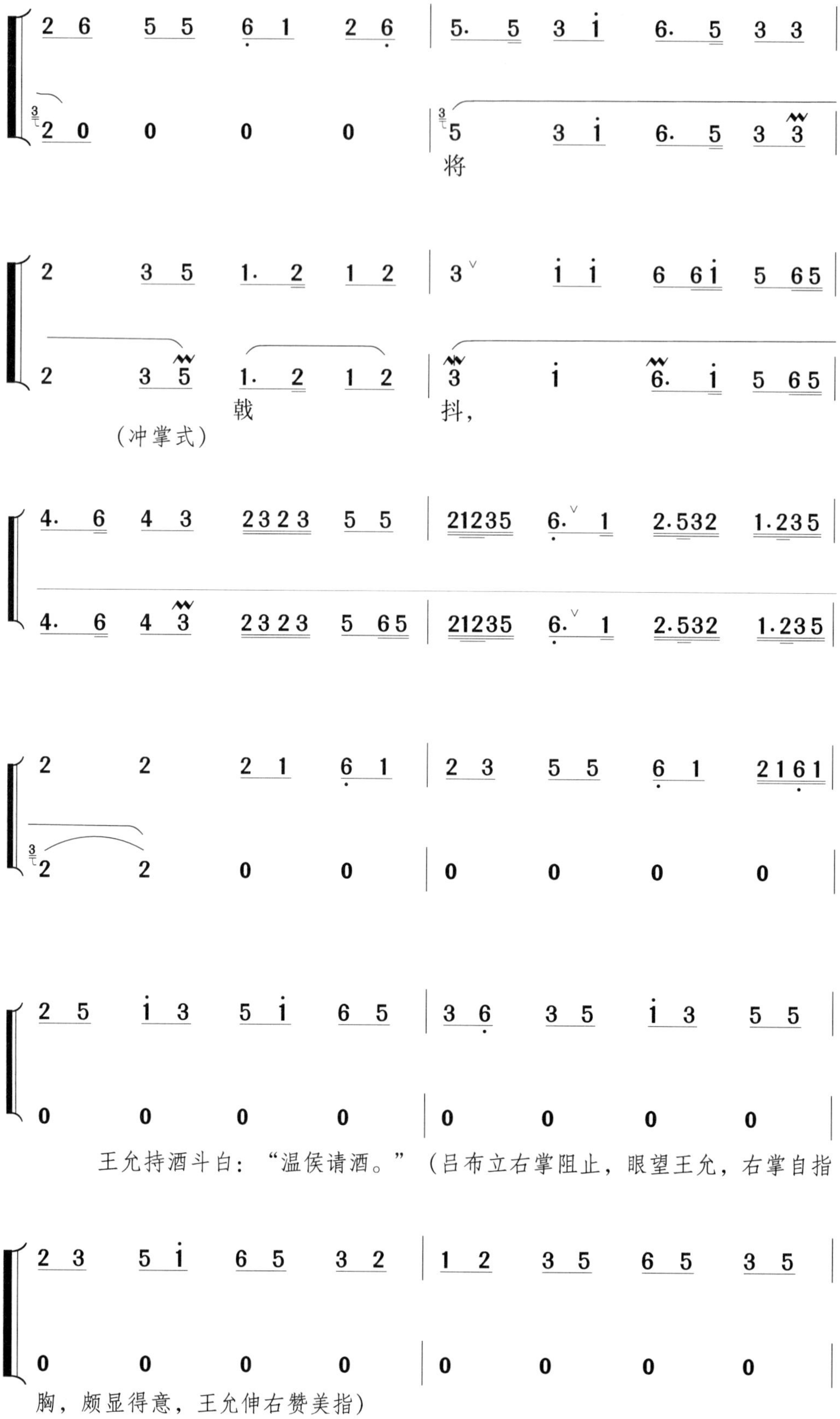
将
(冲掌式)
戟
抖,
王允持酒斗白:“温侯请酒。”(吕布立右掌阻止，眼望王允，右掌自指
胸，颇显得意，王允伸右赞美指)

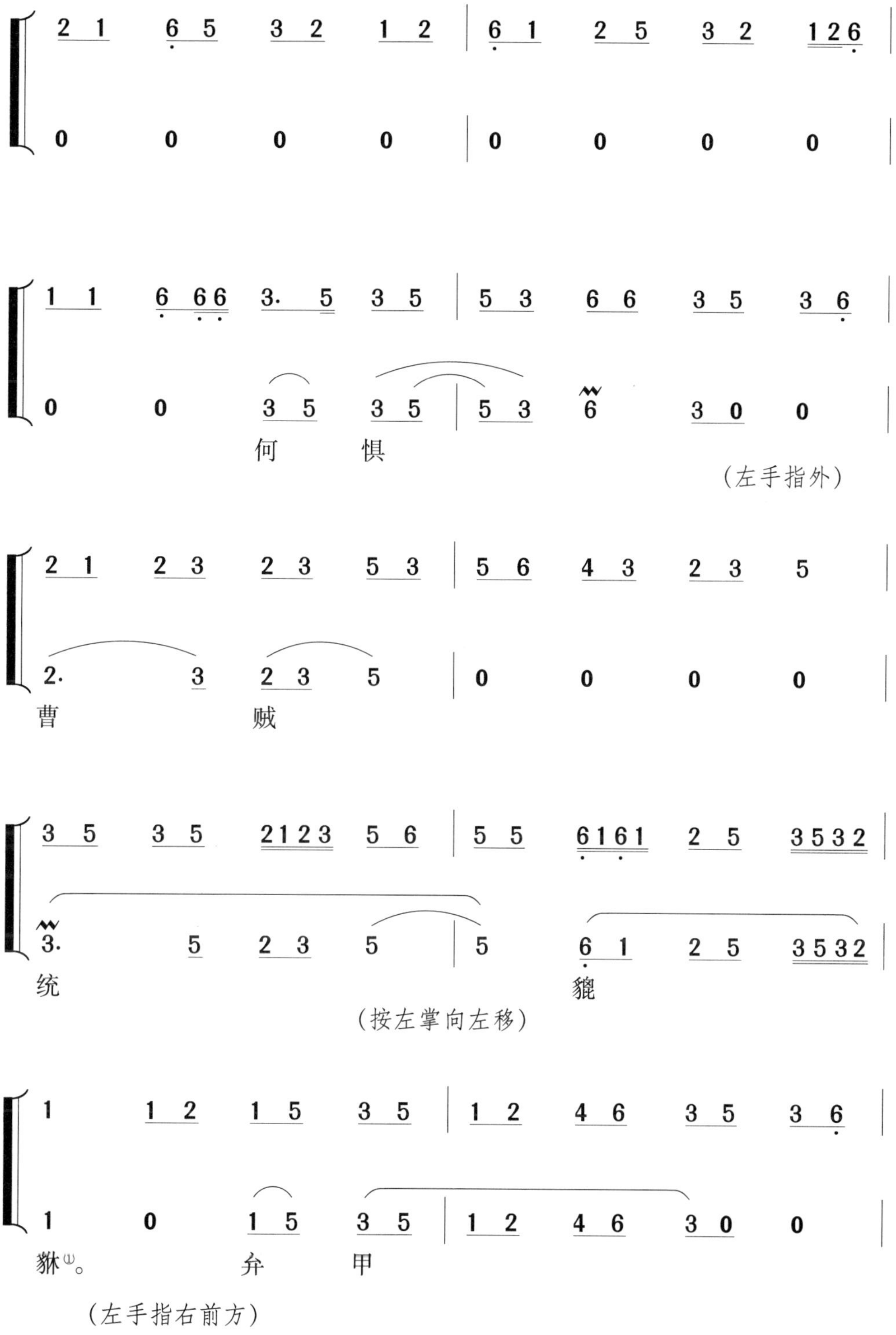

① 貔貅：传说中的猛兽，据说其皮十分坚硬，可用来制作铠甲。在这里“貔貅”指穿着铠甲的将士。

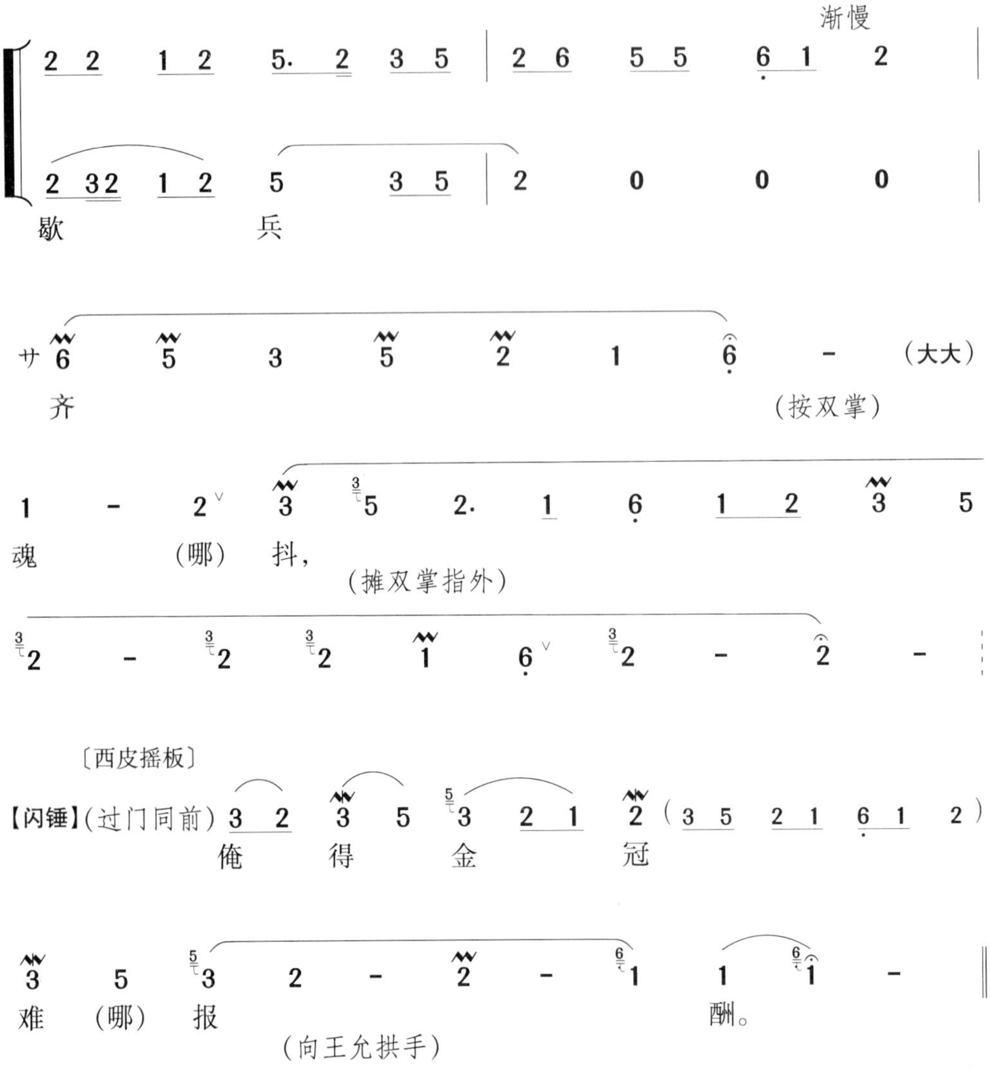

〔【住头】王允立双掌。家院“下场门”暗上，站“大边”。

王　允　（端斗）温侯请。

吕　布　大人请。【小锣一击】（二人举斗共饮）

王　允
吕　布　干！哈哈哈……

王　允　啊温侯。

吕　布　大人。

王　允　前者下官，送去金冠一顶，不知温侯可称心否？

吕　布　（双掌互击）甚好，甚好。但不知此冠是何良工（右手指外）巧匠（右手指左掌画圈）所做？

王　允　（摆右掌）哪里是良工巧匠，乃是小女亲手（右掌轻击桌角）制成的。

吕　布　噢！怎么，是令嫒（双掌互击，右手扯左袖角，左手虚指）亲手制成的？

王　允　（拱手）正是。

吕　布　哎呀呀……世上有这样（向外伸右赞美指）聪明小姐呀！（稍想）啊，小将意欲请小姐出堂(向外拱手)拜谢小姐,不知大人(左掌轻点桌面,摊左掌)你的意下如何?

王　允　啊…… (略显迟疑)

吕　布　哎呀,我(摊左掌)冒昧了。

王　允　啊,啊当得的、当得的、当得的。

吕　布　哈哈哈……

王　允　家院。

家　院　有!

王　允　请小姐出堂。

家　院　是。

吕　布　我冒昧了。

王　允　哈哈哈……

家　院　(至台中拱手)有请小姐出堂! ("下场门"暗下)

〖【小锣抽头】貂蝉"上场门"上,稍亮前行,至"小边"台口。

〔西皮摇板〕

貂　蝉　(过门同前) i i5 7 7 5· 6 7 6 35 6 (65 35 65 32 11)
轻移莲步出兰房,
(右掌自指胸)

i 53 i 63 5 65 3 5 - (65 36 55 32 11) i
怀揣香饵到华堂。含
(右手指台中)

i· 3 36 5 7 76 3 5 - 3 5 - 6 -
羞不语娇怯样,
(右掌自指面)

〖【小锣抽头】王允敬吕布酒,二人以袖遮面共饮。貂蝉进门至"小边"站。王允再为吕斟酒,二人再饮。

〔西皮摇板〕

貂　蝉　i 65 3 5 6 36 5 - 3 5 6 6 5 - ‖
深施一礼站一旁。
(桌角施礼)　(面向吕布退后两步)

〖与上面同时,吕布与王允干杯,发现貂蝉立于桌前,放斗左转身,左手掏翎子、右掌扶椅背亮住。

〖【闪锤】吕布抖双袖回"大座",目不转睛地望着貂蝉。

〔西皮摇板〕

吕　布　【闪锤】(过门同前) 36 5 7 6 57 6 3 5 6 (65
猛然抬头一红粉,

3 5 6 5 3 2 1 1 6 5 5 5）3 6 5 5 3 i
再 与 大
（拱手）

6ᵛ 5 - 3 5 6 5 - 5 - ‖【住头】
人 问 分 明。

啊！大人，（从右侧出桌站台中，左手指貂蝉）这位小姐敢莫就是令嫒？

王 允 呵呵，正是小女。

吕 布 噢！

王 允 啊，（抬右掌）儿啊！（伸右掌指吕布）这就是你在闺中，素所钦佩的（伸右赞美指）吕温侯。（吕惊诧地看王允）来来来，与温侯见礼。

貂 蝉 （躬身）是。（整鬓、拱手）温侯在上，奴家（打开右袖左手抓右袖尖）万福！（眼望吕布慢蹲身施礼）

吕 布 （立双掌）不敢，小将（打开右袖左手扯右袖尖）有礼！（与貂蝉对视片刻，貂蝉以袖遮面，吕猛觉不妥忙转向王允）啊，大人！

王 允 温侯。

吕 布 何不请小姐一同入席同饮哪？

王 允 呵呵，是是是（右手招貂蝉）。儿啊，上前与（右掌指吕布）温侯敬杯水酒，以表你敬爱（伸右赞美指）英雄之意呀！

吕 布 啊，（忙假意伸双掌拦阻）慢来，不敢劳动令嫒。

王 允 啊，当得的。

吕 布 这就不敢。

王 允 当得的。

吕 布 （欲拦貂蝉，貂蝉退后）这就不敢！（转向王允）

王 允
吕 布 哈哈哈……

〖【闪锤】旗牌搬椅由“上场门”上，放“小边”桌旁，由“上场门”暗下。吕布从“大边”椅后入“大座”。王允坐“大边”跨椅。貂蝉至桌前给吕布斟酒后坐“小边”跨椅。

〔西皮摇板〕

吕 布 （过门同前）i 5 7 6ᵛ 6 5 3 7 6（6 5 3 5 6 5 3 2 1 1）
深 感 司 徒 情 义 （呀）大，
（转向貂蝉拱手）

3. 6 5 5 6 i 5. 6 5（6 5 3 6 5 5 3 2 1 1）3. 6
又 蒙 小 姐 美 意 佳。 忙

5 5 7 6（6 5 3 5 6）6 5ᵛ 7 - 6 - 6 -
将 斗 （哇）酒 来 饮 （哪） 下，

〔行弦〕
[（仓大）6 35 | 2/4 6 7 6535 ‖: 6 6 35 | 6 7 6535 :‖ 6̂ － ‖

[吕布端斗欲饮，停杯，与貂蝉对视。

王　允　温侯，温侯，（起身凑近吕布）温侯！

吕　布　啊？

王　允　吃酒。

吕　布　噢，（猛醒）噢！【闪锤】（与王共饮，放斗。王允斟酒）

【闪锤】（过门同前）サ 3 6 5 5 3 i 6 5 6 5̂ －
好 一 美 （呀）貌 女 娇 娃。
（伸右赞美指）

貂　蝉　（拱手）温侯哇！

【闪锤】（过门同前）i 5 7 6 7 6 3 5 6（65 35 65
温 侯 威 名 扬 天 下，
（撒右掌）

32 11 65 55）i 5 6 65 43 2. 3 5（65 36
闺 中 闻 听 常 羡 夸。
（伸右赞美指）

55 32 11 65 55）36 5 7 7 5 － 6
满 腹 情 思

5 6 3 5 － － 3 5 － － 6̂ －
难 讲 话，
（伸双掌）（慢转向吕布）

〔行弦〕
[（台 大）（6535 | 2/4 6. 7 6535 ‖: 6 6535 | 6 7 6535 :‖ 6 0 ）

[与〔行弦〕同时，吕布、貂蝉定睛对视。王允见状“背供”点头，端斗敬酒。

王　允　啊，温侯。

吕　布　啊！（忙端斗）大人请哪！

王　允
吕　布　哈哈哈……（二人同饮）（〔行弦〕止）

[【闪锤】貂蝉左手“背供”将酒倒掉。王允斟酒。

貂　蝉　3. 6 5 6 6 65 5 － 35 3（6）5̂ － ‖
两 腮 红 晕 无 话 答。

〔【长丝头】家院“下场门”上，进门站“大边”躬身禀报。

家　院　启禀大人，朝房有事，请大人即刻前往！

王　允　晓得了。（家院“下场门”暗下）唉！【小锣一击】（起身离座）正在饮酒高兴之际，不想朝房有事，若待前去又不能陪伴温侯饮酒，哎呀呀，这这这……（为难地来回踱步）

吕　布　（从“大边”一侧出桌，从王允身后走至桌前）啊大人！

王　允　啊？

吕　布　既是朝房有事，小将暂且告辞，改日再来（右手端起蟒袍欲走）请教吧？

王　允　啊，（伸双掌拦阻）慢来慢来，哪有不欢而散的（摊双掌）道理呀？（右掌扶髯稍做思考）嗯……哦，哦哦有了，下官去往朝房，就命小女（按右掌指貂蝉翻掌指吕布）在此陪伴温侯饮酒如何？

吕　布　（目不转睛地望着貂蝉）噢！小姐在此啊？

王　允　正是啊。

吕　布　（向王允抖左袖）哎呀！使不得吧？

王　允　使得的。儿啊，为父去往朝房，就命（按右掌指貂蝉）我儿在此陪伴（翻右掌指吕布）温侯饮酒。（貂蝉从吕布面前欲向外走，王允、吕布上步拦，王允假做生气状）嗳！不要这样小家气，想我与（右拇指指吕布）温侯乃是通家之好，有何（摊双掌）不可哇？（拱手）啊温侯，下官（右手指外）去去就回。

吕　布　哦，大人，（右手指外）你去去就（右手指王允）来呀！

王　允　（点头称是）是是是，去去就来，（拱手）告辞了。（上步台中。吕布转身向后）

貂　蝉　啊爹爹！（左掌“背供”，摆右掌）要快些（向王抖右袖）回来！

王　允　我晓得了！（出门站“大边”台口，大声喊叫）家院！外厢备马，外厢备马！【小锣五击头】（边喊边由“下场门”下）

〔吕布双手扶带探身，貂蝉左手扯右袖尖，二人侧耳静听。吕布出门背右手看“下场门”，见王允去远。【小锣一击】吕布喜形于色扬双掌转回，进门见貂蝉呆亮台中，忙收敛笑容稍作整理，上步伸双掌。

吕　布　小姐请坐。

貂　蝉　温侯请坐。

〔【大锣五击】吕布两点翎子，貂蝉入“小边”跨椅；吕布盯视着貂蝉慢步至“大边”跨椅。稍顷，吕看四下无人，起身搬椅欲放至桌前“小座”，再望，确认无人，放椅，搭右腿而坐。

吕　布　（拱手）敢问小姐芳名？

貂　蝉　（右掌自指胸）小字貂蝉。

吕　布　（放右腿探身摊双掌）青春几何了？

貂　蝉　（弓左食指比划九）二九年华。

吕　布　（起身转向外，右食指搬动左手各指数算，伸右食、中二指比做十，再伸右拇、食二指比做八，击双掌。转向貂蝉，两次拉椅凑近坐）可曾适（双手指外）人否？

貂　蝉　这……（轻摇头）尚未（以手掩面转头）。

吕　布　（起身，向外）噢！（面露喜色，转向貂蝉）哎呀青春丽质，怎么错过（摊双掌）佳期？

貂　蝉　（按右掌右移）易经有云：“迟归终吉。”（伸右赞美指）

吕　布　嗳！（转向外）小姐自知“迟归终吉”，你可知（打开双掌）《诗经》有云：（右掌自指面）“窈窕淑女，君子好逑。”（右掌拍肚，右手指貂蝉）

貂　蝉　（拱手）将军言既如此，使奴（右掌自指胸）肺腑洞然。（右掌击左掌）唉！只是未遇（立左掌）英雄耳！

吕　布　（握左袖）英雄么？**【撕边】**唉！**【大锣一击】**（拱手）小姐，想俺吕布自（按双掌）出世以来（两掏翎亮右“顺风旗”），赤兔马踏平天下（双掌互击，冲掌式），画杆戟（抖双袖搭上腕亮斜托掌式）震动乾坤。（抖双袖）俺吕布（抓双袖）可算（背双手）英雄么？！

貂　蝉　（离座，凑近吕拱手）将军么？！

吕　布　（微晃身）嗯……**【撕边大锣一击】**

貂　蝉　可算（按双掌向右移，向左摆双掌）万将无敌，天下第一（举右赞美指）英雄也！

吕　布　噢！小姐既知（右掌自指胸）俺是英雄，（右手指貂蝉）你就该许……

貂　蝉　（摊双掌）许什么？

吕　布　许字（向左“涮翎”在貂蝉面前掠过）啊！

貂　蝉　（拱手）将军乃当世英雄，承蒙（右掌自指胸）不弃，无不乐从，惟愿将军勿使（右手自指头）白头之叹（右手挡面）可矣。

吕　布　（握双袖）哎呀呀！既蒙（拱手）小姐见允，（右掌拍肚）俺焉能负盟，吕布之心情愿（左手指上方）对天一表，（向上拱手）苍天哪！

〔**【闪锤】**握右袖左脚踢蟒、左手抓蟒，跪右腿于台中。

〔西皮摇板〕

稍快

（过门同前）サ 3 6　5　7　6　7　6　6　（6 5　3 5　6）　i

你　我　今　日　结　朱　陈，　空

（伸双食指，向上再合双掌）

6 5　5 7　6 ˅　5. i　6 5　3　5　（6 5　3 6　5 5）　3 6

中　过　往　有　神　灵。　吕

（拱手）　（右手自指胸）

5　5 7　6 ˅　7　6 5　5　3　7　7　2　6　-

布　若　负　貂　蝉　女——，

（右手指貂蝉）

貂　蝉　（凑近吕布摊单掌）怎样？**【单楗大锣一击】**

吕　布　哎！（抖右袖）

〔散板〕

【散长锤凤点头】（过门同前）サ 3 6　5　i　6 ˅　5　-　i　6 5　3　5　-　‖

死　在　千　军　万　（哪）马　营。

（按双掌）

貂　蝉　（拱手）温侯哇！

【长锤凤点头】（过门同前）サ i 5 7 7 5 - 6（6 5 3 5 6 5 3 2）7 6. 3 5 - 5 - 6 -（台大）
蒙君多情奴心领，
（抛右袖给吕，欲走）

（〔行弦〕‖: 6535 | 6 7 6535 | 6 :‖）

〔在〔行弦〕中吕布右手扯住貂蝉右袖尖，左手指貂蝉后自指，再指天地拱手拜。貂蝉抛左袖给吕布欲走，吕布忙抓左袖将其拉回，扯动袖尖使貂蝉也跪于台中。

【小锣一击】

吕　布　（拱手）小姐！

貂　蝉　温侯！（以手遮面）

吕　布　哈哈哈……

〔【散长锤凤点头】王允由“下场门”暗上，至中台口“大边”一侧探身静听。

（过门同前）サ 3. 6 5 6 6 i 5 6. i 5 - ‖
誓愿白头不负盟。
（二人起身）（互搭双臂向里缓）（向外缓双臂）（二人“合扇”向里转身，王允进门站台中）

〔（八大仓）吕布、貂蝉张双臂将王允抱住。

王　允　啊！【撕边一击】（右食指指吕布）你你……（吕退后，王回身点戳貂蝉）（八大仓）你还不回房，还不回房！

〔【小锣长丝头】貂蝉由“上场门”跑下。吕布右手端蟒望着貂蝉远去。王允回身向吕布。

王　允　唉！【撕边一击】（吕布扫兴地退至“大边”）在朋友家中如此地放肆，敢是欺我（双掌互击）王允（摊双掌）不成？

吕　布　（向外摊双掌）嗯……（握右袖逼向王允）这个！【撕边一击】

王　允　（退后两步左手抓吕右腕）温侯。

吕　布　啊！

王　允　（右手指吕布面）你莫非吃醉了吗？

吕　布　啊！啊……（假做省悟）噢……

〔【脆头】吕布装醉向左倒两步。王允“背供”向外嗤笑。

王　允　啊，温侯既然喜爱（右掌指外）小女，下官愿将小女许与（伸双掌指吕布）温侯为婚，如何？

吕　布　（双手抓王允双臂）【冷锤】大人！

王　允　啊？

吕　布　此话（掂着王允双臂）当真？

王　允　当真！

吕　布　好！（将王允一把推后，自退两步拱手）如此，岳父大人请上，（右手握袖，左脚踢蟒左手抓蟒）受小婿一拜！（跪右腿于台中）

王　允　（赶步向前搀扶）哎呀！哈哈哈……【冲头】

吕　布　但不知（按右掌指外）吉期约在（摊右掌）何时啊？

王　允　这吉期么？（右掌扶髯自思）噢，今日是十四日。

吕　布　就是今日吧！

王　允　哎呀呀！（摆右掌）来不及了，来不及了，十五日么……

吕　布　怎么样啊？

王　允　嗯，（右手指外）是个月忌日……（摆右掌）也不好……

吕　布　呃，（摆右掌）月忌也无妨啊！

王　允　啊，也不好，不好不好，一十六日……嗯，十六日乃是良辰吉日。就将（右掌自指胸）小女送（双掌指外）过府去，与温侯（伸双食指）完婚就是。

吕　布　（右手指王允）十六日？

王　允　（点头）十六日。

吕　布　一定？

王　允　一定。

吕　布　有准？

王　允　有准。

吕　布
王　允　啊！哈哈哈……

〔【扬钹】二人同向里抱拳躬身。

吕　布　告辞了！（招左掌）带马！

〔【一锤锣】四兵单“山膀”由“上场门”上，过场，自“下场门”下。兵丁拉马至中台口带马。同时吕布、王允出门站台中，王允上前欲牵马被吕右掌拦回，吕布上马退步，鞭指王允莫要失信，王允拱手、点头，吕加鞭下。

王　允　哈哈哈……（【冲头】进门从桌角下抽出请帖。同时家院“上场门”暗上，站“小边”）家院过来。

家　院　有！

王　允　拿我名帖，请太师过府饮宴。

家　院　是！（接帖欲走）

王　允　啊，转来。

家　院　（退回）何事？

王　允　太师若是不来，就说酒席宴前有（按右掌）歌姬们奉舞！

家　院　遵命！

〔【一锤锣】家院出门，由“下场门”下。王允由“上场门”下。

第　四　场

〔“大边”放斜桌，桌后一椅(红色花桌围椅披），桌上放镜子两面(一大一小）。

〔【撤锣】台上空场。

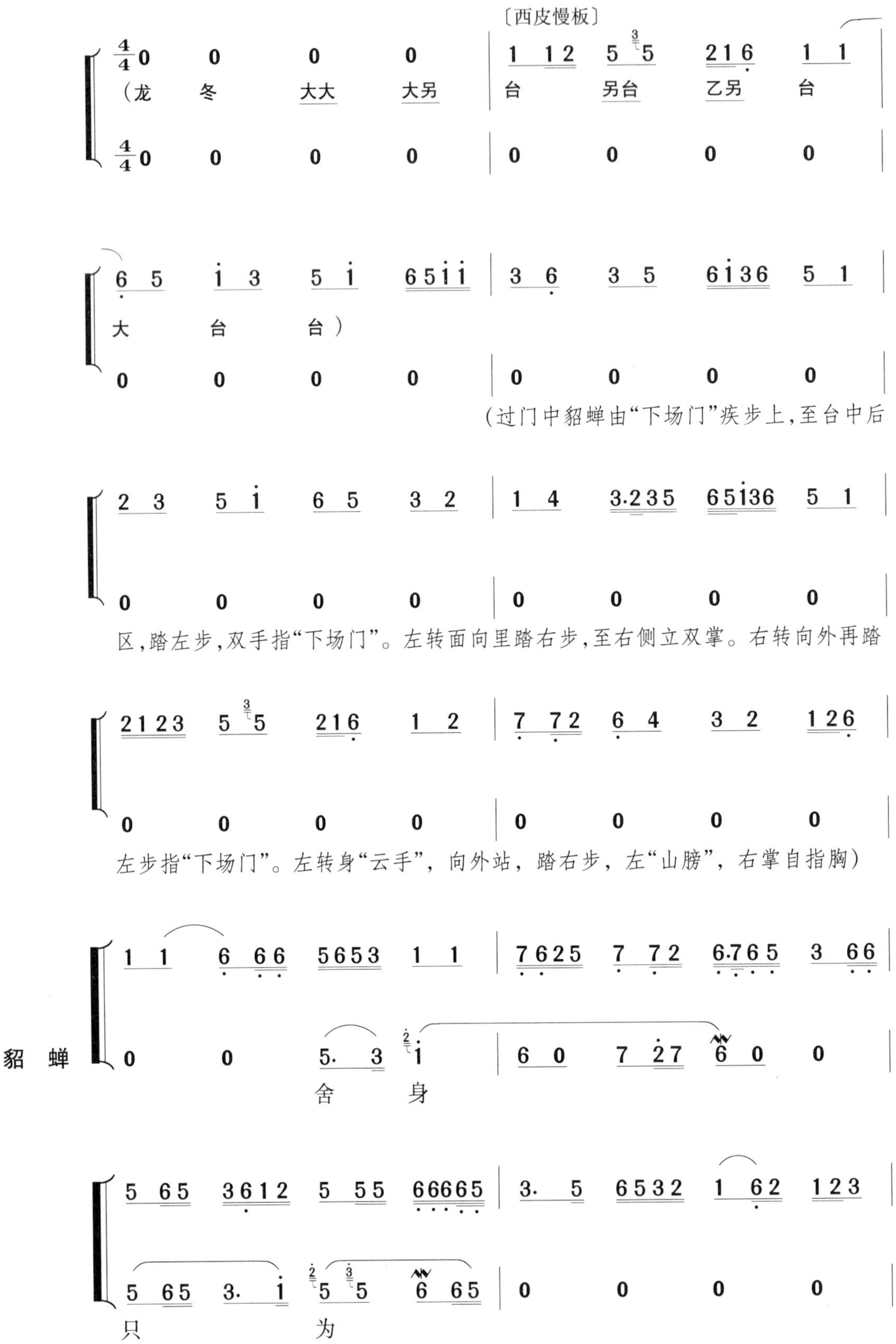
〔西皮慢板〕
（龙 冬 大大 大另 台 另台 乙另 台
大 台 台）
（过门中貂蝉由“下场门”疾步上，至台中后
区，踏左步，双手指“下场门”。左转面向里踏右步，至右侧立双掌。右转向外再踏
左步指“下场门”。左转身“云手”，向外站，踏右步，左“山膀”，右掌自指胸）
貂 蝉
舍 身
只 为

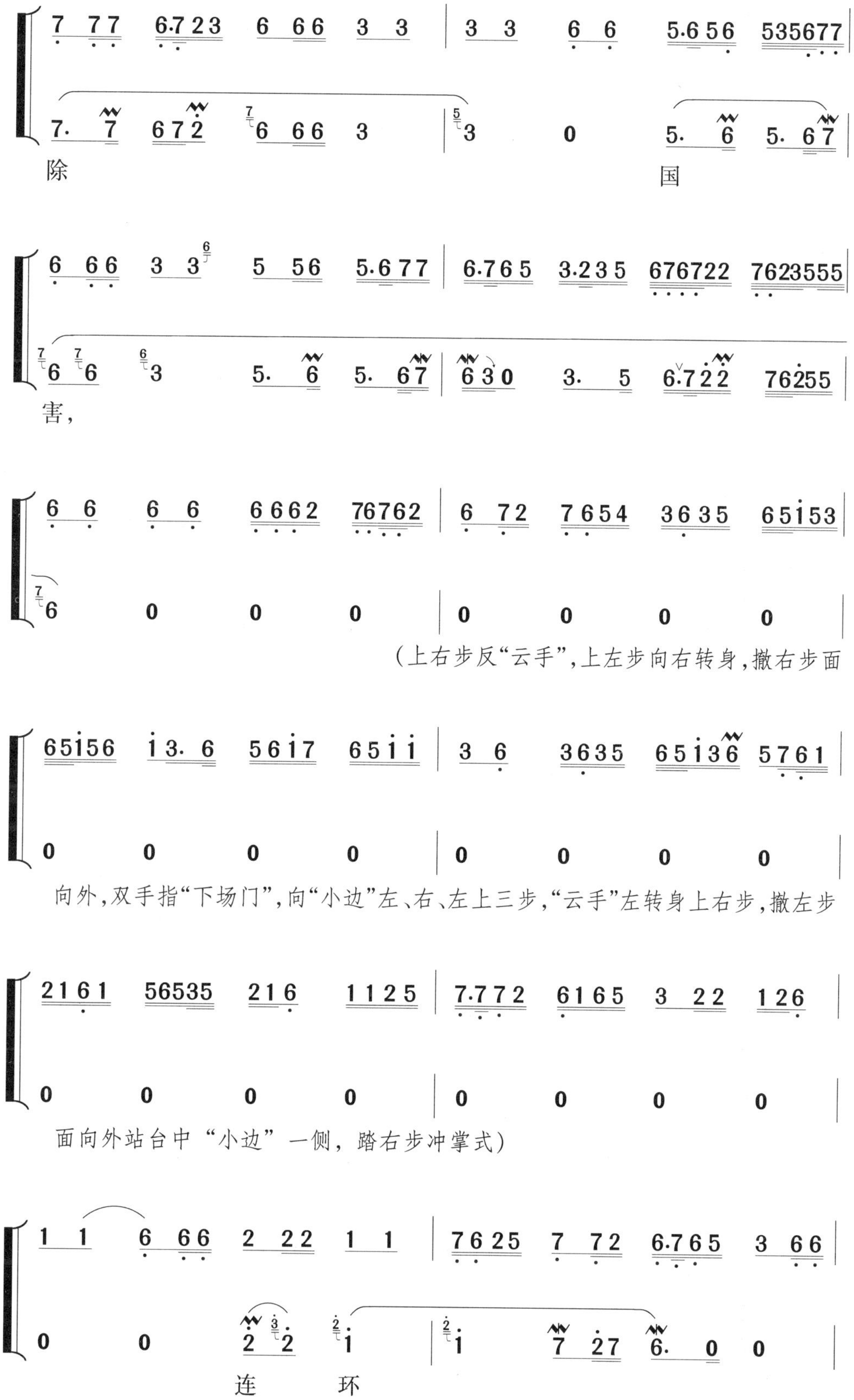
除
国
害，
（上右步反“云手”，上左步向右转身，撤右步面
向外，双手指“下场门”，向“小边”左、右、左上三步，“云手”左转身上右步，撤左步
面向外站台中“小边”一侧，踏右步冲掌式）
连
环

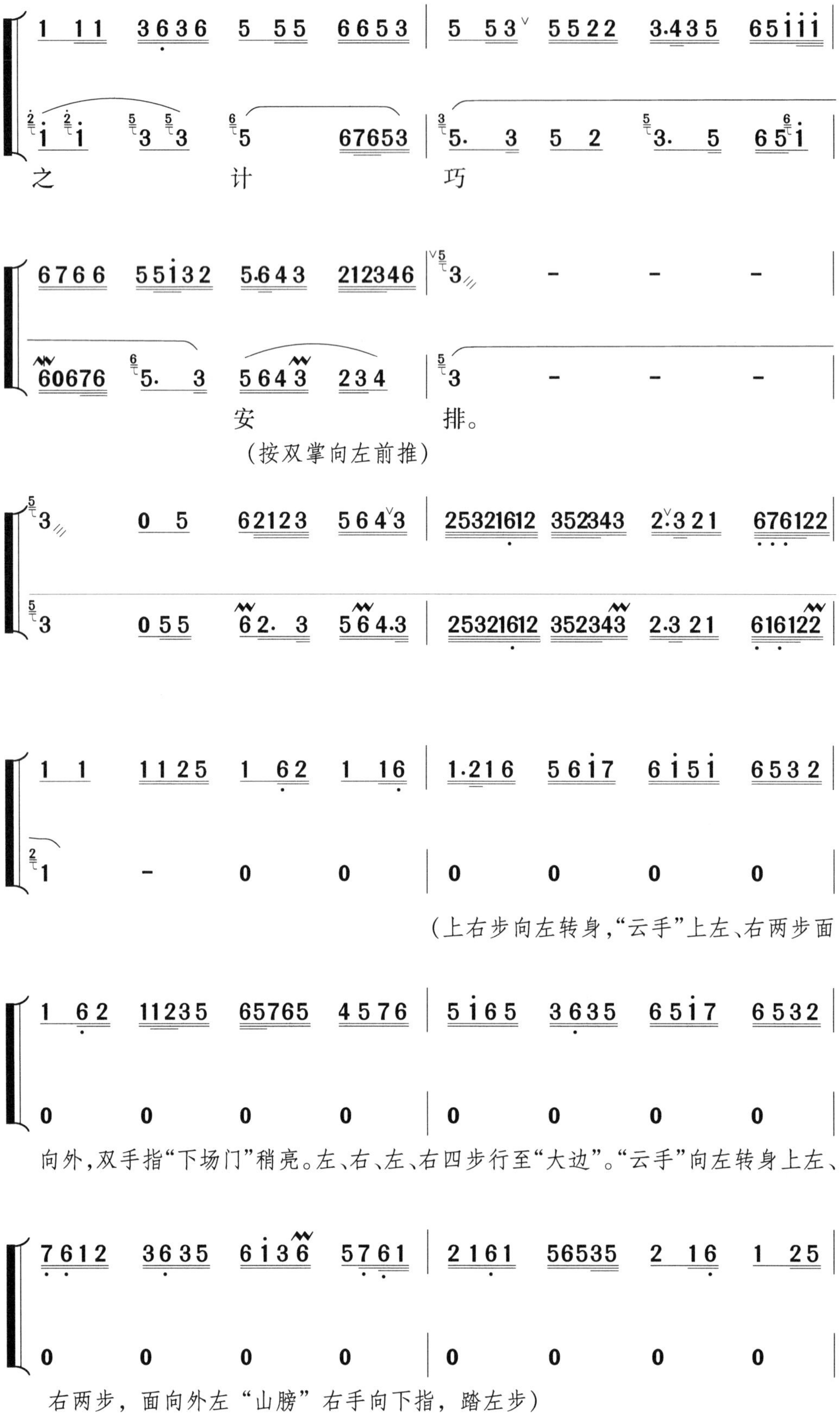
之 计 巧
安 排。
(按双掌向左前推)
(上右步向左转身,"云手"上左、右两步面
向外,双手指"下场门"稍亮。左、右、左、右四步行至"大边"。"云手"向左转身上左、
右两步,面向外左"山膀"右手向下指,踏左步)

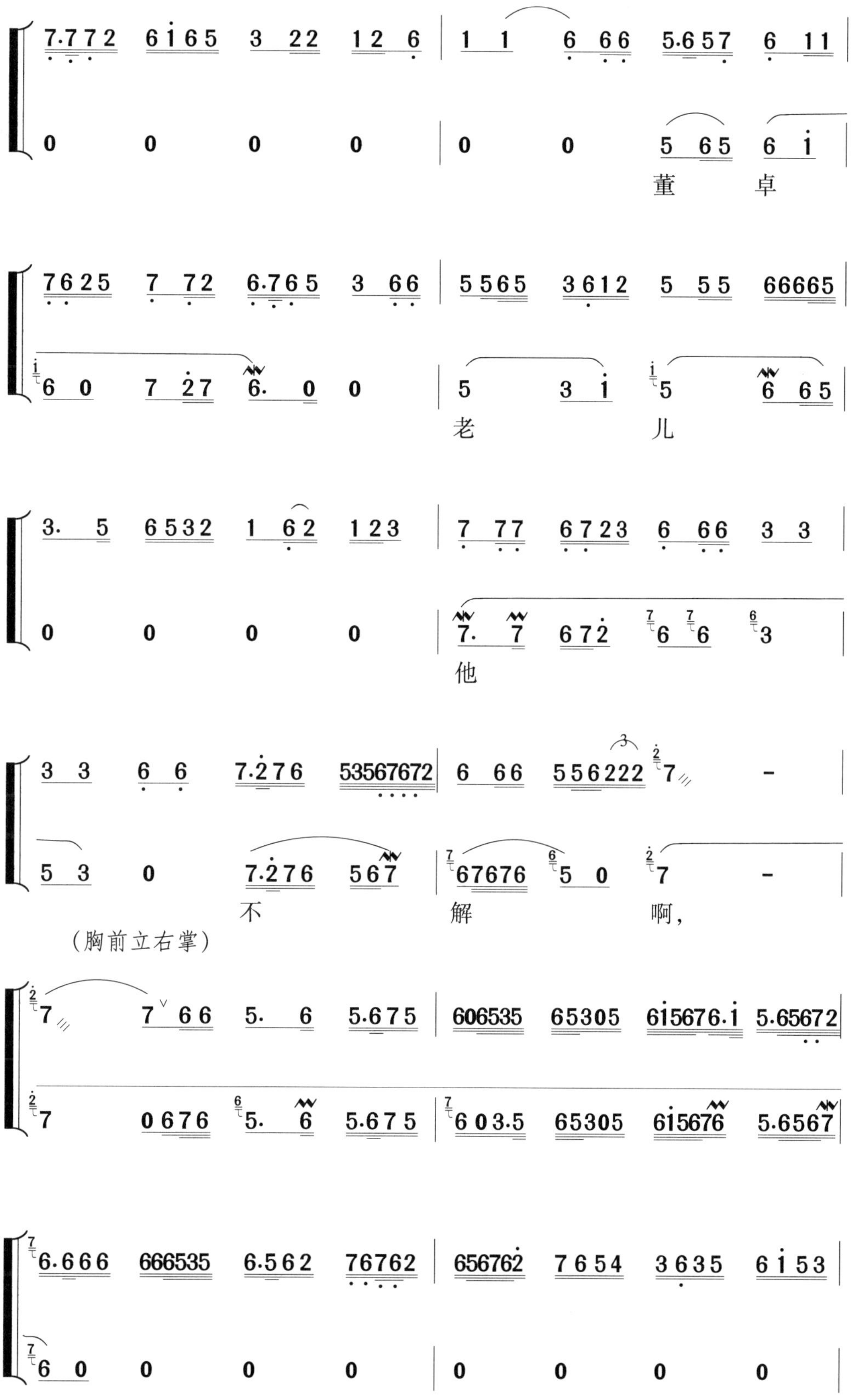

（反"云手"右转身至台中，左手扯右袖尖向外两望，

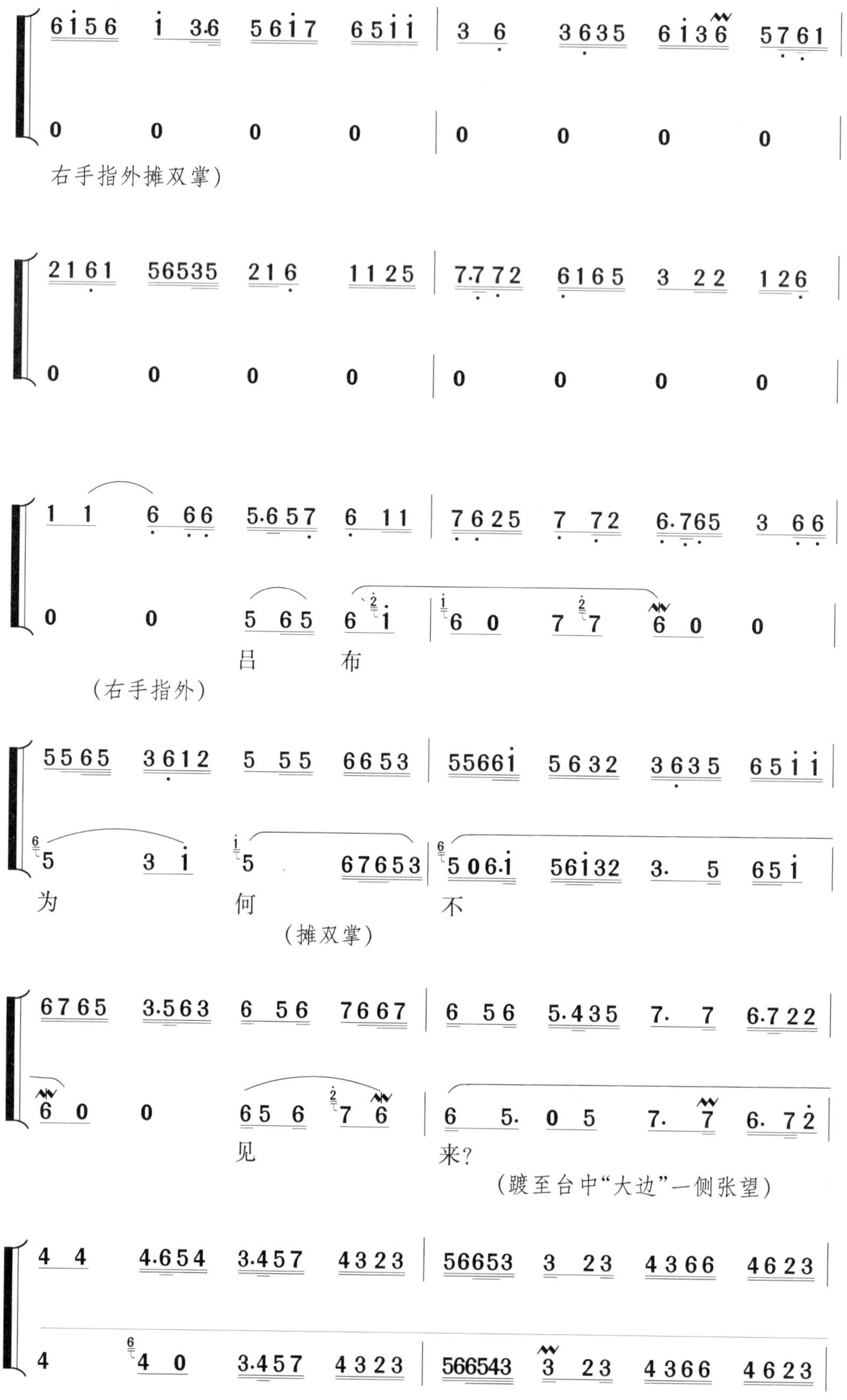
右手指外摊双掌）
（右手指外）
吕
布
为
何
不
（摊双掌）
见
来？
（踱至台中“大边”一侧张望）

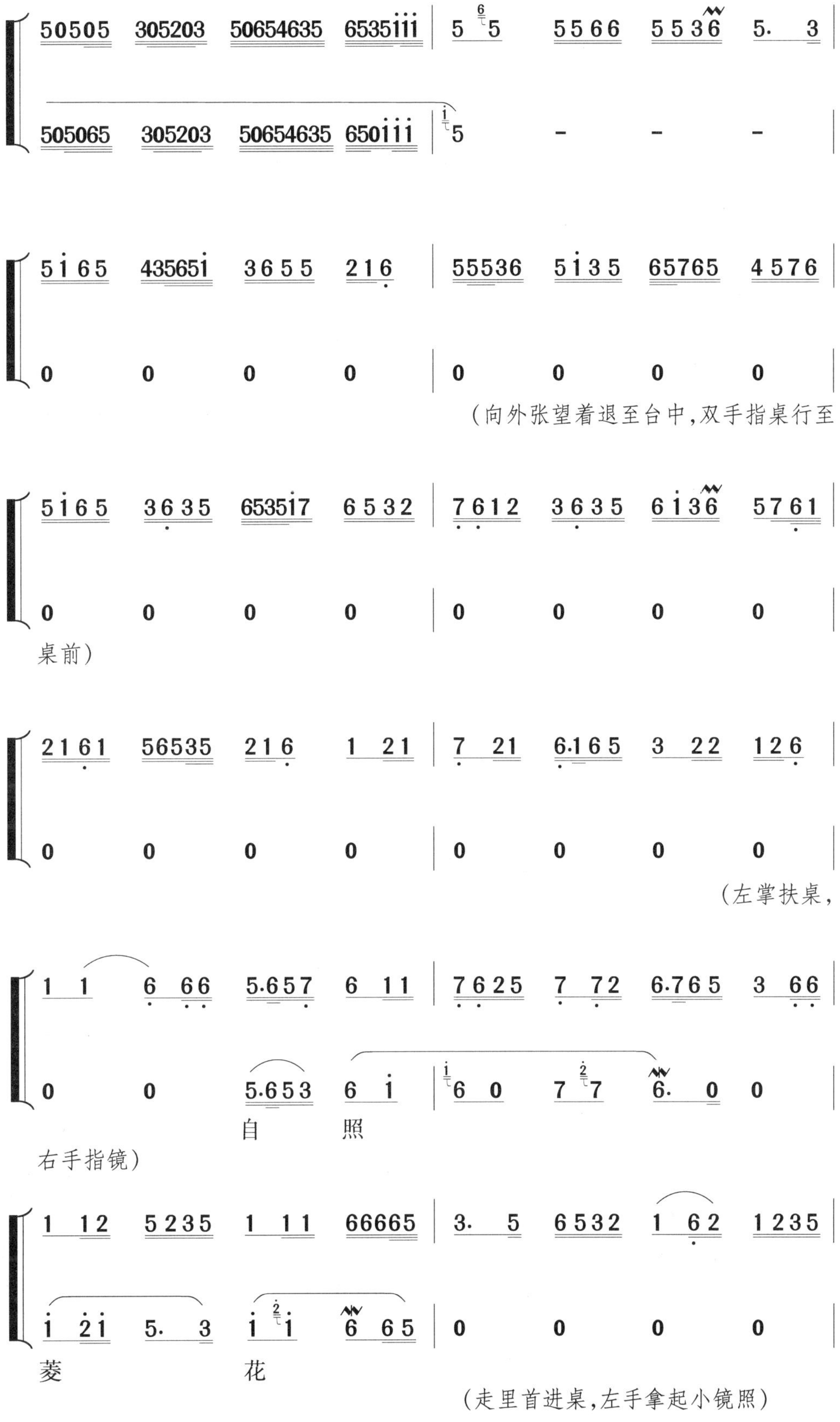

（向外张望着退至台中，双手指桌行至
桌前）
（左掌扶桌，
自
照
右手指镜）
菱
花
（走里首进桌，左手拿起小镜照）

サ 7 6 3 （ 6 ） 5 - 3 5 - 6 -
容 颜 改，

（吕布挎剑随“改”字腔“上场门”右手掏翎疾上，至“小边”向“上场门”望，左手掏翎望台中。同时貂蝉举小镜照头，望大镜看头）

〔**【单槌大锣一击】**吕布握双翎在“小边”左“顺风旗”向外亮住。貂蝉背身看小镜发现有人，一惊。

〔**【单槌大锣一击】**貂蝉扭动小镜观察屋外动静。吕布握双翎向台中张望。

〔**【单槌大锣一击】**貂蝉右手握镜转身向外。吕布握双翎再看“上场门”内。

〔**【单槌大锣一击】**貂蝉右手握镜“背供”，左手指“小边”。吕布左手握翎“山膀”右翎指台中。

〔亮弦〕

サ（ 4 3. 2 5 7 6 - ）**【小锣凤点头】**吕布向四下察看着。

〔西皮摇板〕 〔收头〕

貂 蝉 （过门同前）サ i 6 5 5 6 5 6 5 3 5 （5 5 3 6 5 - ）‖
窗 外 一 人 暗 徘 徊。

（镜放桌上，左掌掩面）

吕 布 （观望四下无人，向台中）嗯哼！

〔**【撕边一击】**貂蝉向“小边”看，掩面。吕布四下观望。吕布扬左掌召唤，貂蝉抬头望。吕布右手指貂蝉后自指。伸双食指，再伸左手指貂蝉，后指“下场门”，双手做捋髯状，后双掌互击，变摊掌。貂蝉右手指吕、后指“下场门”内，双搭袖上腕做搂抱状。吕布摆左掌，右手指貂蝉后摇掌，貂蝉掩面。吕布再扬右掌召唤，貂蝉抬头看，吕右手指貂蝉后自拍肚子、握拳，吕右手指貂蝉、后指外，左手招貂蝉出来，貂蝉招右手示意吕进屋。吕布左手指屋内，摆双掌，伸左掌示意貂蝉到屋外，貂蝉则招吕进屋（如此两番）。貂蝉自指后再指吕，吕布点头称是。貂蝉从里首出桌，望“下场门”，二人小心观察着，（**匝匝匝**）悄悄凑近至台中。

〔董卓内白：“貂蝉！”

〔**【撕边】【嘟仓】**吕布右手掏翎子右转身，面向外右弓箭步，右手举翎，左手扶剑眼望“下场门”亮住。同时貂蝉左转身“云手”，面向外翻左袖“障袖”护头。**【回头】**貂蝉右手指“下场门”再指吕，后立右砍掌，挥右袖示意吕快走。

〔董卓内白：“搀我来！”

〔**【一锤锣】**吕布顿足、扔翎子，左转面向里，左手按剑，右“山膀”亮住，慢步由“上场门”下。闭二幕。

〔貂蝉至台中两翻袖，向“上场门”望去，回头向“下场门”应付着董卓，缓步由“下场门”下。

第五场

〔空场。

〔【纽丝】吕布右手执戟，“上场门”疾步上，至“九龙口”前，举戟提甲式稍亮。缓戟前行至台中，戟倒交左手，右手拉“山膀”，握右拳，戟贴腰亮住。

〔西皮散板〕

吕布 (过门同前) サ i 65 57 6 65 7 6 (65 3 3. 5 6 -)
心中 只 把老 贼 恨, (仓)
(手指外)

3 6 5 53 i 6 5. 3 i 65 5. 3 5 - ‖
霸 占我 妻 灭 人 伦。
(拍肚) (摊右掌)

【住头】(顿足)唉！【冷锤】不想貂蝉果被老贼强占。今日老贼命李儒送来(按右掌向左移)金银财帛，焉能打动(右掌自指胸)我心。且喜老贼(右手指外)上朝去了，是俺偷空回来，不免寻找貂蝉便了！【快纽丝】(拉“山膀”贴腰式)

(过门同前) サ 36 5 57 6 7 6 3 5 6 (65 3 3.5
吉 期不 能遂心 (哪)愿,
(至“大边”台口，拍肚)

6 -) 36 5 5 6 i 56 5 (2 3 6 5 -)
(仓) 枉 在世 上 走 一(呀) 番。 (仓)
(回台中，(按右掌 右手指外)

36 5 7 7 6 (35 6 -) 6 5 - 6 (2 2)
且 寻貂(哇)蝉 去 会 (大)
(向左缓戟横托于右腰间，右“山膀”) (吕面向“小边”亮住。同时貂蝉“下场门”上，站“大边”里首左“顺风旗”，亮背身相)

7 - - 2 - 2 2 6 6 -
面,
(二人随腔各自由里向外挖着走至台中)

〔【撕边】(崩登仓)二人碰面，吕布站“小边”一侧，貂蝉退后向吕拱手，【撕边纽丝凤点头】貂蝉抬右掌“背供”。

貂　蝉　3 6　5 3　i　6 i　5　i　6 5　3　5 ‖
只　见　温　侯　立　堂　前。
（拱手）

〔【冲头】二人凑至台中。吕布按右掌召唤。

吕　布　我妻！

貂　蝉　好难得见你面，先往（双手指“上场门”）凤仪亭等我，（右掌自指胸）我随后就到。此处（摆右掌）不是久谈之地，速速前去（向吕挥右掌）要紧！

吕　布　如此俺先去等你便了。正是！

〔【大锣五击】貂蝉抖双袖后，左袖搭于腕上，右袖搭在左臂上。吕布绶戟，“山膀”拉开。

吕　布　（由下经上向右绶双臂，踏右脚双手指外）将身且入花丛去，（经上向左绶双臂，戟交右手。双指右侧身后）等候玉人（左手掏翎子指外，右手戟旁背）下瑶台！

〔【大锣夺头】吕布嘴叨着左侧翎，踏右脚右手端戟向右翻身，左手握戟旁背，右手掏翎子，右弓箭步向外亮侧身相。貂蝉抖双袖，右袖搭于腕上，左袖搭在右臂上，挥右手向外亮住。

〔（崩登仓）吕布右转面向“上场门”里，胸前按右翎、抬右腿亮背身相。【冲头】吕布“上场门”冲下。貂蝉至台中向右绶双手搭袖两腕上，望吕布远去。

〔【大锣叫头】貂蝉左回身向左，绶双手搭双袖上腕。

貂　蝉　且住！看吕布已去，我不免去到凤仪亭中，用花言巧语蒙哄与他，甘心为我驱使，（左手抓袖，立右砍掌）国贼可除矣！【双楗凤点头】（抖双袖双手指右侧）

（过门同前）サ 3 6　5　7　6　7　6　3　5　6
拂　柳　分　花　将　园　进，

（垛着唱）
3　5　5　6 5　3 5　6　i　-　4　-
救　国　哪　顾　我　女
（随唱节奏向前“大刀花”，左转面向外抖双袖，双搭袖于腕上自指胸）

3.　4　6　6. i　4 3　3 2　3　5　- ‖
儿　身。

〔【一锤锣】抖双袖，翻左袖于头后，反翻右袖上腕放右侧腰下面，向“上场门”内稍亮，快步“上场门”下。

〔【冲头】四大铠手执荷包枪两边上。董卓“下场门”上至台中。

董　卓　适才与（拱手）圣上交谈许久，下得朝来，正在朝房更衣，忽然（摆右掌）不见了奉先。呃……左右！

四大铠　有。

董　卓　你们可曾看见那吕布哇？

吕布与貂蝉

四大铠 回府去了！（八大仓）

董　卓 （惊）哎呀！（挥右掌）速速回府，速速回府！

〔**【一锤锣】**董卓慌忙上轿，大铠甲、乙放轿帘。四大铠“插门”“下场门”下，董卓随下。

〔**【快纽丝】**吕布举戟“下场门”上，至“大边”稍亮。

〔西皮散板〕稍快

吕　布 （过门同前）サ 3 6　5　7　6　7　6　3 5　6（6 5

迈　步　且　把　花　园　进，

（斜垂式执戟，至中台口进门）（边唱边向里小圆场，挖至“小边”。

3. 5 6 －）3 6　5　i　6　5. i　6 5　3　5 ‖

（仓）　只　见　貂　蝉　到　来　临。

左手指“下场门”）

〔**【快纽丝】**貂蝉双袖搭腕上斜托掌“下场门”上，经“大边”至中台口，边唱边经“九龙口”至“小边”。吕布向里走貂蝉背后至“大边”。

貂　蝉 （过门同前）3 6　5　7　6　7　6　3 5　6（6 5　3. 5

故　作　神　慌　将　园　进，

（二人台中碰面，“合扇”向里转身）

6 －）i　6 5　5　6 v 5　6 5　3　5 －‖

（仓）　温　侯　面　前　诉　苦　情。

【撕边叫头】（拱手）温侯哇！

吕　布 我妻！

貂　蝉 （拱手）我父将我许配（左手指吕布）与你，指望是（撇右掌）美满姻缘。谁想太师将我（右手点戳前方）强纳为妾。今日得与（拱手）郎君一诉（右掌自指胸）肺腑，（向吕布伸双掌）哎呀妾死……（抽泣）也得甘心无恨……哪……（哭）

吕　布 **【撕边叫头】**（执戟拱手）小姐！你的心事（右掌自指胸）我早已明白，（摆右掌）并非有意失节，是被（右手指外）老贼（顿足）所占！俺吕布绝不忘你的好心……（执戟拱手）

貂　蝉 **【撕边叫头】**（拱手）温侯哇！（右掌自指胸）妾被老贼淫污，（摆双掌）恨不即死，只因未与（拱手）郎君一诀，故此才（撇右掌）忍辱偷生。幸得今日与君（右掌自指脸）相见，（右掌自指胸）将我心事表明。我乃失节之人，（摆双掌）不堪服侍郎君，惟有（右手指外）一死以明妾志。（拱手）君前途珍重，勿以（双掌自指胸）妾身为念……哪……（以袖拭泪）

吕　布 **【撕边叫头】**（拱手）小姐！（戟倒右手“斜垂式”，左拇指自指胸）俺吕布若不与小姐成亲，非（拍肚）盖世英雄也！小姐（摆左掌）不必悲伤，待我思得良计，你我自有（按左掌点动）团圆之日。（双手执戟护腰式）今日老贼上朝去了，（右手垂提戟）是俺偷空回来，若在此久呆，恐被（左手指外）老贼见疑，小姐保重，（左掌拍肚）俺就此（右转身左手握戟头下，留镈，前行至中台口“小边”一侧，右手指外右弓箭步欲走）去呀也！

〔貂蝉从吕身后绕至台中“大边”一侧，右手抓戟镈，左袖翻于头后。**【撕边叫头】**

貂　蝉　郎君！（左手握戟镈右手指吕布。吕抖头右拳击腿）看你这样惧怕老贼，（右手指左下方）如狼畏虎，恐你我今生永（摆右掌）不能团圆了。（转睛稍思，扬右掌）也罢！**【五击】**（扔戟，翻右袖放头后，搭左袖上腕放胸前。吕布斜垂戟式，摊左掌）我不免投鱼池一死……

吕　布　啊！（忙摆左掌）小姐，不要寻此短见！

貂　蝉　以示我这（抖双袖）痴情也！

吕　布　不要寻此短见，不要寻此短见哪！

〔（**八大仓**）吕布大惊，忙右回身将戟放“小边”。貂蝉双手点戳着吕布。**【快纽丝】**貂蝉左转向里走半圈小圆场至“小边”。吕布摆双掌拦追至“大边”。

〔董卓内喊：“貂蝉！”

〔西皮散板〕稍快

貂　蝉　（过门同前）サ 3 6　5　7　6　7　6　3　5　6（6 5　3. 5　6）

俗　大　英　雄　无　血　性，（仓）

吕　布　（摆双掌夹白）小姐！

貂　蝉　i　6 5　5　3 5　6　6 5　3　5 ‖

投　池　一　死　了　残　生！

（翻右袖放脑后，左袖搭腕上放胸前，冲至中台口）

董　卓　（“上场门”上，至“九龙口”前寻找）貂蝉！

〔**【撕边一击】**吕布追至中台口，摆双掌拦阻。

董　卓　貂蝉！（望“小边”台口找）

〔**【撕边一击】**貂蝉左“障袖”护头，搭右袖上腕右转向里，吕布向里摆掌两拦。

董　卓　貂蝉！（向台中后区寻找）

〔**【撕边一击】**貂蝉左转身面向吕。

董　卓　（看到吕与貂蝉一惊）啊！

〔（**八大仓**）貂蝉向吕布甩出双袖，吕分缓双臂抱貂蝉双臂。董卓颤抖着双手指戳着吕布与貂蝉。

〔（**八大仓**）吕布扯着貂蝉双袖，貂蝉向后退，挣脱双袖。

董　卓　（**八大仓**）（赶至台中右手指吕）他，他、他……（双手点戳貂蝉）嘟，嘟、嘟……

〔**【小锣长丝头】**貂蝉掩面“上场门”跑下。

〔**【撕边八仓】**董卓握双袖背双手立台中“小边”，吕布背双手面向外站台中“大边”，二人怒目而视。

董 卓 你，你……你你你，你不是吕布吗？（左手指吕布）

吕 布 是吕布！【大锣一击】

董 卓 啊！你不随我（按双掌）同朝而归，来到这凤仪亭……（右手指下方）做什么来了（摊右掌）？

吕 布 嗯……

董 卓 （探身相逼）啊？！

吕 布 你……

董 卓 啊？

吕 布 你，你问俺（拍双掌变摊掌）作甚？【大锣一击】

董 卓 （呆愣）哈哈！（左手指吕布）好奴才，好奴才！（招右掌）近前来……

吕 布 啊？

董 卓 有话对你言讲。【撕边】

吕 布 做什么？

董 卓 近前来。

吕 布 做什么，做什么？（二人凑近）

董 卓 （八大仓）好奴才！

〔董卓右手打吕布耳光，二人“合扇”向里转身。吕布面向外，右掌捂左面颊。董卓面向里，抖双袖。

〔【扑灯蛾】吕布右手指董卓举左拳欲打。董卓向右转面，吕布忙收手退回原位。董卓面向外左手指吕，吕布以拳击掌，摊抖双掌。

董 卓 （念白）开言大骂小畜牲，小畜牲！

吕 布 呸！

〔锣鼓接奏，吕向“大边”蹉步、搓掌。董两抖袖向里与吕一挤。

董 卓 （双掌自指胸，念白）戏我爱姬你灭人伦，（右手指下，顿足）你灭人伦！

〔锣鼓接奏，吕布搓双掌、摊掌，向里走，与董两挤。

董 卓 （右掌抚摩胸，念白）怒气冲天我（两握袖晃身）难消恨哪，

〔（乙大大仓）吕布背双手，二人怒目相视，“比粗”。董卓寻找至“小边”右手指戟，拿起。

董 卓 方天画戟我要儿的【大锣收头】命残生！（双手执戟在地上磨戟头）

〔董卓站“小边”台口，左手指“大边”后区的吕布。【乱锤】二人一挤、两挤。董卓在“小边”台口拧戟刺向“大边”后区的吕布，吕布转身左手推戟走外首，二人“过合”，互换位置。吕布双手掏翎别右腿右“顺风旗”，回头望董。二人一挤“过合”，吕布转左手推戟走里首，站台中“大边”一侧，董卓左转站台中“小边”一侧，用戟漫吕头、刺腿，吕跨右腿踢戟，左转身，董卓刺腰，吕布右手抓戟，二人较劲。

董 卓
吕 布 放手！（ 八大台 仓 仓 仓 0 ）（二人夺戟）

董 卓 放手！哎！

〔【撕边八大仓】吕布右脚踹董卓，双掏翎、别左腿左“顺风旗”，亮侧身相。同时

董卓踉跄以戟镈拄地,跪右腿倒在“小边”。【快冲头】吕布“下场门”下。(八大仓)董卓将髯让在左肘上。【撕边一击】按左掌颤抖着望“下场门”,放髯起身。

董　卓　好奴才,你往哪里走!

〔五个【撕边一击】董卓追两步,右回身,戟镈拄地站稳。再望“下场门”,左手点戳着。

董　卓　哪里走!【快原场】(颤悠悠拧戟,“下场门”追下)

〔【水底鱼】李儒“上场门”急上,至台中。(八仓)拳掌相击。

李　儒　不知为了何事,(拱手)太师与奉先争斗起来?不免相劝一番(右手指外)便了!

〔【快原场】李儒右手握袖,左手端官衣,“下场门”急下。

〔【乱锤】吕布“上场门”疾上,至“九龙口”前摊双掌稍亮,前行至台中左转,面向“上场门”。此时董卓拧戟“上场门”追上,至“九龙口”前,二人怒视。李儒“下场门”急上,至台中后区。

董卓执戟与吕布“推磨”,董至“大边”台口,吕转至“九龙口”前,李儒来至吕布身后摆双掌拦阻,被吕布右臂轰开。董卓与吕布“过合”。董左转身刺吕腰,吕布右手抓戟,二人较劲。

董　卓　放手!【软四击】(董、吕二人向左上三步,夺戟)你放手!【软四击】(二人向右上三步,夺戟。【三击】二人原地右、左、右三夺戟)哎!

〔【撕边八大仓】吕布夺戟在手,董卓夺空,白:“唉哟哟”……跪倒台中。吕布右手举戟头,欲戳董,李儒忙上前,右掌护董,摆左掌阻止吕布。

李　儒　哎呀呀!使不得,使不得!(摆双掌拦阻)

吕　布　饶你!【撕边八仓】(掂戟变把,右手斜提式,亮侧身相)

〔【快冲头】吕布“下场门”冲下。闭二幕。

〔李儒看吕布去远,回身上前将董卓搀起。

董　卓　哎!(抬左掌左转身将李儒按在地上)

〔(八大仓)董卓将李儒骑在胯下,(八大仓)举右拳打,(八大仓)举左拳打。

李　儒　哎呀,是我呀!

董　卓　我打的就是你!呸!嘿!(八大仓)(拳击李儒)

李　儒　哎呀!我是李儒。

董　卓　(手指下)我打的是吕布!【撕边一击】(拳击李儒)

李　儒　唉!我是李儒哇!

董　卓　啊!?

李　儒　李儒哇!

董　卓　是哪个?(双手搬扭李儒头细看)哎!【撕边八仓】(起身站台中“小边”一侧,李儒站“大边”一侧)我都被他们……把我气糊涂了!

李　儒　是呀,(右手捂腰)我也被你打坏了哇!

董　卓　唉!搀我回去,搀我回去,气死人也!

〔启二幕。台中置红大帐(“大边”一侧帐杆挂宝剑),帐前一椅(红色椅披)。

〔【五击】二人进门。李儒搀扶董卓入座后站“大边”。

李　儒　(拱手)啊,太师,为了何事与奉先(摊双掌)争斗起来?

董　卓　(按左掌,喘着粗气)听我慢慢地对你言讲。

李　儒　是是。

董　卓　（右手指外）可恨吕布这个畜牲，他屡次三番调戏（右掌自指胸）我的爱姬貂蝉，全不念（伸右食指）一点父子的名分。我恨不得将他（立右砍掌）碎尸万段，方消我（右掌自指胸）心头之恨！嗯！（用右袖扇着）

李　儒　哎呀！我当什么大事，原来是一桩小事啊。

董　卓　啊！小事？此事还小么？（右手点戳李儒）哎呀你荒唐，你荒唐！

李　儒　啊太师，那吕布既爱貂蝉，就把貂蝉送与（右手指外）吕布也就是了。

董　卓　啊！怎么，叫我将貂蝉送与那吕布？

李　儒　是啊。

董　卓　噢，（斜视李儒）你怎么不将（左手指李）你的老婆送与（左手指外）那吕布哇？

李　儒　（面向外右手自指鼻）我的老婆？

董　卓　啊！（转向外）

李　儒　啊，（向董卓抱拳躬身）岳父！

董　卓　（看李儒方醒）嘿！哎呀，我都被你们把我气糊涂了。我的闲事你要少管，你呀，（将李儒推出门去）与我出去！**【小锣一击】**（摔右袖）岂有此理！

李　儒　（摊双掌）哎呀完了！**【小锣住头】**（“下场门”下）

董　卓　气煞人了，气煞人了！嗯，貂蝉、貂蝉，貂蝉走来！哼！

［**【小锣抽头】**董卓坐椅上用袖呼扇着。貂蝉“上场门”走上，站“小边”台口。

〔西皮摇板〕

貂　蝉　（过门同前）

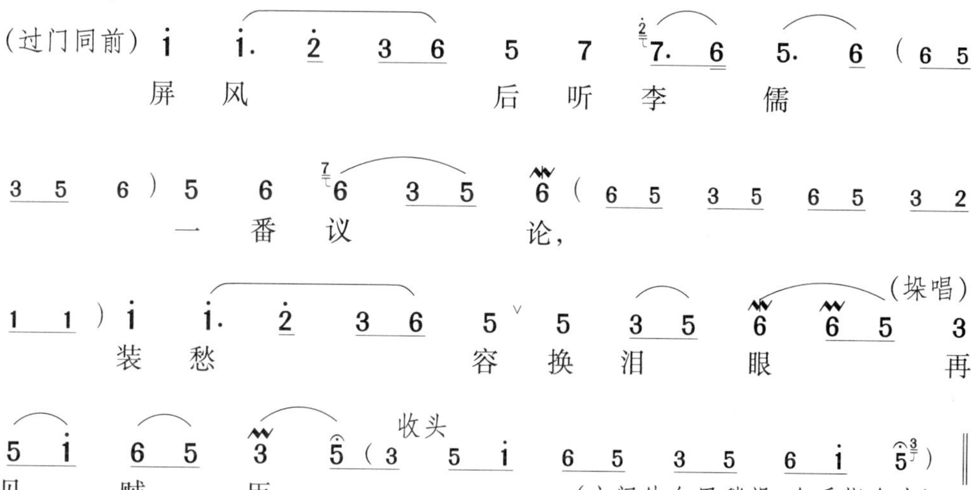

（立门外向里稍望，右手指台中）

（进门双“障袖”护头）喂呀，太师呀……（行至董卓右侧）

董　卓　（右手指貂蝉）嘟！**【撕边一击】**胆大貂蝉竟敢私通（左手指外）吕布，还不与我（向貂蝉摔右袖）讲！

貂　蝉　哎呀（拱手）太师呀！只因太师上朝，（右掌自指胸）一人在房甚为寂寞，去到（右手指外）凤仪亭中散步。忽见吕布走入园来，（右手自指胸）与我讲话。

董　卓　（语气稍缓）你既见（左手指外）他到来，你就不会（摆动右手指向左）躲避出去吗？

貂　蝉　（击双掌）是呀，妾身前者已看出此人行为（摆右掌）不正，一见他来，赶快（撤右掌）躲避。不想那吕布（右掌自指面）满脸笑容，将我拦住。他言道：“我乃

（拱手）太师之子，何用回避？”一手将我扯住…… （右手扯董卓右袖拉出）

董 卓 （起身向外呆愣）啊！（摊左掌问）便怎么样呢？

貂 蝉 欲行（扔董卓右袖，面向外）无礼！

董 卓 （转向外）哎呀呀呀…… （左手指外）好一个可恶的奴才，好一个可恶（顿足）的奴才！嗯，这个后来便（凑近貂蝉）怎么样呢？

貂 蝉 妾身见此情景不对，他又是个武夫，恐怕难逃贼手，甩开衣衫（双手指外）欲投池自尽，不想被他（双搭袖上腕抱肩）抱住……

董 卓 哎呀，又便怎么样啊？

貂 蝉 正在难解难分时节，恰巧太师走入园来，才救了（走近董卓右掌自指胸）妾命。反说我与吕布私通，哎呀，真真的冤枉死妾身了……哇……（以袖掩面，背身而立）

〔**【小锣一击】**董卓稍想片时，愧疚地坐椅上。

董 卓 哎好了好了，好了好了。那吕布他既然（右手指貂蝉）爱你，（右掌自指）老夫就将你许配与那（望着貂蝉左手指外）吕布！（**【大锣一击】**貂蝉向下扔双袖，向外呆立）你二人（伸双食指）郎才女貌，胜似（右掌自指）老夫（摊右掌）多矣！

〔**【撕边叫头】**貂蝉在“小边”经外再回董卓右侧，小圆场，反搭双袖上腕、拱手。

貂 蝉 太师呀！太师因此小节疑惑（右掌自指胸）妾身，（扬右掌）也罢！（**【五击】**左手指大帐上挂的宝剑）不如死在（拱手）太师面前，以报恩情也！**【快纽丝】**（抖双袖）

董 卓 （摆右掌）不要如此，不要如此！

〔貂蝉至台中面向董卓躬身施礼。

〔西皮散板〕

貂 蝉 （过门同前）サ i̇ i̇ 3 3 6 5 7 6 3 5 6（6 5 3 3. 5

用 手 扯 下 青 锋 剑，

（左转身奔向大帐上挂的宝剑）

6 -）3 6 5 i̇ 6 5 6 5 3 5 - ‖

（仓） 玉 碎 香 销 报 恩 情。

（拔剑至台中，出剑欲自刎）

董 卓 （**八大仓**）啊！（赶上前，左手抓住貂蝉右腕）

嗳！**【撕边一击】**嗳！（右手与貂蝉争夺手中剑）嗳！（**八大仓**）哎哟！（貂蝉握剑向外欲走）（**八大仓**）哎哟！哎！（董卓将剑夺下，**【撕边一击】**董卓右手反握剑立台中。貂蝉右手“背供”）这个妇道人家（左手指右手剑）拿刀动剑，这还了得！

〔董卓将剑放椅后。貂蝉双“障袖”护头。**【小锣一击】**

貂 蝉 喂呀……太师呀…… （扑向董卓）

董 卓 （将貂蝉抱于怀中）嗯！嗨嗨嗨……哈哈哈…… （右掌拍貂蝉左臂）哎呀，不要啼哭，不要啼哭！嗯，老夫适才的言语么，乃相戏尔。（貂蝉离开董卓背身而立）唉！那李儒劝我（右手指貂蝉再指外）将你许配与那吕布。看将起来，那李儒的言语我是（摆左掌）不能听信的了。（转向外）

貂 蝉 李儒…… （右手指外）

董 卓 嗯。

貂　蝉　（稍想）哦，我明白了。想那李儒与吕布（伸双食指）十分交厚，才劝太师将奴许配那吕布。（左手点戳外）李儒呀李儒！你只顾（伸双食指）朋友之情，连太师（双掌指董卓脸）的脸面都不顾了。我恨不得（右手指外）食尔之肉，方消（右掌自指胸）我心头之恨……哪……（以袖掩面）**【小锣一击】**

董　卓　哎，（凑近貂蝉，双掌安抚）你怎么又来了，你怎么又来了！嗯，老夫方才言过，从今以后（行至台中摆右掌）我不听信他们的言语，嗯可也就（摊双掌）完了哇！

貂　蝉　（双掌自指胸）依妾身之见（凑近董）此处不可久居，恐被吕布、李儒（双手指下）所算。

董　卓　（左掌扶髯稍想）嗯，好！你且随我去到郿坞住上几日，命李傕、郭汜保护前往，（右手指外）料那吕布他不敢跟踪前去，嗯（摊双掌）也就完了。啊，嗯嗯，后面（按双掌）备酒，我与（左掌指貂蝉）美人压惊，啊，（双掌指貂蝉）与美人压惊。随我来呀，（抬双掌）随我来呀！（貂蝉抽泣着）哼哼哼……哈哈哈……

「**【一锤锣】**董卓凑近貂蝉双手搀扶着。右掌拍抚着貂蝉，二人“下场门”下。

第　六　场

「台中后区置高台山片，两侧放台阶。

「**【冲头】**吕布双手撑褶，站高台瞭望。

「奏唢呐曲牌 <小傍妆台>

「四大铠执荷包枪“骨牌对儿”“上场门”上，过场，“下场门”下。李傕、郭汜执马鞭随后下。董卓执马鞭上至“九龙口”前稍亮，身后站伞夫执伞盖。董卓行至台中，加鞭打马款款走下。四丫环分抱朱杆玉戚、笙等“骨牌对儿”过场下。貂蝉乘车行至“大边”，右转回身看吕布。**【撕边一击】**吕布招左掌左手指貂蝉后指外，右掌拍肚，摊双掌。貂蝉右手指吕布，做拔剑式，**（八仓）**立右砍掌。吕布点头会意挥左掌，貂蝉左转“下场门”下。曲牌终。

「**【快冲头】**吕布从“小边”一侧下台阶，冲至中台口。王允随后上，至“小边”，在吕布身后静观。闭二幕。

「**【撕边一击】**吕布搭右袖上腕向“下场门”望。**【撕边一击】**反搭右袖上腕向外亮。**【撕边八仓】**握双袖背双手亮住。

王　允　（上至中台口，左掌拍吕布右肩）温侯！**【撕边一击】**太师驾转郿坞，温侯为何在此（摊双掌）长叹哪？

吕　布　（右手指王允）为你女（右手指外）貂蝉尔。

王　允　怎么太师还不曾与你们（伸双食指）完婚吗？

吕　布　哎呀！**【撕边一击】**（转向外右手指外）老贼已纳为己妾（摊双掌）了哇！

王　允　（右掌扶髯）噢！有这等事？请到（右手指外）舍下一叙。

吕　布　请！（二人互拱手）

「**【水底鱼】**王允右手端蟒右转向里，小圆场，领吕布转至“大边”台口。

「启二幕。场上放堂桌、八字椅，“小边”跨椅后放一椅（绿色花桌围椅披）备用。

「二人进门，王允挖至“小边”，吕布至“大边”。二人拱手互让。**【五击】**吕布坐“大边”跨椅，王允坐“小边”跨椅。

王　允　啊，（拱手）温侯，可曾见着（摊右掌）小女？

〔【单楗大锣一击】吕布回想前事右拳击左掌。

吕　布　唉！（拱手）大人哪！（抖右袖起身。二人分站台中两侧）

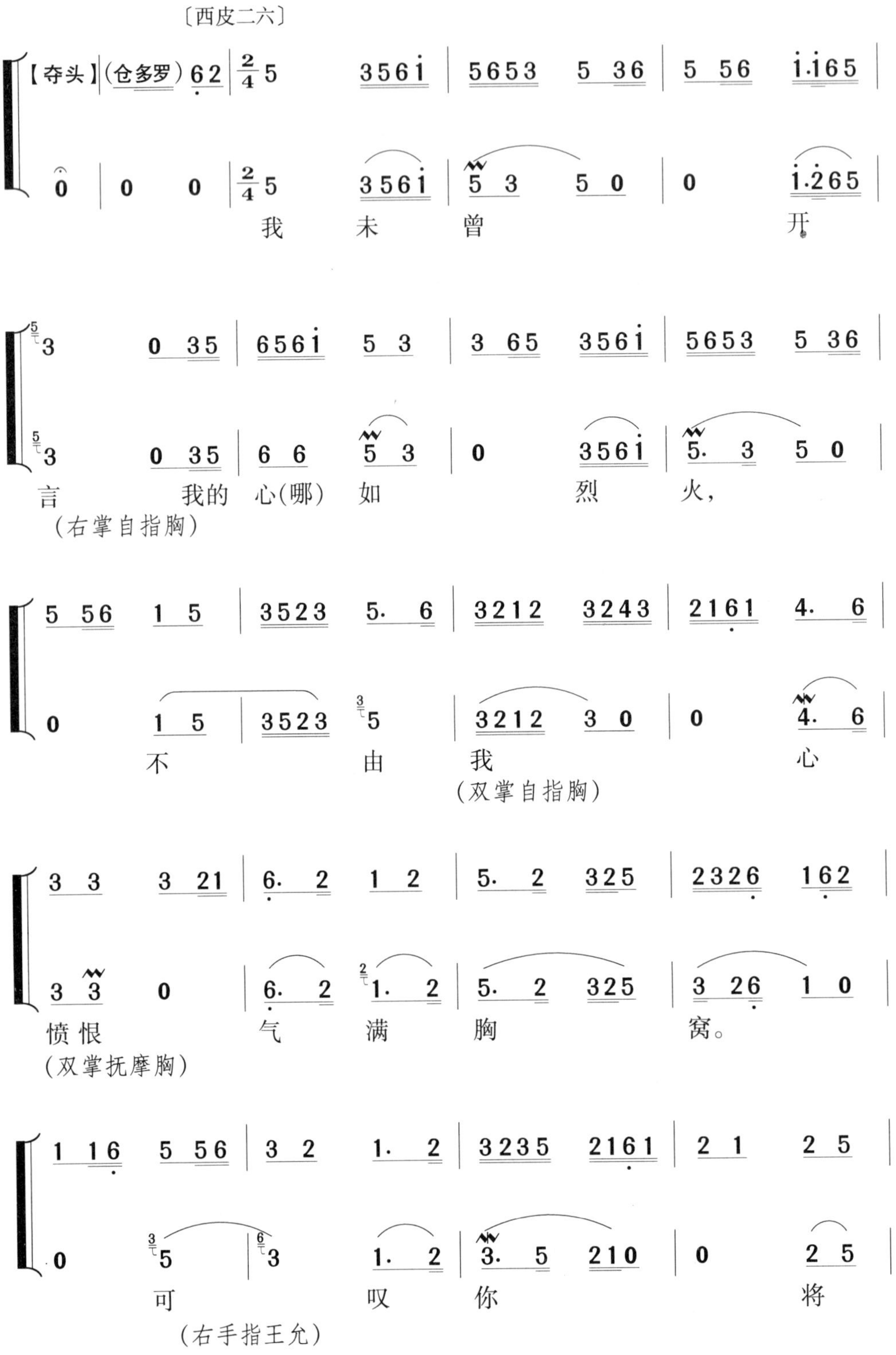

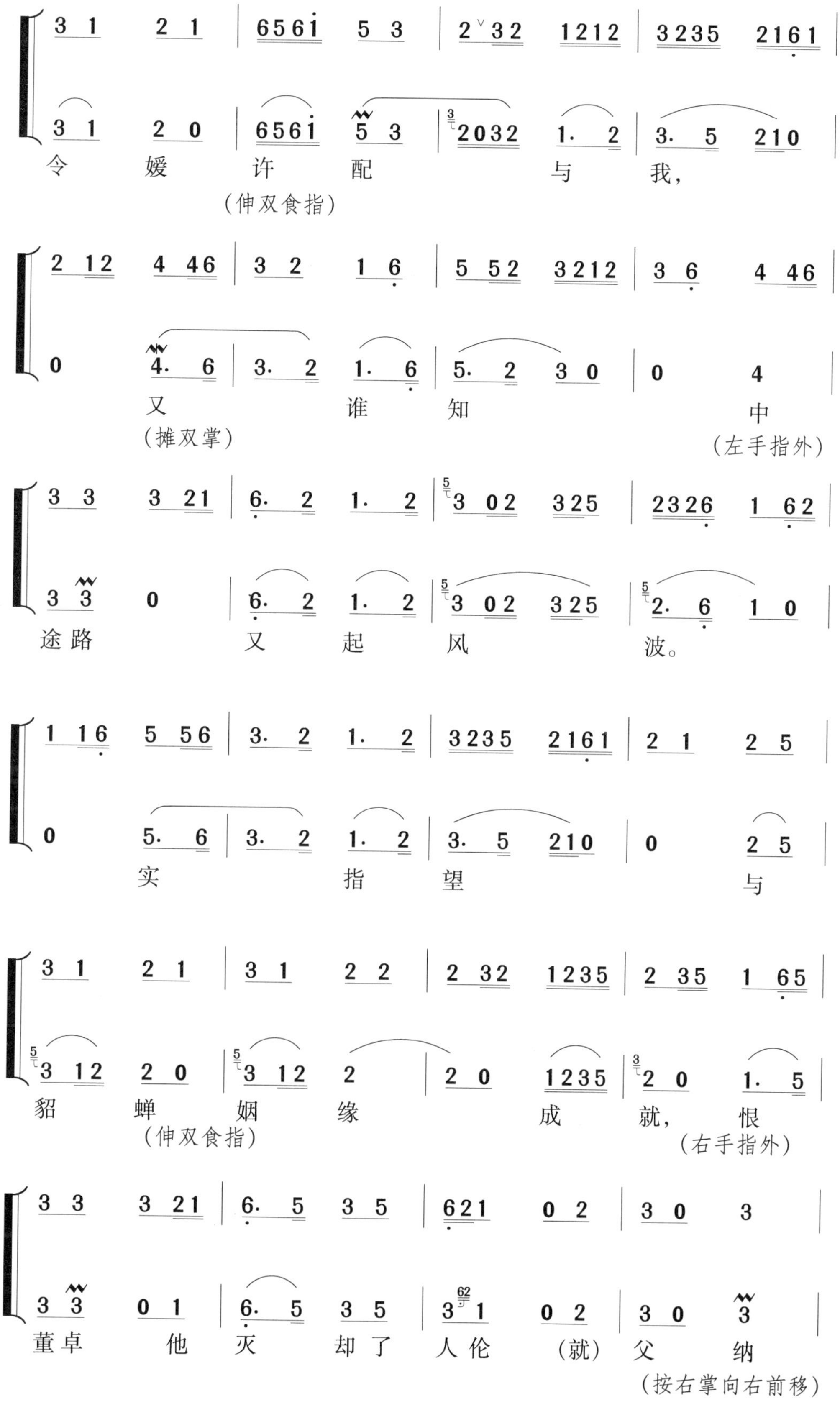
令 媛 许 配 与 我，
（伸双食指）
又 谁 知 中
（摊双掌）
（左手指外）
途路 又 起 风 波。
实 指 望 与
貂 蝉 姻 缘 成 就， 恨
（伸双食指）
（右手指外）
董卓 他 灭 却了 人伦 （就） 父 纳
（按右掌向右前移）

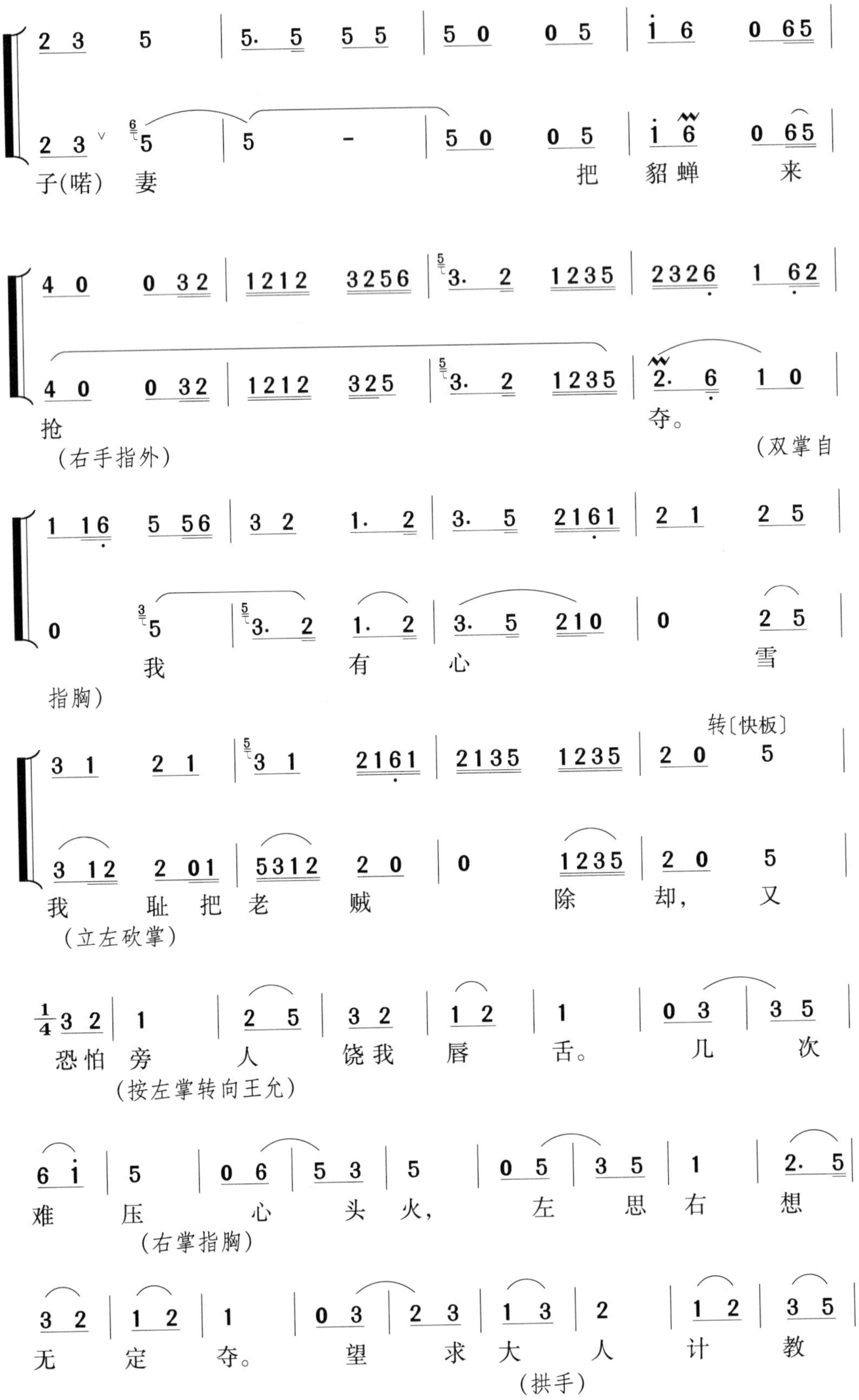
子(喏) 妻 把 貂蝉 来
抢 夺。
(右手指外)
(双掌自
我 有 心 雪
指胸)
转〔快板〕
我 耻 把 老 贼 除 却, 又
(立左砍掌)
恐怕 旁 人 饶我 唇 舌。 几 次
(按左掌转向王允)
难 压 心 头 火, 左 思 右 想
(右掌指胸)
无 定 夺。 望 求 大 人 计 教
(拱手)

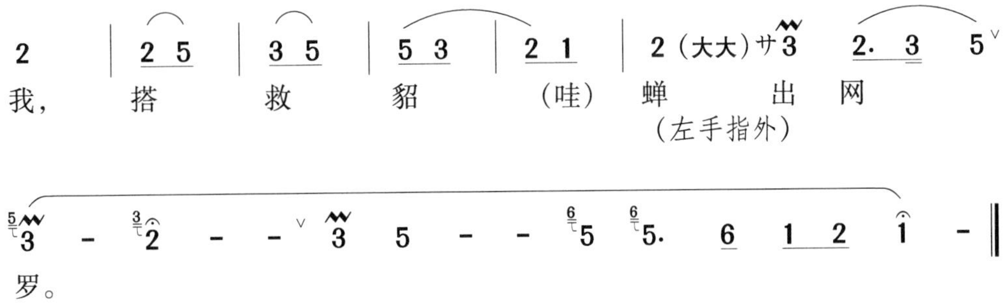

王　允　**【撕边崩登仓】**（握右袖）哎呀！**【快纽丝】**（抖右袖）

〔西皮散板〕

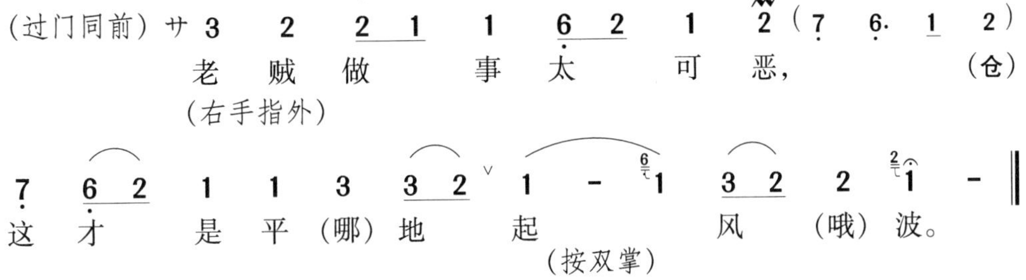

【大锣叫头】（右食指弹右绺髯上肩，拱手）哎呀温侯！小女被辱（摆右掌）不甚要紧，（右掌指吕）只是温侯日后怎样（向外摊右掌）为人。老贼这等行为（左手指下方顿足）令人可恨！

吕　布　这个……（握右袖）**【撕边一击】**

王　允　（忙摆双掌）哎呀，失言了，失言了！

吕　布　我若杀却老贼，怎奈与他有（拱手）父子之情，又恐被（按双掌）旁人（摊双掌）耻笑！

王　允　（八仓）（双手端带）哼！老贼若念父子之情，他就不该父纳子妻（眼望吕布左手点戳下方）为妾呀！

吕　布　这！这这这……**【撕边崩登仓】**（左手抖开褶子，骑马式亮住）**【撕边八仓】**（抖头，立起）唉！我定要杀却老贼以雪我耻！（拍肚）大人有何计（摊右掌）教我？

王　允　（伸右食指）须得有一人（右手指外）去往郿坞，假传（拱手）天子命诏。就说天子（右掌指右再指左）禅位与老贼，那老贼必不疑心，待他来到朝房，我等将他（右砍掌）诛之，（伸左赞美指）大功必成！

〔家院“上场门”暗上，站“小边”。

吕　布　（点头赞同，伸右赞美指）此计甚善。想李肃，久（摆右掌）不迁其官，恨老贼(右手指外)久矣，若命他前去，大功必成。

王　允　（拱手）全仗温侯。家院过来！

家　院　有。

王　允　请骑都尉李大人过府一叙。

家　院　是。**【小锣一击】**（“上场门”下）

吕　布　李肃到此，（右掌自指胸）待俺用言语打动（右手指外）于他。

王　允　嗯，挽回（按右掌向右移）炎汉社稷，皆赖（拱手）温侯之力也。

吕　布　（右手握袖）岂敢。

「【冲头】二人互拱手向里，吕布坐“大边”跨椅，王允坐“小边”跨椅。家院“上场门”引李肃上，二人进门。家院至“小边”跨椅后搬椅放“小边”。李肃站台中与王允、吕布拱手见礼。

李　肃　温侯、大人！

吕　布
王　允　（拱手）请坐！

「李肃坐“小边”椅，家院“上场门”暗下。

李　肃　唤某前来有何（摊右掌）事议？

吕　布　想当年（拱手）仁兄（右掌自指胸）劝弟（立右砍掌）杀丁归董。如今董卓专权乱国，若命仁兄假传（拱手）天子命诏，去到郿坞，就说禅位老贼，将老贼（按右掌向左移）诓进朝来，我等将他（立右砍掌）诛之，同保（拱手）汉室江山，不知仁兄可愿（左手扶剑按右掌）前往？

李　肃　（点头）嗯，某久有此心，恨无同谋（摊右掌）之人，愿（向吕布拱手）照计而行。

吕　布　好，速速行之，不得有误。

李　肃
王　允　（三人同）正是！
吕　布

「【大锣住头】三人离座，王允站台中，右侧李肃，左侧吕布。

李　肃　明日假传（向外拱手）天子诏，（出门，“上场门”下）

王　允　灭却老贼保（拱手）汉朝！

吕　布　誓报老贼夺妻（右手指外）恨，（八仓）（握右袖左转亮背身相，“下场门”下）

王　允　（斜视吕背影）哼哼，（转向外）管教他父子就（按右掌点动着向左移亮相）动枪刀！【一锤锣】（“下场门”下）

第　七　场

「场上置堂桌、“小座”（红色花桌围椅披）。

「【快长锤】四大铠端荷包枪“上场门”上，“站门”。董卓右手端带款步行至台中，两抖袖。

〔西皮摇板〕

董　卓　（过门同前）

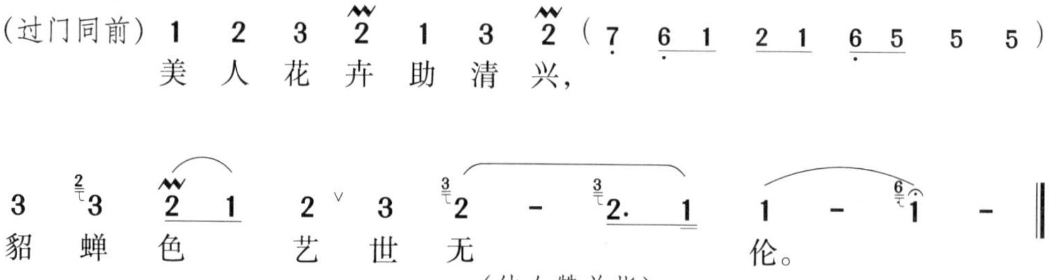

（伸右赞美指）

「【长尖】董卓左转归“小座”，四大铠随归“里八字”。李肃左手托圣旨“上场门”上，进门归“大边”。

李　肃　参见太师。

董　卓　到此何事？

李　肃　今有圣旨，请太师拜读。

董　卓　好，拿来我看！

李　肃　是！

〔【住头】董卓左手接圣旨，展开观看。【撕边一击】

董　卓　（抬头看外）啊？（合旨，转向李）天子为何有（右手指左手旨）此命诏？

李　肃　只因（向外拱手）圣上病愈之后，感觉（摊右掌）才力不足，（按双掌）与群臣商议，愿禅位于（向董拱手）太师。

董　卓　哦，不知（右手指外）王司徒等心意（摊右掌）如何？

李　肃　已到（左手指外）受禅台恭候太师去了。

董　卓　好，你且下面候信，（“大边”里首大铠从董卓左手接圣旨放桌上，回原位）随老夫一同入朝。

李　肃　遵命。【小锣一击】（出门“下场门”下）

董　卓　哈哈哈……【撕边一击】此举正合（左掌自指胸）老夫之意。来！

四大铠　有。

董　卓　命李傕、郭汜紧守郿坞，再吩咐亲随人役，摆驾受禅台！

四大铠　啊！

〔【一锤锣】四大铠前行归正。董卓至台中，右握袖，得意地“下场门”下，四大铠随下。

第　八　场

〔【急急风】士孙瑞、黄琬、二朝官、王允等右手举剑左手端蟒“上场门”上，“下场门”下，过场。王允行至台中右回身，垂目望剑、按剑，【冲头】随后下。

〔【长尖】起唢呐曲牌<香柳娘>四大铠端荷包枪“上场门”上，“斜胡同”，董卓随上，至“小边”下轿，大铠撩轿帘，【冲头】四大铠“上场门”下。

董　卓　（至台中观望）啊？为何不见有人前来接驾呢？嗯……这样静悄悄的……【撕边一击】（向左回身看）

〔王允与士孙瑞、黄琬、二朝官等“下场门”同时暗上，至台中“大边”一侧，众人左手反握剑藏于背后，在王允身后斜一排，面向外站立。

董　卓　哦！司徒来得早哇？

王　允　（右手怒指董）老贼！

董　卓　啊！【大锣一击】

王　允　我奉（向外拱手）天子密诏，特来剿灭于你！（剑倒右手）休走看剑！

〔【撕边崩登仓】王允削董卓头，剑刺式亮住，董低头躲闪右手“障袖”护头。

董　卓　呀呀！奉先儿何在？

〔【急急风】董卓右转向里，小圆场，至“大边”后区，王允等众官依次后追。吕布右手持戟“上场门”急上，至“小边”。董卓见吕布大喊着奔至台中。

董　卓　儿啊！

吕　布　看戟！**【撕边八大仓】**（挺戟直刺董卓）

［王允剑刺卓，众官将董卓围在台中乱剑砍杀。

董　卓　啊！（右转身向里死于台中后区）

［奏唢呐<尾声·合头>吕布左手握戟贴腰式向外亮相，王允左手倒提剑，向吕布伸右赞美指亮相。

——剧　终

万凤姝　整理　　万如泉　记谱

罗成叫关

叶盛兰演出本

李世民被囚于南牢，罗成前去探望，正遇齐王元吉。元吉为了排除异己，剪除世民心腹，故意“保荐”罗成随他出征苏烈。罗成表现英勇，打败了敌方数员大将，元吉反罚罗成四十军棍，责他不能生擒苏烈，并逼罗成出战。罗成苦战归来，见城门紧闭，不准其进入。罗成义子罗春在城头告明真相，是元吉要加害于他。罗成此时百感交集，乃咬破手指写下血书，交付罗春，让罗春回长安搬兵求救。此时，战鼓又响，苏烈发兵前来，罗成誓死杀敌，马陷淤泥河，被乱箭射死，壮烈牺牲。故事取材于《大唐秦王词话》第四十九至五十回，亦见《说唐演义》第六十一回。

《叫关》一名《淤泥河》，又名《周西陂》，是名小生德珺如代表作，也是叶盛兰先生的名剧。叶先生演出时删去了《小显》、《托兆》，从“探监”起，至“乱箭”完，易名为《罗成》。

全部《罗成》是叶盛兰先生看家好戏，《叫关》是剧中最精彩的部分。《叫关》以〔唢呐二黄〕为主，叶先生的演唱，声情并茂。“黑夜里闷坏了罗士信”的闷帘导板先声夺人，其愤慨悲凉之音，把罗成内遭奸臣迫害，外受强敌围攻而又无所畏惧的精神表现了出来。叶先生嗓音高亢洪亮，喷口有劲。尤其是其中的“信”字，盖着唢呐调门唱嘎调，极尽激越翻拔之能；“龙”、“虎”音兼用，尤显气势磅礴。在唱〔唢呐二黄回龙〕“西北风吹的我透甲寒”的“寒”字时，用擞音和下滑音润色，听起来愤慨有余又毫无悲怆之苦，让观众直接感受到，在北风呼啸的黑夜里，站在眼前的是一个力战强敌、顽强不屈的孤胆英雄，达到了声与情、形与情的完美结合。

“修书长安”这段唱腔，表现罗成在城下咬破手指写血书搬请救兵的情景。一句“勒马停蹄站城道”高唱入云、鹤唳九天，真可谓气足神完。从〔二黄导板〕转〔二黄原板〕，经锣鼓过渡，直接转入〔西皮慢板〕，这种板式组合在传统戏中并不多见，这是叶先生的独创，也是《叫关》的唱腔艺术脍炙人口的地方。“十指连心痛煞人哪”的一句唱腔，回肠荡气，凄楚感人。唱“心”字时，他将速度抻了下来，在“痛”字上，用膛音行腔加上滑音润色，到“煞”字上又以苦涩之音吐出，继之“人哪”二字，更以有力的喷口、顿挫分明的“炸音”唱出，掌握得尺寸恰到好处，让人回味无穷。在“启奏秦王有道君”的“君”字上，用了两板的单音放腔，感情深挚，唱出了满怀的忠义之心和对秦王无限期望之情。最后，〔西皮快二六〕转〔西皮快板〕，以板板相催的方法突出军情紧急，处身逆境的危险。诸如此类艺术处理无不取决于塑造人物形象的需要，都是叶派唱腔设计的独到之处。

万凤姝

人物行当

罗 成	小生	**罗 春**	小生

服装扮相

罗 成 俊扮。甩发、面牌、牵巾，白团花箭衣、苫肩、青龙马褂、下甲、蓝大带，红彩裤，厚底靴。

罗 春 俊扮。将巾，绿花箭衣、大带、马褂、苫肩、斗篷，粉色彩裤，厚底靴。

道具

宝 剑	一口	**红 灯**	一盏
白马鞭	一根	**银 枪**	一枝
系灯绳	一根	**白绸条**	一根
城楼景片	一个		

罗成叫关

〔舞台“下场门”前斜设城片，内放高台椅一把。

〔**【快长锤】**罗春手提红灯从“上场门”上，走至台中，站定。

〔西皮摇板〕

罗　春　（7 6 5 5 5 3 6 5 5 3 2 1 2 6 5 5 5）3 6 5 6

奉　了

7 6 6 3 5 7 - 6 6 3 6 5 5 3 i

三　王①一　支　令，把　守　北

6 6 5 5 6 6 3 4 3 5 5 - ‖ **【大锣住头】**

门　要　小　心。

（右手按掌）

俺（**仓**）罗春，（**仓切**）奉了三王将令，把守北门，我不免敌楼去者！

〔西皮摇板〕

【闪锤】（过门同前）　i 5 5 7 6 6 5 6

将　身　且　把　敌　楼

7 2 7 6 -

进，

〔**【快长锤】**罗春持灯上城楼，向“上场门”张望后坐下。

（7 6 5 5 5 3 6 5 5 3 2 1 2）3 6 5 6

看　看　来

6 6 5 5 3 i 6 3 5 - ‖

的　是　何　人。

〔起更鼓，一更。**【冲头】**

〔罗成 内白：“呔！（**仓**）马来呀！”

〔唢呐二黄导板〕

【冲头】【大锣导板头】サ（3 5 - - - 2 2 2 6 1 2 5 -

① 三王：李渊子三，依次为建成、世民、元吉。“三王”即指元吉。

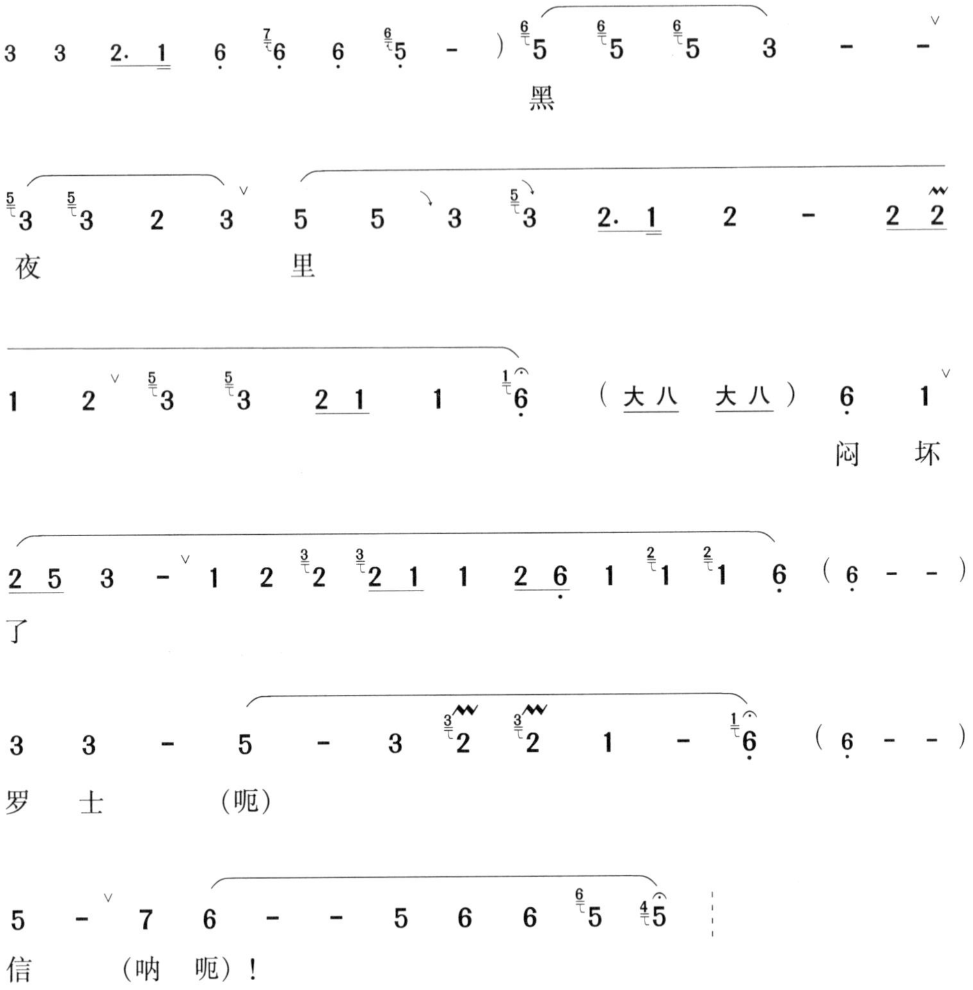

〔【大锣四击头】罗成右手持马鞭、举枪，从“上场门”上场，走至“九龙口”，上右步、向前“打”甩发，垫左步成左丁步、梗头向后“挑”甩发，左手扶剑柄、右手举枪亮住相。【一锤锣】左手勒缰亮住相。向远方凝望。上前走两步，跨抬左腿，左腿落地向后退一步，退右步、再退左步。跨抬右腿，同时左手接枪、起“云手”向左转身，左手横握枪杆在胸前、右手勒鞭、右弓步亮相。【冲头】身起立，向台中心左方横行两步；左枪、右鞭自里向外绕动两下，就势左手平抬向后背枪、右手反握马鞭、垫步亮相。起“反云手”，右手向外打马后成横鞭式；左手持枪杆部位斜举枪，走至台中。【大锣四击头】罗成面向后台口，双手持枪、马鞭走两番“双刀花”，左转身，左手平抬向后背枪，右手反握马鞭，右弓步。

〔（嘟——仓），同时甩发前“打”后“挑”亮住相。

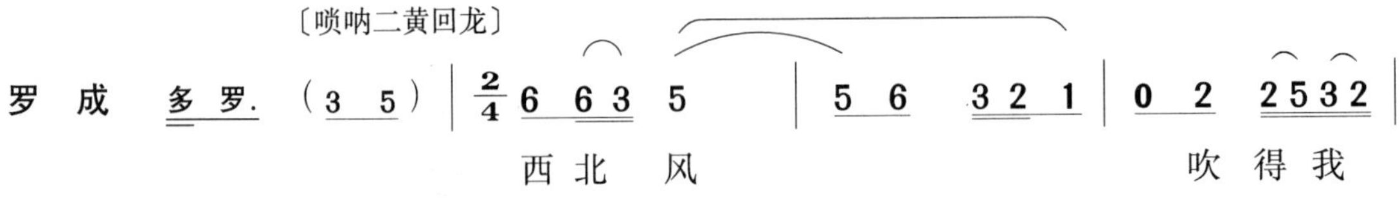

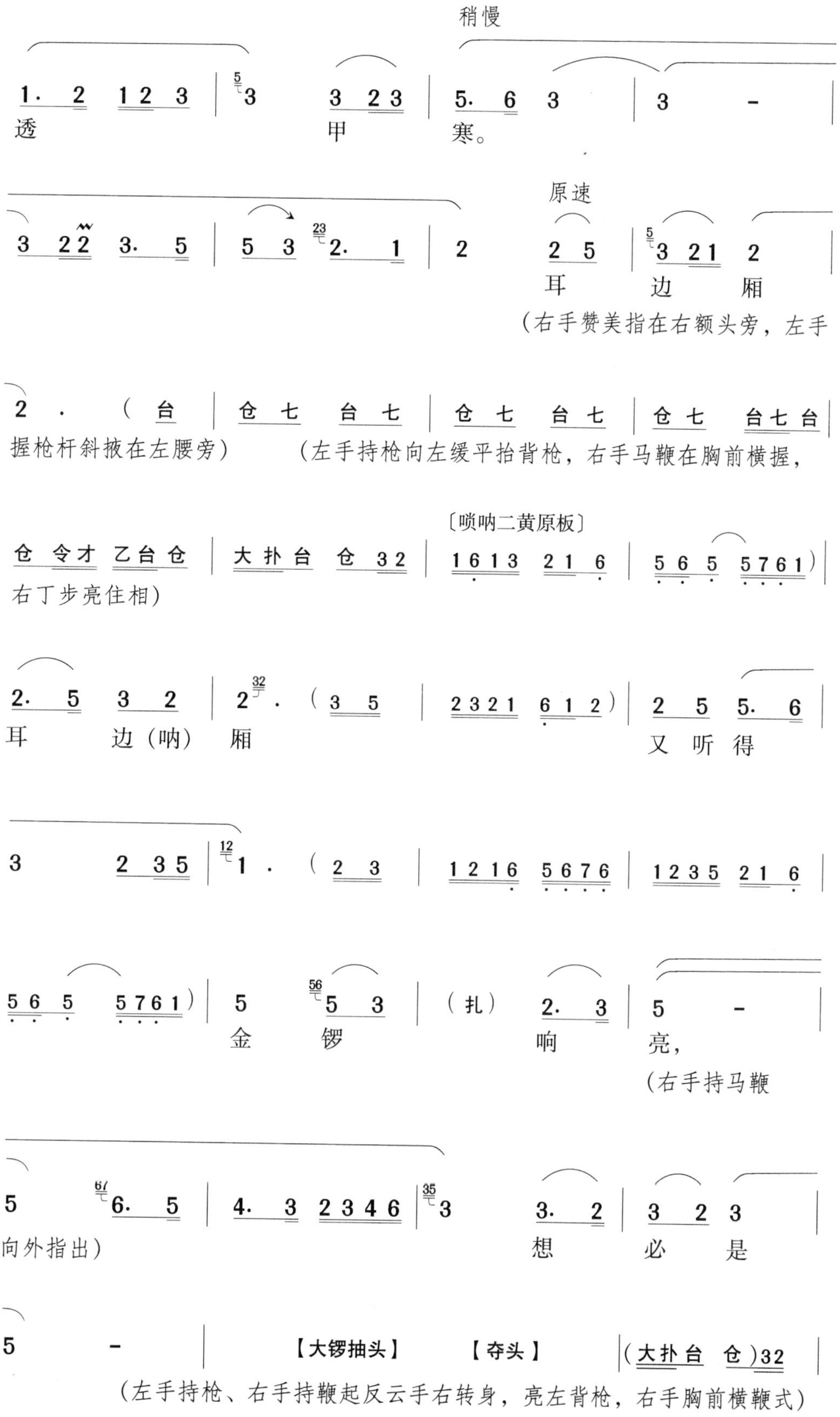
稍慢
透 甲 寒。
原速
耳 边 厢
（右手赞美指在右额头旁，左手
握枪杆斜掖在左腰旁）
台 仓 七 台 七 仓 七 台 七 仓 七 台七台
（左手持枪向左缓平抬背枪，右手马鞭在胸前横握，
仓 令才 乙台 仓 大扑台 仓
右丁步亮住相）
〔唢呐二黄原板〕
耳 边（呐） 厢
又 听 得
金 锣 （扎） 响 亮，
（右手持马鞭
向外指出）
想 必 是
【大锣抽头】 【夺头】
大扑台 仓
（左手持枪、右手持鞭起反云手右转身，亮左背枪，右手胸前横鞭式）

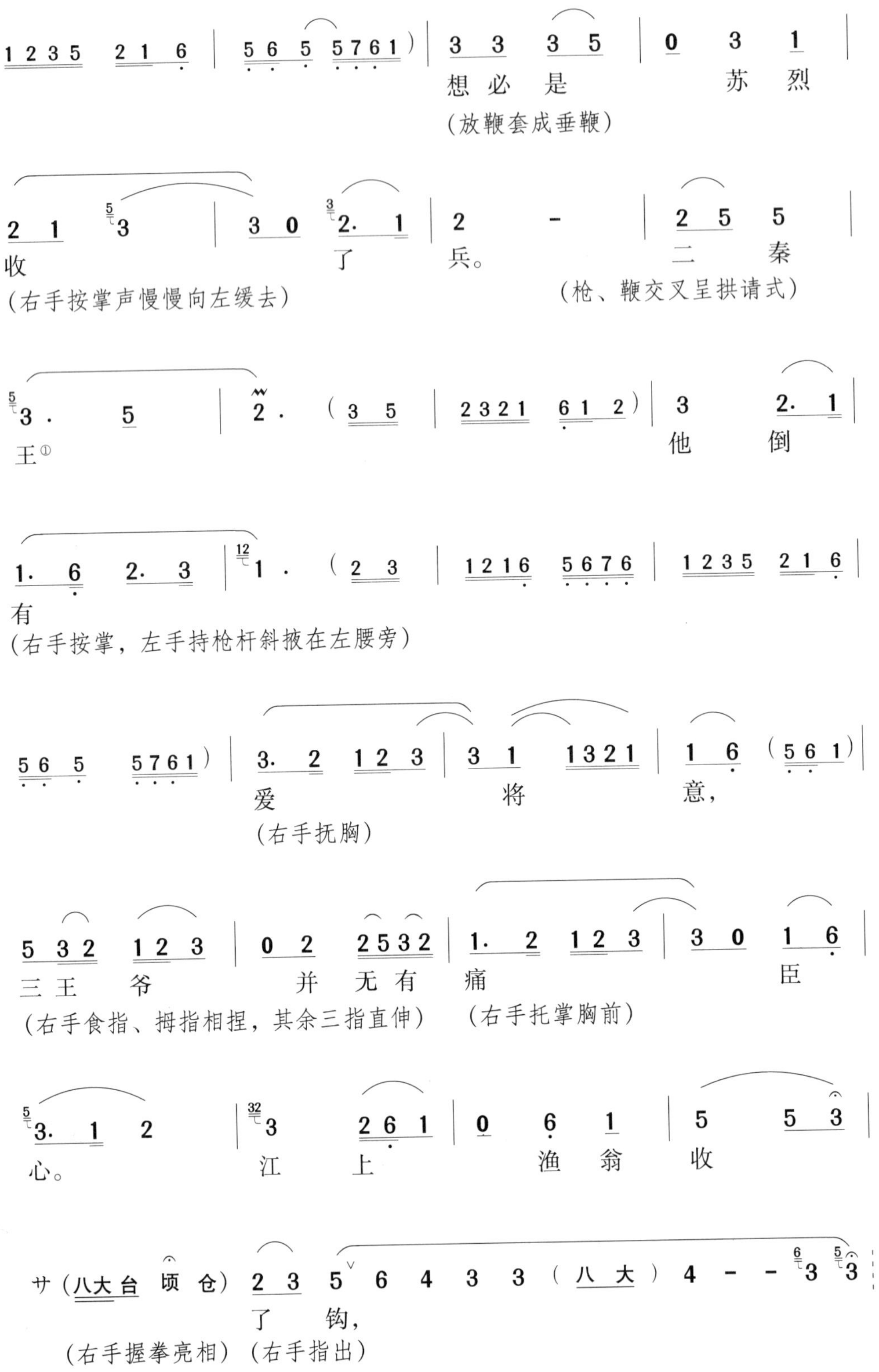

① 二秦王：指李世民。李渊在李世民等支持下，起兵反隋。其间，李世民显示出卓越的才能，被封秦王。李渊三子，世民排行二，故称其为“二秦王”。

罗成叫关

〖【纽丝】右手拉开“单山膀”后亮右握拳式。

〔唢呐二黄散板〕

サ（3 5 2 6 1 253 216 6 5 －）2 2 1 2 3 0 2

绣 女 房 中 掌

2 6 1 6 1 0 3 － 2 1 2 2 （2 － － － ）

银 灯。 （仓）

（右手向外指出）

6 － － 6 － － （6 － － ）6 36 5

加 鞭 （八 仓 0）催 动

（向左缓枪右手持马鞭亮相）

（八大 八大）6 3 6 5 5 6 6 5 5 （八 0 大 0 仓 0）

白 龙 马，

（右手向右外打马） （左手斜举枪右手横鞭跑圆场一圈） （跑至台中，左手胸前横握枪、右手勒缰、望城楼亮住相）

【大锣双槌凤点头】サ（3 5 2 6 1 253 216 6 5 －）

（看城楼一望两望后退两步左手斜掖枪左腰旁，右手向外缓鞭后指城楼）

2 2 3 3 3 0 2 2 6. 1 6. 1 3 1 2 （仓 －）

又 见 城 楼 掌 红 灯。

（向城楼一望）

6. 2 1 3 2 0 2 6. 1 2 － 1 － － 2 1

城 上 儿 郎 哪 一 个？

（右手放开马鞭套成垂鞭）

〖【纽丝】罗春向城下望。

罗　春　（1· 2 3 - 2· 1 6 6 5 -）3 3 3 3 2 3 2 2
我 是 罗 春 你 何 人？
（右手持灯、左手向下指）

〔罗成（八）后退一惊。（大）甩发向前“打”，（仓）甩发向后“挑”去，右手握拳亮相。

罗　成　唔！（点头）

〔【快纽丝】左手平抬背枪，右手拉开“单山膀”后，变左手向左腰旁斜掖枪，右手握拳亮相。

（3· 5 2 - 6 1 2· 5 3 - 2· 1 6 6

5 -）3 3 3 2 - 2 3 2 2 6 1
听 说 是 来 了 罗
（右手缓鞭向左指）（右手捋下甩发）

2 1 - 6 （6 - - - ）2 2 3 3
春 子，（仓）大 胆 奴 才
（松鞭套成垂鞭）

（八大）2 2 6 1 3· 2 2 - 2 （仓）6 2
骂 儿 声。明

1 3 2 2 1 2 1 - 6 （6 - - ）2 2
知 奸 王 来 害 我，（仓）怎 不
（右手胸前托掌）（右手摊掌）

3 3 -（八 大）3 - 3 21 1 - - 1 - 2
开 关 救 父 亲？
（右手向右外方缓一圆圈后拍右腹）

〔【快纽丝】罗春听罢叹气摇头。

罗　春　（6 1 2 5 3 2 1 6 6 5 -）3 3 1 2 2 6 1 2
三 王 帐 中 传

1 2 1 （6 - - ） 2 2 3 3 1 3 2 2 -

将 令，（仓） 私 自 开 城 不 容 情。

（右手向外指出） （左手摊掌）

罗 成 （惊）哎呀！（【快纽丝】右手“单山膀”拉开后握拳亮相）

（过门同前） 2 2 5 3 2 3 2 6. 3 2 6 2

这 是 我 错 把 娇

（右手抚胸） （右手向左指）

2 1 1 6 （6 - - ） 1 2 0 5. 6 3 2 1 2. 3

儿 怨，（仓） 埋 怨 娇 儿

（向城楼上看）

1 2 3 （大八 大八） 3 5 2 2 6 1 - - 2 【大锣住头】

也 枉 然。

（右手摊掌）

罗 成 儿呀，城楼之上，还有何人？

罗 春 只是孩儿一人。

罗 成 好，儿可将红灯坠下城楼，待为父修下血书，儿到长安搬兵（仓）（右手指出）求救哇……（右手拭泪）

罗 春 儿遵命。

〔【冲头】【一锤锣】罗成边走圆场，右手持枪镈向外缓枪，至“九龙口”处，枪头朝下、枪杆斜垂，左手握剑柄，右弓步向“上场门”方向“望门”。向左转身，右手举枪，走圆场过台中，右手向外缓枪，枪头朝下枪杆斜垂，左手握拳、左弓步向“下场门”方向“望门”。向右转身举枪走圆场至台中，双手将枪一亮。【大锣导板头】跨右腿，上左步成左弓步。右手向外缓枪，枪杆斜垂、枪头朝下，同时左手向外缓一圆圈后，在左胸前握拳亮住相。

〔二黄导板〕（胡琴伴奏）

罗 成 サ（6 5 - - - - 3 2 - - 2 3 - - 2 2 1 6 6 5 - ）

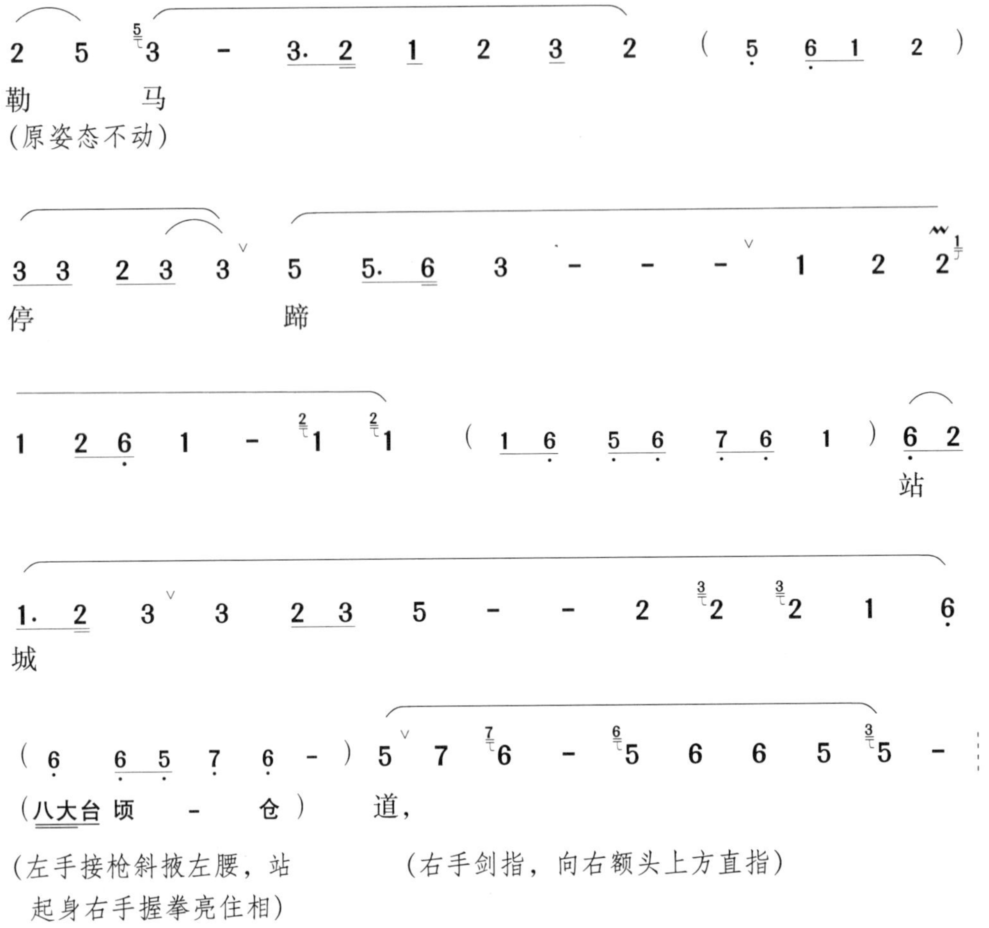

〔【一锤锣】【冲头】【大锣四击头】右脚跨抬向前上一步，左脚向左横迈一步成左弓步；右手接枪镈【撕边】右手翻腕，虎口朝下；左手在上，右手在下成“抱枪式”，马鞭垂下。

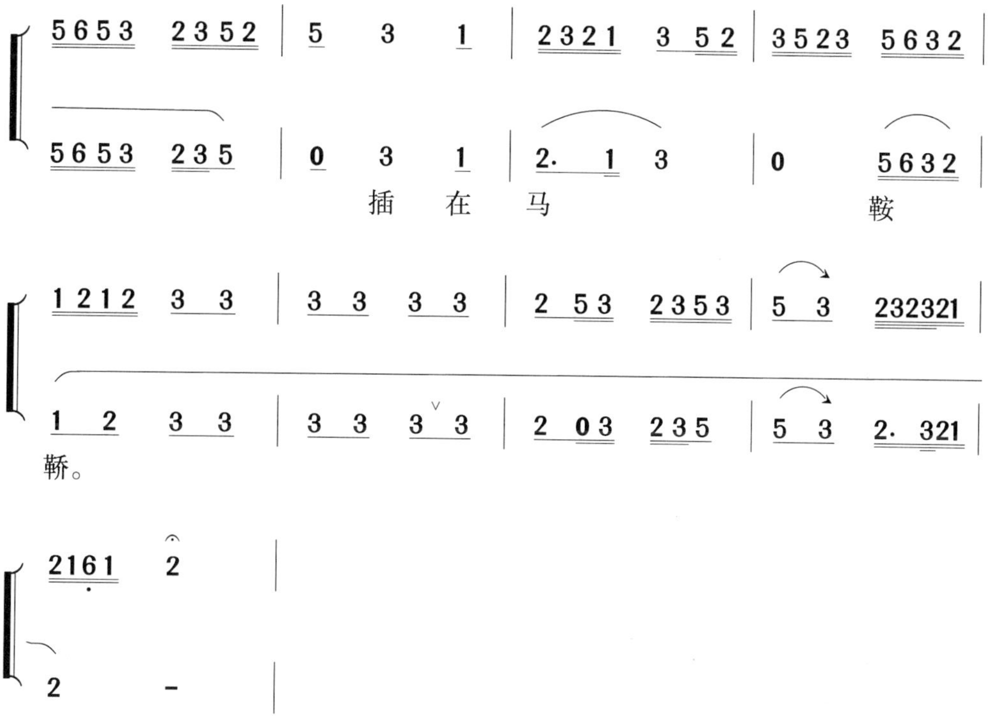

〔【长锤】向台右侧走去，下马。向台中走去，至台中。【大锣夺头】双手拉开“山膀”后，左手握剑柄、右手在胸前握拳亮住相。

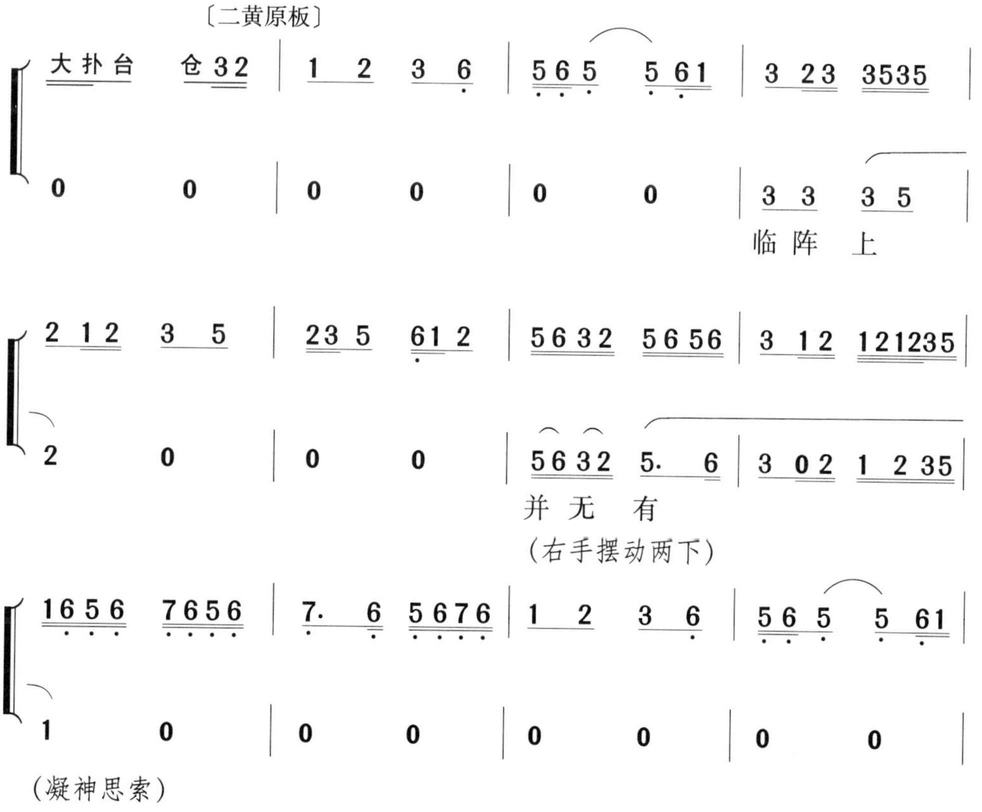

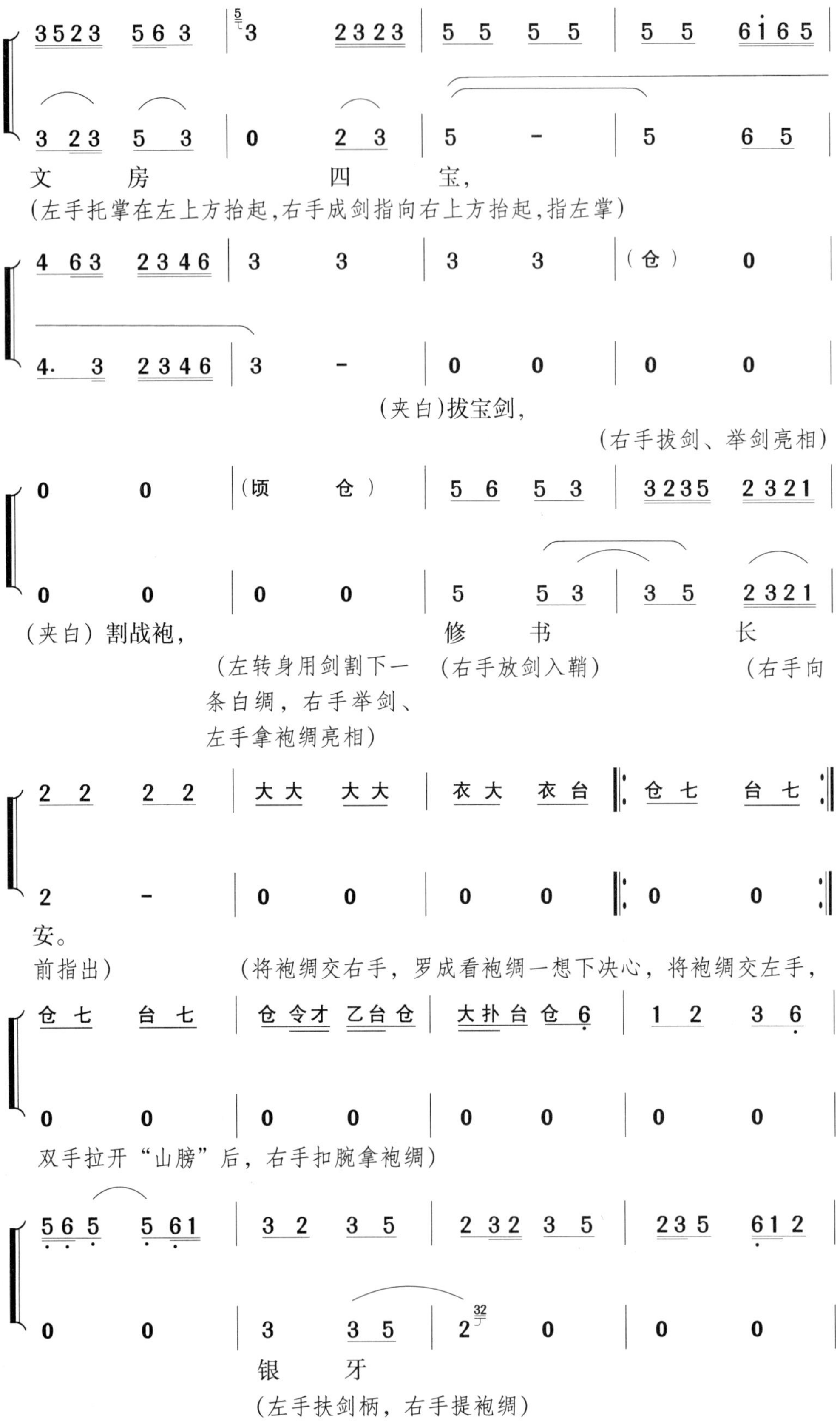
文 房 四 宝，
（左手托掌在左上方抬起，右手成剑指向右上方抬起，指左掌）
（仓）
（夹白）拔宝剑，
（右手拔剑、举剑亮相）
（顷 仓）
（夹白）割战袍，
修 书 长
（左转身用剑割下一条白绸，右手举剑、左手拿袍绸亮相）
（右手放剑入鞘）
（右手向前指出）
大大 大大 衣大 衣台 仓七 台七
安。
（将袍绸交右手，罗成看袍绸一想下决心，将袍绸交左手，双手拉开“山膀”后，右手扣腕拿袍绸）
仓七 台七 仓令才 乙台仓 大扑台仓
银 牙
（左手扶剑柄，右手提袍绸）

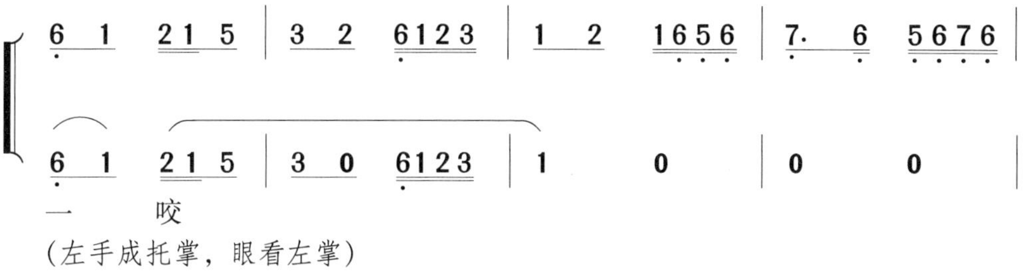

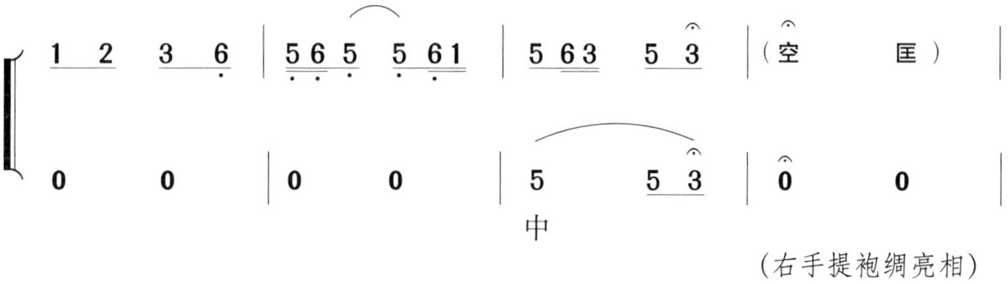

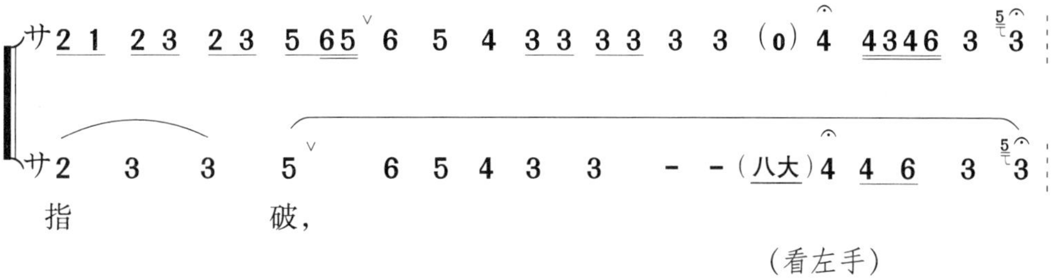

〔【撕边一击】左转身甩发前“打”，咬破中指，【乱锤】疼痛难忍抖动左手，右手扶左手腕。【长锤】左手抖动，步履艰难，右脚向前欺步，当右脚落左脚后面时，左脚即向前一步，右脚再走欺步，左脚又向前迈一步，连续走三步后，至城前的石台前，左脚登在石台上，(仓七台七台仓令才乙台仓) 将甩发向后挑去。

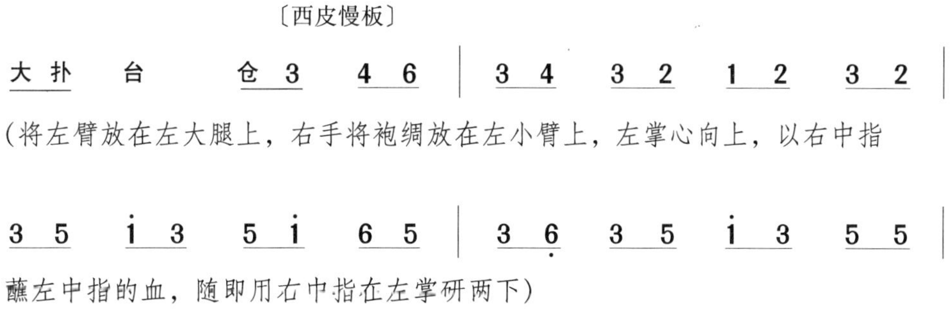

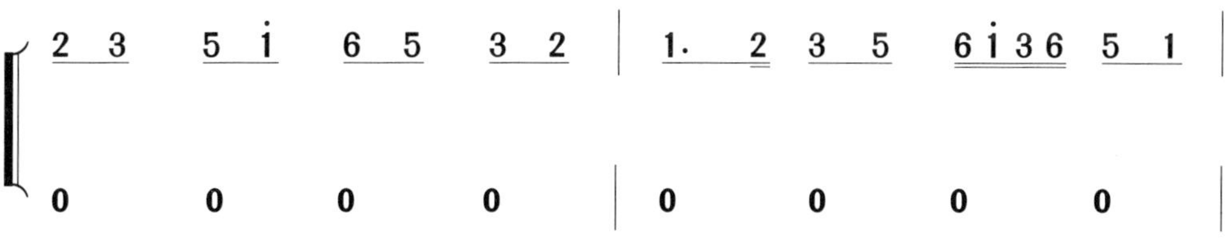

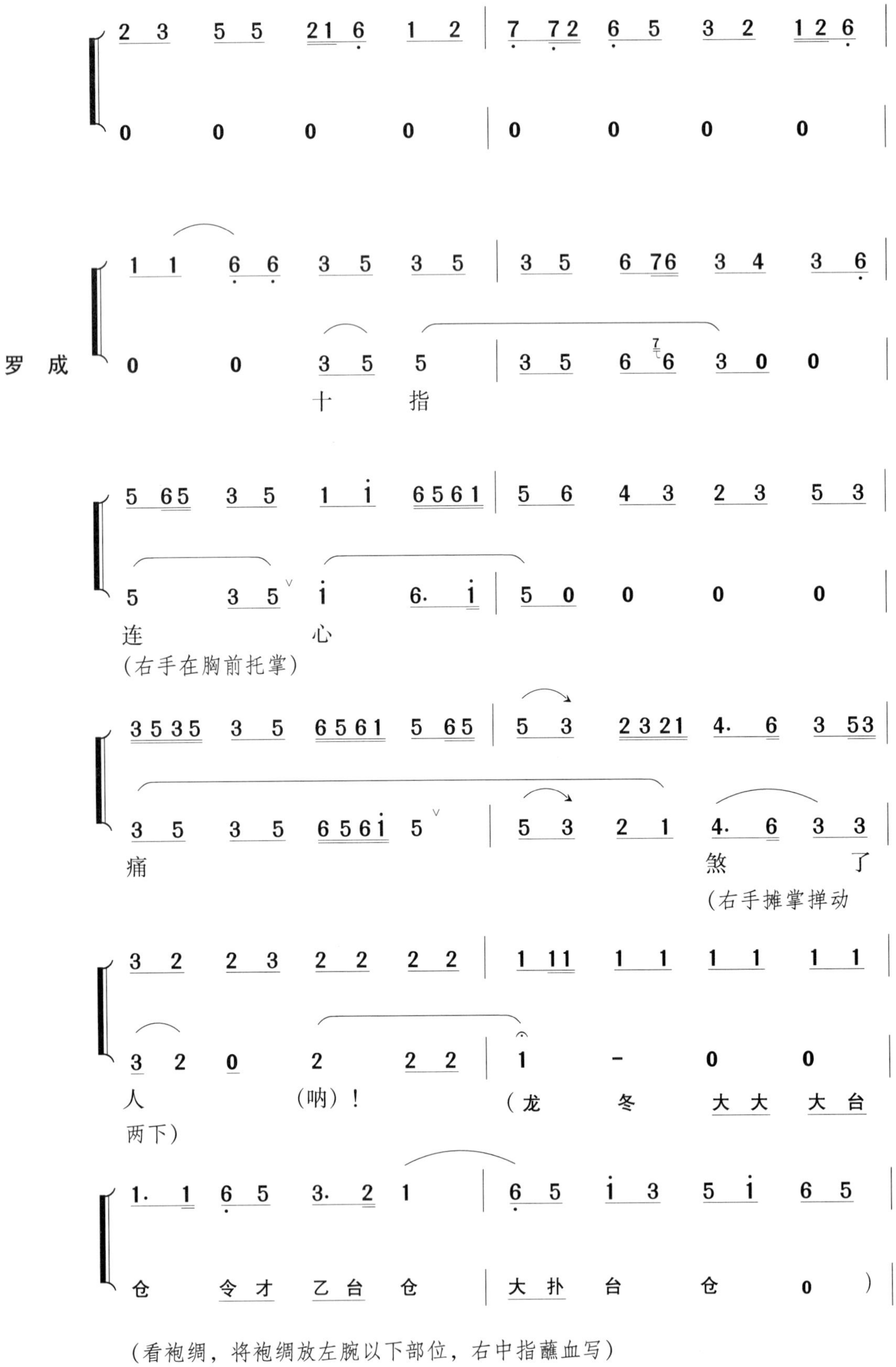
罗成
十 指
连 心
（右手在胸前托掌）
痛
煞 了
（右手摊掌掸动
人 （呐）！
两下）
（龙 冬 大大 大台
仓 令才 乙台 仓
大扑 台 仓 0 ）
（看袍绸，将袍绸放左腕以下部位，右中指蘸血写）

罗成叫关

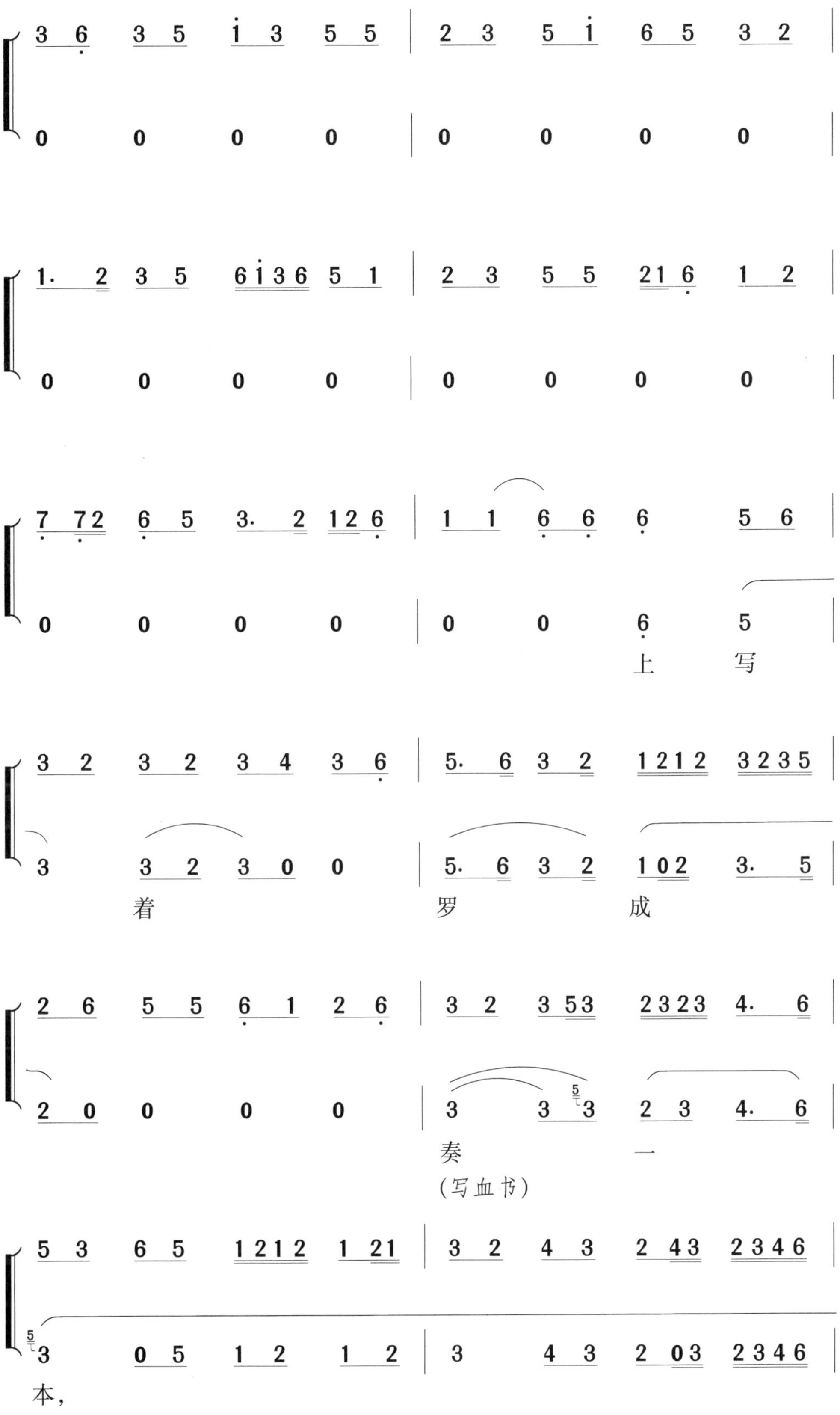

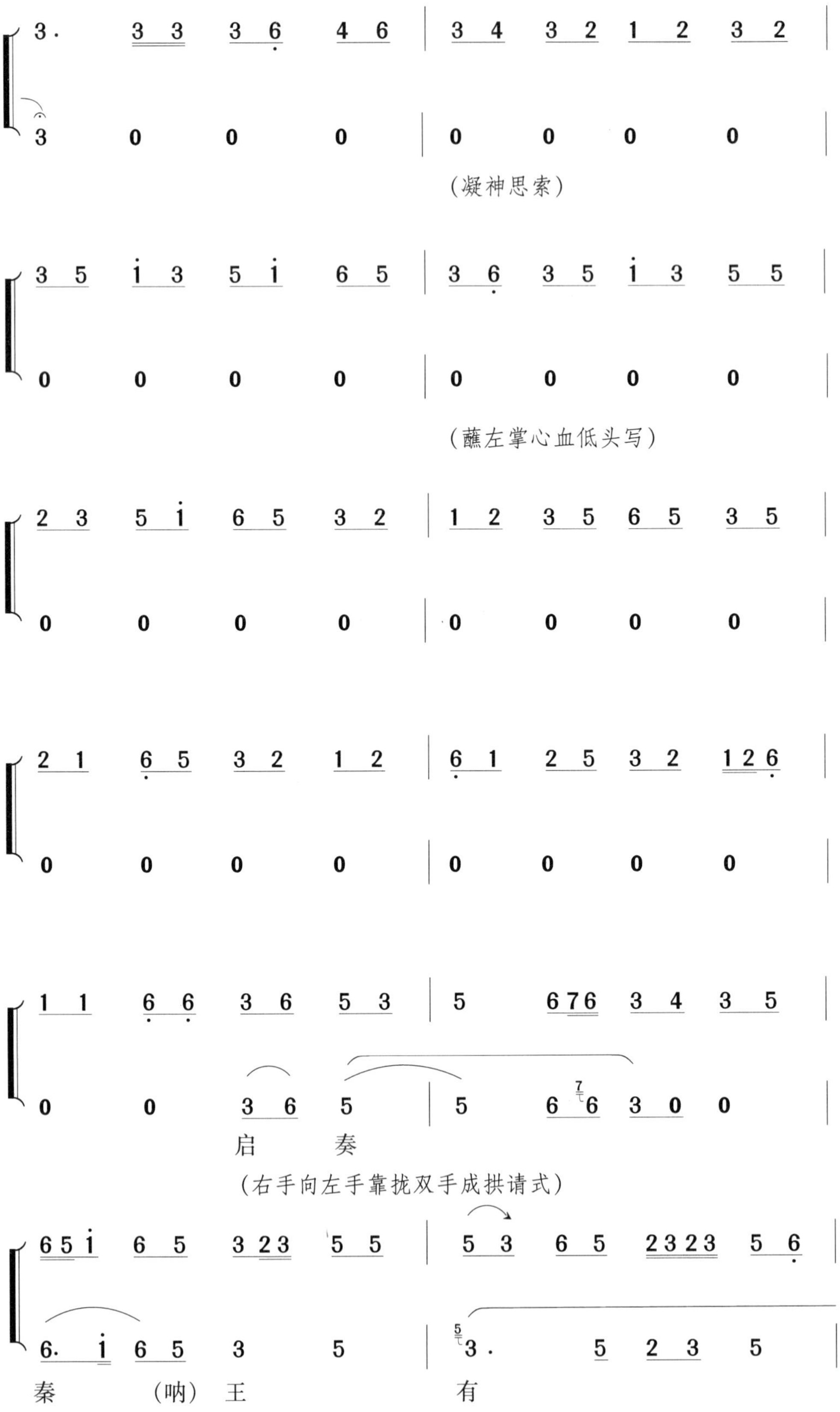
（凝神思索）
（蘸左掌心血低头写）
启 奏
（右手向左手靠拢双手成拱请式）
秦 （呐） 王 有

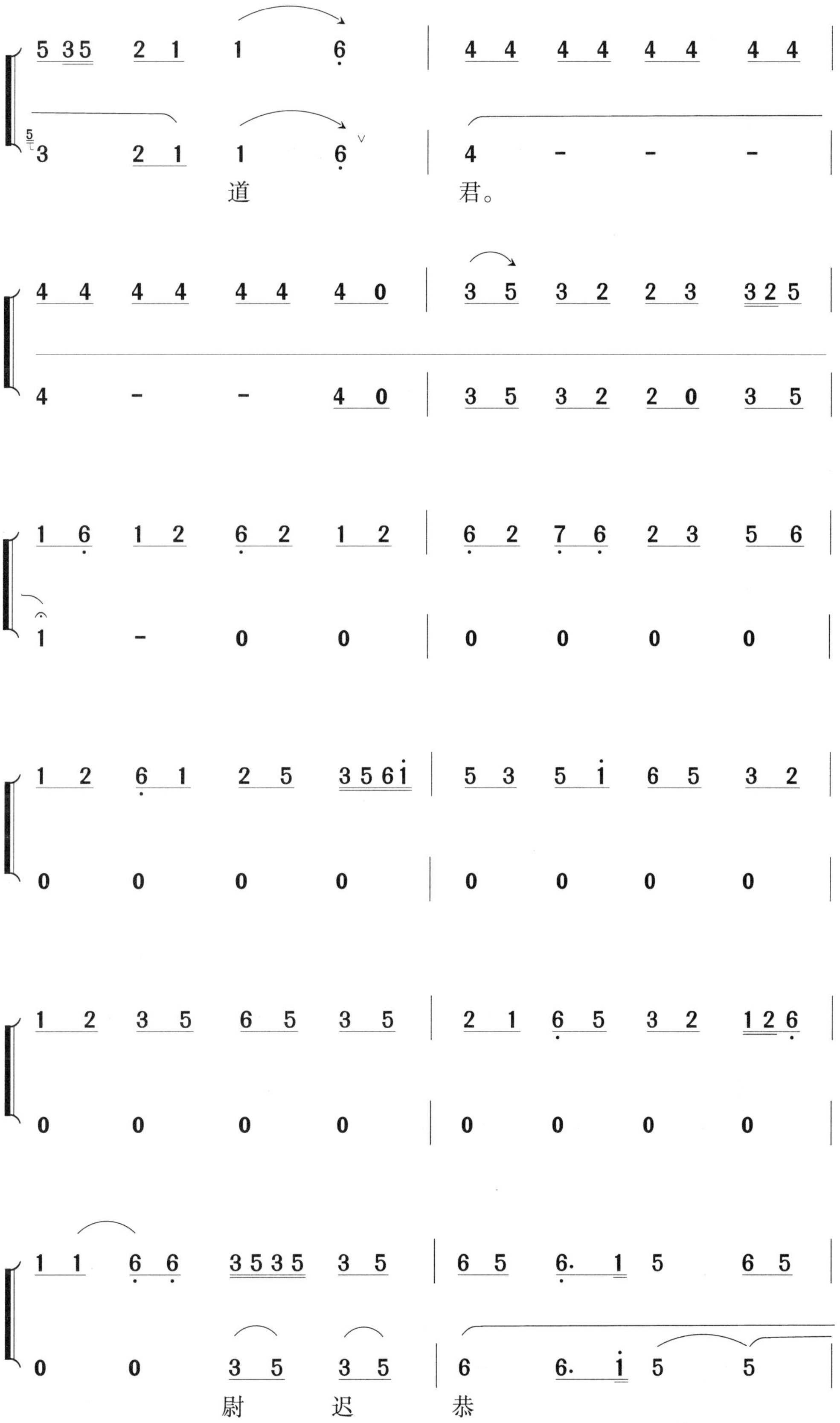
道
君。
尉
迟
恭

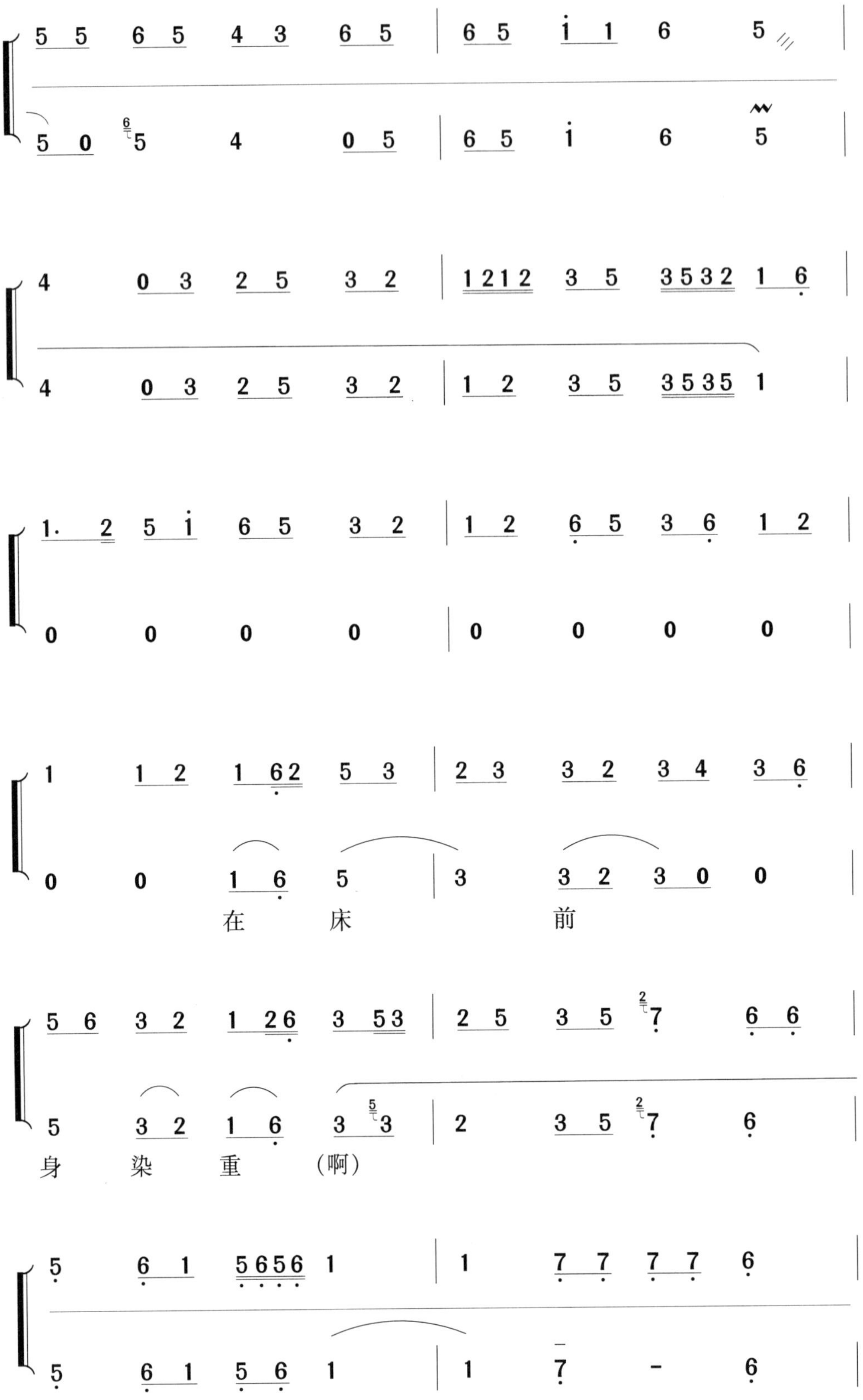
在 床 前
身 染 重 (啊)

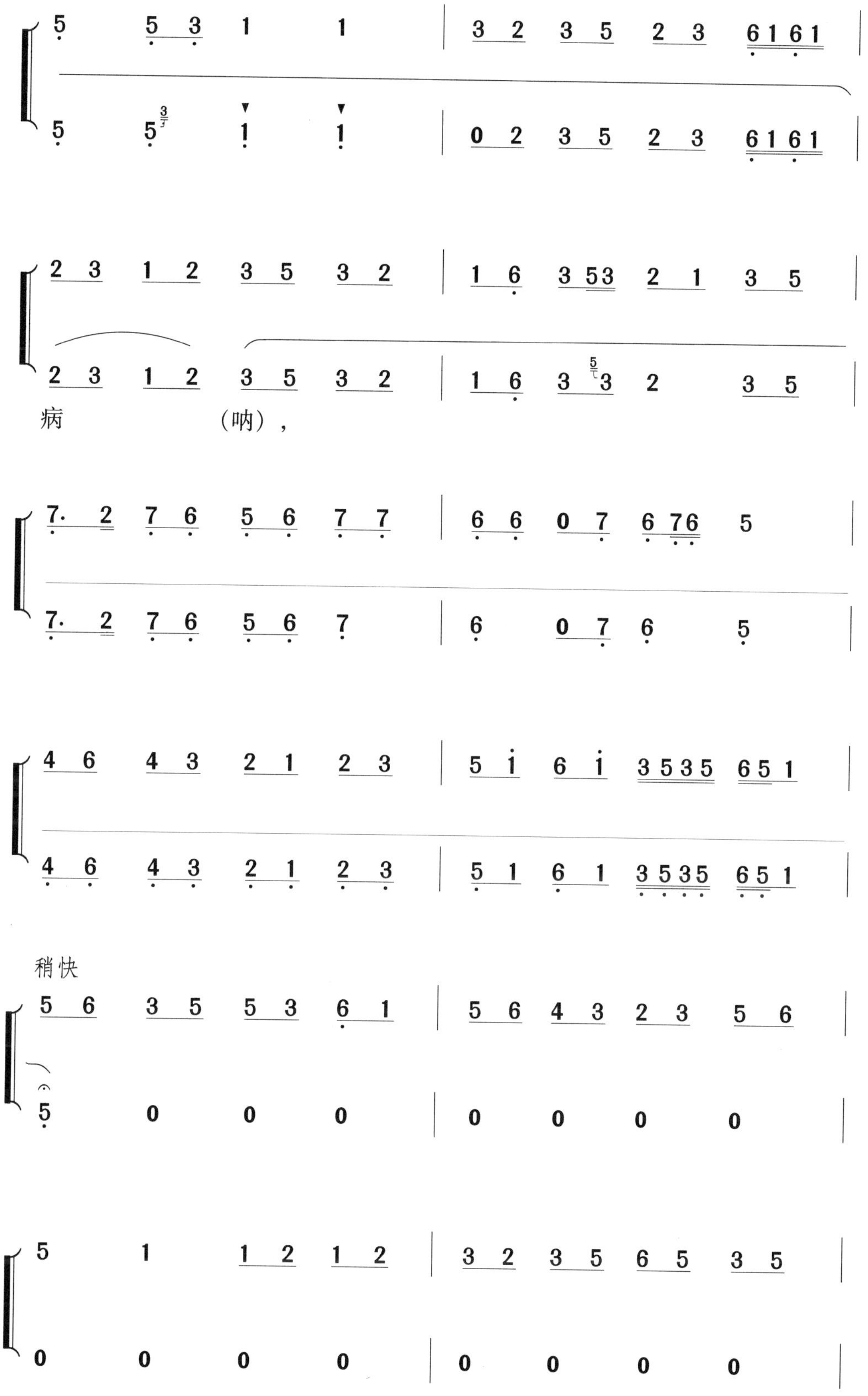
病
（呐），
稍快

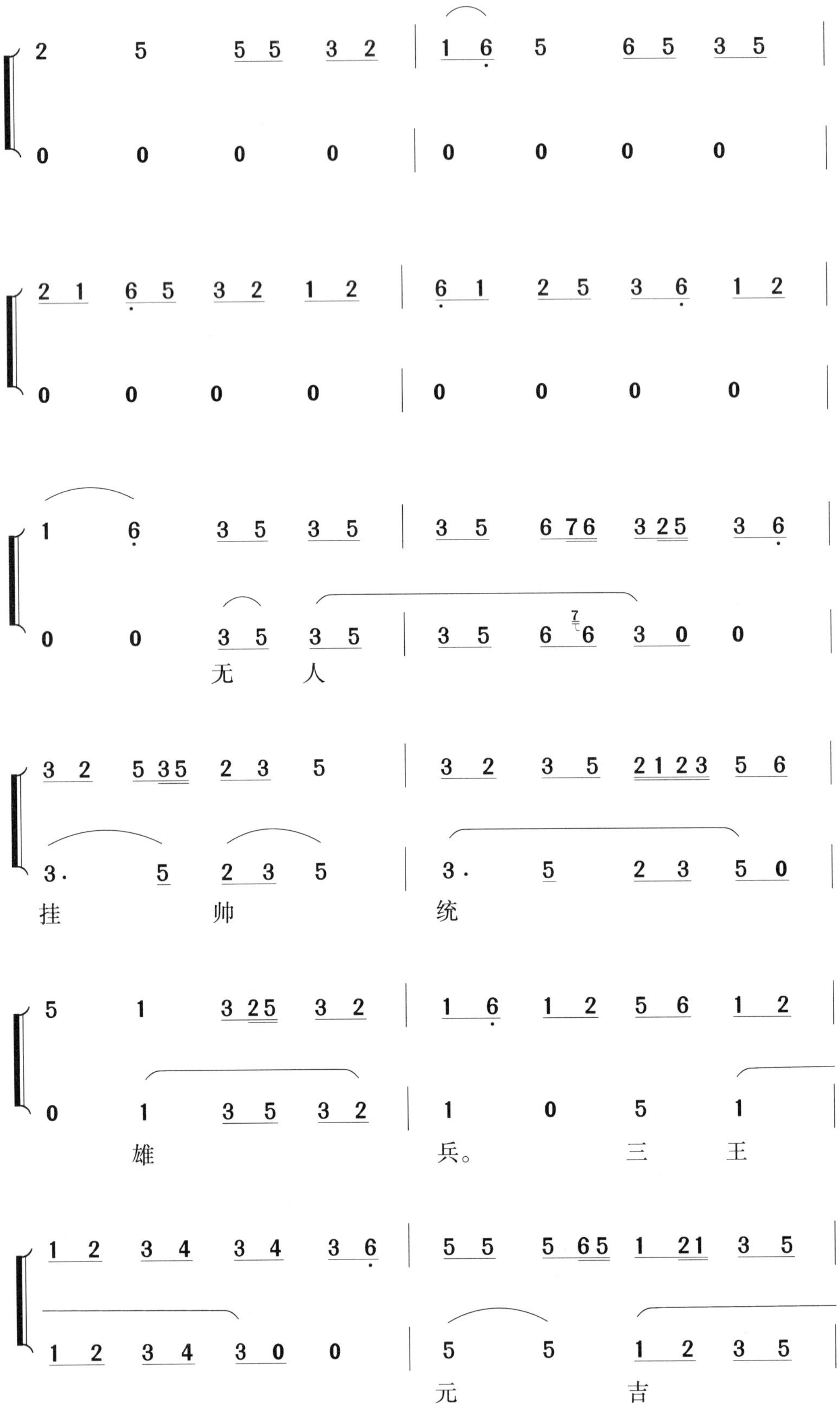
无 人
挂 帅 统
雄 兵。 三 王
元 吉

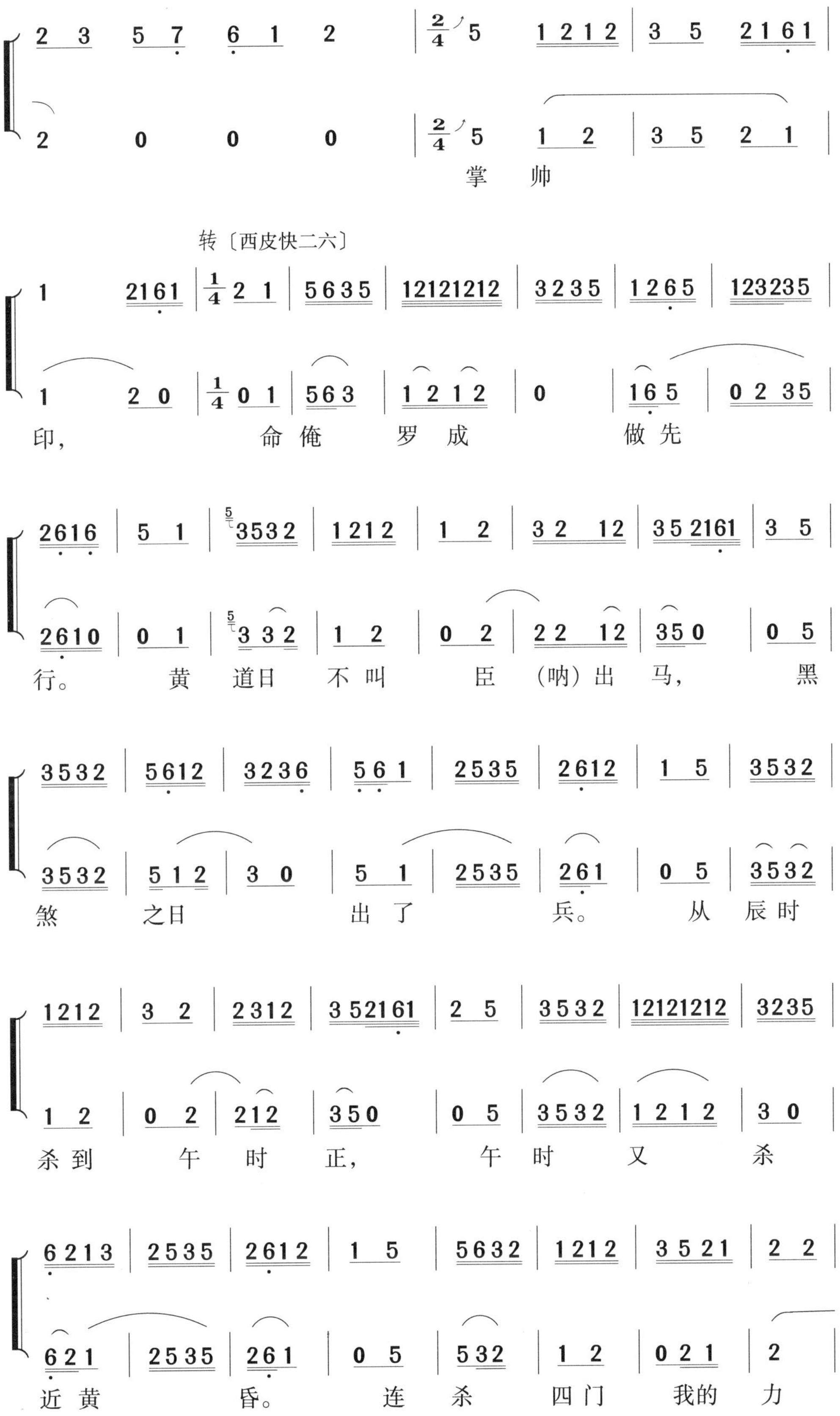
掌帅
转〔西皮快二六〕
印，命俺罗成做先
行。黄道日不叫臣（呐）出马，黑
煞之日出了兵。从辰时
杀到午时正，午时又杀
近黄昏。连杀四门我的力

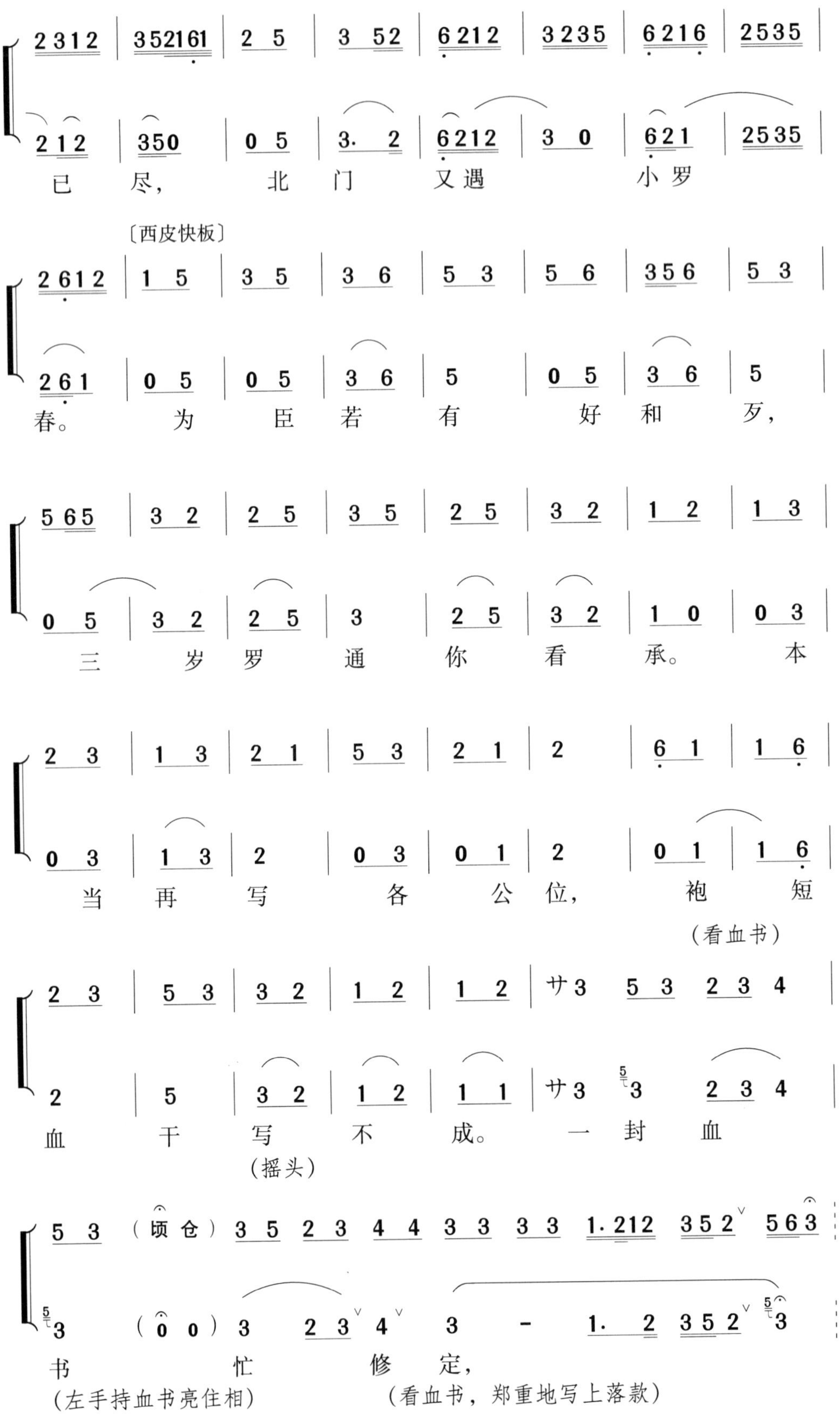
已 尽， 北 门 又 遇 小 罗
〔西皮快板〕
春。 为 臣 若 有 好 和 歹，
三 岁 罗 通 你 看 承。 本
当 再 写 各 公 位， 袍 短
（看血书）
血 干 写 不 成。 一 封 血
（摇头）
（顷 仓）
书 忙 修 定，
（左手持血书亮住相）
（看血书，郑重地写上落款）

罗成叫关

〔【纽丝】罗春从城楼上将红灯系下，罗成再看一看血书，将血书放在了红灯之上。罗春将红灯慢慢提上来，将血书放在怀中。罗成右手拉开“单山膀”，右手整左袖，左手扶剑柄、右手胸前握拳亮住相。

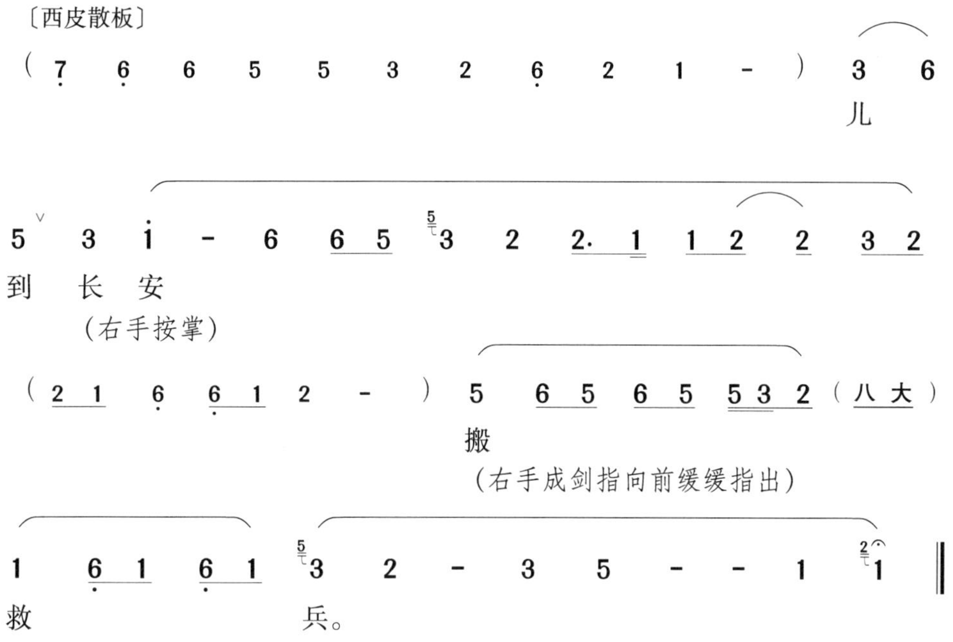

罗 春 爹爹！

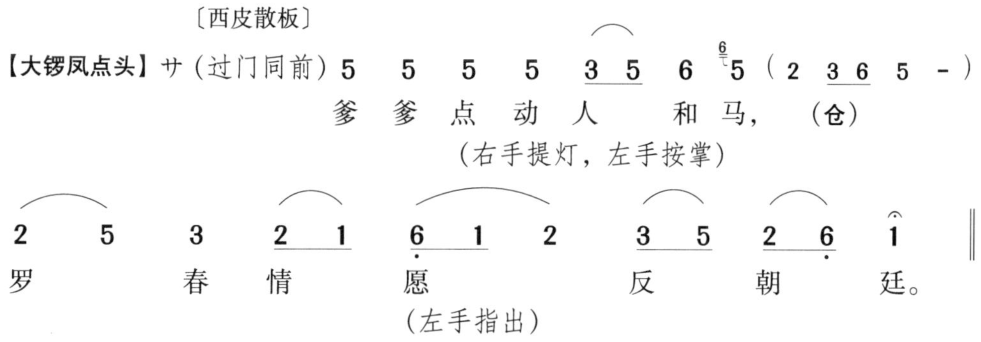

罗 成 呀呀呸！

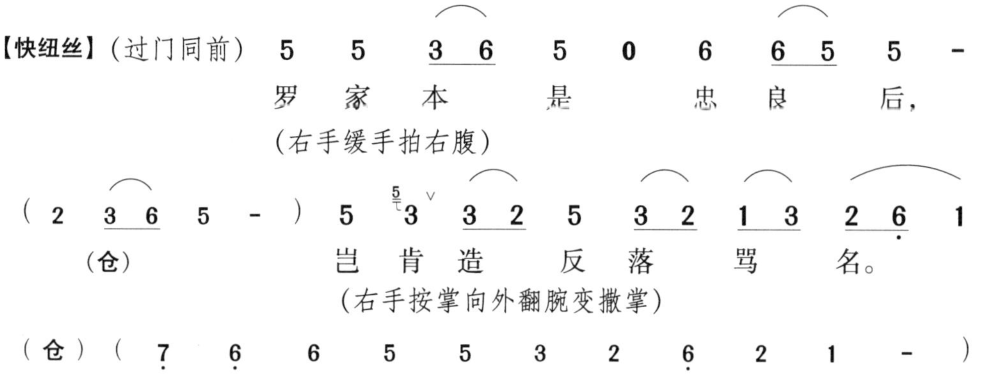

3 2 1 6 2 1 6 3 6 1 2 （2 1 6 6. 1 2）
儿 若 再 提 造（呃）反 事，
（左手指罗春）

6 - 6 - - 6. i 5 5 - - （5 2 3 6 5）
银 枪 （呐）（呃） （仓）
（双手向右双缓） （右弓步、双手按枪式亮住相）

3 2 1 1 6 2 （2 2 1 6） 2 3
之 下 命 （呐）
（左手扶宝剑柄、右手剑指向外指出）

4 - - 4 6 3 2 1 1 ‖
难 存。

罗 春 唉！

【快纽丝】（过门同前）5 5 5 5 3 5 6 5 -
千 言 万 语 父 不 信，
（摆左手）

（2 3 6 5 -）5 3 2 1 3 2 3 5 2 6 1 ‖
（仓） 活 活 急 煞 小 罗 春。
（右手在胸前托掌）

〔【冲头】罗春在城上，罗成在楼下，父子泪眼相望。

罗 成 【叫头】罗春！我儿！（同）哎呀儿呀……
罗 春 【叫头】爹爹！我父！（同）哎呀爹爹呀……

〔【冲头】父子相望。

罗 春 罢！

〔（八大仓）罗成示意让罗春走，罗春下。【冲头】

〔散板〕
罗 成 【快纽丝】サ（过门同前）5 5 3 6 5 （5 5） 5 3 5
城 楼 去 了 罗
（右手赞美指

6 5 - 5 （2 36 5） 2 5 3 - 5

春 子， （仓） 父 子 们 相

抬至右额头上方） （双手食指直伸，相并在胸前）

5 3 5 2 21 11 2 - 32 （21 6 61 2 -）

逢

6 - 7 2 2 2 6 6. 7 6.765 35 35 5

万 不 能。

（双手摆动两下） （双手摊掌）

6 1 56 56 7 - 7 7 6 6. 7 6 1

〔（咚咚咚）堂鼓三击，罗成向右转身向“上场门”方向望去。**【快纽丝】**归到台中，左手扶剑柄、右手握拳亮住相。

〔散板〕

（过门同前） 55 36 5 6 6 5 （23 6 5 -）

耳 旁 又 听 銮 铃 震， （仓）

（右手拇指指右额头上方）

5 3 2 5 35 32 13 26 1 （76 2 1 -）

想 必 是 苏 烈 发 来 兵。 （仓）

（右手剑指向外指出）

6 6 - 6 - - （6 6. 5 3 35 6） 3 . 6

提 （呀） 枪 （仓） 上

（拉马） （上马）

5 - 35 65 6. 5 3 - （36 12 3 -）

马

2 2 3 3 5 5 **【扫头】**

把 贼 迎 （啊）！

〔**【大锣四击头】**跨右腿，上踢左腿，左手平抬背枪、右手抱鞭亮住相。**【急急风】**落幕。

——剧 终